BRAMBLE

Esther Park

The Legend of Lady Byeoksa

Die Perlen des Todes

Aus dem Koreanischen von
Alexandra Dickmann und Julia Zachulski

BRAMBLE

Die koreanische Originalausgabe erschien 2023 unter dem Titel
»벽사아씨전 The Legend of Lady Byeoksa« bei Safehouse Inc., Korea.

Besuchen Sie uns im Internet:
www.bramblebooks.de
Instagram: @bramble_verlag
TikTok: @bramble_verlag

MIX
Papier | Fördert gute Waldnutzung
FSC® C083411

Deutsche Erstausgabe Februar 2025

German edition is published by arrangement with
Safehouse Inc. through BC Agency, Seoul.
Redaktion: Catherine Beck
Umschlaggestaltung: © Guter Punkt, München nach einer Vorlage
des Originalumschlags von © soyo
Umschlagabbildungen: © MinHwa Park,
Farbschnitt: © Adobe Stock, © iStock / Getty Images Plus
Illustrationen im Innenteil: MinHwa Park
Schriftrolle und Schmuckelement: arti-flow / Shutterstock.com
Satz: Daniela Schulz, Gilching
Druck und Bindung: CPI books GmbH, Leck
ISBN 978-3-426-56384-7

2 4 5 3 1

KAPITEL 1

Die Geschichte vom Schlangental

Irgendetwas schien im Schlangental vor sich zu gehen. Sanft ließ der Wind die Seidenvorhänge vor den Räumen auf und ab tanzen und verbreitete einen intensiven Geruch in der Luft. Er war so unglaublich abstoßend, dass die Gestalt im Schatten ihres Huts nicht umhinkam, das blasse Gesicht zu verziehen.

Sie hatte einen bleichen, geradezu strahlenden Teint, blutleere Lippen und war von einer so schlanken, zierlichen Statur, dass man sie vielmehr in einem Rock als in einer Hose erwartet hätte. Der Ausdruck in ihren Augen hingegen glich einem Sturm – einem wütenden Orkan, der den Himmel unentwegt in seiner Gewalt zu halten schien.

Bin Seomoon griff vorsichtig nach dem Heft ihres Tigersäbels, den sie unter ihrem Gewand versteckt hielt.

Festlich dekorierte Räume reihten sich aneinander, im Garten blühten überall sonderbare Blumen, und Menschen schlenderten mit ihren Gläsern in den Händen umher. Bin musterte alles ganz genau.

»Selbst wenn sich die aufstrebenden Mächte zusammenschließen, bleiben sie Schwächlinge. An den Minister werden sie niemals heranreichen.«

Stimmen drangen durch die dünnen Seidenvorhänge des Raums.

Es handelte sich um die Schlangenresidenz – das Anwesen des Premierministers, ein Mann, dem nachgesagt wurde, noch mehr Macht innezuhaben als der König selbst. Ein Ort, der sogar in finsterer Nacht hell erstrahlte, vom

Treiben all jener, die Gold- und Silberschätze mitbrachten, um die Gunst Seiner Gnaden zu gewinnen.

Bin war jedoch nicht auf der Suche nach der Macht oder dem Geld der Lebenden.

Eine plötzliche Bewegung in den Reihen der Trunkenbolde zog ihre Aufmerksamkeit auf sich. Unauffällig blieb Bin vor der geöffneten Schiebetür stehen, kniete sich auf ein Bein nieder und spähte in den Raum.

»Genau deshalb habe ich auch Seine Gnaden aufgesucht und ihn um einen Posten für meinen Jungen gebeten!«

In dem Raum saßen einige Männer, die in protzige Gewänder gehüllt waren.

Neben dem dickbäuchigen Mann in der Mitte des Zimmers streckte sich ein Schatten in die Länge, bei dessen Anblick Bin die Augen verengte. Die langen Finger des Schattens berührten das Perlenband am Hut des Mannes.

Die Perlen klimperten.

Ein Geräusch, das allein Bin wahrnehmen konnte.

Die schattenhafte Gestalt wirkte geradezu verzückt, während sie mit funkelnden Augen die kleinen Kugeln berührte.

Noch nicht.

Bin atmete langsam ein und lauschte den Geräuschen. Dieses Wesen war nicht das, wonach sie heute suchte. Doch die Anwesenheit eines solchen Geists sprach dafür, dass gewiss auch ihr eigentliches Ziel bald auftauchen würde.

Jenes Etwas, das das Schlangental heimsuchte.

»Heute wollen wir die Gläser heben, als gäbe es kein Morgen!«

Voller Elan stießen die Männer an. Ihre aneinanderprallenden Gläser gaben ein scharfes Klirren von sich, als Bin zwischen den herausschwappenden Schnapstropfen etwas entdeckte.

Ein langer, schmaler Schatten huschte über die Münder der Männer, die sich hemmungslos dem Alkohol hingaben, und glitt ihre Rachen hinab.

Bin stand auf.

Oh?

Ihr Blick fiel auf die Schiebetür auf der anderen Seite.

Jemand versteckte sich hinter ihr und spähte genau wie sie heimlich in den Raum.

»Mundet Euch der Schnaps, meine Herren?«

Eine Bedienstete betrat mit reizender Stimme den Raum, nahm die leere Flasche an sich und stand erneut auf. An der Wölbung der Flasche klammerte sich etwas fest. Es gab keine Zeit für weitere Überlegungen.

Das musste es sein.

Bin folgte der Dienerin, die den Raum wieder verließ. Ihr roter Rock streifte über die Gänge der Schlangenresidenz. Mit der Flasche in der Hand lief sie in den hinteren Teil des Gartens. Bin folgte ihr eilig und ging zügig um die Ecke. Es krachte.

»Ah! Was soll das?«

Sie stieß mit einem Mann zusammen, der ebenfalls um die Ecke gerannt kam, und fiel zu Boden.

Verzweifelt suchte sie nach der Dienerin, konnte jedoch nicht ausmachen, wohin sie verschwunden war.

»Euretwegen habe ich sie verloren!«, schallte es auf sie herab – Worte, die vielmehr sie hätte sagen sollen.

Als sie den Kopf hob und einem außergewöhnlich gut aussehenden Gesicht entgegenblickte, stockte ihr der Atem.

Die grazilen Gesichtszüge unter seinen dicken Augenbrauen verliehen dem Mann eine nachhaltige Präsenz. Selbst die Schönheit einer aus Jade geschnitzten Blume hätte im direkten Vergleich mit ihm regelrecht ordinär gewirkt.

Der Mann senkte den Kopf und sah Bin eindringlich an. Die plötzliche Nähe zu ihm ließ sie zurückschrecken.

»Habt Ihr es gesehen?«

»W-was soll ich gesehen haben?«

Bins Ton klang unerwartet streng, doch der Mann blickte ihr direkt in die Augen und wich nicht zurück.

»Wart Ihr es nicht, die mir gegenüber ebenfalls den Raum durchsucht hat?«

Er trat noch einen Schritt näher.

»Ihr habt es also nicht gesehen?«

Ein erfrischender Duft ging von ihm aus.

Es war merkwürdig. Sie wollte am liebsten weglaufen, obwohl sie lediglich von Angesicht zu Angesicht voreinander standen. Bins Augen, die ohne Probleme selbst dem Blick lebloser Dinge standhielten, irrten auf der Suche nach einem Fluchtweg vor diesem Mann vergebens durch die Luft.

Sie spürte die Hand des Mannes an ihrer Taille und schrie vor Schreck auf. Oder besser gesagt hatte sie vor, zu schreien.

»Was tut Ihr da?«

»Es wäre ziemlich ärgerlich, damit hier erwischt zu werden, oder etwa nicht?«

»Wann habt Ihr …?«

In seiner Hand hielt er plötzlich den Säbel, den sie bis eben noch um ihre Hüfte geschnallt hatte.

Es mochte namentlich ein Säbel sein, war aber kurz genug, um unter dem Gewand versteckt werden zu können. Und dennoch hatte er ihn mit Leichtigkeit gefunden und starrte nun Bin an.

»Gebt ihn mir sofort zurück! Was fällt Euch ein, einfach fremdes Eigentum an Euch zu nehmen?«

»Dieser Säbel ist keiner, der lebendige Wesen verletzt, habe ich recht?«

Bins Gesicht erstarrte kurzzeitig.

»Woher wisst Ihr das …?«

»Ein Tigersäbel, der im Monat, am Tag und zur Zeit des Tigers hergestellt wurde, um dessen Energie zu erlangen. Er ist dafür gemacht, böse Geister zu verletzen und auszutreiben, nicht wahr? Ich habe etwas Ähnliches schon einmal gesehen.«

Die Kunst der Seelenjagd. Die Austreibung des Bösen und Beschwörung des Glücks.

Die wohlgeformten Augenbrauen des Mannes hoben sich.

»Sicherlich ist Euch bewusst, dass es verboten ist, eine solche Waffe ohne die Erlaubnis des Königs zu schmieden.«

Bin durchbohrte den Mann mit ihrem Blick.

»Was wollt Ihr?«

»Oh, Ihr seid schnell von Begriff. Das gefällt mir.«

»Antwortet mir.«

»Wer so etwas bei sich trägt, ist kein normaler Mensch. Seid Ihr etwa auch ein Seelenjäger?«

Bin hob eine Augenbraue.

»Was meint Ihr mit ›auch‹?«

»Wieso? Bin ich etwa zu gut aussehend, um ein Seelenjäger zu sein?«, antwortete der Mann und zog einen weißen Seidenfächer aus seinem Gewand, den er dann geräuschvoll öffnete.

»Was redet Ihr denn da für einen Unsinn?«

Die Augenwinkel des lächelnden Mannes, der gerade noch stolz mit seiner Schönheit geprahlt hatte, senkten sich erneut.

»Nun gut. Es mag wahr sein, dass ich eher mit meinem Gesicht als mit meinen Jagdfähigkeiten überzeugen kann. Und genau deshalb müsst Ihr mir helfen.«

»Wie bitte?«

»Das hier ist die Residenz Seiner Gnaden, des Premierministers. Und so, wie Ihr gekleidet seid, seid Ihr sicherlich kein geladener Gast.«

Die Augen des Mannes musterten Bins abgenutzte Kleidung von oben bis unten.

Ihr marineblaues Gewand war unter all ihrer Kleidung das Schönste, das sie besaß, im direkten Vergleich zu den Gewändern der übrigen Gäste in der Schlangenresidenz wirkte es jedoch schlichtweg unansehnlich.

»Ihr habt doch ebenfalls keine …!«, setzte Bin verärgert an und wollte auf die ebenso dürftige Kleidung des Mannes hinweisen, als sie sich selbst unterbrach.

Was sie zunächst für ein schlichtes, schmuckloses Gewand gehalten hatte, stellte sich auf den zweiten Blick als ein seidener Umhang heraus, den man dicht mit Wolken aus jadefarbenem Garn bestickt hatte. Eine so feine Stickerei, dass sie erst bei genauerer Betrachtung zu erkennen war. Wie viele Menschen Stunden der Mühen dafür aufgewandt hatten, ließ sich unmöglich erahnen.

»Habt Ihr es jetzt verstanden?«

Bin schaute umher. Sie hatte keine Zeit zu verschwenden.

»Wobei soll ich Euch helfen?«

Der Mann lächelte, als er Bins genervten Ton hörte.

»Wie bereits erwähnt, bin ich noch immer ein Anfänger in der Kunst der Seelenjagd. Ich würde Euch gern auf Eurer Jagd begleiten.«

Mit einem Schnalzen der Zunge tat Bin ihren Unmut kund.

»Ha, ist Euch bewusst, worauf Ihr Euch da einlasst? Euer ach so schönes Gesicht könnte sich schnell die eine oder andere Narbe einfangen.«

»Ah, Ihr haltet mich also ebenfalls für gut aussehend. Mit Euren scharfen Augen entgeht Euch gewiss kein einziger Geist.«

»Wie bitte?«

»Heben wir uns die Fragen für später auf und gehen weiter. Ich weiß zwar nicht, wie es um Euch steht, aber ich bin ein viel beschäftigter Mann.«

Bin schüttelte den Kopf. Dieser Mann würde niemals aufhören zu reden.

Er ist ein gut aussehender Irrer, dachte sie, nickte jedoch einfach, als wollte sie sagen: »Mach, was du willst.«

»Nun gut, da Ihr immerhin etwas über die Seelenjagd zu wissen scheint, werde ich Euch keine weitere Beachtung schenken. Solange Ihr mir nicht in die Quere kommt, könnt Ihr mich gern begleiten«, sagte Bin und ging los.

Das Wichtigste war, die Flasche zu finden, die die Bedienstete mit sich genommen hatte.

»Öffnet Eure Arme«, sagte Bin und gestikulierte umher.

»Meine Arme?«

Sein Blick verriet zwar, dass er ihre Absichten nicht verstand, aber er folgte ihren Worten dennoch gehorsam.

Bin nutzte seine breite Statur als Sichtschutz, um eine kleine Rolle aus ihrer Kleidung hervorzuziehen. Um sie war ein funkelnder Faden gewickelt.

Sie griff nach dem Ende des Fadens und warf die Rolle hoch, woraufhin diese, als wäre sie plötzlich zum Leben erweckt worden, durch die Luft flog und nach links in einen Korridor abbog. Bin nickte, während sie beobachtete, wie sich der Faden in ihren Händen entwirrte.

»Hier entlang.«

Gleich darauf machte sie kehrt und ging den Korridor hinab, während der Mann sie schmunzelnd beobachtete.

»Habt Ihr mich gerade als Sichtschutz benutzt?«

Dass diese Person es wagte, den großen Eunho Hyeon so zu behandeln! Jeder andere, der diese Szene miterlebt hätte, wäre schockiert gewesen.

Ich sollte ihr wohl zunächst folgen, immerhin bin ich auf Befehl des Königs hier.

Mit großen Schritten setzte er sich in Bewegung, um Bin einzuholen.

»Hier.«

Bin schaute sich um. Das Ende des Fadens schwebte reglos in der Luft.

Eine träge Brise aus dem Tal der Schlangen strich über ihre Wange. Die mondlose Nacht war dunkler und unheimlicher als sonst. Im Gegensatz zur Schlangenresidenz, in der es von Menschen nur so wimmelte, war es dort, wo Bin gerade stand, sehr still. Es erklang keine Musik, und der strenge, süße Geruch war ebenso verschwunden.

Sie konnte spüren, wie die Seelenperlen an ihrer Taille baumelten, und umschloss den Griff ihres Säbels fester.

»Was ist das?«

Eunho bemerkte die bunte Perlenkette, die um Bins Hüfte hing. Ihr ominöses Leuchten zog die Aufmerksamkeit anderer förmlich auf sich.

»Warum müsst Ihr unbedingt alles wissen?«

»Behandelt man so etwa jemanden, der nichts mehr möchte, als von Euch zu lernen?«, antwortete Eunho und wedelte sanft mit dem Fächer.

»Ich bin mir sicher, dass Ihr mit Eurem Gesicht auch anderswo Arbeit finden werdet. Wieso wollt Ihr ausgerechnet mehr über die Seelenjagd lernen?«

Eunho zuckte mit den Schultern.

»Es ist ja nicht so, als wäre ich aus freien Stücken hier. Wie es scheint, hat diese Kette ebenfalls etwas mit den Geistern zu tun?«

»Diese Perlen erhält man nach einer erfolgreichen Geisteraustreibung.«

»Sieh an. Wie ein Kommandant, der die abgetrennten Köpfe seiner Feinde mit sich herumträgt.«

»Müsst Ihr das wirklich so ausdrücken?«

»Habe ich denn unrecht damit?«

»Vergesst es einfach. Seid von jetzt an bloß still, ab hier ist äußerste Vorsicht geboten …«

Bin blickte auf den Teich vor ihr.

Er war von abgestorbenen Wasserpflanzen überwuchert und verströmte einen verfaulten Geruch. Hinter ihm befand sich eine einsame, heruntergekommene Hütte.

Im Gegensatz zu der belebten Schlangenresidenz schien dieser Ort seit Langem verlassen zu sein. Der schimmernde Faden führte über den Teich hinaus zu der Hütte.

Bin wappnete sich und machte einen Schritt in Richtung Pforte. Die alte Holztür knarrte unheilvoll, als sie sie öffnete und die beiden Seelenjäger in die Dunkelheit hineintraten.

Alles, was sie zunächst sehen konnten, war tiefe Schwärze. Der fensterlose Vorraum war in einer so mondlosen Nacht nur noch mehr von Dunkelheit erfüllt. Und dann war da dieser strenge, vertraute Geruch.

Was ist das? Das habe ich doch schon mal gerochen, dachte Bin verwundert und streckte ruckartig die Hand aus, um die Wand der Hütte zu berühren. Zumindest hatte sie es für eine Wand gehalten, dafür stellte sich die Oberfläche jedoch als viel zu glatt heraus. Schnell zog sie eine Leuchtkugel aus ihrer Tasche, die durch ein leichtes Pusten aufleuchtete.

Im dämmrigen Schein der Kugel waren »sie« deutlich zu sehen.

»Was in aller Welt?«, rutschte es Eunho, der gleich neben Bin stand, erstaunt heraus.

Verängstigt hob Bin den Kopf und blickte zu der Glaswand hinauf. Tatsächlich standen sie vor einem riesigen Aquarium, bis zum Rand mit goldenem Wasser gefüllt.

Und Babyschlangen.

In ihm waren etliche der Tiere, jeweils etwa von der Länge des Unterarms eines Menschen, ineinander verworren, sodass man weder Kopf noch Schwanz ausmachen konnte.

»Igitt!«

Bin keuchte und stürzte nach hinten. Die Leuchtkugel in ihrer Hand rollte über den Boden.

»Ist alles in Ordnung?«

Eunho machte ein paar Schritte auf sie zu.

Das Licht der Leuchtkugel wirbelte im Raum umher, beleuchtete in einem Moment die Babyschlangen im Becken, bevor sie im anderen Moment wieder in der Dunkelheit verschwanden. Aus dem goldenen Wasser stiegen Luftblasen auf.

»Ah.«

Bin entfuhr ein kurzer Schrei, als sie begriff, was den üblen Geruch verursacht hatte, der die Hütte erfüllte. Ein Aquarium, das bis zur Decke reichte, gefüllt mit goldenem Wasser und Babyschlangen.

Verblüfft starrte sie auf das riesige Becken.

»Schlangenschnaps.«

Mit dieser Erkenntnis machte sich in Bin sogleich überwältigende Übelkeit breit. Die Hütte selbst war eine riesige Flasche Schlangenschnaps. Auf Bins Worte hin schien auch Eunho zu verstehen.

»Der Alkohol aus der Schlangenresidenz.«

Der goldene Alkohol in den Gläsern der zahlreichen Besucher, die wie Ameisen ausschwärmten, um einen mickrigen Anteil an der Macht zu erlangen. Es war Schlangenschnaps, der ihre Rachen hinab in ihre Mägen floss.

Bin wurde schwummrig.

Es musste ein Mensch aus Fleisch und Blut gewesen sein, der die Hütte und das Aquarium erbaut hatte, kein Geist.

Und dennoch übertraf die unheilvolle Aura, die sie in diesem Raum verspürte, die eines gewöhnlichen, böswilligen Geists.

Bin blickte zum Aquarium.

»Das hier ist also alles Schlangenschnaps.«

Der Schnaps wurde traditionell hergestellt, indem man eine Schlange in eine Flasche mit hochgradigem Alkohol legte und sie verschloss. Die Öffnung durfte dabei jedoch keinesfalls vollständig versiegelt werden. Der Schlüssel zur Herstellung bestand darin, der Schlange ein kleines Loch zum Atmen zu lassen, damit sie länger überleben und ihr ganzes Gift ausscheiden konnte, bevor sie schließlich starb.

Bei dem Gedanken daran drehte sich Bin der Magen um. Kaum in der Lage, ihre Übelkeit zu unterdrücken, blickte sie auf.

»Ist das wirklich die Machenschaft eines Menschen?«

»Was habt Ihr nun vor?«, fragte Eunho, woraufhin Bin einen Talisman aus ihrer Kleidung hervorholte.

»Zunächst müssen wir den Ort von dieser unheilvollen Energie reinigen.«

Dann brachte sie den Talisman in der Mitte der Glaswand an.

Ein dumpfer Knall erklang, und das Glas bebte leicht. Bins Blick folgte den Vibrationen.

»Wartet …!«

Bevor Eunho ausreden konnte, knallte es erneut.

Sein Blick traf auf die purpurroten Augen der Schlange, die ihn aus dem Inneren des Tanks ansah. Wieder einmal schlug die Schlange ihren Körper mit voller Kraft gegen die Glaswand.

Mit einem lauten Klirren zersplitterte das Glas des Tanks, und noch bevor sie ausweichen konnte, ergoss sich der giftige Schnaps über Bins Körper.

»Aaaah!«

Die glitschigen Schlangen wanden sich um ihre Arme und Beine. Der Geruch des hochprozentigen Schnapses und die warme Luft, die die Tiere ausstießen, raubten Bin den Atem. Gerade so schaffte sie es noch, den Tigersäbel in ihrer Hand zu zücken. Die funkelnde Klinge schnitt reibungslos durch die Körper der Tiere.

Ein Gemisch aus Alkohol und Blut bedeckte Bins Gesicht und raubte ihr die Sicht. Die Gänsehaut an ihrem ganzen Körper wollte nicht verschwinden. Sie schwang ihren Säbel wild umher, bis sie das Gefühl hatte, dass ihr Körper nicht mehr von den Schlangen umgeben war.

»Haah, uugh …«

Schwer atmend sah Bin sich um.

»Seid Ihr unversehrt?«

Überall war Blut. Die Kadaver der halbierten Schlangen und der Alkohol, vermischt mit ihrem Blut, hatten sich in der ganzen Hütte verteilt. Die Schwänze der Schlangen zuckten noch einige Male, bis sie langsam erschlafften. Dann hörte Bin Eunhos Stimme aus der Ferne.

»M-mir geht es gut.«

Auch sein jadefarbenes Gewand war in Alkohol und Schlangenblut getränkt.

Als Bin umherlief, um zu sehen, ob eine der Schlangen überlebt hatte, ertönte eine Stimme in ihrem Rücken.

… Schwester.

Wie angewurzelt blieb sie stehen.

Ein kleiner Fuß war in der Dunkelheit erkennbar. Winzig, in eine weiße Socke gekleidet und fest mit Papierschnur umwickelt.

Ihr Gesichtsausdruck wurde augenblicklich leer. Ein kleiner Junge in einem Leichengewand trat aus der Dunkelheit hervor. Er hatte ein viel zu junges, heiteres Gesicht, um ein solches Gewand zu tragen.

Schwester, ich bin es. Dein Bruder.

Wie hätte sie seine Stimme nicht erkennen können?

»Hwan …?«

Mit zittriger Stimme rief Bin den Namen, den sie seit jenem Tag nicht mehr ausgesprochen hatte.

Hwan Seomoon. Der Name ihres jüngeren Bruders, der ihretwegen gestorben war.

Ja, ich bin es. Dein Bruder Hwan.

Bins Griff um den Tigersäbel lockerte sich augenblicklich. Traurigkeit machte sich in ihren Augen breit, während sie das Kind in der Dunkelheit betrachtete.

»Warum bist du hier, Hwan? Ich habe doch so sehr gebetet, dass du nun an einem besseren Ort bist.«

Bin schluchzte.

Schwester, hast du gar kein Mitleid mit mir?

Tränen stiegen in den klaren Augen des Kindes auf. In seinem Blick lag ein Hauch von Groll.

Schwester, komm jetzt mit mir.

Der Junge streckte seine Hand aus. Sie war kreidebleich und seine Miene herzzerreißend.

»Hwan, mein lieber Hwan.«

Wie oft hatte sie an damals zurückgedacht. Wenn Bin nicht gewesen wäre, würde ihr Bruder heute noch leben.

Seine Hand berührte die ihre, und ein eisiger Schauer lief ihr den Arm hoch.

»Wenn das dein Wunsch ist, folge ich dir natürlich.«

Eunho betrachtete Bin, wie sie vor sich hin murmelte und ausdruckslos ins Leere starrte.

»Was geht hier vor sich?«

Es schien, als hätte irgendetwas sie in seinen Bann gezogen. Eunho biss die Zähne zusammen.

Er hatte nicht damit gerechnet, dass ihn hier so etwas erwarten würde. Sein Plan war es lediglich gewesen, sich in der Schlangenresidenz umzusehen und zu vergewissern, ob dort wirklich etwas Bösartiges sein Unwesen trieb.

»Hey!«

Eunho ergriff Bins Schulter, aber seine Stimme drang nicht zu ihr durch.

Er musste es irgendwie schaffen, sie aus ihrer Vision herauszureißen, doch hatten die Schlangen, die als Geister auferstanden waren, bereits begonnen, seine Beine hinaufzukriechen. Wo sie ihn berührten, wurde es so heiß, als würde seine Haut brennen. Er riss sie von sich, aber seine Kraft reichte nicht aus.

»Der Talisman, den Jinwoo mir gegeben hat, ist nicht mehr zu gebrauchen.«

Die Geister klammerten sich an Eunhos Körper fest.

»Hört Ihr mich denn nicht? Ihr müsst zu Euch kommen!«, brüllte er Bin an, doch seine Worte wurden schon bald von der Welle an Schlangengeistern verschlungen, die seinen Körper unter sich bedeckte. Seine ausgestreckte Hand und der Saum des jadefarbenen Ärmels versanken mit ihm im Schlangenhaufen.

Das darf nicht sein.

Die Energie, die von den Schlangengeistern ausging, zog ihm allmählich die Kraft aus dem Körper.

Ein schwarzer Schatten erschien in seiner schwindenden Sicht.

Wer ist das?

Mehr Zeit, darüber nachzudenken, blieb ihm jedoch nicht. Als er die schwarze Gestalt sah, die sich Bin näherte, entwich auch die letzte Kraft aus seinem Körper, und er verlor das Bewusstsein.

Ein leises Klimpern ging von den roten Ohrringen aus, die zwischen dem langen, schwarzen Haar baumelten und selbst in der Dunkelheit hell aufleuchteten.

»Tss.«

Der Schatten schnalzte leicht mit der Zunge und schaute zu Bin, die entgeistert dastand.

»Tritt zurück.«

Der Geist, der die Gestalt des Jungen angenommen hatte, schrie laut auf.

Nein, nein, nein, nein!

Es reichte eine kleine Handbewegung des Schattens, und der ohrenbetäubende Schrei des Geists verstummte augenblicklich.

Bin starrte in die Leere des Raums. Alles, was übrig geblieben war, waren die eingestürzte Hütte, Glasscherben und der Schnaps überall auf dem Fußboden. Der Wind pfiff durch die bröckelnden Wände.

»Was …?«

Als Bin wieder zu sich kam, wehte das schwarze Haar, das den Flügeln eines Raben glich, in ihr Sichtfeld. Sie erhaschte einen Blick auf den Mann neben ihr, den sie noch nie zuvor gesehen hatte. Er hatte blasse Haut und düstere Augen, die in ihre Richtung zurückstarrten. Seine langen

Wimpern warfen einen Schatten auf seine weißen Wangen. Schon auf den ersten Blick konnte sie sehen, dass dies kein gewöhnlicher Mann war.

Der Saum seines langen, schwarzen Gewands flatterte im Wind.

»Seid Ihr nun wieder bei Sinnen?«

Es war eine ihr fremde Stimme. Ein plötzlicher Ruck ließ Bin nach vorne schnellen. Der Mann hatte sie mit einem Griff an ihre Schulter zu sich gezogen und sah ihr tief in die Augen. Als hätte er genug gesehen, ließ er sie kurz darauf wieder los.

»Haaa …«

Erst jetzt konnte Bin tief Luft holen. Die kalte Nachtluft strömte in ihre Lunge. Dann rannte sie wie vom Blitz getroffen los, durchwühlte den Berg aus Schlangenkadavern und zog Eunhos erschlafften Körper aus ihnen hervor.

Der schwarz gekleidete Mann betrachtete die toten Babyschlangen, ohne von deren Anblick überrascht zu sein. Dann blickte er zu Eunho und Bin.

»Zwei Seelenjäger, die hierherkommen, um ihrer Pflicht nachzugehen, und stattdessen beinahe ihr eigenes Leben lassen. Was soll man dazu noch sagen?«

Die Stimme des Mannes war rau wie das Rascheln der Äste eines Baums, durch die gerade ein Windstoß wehte.

»Wäre ich ein wenig später eingetroffen, hättet ihr den Styx überquert.«

Das leblose Gesicht des Mannes hatte eine seltsame Ausstrahlung.

»I-ich danke Euch vielmals.«

»Da Ihr einen Tigersäbel bei Euch tragt, hielt ich Euch für einen fähigen Jäger. So kann man sich täuschen.«

Der Mann schraubte den Verschluss von der Flasche in seiner Hand ab und goss einen Teil über die Schlangenkadaver. Kaum dass die Flüssigkeit die Kadaver berührte, lösten sie sich auf und verschwanden. Die glasigen Augen des Mannes zeigten einen Hauch von Verärgerung und Resignation.

Ruckartig drehte er sich um und sah Bin erneut an.

»Also, was meint Ihr, soll ich für die Rettung Eures und des Lebens dieses Mannes verlangen?«

Jedes Haar auf ihrem Körper stand ihr zu Berge. Bin umklammerte den Griff ihres Säbels. Dies war definitiv kein normaler Mann. War er überhaupt ein Mensch?

»Was wollt Ihr?«, fragte Bin mit zitternder Stimme. Der Mann bewegte sich langsam auf sie zu.

»Ihr habt etwas gesehen, das nicht für Eure Augen bestimmt war. Wisst Ihr, dieses Gebiet fällt unter meine Zuständigkeit.«

Seine Zuständigkeit.

Die Worte erinnerten Bin an den Premierminister. Dies war seine Residenz. Bedeutete das etwa, dass der Mann vor ihr einer seiner Anhänger war?

»Wie sagt man so schön: Ein Toter kann weder hören noch sprechen.«

Der Tonfall des Mannes war höflich, aber die Implikation war es keineswegs. Wenn er Bin und ihren Begleiter an Ort und Stelle beseitigte, würde das Geschehene geheim bleiben. Bin zog ihren Säbel.

Sie wusste nicht, wie lange sie durchhalten würde, aber wenn sie mit etwas Glück einen seiner Arme oder ein Bein schwer verletzte, könnte sie vermutlich entkommen. Als hätte der Mann ihre Gedanken gelesen, sagte er mit träger Stimme:

»Ein solcher Säbel, der nicht zum Töten erschaffen wurde, kann mir nichts anhaben, mein Bester.«

Ihre Blicke trafen sich, während er Bin ruckartig näher kam. So nah, dass sie bereits die Adern unter seiner bleichen Haut zu erkennen glaubte. Sein langes Haar, das sein Gesicht halb verdeckte, und die roten Ohrringe – alles schien so unwirklich.

Ob der Tod so aussehen würde, wenn er menschliche Gestalt annähme? Bei diesem Gedanken überkam Bin ein seltsames Gefühl der Vertrautheit. Hatte sie das schon einmal gedacht? Aber wann?

»Wer zum Teufel seid Ihr …?«

Die langen schwarzen Haare des Mannes wehten im Wind. Im Vergleich zu ihnen erschien selbst die sie umgebende Dunkelheit hell.

Der Mann wählte seine nächsten Worte mit Bedacht. Unter allen möglichen Antworten, die er ihr hätte geben können, entschied er sich schließlich für das Folgende:

»Nun, sagen wir einfach, ich bin ein Mann, der mit einem Fuß im Diesseits und mit dem anderen im Jenseits steht.«

Die Stimme des Mannes blieb noch immer monoton. Bins Augen weiteten sich.

Auch diese Worte hatte sie schon einmal gehört.

»Ah.«

Dann schoss ihr wie ein Blitz eine Erinnerung in den Sinn.

Bitte, verschont ihn! Ich gebe Euch alles, was Ihr begehrt, aber bitte rettet sein Leben!

Schluchzend verbeugte sich die Gestalt aus ihrer fernen Erinnerung vor jemandem.

Es war niemand anderes als Bin selbst. Sie flehte mit all ihrer Kraft, um das zu schützen, was ihr am meisten bedeutete.

Die Gestalt vor ihr trug auch jetzt denselben Ausdruck

im Gesicht wie damals. Dieses Gesicht, das auf sie herabblickte, als sie am Boden lag und unter Tränen um Gnade bat.

Ein emotionsloser Blick, als würde ihn alles, was in dieser Welt geschah, völlig kaltlassen.

Bin packte den Saum seines schwarzen Gewands und verbeugte sich mehrmals vor ihm. Letztendlich erfüllte er ihren Wunsch. Gewiss eine spontane Entscheidung, die ihn wie ein plötzlicher Windhauch überkommen hatte.

Im Gegenzug werde ich diesem Jungen jegliche Erinnerungen an dich nehmen.

In Ordnung.

Sie hätte alles dafür getan, um sein Leben zu retten, auch wenn sie dafür sein Gedächtnis und ihre Liebe eintauschen müsste.

Und so nahm der Mann ihm als Gegenleistung dafür, Bins große Liebe zu retten, sämtliche Erinnerungen an sie und versiegelte diese.

Die Entscheidung hatte ihr Leben ruiniert, aber dennoch gab es keinen Tag, an dem Bin sie bereut hätte. Ganz im Gegenteil – dass sie ihn in seiner dunkelsten Stunde beschützen konnte, war die einzige Stütze in ihrem Leben.

»Paryeo.«

Als Bin seinen Namen aussprach, verfinsterte sich das Gesicht des Mannes.

Zunächst schien er überrascht, als könne er nicht glauben, was er gerade hörte. Dann schien er es verleugnen zu wollen, bis sich letztendlich ein Ausdruck feurigen Zorns in seinem Gesicht breitmachte.

Mit seiner großen Hand umschlang der Mann Bins Hals und hob ihren Körper vom Boden auf.

»Woher kennt ein gewöhnlicher Sterblicher meinen Namen?«

Die glasigen Augen des Mannes waren von Wut erfüllt. Fest in seinem Griff gefangen, zappelte Bin und antwortete mit schwacher Stimme: »I-ihr wart es doch, der auf meinen Hilferuf geantwortet hat!«

Sein Gesicht erstarrte. Bin nutzte den Moment und strampelte sich frei. Keuchend fiel sie auf die Knie, während der Mann regungslos vor ihr stand.

»Ich soll auf Euren Hilferuf reagiert haben?«

Bin richtete sich langsam auf und sah dem Mann in die Augen.

»Erinnert Ihr Euch etwa nicht mehr an das Kind, das genau wie Ihr Dinge aus dem Diesseits und dem Jenseits sehen konnte?«

Er schaute sie fragend an.

»Ihr habt damals meinen Wunsch erfüllt. Als ich Euch bat, das Leben eines Jungen zu retten, der von einem Geist besessen wurde und beinahe gestorben wäre.«

»Ihr habt mich gebeten, ihm das Leben zu retten?«

»Ja. Im Gegenzug dafür nahmt Ihr seine Erinnerung an Euch …«

Da stieß der Mann ein »Aah« aus.

Er musterte Bins Gesicht, als würde er es erneut zum ersten Mal sehen. Seine glasigen Augen blitzten einen Moment lang auf.

»Damals habt Ihr auf meine Frage, wer Ihr seid, genau dasselbe erwidert. Ein Mann, der mit einem Fuß in dieser Welt und mit dem anderen in der nächsten steht. Erinnert Ihr Euch, Paryeo?«

Der Mann neigte den Kopf leicht zur Seite, als Bin ihn erneut bei seinem Namen nannte.

»Schon lange hat mich niemand mehr so genannt. Es gab da in der Tat ein Kind, das mich angefleht hat, etwas völlig Unmögliches zu tun, aber …«

Der Mann musterte Bin von Kopf bis Fuß.

»Ein interessanter Aufzug für eine junge Frau.«

Bin sah auf ihre Kleidung hinab. Sie trug die eines Mannes.

»Diese Gewänder eignen sich nun mal am besten, um hier draußen meiner Tätigkeit als Seelenjägerin nachzugehen.«

Paryeo studierte ihr Gesicht gründlich.

Das mutige kleine Mädchen mit dem roten Band im Haar war zu einer Seelenjägerin herangewachsen.

Wenn auch vermutlich nicht aus freien Stücken.

Auch ein nicht-menschliches Wesen wie Paryeo verstand, dass dies die einzige Option für Menschen war, die mit der Gabe geboren wurden, Geister zu sehen.

»Was soll ich nur mit Euch machen?«

Normalerweise hätte er sie töten müssen. Immerhin kannte sie sein Gesicht, seinen Namen und seine Identität, und doch zögerte er.

»Selbst jetzt habt Ihr mir das Leben gerettet. Wärt Ihr nicht gewesen, wäre ich den Geistern gefolgt und nun bereits tot. Ihr habt mich aus ihrem Bann befreit.«

»Ihr sammelt Seelenperlen«, sagte er, als er die Perlenkette an Bins Hüfte bemerkte.

»Man erzählt sich, dass einhundertundacht dieser Perlen einem ermöglichen sollen, zu seinem alten Schicksal zurückzukehren. Ich bin Seelenjägerin geworden, weil ich nichts unversucht lassen wollte. Ich wünsche mir nichts sehnlicher, als alle Perlen zu sammeln und endlich ein normales Leben führen zu können.«

»Um ehrlich zu sein, hatte ich nicht damit gerechnet, dass Ihr bis heute überleben würdet. Eure Existenz war mir daher schlichtweg entfallen.«

Paryeo bückte sich und ließ seine Hand durch die dünnhäutigen Kadaver der Schlangen gleiten. Mit einem knirschenden Geräusch zersplitterten die Schlangenhäute in kleine Stücke. Dann hob er etwas auf.

»Nun, sagen wir einfach, dass die Tatsache, dass Ihr noch immer lebt, mir einen Grund gegeben hat, Euch heute zu retten.«

Bevor Bin etwas sagen konnte, drückte Paryeo ihr das, was er hochgehoben hatte, in die Hand.

»Es ist wahrlich bewundernswert, dass Ihr noch am Leben seid. Hier, ein Geschenk für Euch.«

Bin betrachtete die blutrote Kugel in ihrer Hand – die Seelenperle, die sie vom Austreiben der Schlangen gewonnen hatte.

»Eventuell können wir uns gegenseitig von Nutzen sein. Ihr könnt mich jederzeit besuchen, falls Ihr einen Pakt eingehen wollt.«

»Ich soll Euch besuchen …?«

Bin sah Paryeo an.

»Ich kann Euch sicherlich bei der Jagd nach Seelen helfen. Natürlich gibt es etwas, das ich im Gegenzug von Euch verlange.«

Für einen Moment verzog Bin das Gesicht. Nach einem kurzen Zögern fragte sie mit leiser Stimme: »Wollt Ihr damit sagen, dass es etwas gibt, bei dem *ich* Euch helfen kann?«

»Natürlich nur, wenn Ihr mich auch findet.«

Paryeo hob den Kopf leicht und starrte in den sternen- und mondlosen Nachthimmel hinauf.

»Jetzt, wo Ihr habt, was Ihr wollt, solltet Ihr lieber von hier verschwinden. Macht Euch auf den Weg und blickt ja nicht zurück.«

»Was? Was soll das bedeuten?«

Sanft hob er seine Hand. Der lange, schleppende Saum seines schwarzen Gewands flatterte in der Brise. Paryeo sah Bin kurz an.

»Das bedeutet …«

Ein greller Blitz, gefolgt von einem lauten Knall, der wenige Sekunden, nachdem das Licht erloschen war, durch die Luft hallte. Erschrocken verdeckte Bin ihr Gesicht mit einem Ärmel, doch verspürte sie schon bald eine Hitze, die sie schnell wieder aufblicken ließ.

»Was zum …?«

Der Blitz traf genau auf die Hütte und entfachte ein Feuer. Die Flammen färbten Paryeos Gesicht rot, sein Gesichtsausdruck jedoch blieb unverändert gleichgültig.

»Das bedeutet, dass ich diesen Ort zerstören werde. Also lauft weg, solange Ihr noch könnt.«

Ein Funke flog mit einer Brise durch die Luft und landete im Wald in der Nähe des Teichs.

Ein weiterer Blitz schlug ein, diesmal in das Hauptgebäude der Schlangenresidenz. Hilfeschreie ertönten aus der Ferne. Bin blickte überrascht in die Richtung von Paryeo, aber der war bereits verschwunden.

Die Flammen verschlungen die prachtvolle Residenz innerhalb kürzester Zeit. Alarmiert von den lauten Donnerschlägen und dem tobenden Feuer eilten die Menschen nach draußen.

»Argh!«

Schreiend rannten die Trunkenbolde um ihr Leben.

»Löscht das Feuer! Los, löscht es!«, rief jemand mit lauter Stimme, doch niemand hörte ihm zu. Die Flammen hatten sich so schnell ausgebreitet, dass es keine Möglichkeit mehr gab, hinter der Schlangenresidenz zu entkommen.

Bedeutet das etwa, wir müssen durch die Residenz hindurch fliehen …?

Bin biss sich auf die Lippe.

»Hier entlang! Hier entlang!«

Sie konnte sehen, wie die Diener den Gästen mit Gesten

den Fluchtweg zeigten. Bin blickte auf den bewusstlosen Eunho hinab.

»Was soll ich nur mit ihm tun?«

Das Einzige, was sie über ihn wusste, war, dass er keine große Hilfe für sie darstellte. Dennoch konnte sie ihn nicht einfach dem Tod überlassen.

Als ich von den Schlangengeistern in ihren Bann gezogen wurde, hörte ich aus der Ferne seine Stimme rufen, dass ich aufwachen solle.

Sie verstand nicht, wie er zu einem Seelenjäger geworden war, wenn er die Kunst nicht annähernd beherrschte. Nun aber hatte es oberste Priorität, ihr und das Leben dieses Mannes zu bewahren.

»Ihr werdet diese Schuld später begleichen müssen.«

Mit diesen Worten hob sie Eunho hoch und schaffte es gerade so, ihn auf ihren Rücken zu heben.

Er war deutlich größer als Bin, weshalb seine Beine über den Boden schleiften, aber sie hatte keine andere Wahl. Von der Seite betrachtete sie sein Gesicht, das in der Kuhle ihrer Schulter versunken war.

Seine langen Wimpern und die fest geschlossenen Augen.

»Warum nur?«

Bin blinzelte.

Es war seltsam. Zuvor war es ihr nicht aufgefallen, aber als sie ihn nun mit geschlossenen Augen sah, erinnerte er sie an jemanden.

»Das ist unmöglich.«

Sie schüttelte den Kopf.

Während Bin mit Eunho auf dem Rücken mühsam weiterging, hörte sie plötzlich eine Stimme.

»Eunho! Eunho Hyeon!«

Wie angewurzelt blieb sie stehen.

Wieso ruft jemand hier diesen Namen?

Vor Schreck kam kein Ton über ihre Lippen, und obwohl sie von Flammen umgeben war, schienen diese plötzlich unwichtig geworden zu sein.

Bin drehte den Kopf in die Richtung, aus der die Rufe kamen.

»Eunho!«

Der Blick des Mannes, der laut nach Eunho schrie, traf ihren. Seine Augen wurden groß. Er eilte herbei und sah Eunhos Gesicht auf Bins Schulter.

»Eunho! Was in aller Welt ist passiert?«

Bins Gesicht wurde kreidebleich.

»Eunho …?«

Sie schaute noch mal in das Gesicht des Mannes, den sie auf ihren Schultern trug.

Erst dann erkannte sie die wahre Ursache für das Gefühl der Vertrautheit, das sie zuvor überkommen hatte. Aus Überzeugung, dass sie ihn nie wiedersehen würde, hatte sie sein Gesicht bereits in die hinterste Ecke ihres Gedächtnisses verbannt.

Bin.

»Ja, genau so würde er aussehen«, murmelte sie, als sie sich vorstellte, wie der gut aussehende Junge aus ihrer Erinnerung wohl heute aussehen würde.

Eunho Hyeon.

Bin Seomoons Verlobter.

»Du meine Güte! Fräulein!«

Als die Magd Samwol sah, wie Bin über das Goldseil stieg und den Garten des Nebengebäudes betrat, rannte sie mit erschrockenem Gesicht auf sie zu.

»Wessen Blut ist das?«

Samwol war völlig fassungslos, als sie das Blut auf Bins Gesicht erblickte, doch Bin schüttelte nur den Kopf.

»Ist schon gut. Es ist nicht meins.«

»Ist es nicht? D-dann bin ich beruhigt. Habt Ihr Euch verletzt? Was ist mit Euren Kleidern passiert, und wo habt Ihr Euren Hut gelassen? Ihr seht aus, als wärt Ihr von einem Schlachtfeld heimgekehrt!«

Als Antwort auf Samwols Worte wedelte Bin leicht mit der Hand hin und her.

»Die … die Jagd heute war einfach etwas anstrengend.«

»Deshalb sage ich doch, Ihr solltet damit auf …«, setzte Samwol an und verstummte, noch bevor sie ihren Satz zu Ende gesprochen hatte. Dann stellte sie einen Korb mit sauberer Kleidung neben Bin, die auf dem hölzernen Boden saß.

»Ich bereite Euch zunächst ein Bad vor, damit Ihr Euch ordentlich waschen könnt.«

Bin nickte kraftlos. Erst jetzt lockerte sich ihr Griff um den Tigersäbel. Sie hatte ihn so fest umklammert, dass sich das Muster des Hefts in ihre Handfläche geprägt hatte. Ein langer Seufzer entwich ihren Lippen.

Als sie die Augen schloss, konnte sie sein Gesicht vor sich sehen. Das Gesicht des schweren Mannes, der eben noch auf ihrem Rücken gelegen hatte.

Dieser ihr so vertraute Name, den sie so lange nicht mehr gehört hatte. Den sie nie würde vergessen können.

»Eunho Hyeon.«

Diese drei Silben lasteten schwer auf Bins Herz.

Nie hätte sie gedacht, dass sie ihn so wiedersehen würde.

»Ich dachte, ich könnte ihn für immer vergessen.«

Bin schüttelte langsam den Kopf. Es war so irreal, so seltsam.

Hundertmal hatte sie sich ausgemalt, was sie sagen und wie sie ihm entgegenblicken würde, wenn sie ihn wiedersähe.

Jedes Mal waren ihre Vorstellungen anders, aber eines blieb immer gleich.

In dem Moment, als sie auf Eunho träfe, würde sie ihn sofort erkennen. Immerhin war er derjenige, für den sie ihre Erinnerungen und ihr Leben gegeben hatte, wie könnte sie das also nicht? Sie war sich so sicher, ihn selbst inmitten einer Menschenmenge mit Leichtigkeit finden zu können.

»Haha.«

Ein falsches Lachen brach über Bins Lippen.

Selbst aus nächster Nähe hatte sie den Mann vor sich nicht als ihren Verlobten erkannt, aber es waren auch immerhin mehrere Jahre vergangen.

Sie gingen schon längst getrennte Wege, viele Dinge hatten sich verändert, und …

»Er hat jede Erinnerung an mich verloren.«

Der gegenwärtige Eunho war ein ganz anderer als der Eunho in ihrer Erinnerung. Eine andere Existenz, gefüllt mit anderen Erinnerungen und Erfahrungen.

Es war, als wäre sie endlich in der Realität angekommen, von der sie zwar stets gewusst hatte, dass es sie gab, sie jedoch nie als solche akzeptieren wollte.

Seine Ausdrucksweise, sein Blick, sein Gesicht und sein Aussehen. Alles war anders als in ihrer Erinnerung.

»Ich verstehe. Der Eunho, den ich einst kannte, existiert nicht mehr.«

Bin hob den Kopf und blickte in den Garten des Nebengebäudes.

Im Sommer hatten sie hier gemeinsam beobachtet, wie die Blumen blühten, und sich im Winter vor dem anderen im Schnee versteckt. Trotz allem, was Bin widerfahren war, blieb Eunho stets an ihrer Seite.

Bin.

Sie starrte auf die Stelle, an der der junge Eunho in ihrer Erinnerung stand.

Manchmal hatte er Leckereien vom Markt, saisonale Blumen oder auch kleine Schmuckstücke für sie mitgebracht und dort auf Bin gewartet.

»Mein Verlobter.«

Unbewusst drückte Bin die alte, zerfledderte Zierquaste zusammen, die an ihrer Perlenkette hing. Auch die hatte ihr Eunho vor langer Zeit gekauft.

Nun war es ein Geschenk, das lediglich einen Empfänger, aber keinen Überbringer mehr hatte.

Bin dachte an den Eunho, den sie heute gesehen hatte, an seine kalten Augen und die maskulinen Gesichtszüge.

»Ich muss dich nun wohl wirklich loslassen.«

Erst jetzt wurde ihr innerlich klar, dass sie bisher noch immer an ihm festgehalten hatte.

»Fräulein, Euer Badewasser steht bereit.«

Auf Samwols Worte hin trat Bin ein. Die Dienerin half ihr dabei, aus der Kleidung zu schlüpfen.

»Habt Ihr übrigens schon davon gehört?«

»Was meinst du?«

Bins Frage ließ die Dienerin einen Moment lang zögern, bevor sie sprach.

»Man sagt … Meister Eunho kehre in die Stadt zurück, um den Posten als Innenminister anzunehmen.«

Die Wasserperlen auf Bins Wimpern tropften herab wie Tränen.

»Hach, entschuldigt mein loses Mundwerk. Seine Familie hat seit Jahren nicht mehr über Eure Verlobung gesprochen.«

Beschämt senkte Samwol den Kopf.

»Innenminister?«

»Wie bitte? Oh, ja. So haben es seine Bediensteten erzählt. Weil ihr Meister in derart jungen Jahren in ein so hohes Amt aufsteigt, laufen selbst die Diener erhobenen Hauptes umher.«

»Ich verstehe.«

Mit diesen Worten schloss Bin die Augen.

Samwol beobachtete sie einen Moment lang und verließ dann den Raum, um Bin ihre Ruhe zu lassen.

Ein königlicher Minister.

Er entfernte sich immer weiter von ihr, bis er letztendlich unerreichbar für sie sein würde.

»Wie erwartet haben sich unsere Wege bereits getrennt.«

Die untergehende Sonne, die sich im Fluss spiegelte, färbte den weiten Himmel rot.

Eunho merkte sofort, dass er träumte. Die Blätter eines großen Baums an der Mündung des Flusses rauschten in der Brise.

Bitte lass mich dir helfen.

Es war ein kleiner Junge, sein jüngeres Ich, der dies sagte. Aber wann?

Jemand stand vor ihm.

Ein roter Rock und ein unkenntliches Gesicht waren durch die grünen Blätter hindurch zu sehen.

Dieses Bild in seinem Traum, in dem er erwartungsvoll auf eine Antwort des Mädchens mit den fest zusammengepressten Lippen wartete, spiegelte keine seiner Erinnerungen wider.

Sosehr er sich auch fragte, wer die Gestalt war, offenbarte sein Traum nicht ihr Gesicht.

Die Gefühle des jungen Eunho, wie er so dastand und wartete, konnte er jedoch umso deutlicher spüren.

Seine zitternden Hände und sein rasendes Herz.

Bitte sag, dass ich dir helfen darf. Wenn ich dir irgendwie be-

hilflich sein kann, und sei es auch nur ein kleines bisschen, dann erlaube es mir …

Das Gemurmel des jungen Eunho klang wie ein sanfter Windhauch, der die Ohren des Mädchens vor ihm vermutlich nie erreicht hatte.

Ihre Lippen bewegten sich, und im nächsten Moment …

»Eunho Hyeon!«

Ein lauter Ruf drang an Eunhos Ohren. Als eine Hand nach seiner Schulter griff, riss er die Augen auf.

»Du bist wach!«

Ein vertrautes Gesicht erschien in seiner noch immer verschwommenen Sicht.

»Jinwoo?«

»Da du dich noch an mich erinnerst, scheint dir wohl nichts zu fehlen.«

»Was meinst du dami… argh.«

Ein Stöhnen entglitt Eunhos Mund, als er versuchte, aufzustehen. Sein ganzer Körper pochte vor Schmerz. Jinwoo half ihm schnell dabei, sich wieder hinzulegen.

»Du solltest dich nicht so ruckartig bewegen. Dein Körper befindet sich in einem schrecklichen Zustand.«

Jinwoo sah ebenfalls nicht viel besser aus. Wo auch immer er sich herumgetrieben hatte, seine Kleidung und die Haare waren völlig zerzaust. Er roch nach Feuer und war übersät von Rußflecken.

»Was ist passiert?«, fragte Eunho.

Jinwoo blickte ihn ungläubig an.

»Sag du mir lieber, was *dir* widerfahren ist! Wenn der Herr dich nicht aus den Flammen gerettet hätte, wärst du nun tot!«

»Tot …?«

»In der Schlangenresidenz ist plötzlich ein Feuer ausgebrochen. Ein Blitzschlag hat es entfacht.«

»Feuer? Ein Blitzschlag?«

Eunho hob eine Augenbraue.

»Selbstverständlich weißt du nichts davon, du warst bereits ohnmächtig.«

»Willst du damit sagen, dass dieser Mann mich gerettet hat?«

»Ja.«

Eunho blinzelte bei Jinwoos Worten.

Das Gesicht, das er in der Schlangenresidenz gesehen hatte, kam ihm wieder in den Sinn. Der Körper, der aussah, als könnte er bei der kleinsten Berührung in Stücke brechen. Das dünne Lächeln und die vagen Blicke.

»H-hast du ihn nach seinem Namen gefragt?«

Jinwoo schüttelte den Kopf.

»Es blieb keine Zeit mehr, und der Herr sah ebenfalls nicht danach aus, als wollte er mir seinen Namen verraten. Nachdem er dich an mich übergeben hat, ist er verschwunden.«

»Und das, wonach wir gesucht haben?«

Jinwoo grinste und zog ein kleines Buch aus seinem Ärmel.

»Ich bin nicht mit leeren Händen zurückgekehrt. Als ich den Dienern folgte, habe ich dieses Verzeichnis gefunden. Darin sind alle Besucher der Schlangenresidenz aufgeführt, wie viel sie bezahlt und was sie dafür bekommen haben.«

Eunhos Augen leuchteten auf.

»Das sollte uns verraten, wer die Anhänger des Premierministers sind, die ihn innerhalb des königlichen Rats unterstützen!«

»Nutze diese Gelegenheit, um Seiner Majestät als Innenminister eine Hilfe zu sein, Eunho.«

Innenminister.

Es gab großen Widerspruch, als bekannt gegeben wurde, dass Eunho diesen Posten erhalten sollte. Doch Hui Lee, der junge König und Freund von Eunho, seit sie gemeinsam für die Beamtenprüfung gelernt hatten, war nicht bereit, in dieser Frage nachzugeben.

Mit anderen Worten, die Erwartungen an Eunho waren ausgesprochen hoch.

»Also, was ist dir widerfahren?«, fragte Jinwoo erneut.

Eunho erinnerte sich an das zurück, was er gesehen hatte.

»Offenbar hat der Premierminister begonnen, ebenfalls mit nicht-menschlichen Wesen sein Spiel zu treiben.«

»Nicht-menschliche Wesen?«

Eunho erzählte von den Schlangen und dem Schlangenschnaps, die er hinter der Residenz gesehen hatte.

»Der Herr sagte, er sei ebenfalls ein Seelenjäger wie du. Dank ihm habe ich von den Machenschaften des Premierministers erfahren.«

Fragend neigte Jinwoo den Kopf zur Seite.

»Ein Seelenjäger? Er kam mir nicht bekannt vor. Ich habe ihn in dieser Stadt noch nie gesehen.«

»Seltsam. Ein Jäger, den du nicht kennst? Er schien kein Hochstapler zu sein.«

Es ärgerte Eunho, dass er dieser Person sein Leben verdankte und nicht einmal ihren Namen kannte.

»Nun, wenn das Schicksal es so will, werdet ihr euch sicher wiedersehen.«

»Das Schicksal …«

Eunho seufzte leise. Von draußen ertönte die Stimme eines Dieners.

»Meister, seid Ihr erwacht?«

Eunho und Jinwoo wechselten Blicke. Was sie in der Schlangenresidenz getan und auch, was sie dort gesehen hatten, durfte keinesfalls nach außen dringen. Auf Eunhos Geste hin öffnete Jinwoo schnell die Tür für ihn.

»Was führt dich her? Eunho wurde heute in den Palast

berufen und ist bereits im Morgengrauen abgereist. Er hat mich hergeschickt, um seine Sachen zu holen.«

Der Diener erkannte Jinwoos Gesicht und verbeugte sich.

»Ihr müsst Meister Jinwoo sein. Entschuldigt bitte die Störung. Ich werde die gnädige Frau davon unterrichten.«

Jinwoo nickte und schloss die Tür direkt wieder. Ein weiterer leiser Seufzer entkam Eunhos Lippen, während Jinwoo den Kopf schüttelte.

»Was könnte deine Mutter veranlasst haben, zu dieser Stunde einen Diener zu schicken?«

»In letzter Zeit sucht sie verzweifelt nach einer Gemahlin für mich.«

Jinwoo sah ihn verdutzt an. »Eine Gemahlin? Hast du nicht bereits eine Verlobte? Wie hieß sie noch gleich?«

Auch Eunho fiel der Name nicht auf Anhieb ein. Er musste tief in seinem Gedächtnis kramen, bis er sich schließlich erinnerte.

»Bin Seomoon. Ja, das war ihr Name.«

»Moment, die Tochter der Seomoon-Familie ist deine Verlobte?«, vergewisserte sich Jinwoo überrascht.

»Ja, warum?«

»Hach, nun verstehe ich, wieso deine Mutter sich so verhält.«

»Wieso? Was ist denn?«

»Da du kein sonderlich großes Interesse an Klatsch und Tratsch hegst, hast du sicherlich nichts davon gehört, aber die Mitglieder der Seomoon-Familie sind äußerst bekannt dafür, mit einem sehr unheilvollen Schicksal geboren worden zu sein. Es gab sogar eine Zeit, in der sie regelmäßig von Todesfällen heimgesucht worden sind.«

»Tatsächlich?«

»Ja. Wenn ich mich recht entsinne, ist es nun schon fünf Jahre her. Egal, ob Diener oder Verwandte der Familie, sie alle sind gestorben, ohne dass man etwas dagegen tun konnte. Bis schließlich sogar ihr Sohn, der Erbe der Seomoon-Familie, in jungen Jahren sein Leben verlor.«

»Ihr Sohn? Bin Seomoon hatte also einen jüngeren Bruder?«

»Den Geschichten nach schon. Es heißt, die Mitglieder der Seomoon-Familie sollen seit dem Tod des Jungen kaum noch ihr Anwesen verlassen.«

»Und das stimmt auch wirklich?«

Jinwoo schnalzte mit der Zunge, als er bemerkte, dass Eunho all das zum ersten Mal zu hören schien.

»Ts, selbst wenn du wenig Interesse an deiner Verlobten hast, musst du davon doch gehört haben!«

»Die Verlobung ist so gut wie verfallen. Es war mein Großvater, der einst dieses Versprechen zwischen unseren Familien knüpfte. Seit er von uns gegangen ist, haben weder meine noch die Familie der Seomoons jemals wieder darüber gesprochen.«

Der Seomoon-Familie konnte keinesfalls entgangen sein, dass regelmäßig Heiratsvermittler das Haus der Hyeons aufsuchten. Und trotzdem brachte sie kein einziges Mal das Thema Heirat zur Sprache.

Jinwoo strich sich über das Kinn.

»Wie soll ich es am besten sagen … immerhin scheinen sie ihren Platz zu kennen.«

Ihren Platz.

Eunho runzelte die Stirn. Aus irgendeinem Grund verstimmten ihn diese Worte.

»Du bist zum Innenminister aufgestiegen und wirst dem König an seiner Seite dienen. Die Familie deiner Gemahlin sollte also ein gewisses Maß an Einfluss haben. Insofern ist das Handeln deiner Mutter nur verständlich.«

»…«

Eunho erwiderte nichts und blickte nachdenklich umher.

Auch er hatte diese Ansicht geteilt. Eine Verlobung, die in seiner Kindheit von den Erwachsenen der Familie beschlossen worden war, hatte keine große Bedeutung. Sein Leben ging weiter, als hätte es sie erst gar nicht gegeben.

Als er von zu Hause wegging, um für die Prüfungen zu lernen, als er diese erfolgreich bestand und als hoher Beamter in die Verwaltung einberufen wurde, und selbst als er in die Stadt zurückkehrte, um seine Stelle als Innenminister anzutreten – in all diesen Momenten dachte er kein einziges Mal an seine Verlobung.

Seine Verlobte war wie ein Schatten – nicht einmal ihr Gesicht hatte er je gesehen.

Wie ihre Stimme wohl klingen mochte, welche Farbe ihre Augen hatten, und wie sie sich bewegte oder lachte?

Nie waren ihm diese Gedanken gekommen.

Umso merkwürdiger war es für ihn, dass diese Fragen ausgerechnet jetzt seine Neugier zu wecken schienen.

»Man erzählt sich, es habe gestern ein großes Feuer im Schlangental gegeben«, sagte Sangseon mit tiefer Stimme. Eine kalte Morgenbrise wehte in den Raum hinein. Sangseon verbeugte sich noch tiefer. Der Mann, der zu seinen Füßen die Kleidung wechselte, schien bei dieser Nachricht kurz innezuhalten.

»Ich verstehe, im Schlangental also.«

Die Diener um ihn herum traten vorsichtig zurück.

Als Sangseon den König in seinem Gewand erblickte, senkte er den Kopf.

»Damit ist es genau so gekommen, wie der Premierminister es bereits vorhergesehen hat.«

Die Stimme des Königs war kalt, als er sprach.

»Ich bin untröstlich, Eure Majestät«

Hui Lee, der König des Reichs, warf einen Blick in den dunklen Morgenhimmel. Sein Gewand lastete schwer auf seinen Schultern, fast als wollte es ihm sagen, dass er des Königstitels nicht würdig war.

»Der Innenminister soll umgehend in den Palast kommen. Ich muss von ihm persönlich hören, was geschehen ist.«

»Wie Ihr wünscht, Eure Majestät.«

Ein leichtes Seufzen kam Hui über die Lippen.

Der Königstitel, die höchste Macht, nach der man sich sehnen konnte.

Für Hui hingegen wäre es treffender zu sagen, dass das Leben ihn gänzlich unerwartet auf den Thron geführt hatte. Sicher, er war von königlichem Blut, doch stammte er lediglich aus einer kleinen, unbedeutenden Familie, einem kleinen Nebenzweig im Stammbaum. Er hätte es nie gewagt, auch nur davon zu träumen, eines Tages den Thron zu besteigen.

Nachdem er jedoch die einzige Tochter von Giljeon Han, dem Premierminister, geheiratet hatte, änderte sich der Lauf seines Lebens.

Ihre Hochzeit hatte für reichlich Aufsehen gesorgt. Niemand verstand, weshalb die Tochter des Premierministers nicht den Kronprinzen oder dessen ältesten Nachkommen, sondern lediglich den Sohn einer unbedeutenden Familie im königlichen Stammbuch ehelichte.

Aber als Hui zum ersten Mal in die runden, schönen Augen von Giljeons Tochter – Chaeryeong Han – blickte, war es ihm klar geworden.

»Sie wurde geboren, um Königin zu werden.«

Nie zuvor hatte er gedacht, dass die Augen eines erst zehnjährigen Mädchens vor lauter Entschlossenheit derart hell leuchten konnten.

Für sie gab es zwei Wege, um Königin zu werden. Sie

konnte entweder vom Königshof auserwählt werden, um in die königliche Familie einzuheiraten, oder ihren eigenen Vater zum König machen.

Giljeon Han und seine Tochter Chaeryeong entschieden sich für die zweite Möglichkeit. Als Hui die junge Frau heiratete, wurde ihm klar, dass der Han-Clan nichts unversucht lassen würde, um eines seiner Mitglieder auf den Thron zu setzen.

Weniger als ein Jahr nach ihrer Hochzeit erkrankte der Kronprinz und starb. Und noch bevor sie den Platz als Kronprinz selbst einnehmen konnten, verstarben auch die anderen Prinzen.

»Hui Lee, tritt vor und akzeptiere das Erbe des Königs als das deine!«

So wurde der Thron schließlich an ihn übergeben. Er konnte die Stimmen jener, die darüber spekulierten, ob dies ebenso sein Todesurteil bedeutete, noch immer hören.

»Jetzt ist es wohl so weit«, hatte Hui damals Eunho, der neben ihm stand, zugeflüstert.

Nun gab es kein Zurück mehr.

Hui erinnerte sich noch genau daran, wie Chaeryeong Han bei seiner Krönungszeremonie in festlichem Gewand neben ihm gestanden hatte.

Wie sie dort mit ihren runden Augen in den Raum blickte, umgeben von roten, blauen und goldenen Kleiderschichten. Ihr sanfter Blick und ihr junges Gesicht.

Die auf den Pflastersteinen aneinandergereihten Untertanen flüsterten allesamt, dass sie mit ihrer hohen Stirn und ihrem strahlenden Gesicht die perfekte Königin darstellte. Einigen schien ihre Ernennung zur Königin noch weitaus bedeutender zu sein als Huis eigentliche Krönung.

Und so wurden die beiden zu den neuen Herrschern über das Reich.

Chaeryeong, die Herrscherin dieses Landes und alleinige Tochter von Giljeon Han.

Deshalb behandelte Hui sie auch wie eine Königin, statt sie als seine Gattin zu betrachten. Als vor zwei Jahren bekannt wurde, dass sie einen Jungen geboren hatte, machten sich die ersten Anzeichen von Besorgnis im Hof bemerkbar.

Als rechtmäßiger Sohn der Königin war seine Ernennung zum Kronprinzen nur eine Frage der Zeit. Doch damit würde der Premierminister unangefochtenen Einfluss auf den Königshof gewinnen. Der alte Mann, der den letzten drei Königen gedient hatte und inzwischen selbst ein Teil der Königsfamilie geworden war, besaß bereits vollständige Kontrolle über den königlichen Rat. Die Folgen, wenn er auch noch Großvater des Kronprinzen werden würde, waren mehr als absehbar.

War Chaeryeongs Sohn erst einmal Kronprinz, wäre Hui für diesen Plan nutzlos. Es gäbe keinen Grund, ihn weiter auf dem Thron zu halten, wenn stattdessen ein Angehöriger des Han-Clans zum König gekrönt werden könnte.

Den Platz des Kronprinzen einem Kind zu überlassen, bedeutete ebenfalls, dass die Königin die vorläufige Herrschaft übernehmen dürfte, bis der Thronfolger ein angemessenes Alter erreicht hätte.

»Das kann ich nicht zulassen.«

Hui biss sich auf die Lippe. Der Premierminister mochte all dies von Anfang an geplant haben, noch aber war Hui der rechtmäßige Herrscher des Reichs. Sangseon, der hinter ihm stand, ergriff das Wort.

»Innenminister Hyeon ist hier, um von den Ereignissen im Schlangental zu berichten. Möchtet Ihr ihn anhören, Eure Majestät?«

»Lass ihn herein.«

Kaum ausgesprochen, öffnete sich geräuschlos die Tür. Eunho, der hinter ihr stand, verbeugte sich und trat ein. Es war allein ihm möglich, eine solche private Audienz mit dem König abzuhalten. Hui schaute ihn an.

»Du siehst sehr mitgenommen aus, Eunho.«

Eunho senkte den Kopf erneut, als Hui seinen Namen aussprach. Wenn sie allein waren, behandelte Hui ihn genau wie damals, als sie gemeinsam für die Prüfungen studiert hatten.

»Seid gegrüßt, Eure Majestät.«

»Hast du dich schon an das Stadtleben gewöhnen können?«

»Ich bin äußerst erfreut, dank Eurer Gunst wieder hier zu sein, Eure Majestät.«

»Ich hätte dich schon früher zurückberufen, aber jeder meiner Schritte wird genauestens beobachtet.«

»Nicht doch, Eure Majestät. Ich bin Euch sehr dankbar, dass Ihr mir die Ehre dieses Amtes zuteilwerden lasst.«

»Ich hoffe, du wirst mir in Zukunft gut dienen.«

»Ihr könnt Euch auf mich verlassen.«

Dann lenkte Hui das Thema auf die gestrigen Vorfälle.

»Mir wurde mitgeteilt, dass ein Feuer im Schlangental ausgebrochen sei.«

»So war es, Eure Majestät. Der Blitz schlug genau zur rechten Zeit ein. Vielleicht war es das Werk des Premierministers, doch glücklicherweise konnte ich eine Liste mit den Namen derer finden, die in seiner Residenz ein und aus gingen.«

Eunho überreichte Hui das Buch.

»Eine Besucherverzeichnis?«

»Bisher waren wir nicht in der Lage, die genaue Reichweite der Machenschaften des Premierministers zu bestimmen, aber diese Liste enthält neben den Namen ebenfalls

Informationen darüber, was sie ihm mitbrachten und welche Gegenleistung sie dafür erhalten haben. Dieses Buch wird uns als Netz dienen, mit dem wir sie wie Fische allesamt einfangen werden.«

Hui sah Eunho an.

»Ich hoffe, du wirst mir den Kopf dieser Fische zuerst servieren.«

»Aber selbstredend, Eure Majestät.«

Während er dies sagte, blickte er weiterhin emotionslos herab.

Hui kannte diesen Blick gut. Eunho scheute keine Gewalt, wenn sich jemand der königlichen Ordnung widersetzte. Während er den Schwachen mit Güte begegnete, war er gegenüber den Starken kalt und unerbittlich.

Hui beneidete ihn darum. Deshalb war Eunho auch der Erste, den er gleich nach seiner Krönung zu seinem Vasallen ernannt hatte.

»Es besteht ebenfalls Verdacht, dass der Premierminister in dunkle Machenschaften verwickelt sein könnte.«

»Dunkle Machenschaften?«

»Ja, Eure Majestät. Wir haben noch keine eindeutigen Beweise, aber Ihr solltet wachsam bleiben.«

Hui fasste sich an die Stirn.

»In letzter Zeit haben sich in der Stadt seltsame Dinge ereignet, und die Sternleser nahmen ebenfalls sonderbare Bewegungen am Himmel wahr. Irgendetwas geht hier definitiv vor sich, ich kann nur noch nicht sagen, was.«

»Schon bald steht eine Ratssitzung an. Wenn etwas geschehen wird, dann wahrscheinlich zu dieser Zeit. Zudem werdet Ihr bald den Palast verlassen, um das Volk zu treffen, nicht wahr, Eure Majestät?«

»Ja, das stimmt.«

»Ich werde Nachforschungen anstellen, um sicherzugehen, dass es bei der Ratssitzung zu keinerlei Schwierigkeiten kommen wird.«

Hui nickte. Von draußen ertönte Sangseons Stimme.

»Eure Majestät, die Königin erbittet eine Audienz.«

Huis Gesichtsausdruck verfinsterte sich. Eunho stand auf und trat zur Seite, als sich zeitgleich die Tür öffnete.

»Eure Majestät, ich bin gekommen, um Euch einen guten Morgen zu wünschen«, sagte Chaeryeong mit sanfter Stimme und ging mit vorsichtigen Schritten auf ihn zu.

Die Tatsache, dass sie ohne Erlaubnis des Königs die Tür öffnete und eintrat, zeigte jedoch ihr wahres Gesicht, das nicht annähernd so schwach und zierlich war wie ihr Äußeres. Mit gebeugtem Haupt ergriff Eunho als Erster das Wort.

»Seid gegrüßt, Eure Majestät. Ich bin der neue Innenminister, Eunho Hyeon.«

Er konnte spüren, wie ihr Blick auf ihn fiel.

Wiederholt hatte man sie für ihre Güte und Barmherzigkeit gelobt. Man sagte, sie sei schon während ihres Studiums äußerst bescheiden und anderen gegenüber großzügig gewesen, und vermutete, die Bediensteten des Palasts würden es mit einer solchen Frau als Königin gewiss leicht haben.

Und so war es auch. Chaeryeong hielt sich vorbildlich an die königliche Etikette.

Eunho aber nahm eine ganz andere Aura an ihr wahr. Ihm erschien sie vielmehr wie eine Wildkatze, die zum Sprung ansetzte. Ein wildes Tier, das all seine Kraft aufsparte, um seiner Beute gleich beim ersten Versuch das Leben zu nehmen.

»Ach, Ihr seid der junge Vasall, den Seine Majestät so sehr schätzt, nicht wahr? Meine Hofdamen haben Euren Namen oft erwähnt. Wie schön, Euch endlich kennenzulernen.«

Mit mehr als ausschweifendem Dank schüttelte Eunho über die Worte der Königin den Kopf.

»Ich hoffe zutiefst, dass Ihr nur Gutes über mich gehört habt, Eure Majestät.«

Chaeryeong schmunzelte.

»Nun verstehe ich, wieso Seine Majestät eine Schwäche für Euch hat. Ihr seid sehr wortgewandt.«

Die Königin, der König und Eunho.

Lautlos trafen die Auren der drei in dem Raum aufeinander. Aus Huis Stimme ließ sich ein leichtes Unbehagen heraushören, als er sich zu Wort meldete.

»Habt Ihr ebenfalls von dem Feuer in der Sommerresidenz Eures Vaters gehört, Eure Majestät?«

Chaeryeong neigte den Kopf zur Seite, als wüsste sie nicht, wovon er sprach.

»Davon ist mir nichts zu Ohren gekommen, Eure Majestät. Wie Ihr wisst, habe ich den Palast nicht verlassen, woher sollte ich dann von den Geschehnissen außerhalb erfahren haben?«

Ihre nächsten Worte demonstrierten abermals den Scharfsinn der Königin.

»Es berührt mich jedoch zutiefst, dass Ihr Euch um die Angelegenheiten meines Vaters sorgt, Eure Majestät. Ich bin beruhigt, dass es sich bloß um seine Sommerresidenz und nicht den Hauptsitz unserer Familie handelt. Somit gibt es für mich keinen weiteren Grund zur Besorgnis. Mein Vater hat sich sicherlich nicht bei mir gemeldet, weil auch er dieselbe Ansicht vertritt. Ich bedauere zutiefst, dass Ihr Eure Gedanken an einen solch belanglosen Vorfall verschwenden musstet.«

»Ist Euch wirklich gleichgültig, was mit Eurem Vater geschieht, oder tut Ihr lediglich so?«

Chaeryeong lachte über Huis Worte.

»Für mich ist nichts bedeutender als Ihr selbst, Eure Majestät. Natürlich hat mir mein Vater das Leben geschenkt, alles andere in meinem Leben habe ich jedoch Euch zu verdanken. Und da mein Vater bereits übermäßig in Eurer Gunst zu stehen scheint, brauche ich mir um ihn schlichtweg keine Sorgen zu machen.«

Eunho konnte sich ein innerliches Zungenschnalzen nicht verkneifen, als er ihren sowohl moralisch als auch rechtlich unbedenklichen Worten lauschte. Es war keine Überraschung, dass Hui sich in ihrer Gegenwart unwohl fühlte.

»Ich nahm an, dass Ihr von Eurem Vater gehört habt und mich deshalb zu so früher Stunde besucht.«

»Vielmehr wollte ich mit Euch über das bevorstehende Opferfest sprechen.«

»Ihr handelt wahrlich vorausschauend. Bis zum Fest ist noch ausreichend Zeit, was also könnte Euch so sehr beschäftigen?«

»Ich wollte frühzeitig in Erfahrung bringen, ob es bis dahin noch andere Festlichkeiten geben wird.«

Ihre Frage hatte eine klare Intention.

Immerhin gab es keine weiteren Festlichkeiten, die bereits feststanden, und lediglich einen einzigen Anlass, der der Signifikanz des Opferfests nahekam und nicht bereits im Kalender verzeichnet war.

Die Ernennungszeremonie des Kronprinzen.

»An welche andere Festlichkeit dachtet Ihr da? Es genügt, wenn Ihr ein Ritual vorbereitet, das dem Volk die Würde der königlichen Familie demonstriert.«

»Wie Ihr wünscht, Eure Majestät.«

Chaeryeong warf einen Blick auf Hui und erhob sich.

»Dann werde ich nun gehen und Eurem Wunsch nachkommen.«

Mit einer Miene so kalt wie die Morgenbrise verließ sie das Zimmer.

»Eure Majestät.«

Sangseon, der draußen auf sie wartete, verbeugte sich vor ihr. Sie starrte auf die geschlossene Tür und dachte einen Moment nach, bevor sie Sangseon etwas zuflüsterte.

»Finde heraus, was es mit dem Feuer in der Schlangenresidenz meines Vaters auf sich hat, und …«

Nach einer kurzen Pause fuhr Chaeryeong fort.

»Und richte meinem Bruder aus, dass ich ihn bald schon besuchen werde.«

Ehrwürdig nahm er ihre Befehle entgegen.

»Werdet Ihr uns helfen? Ich flehe Euch an, rettet mein Kind!«

In dem kleinen Hof versammelt, schlug eine Gruppe Menschen die Hände zusammen und bettelten.

Neben ihnen lag eine Kiste, die bis oben hin mit Seide und anderen Stoffen gefüllt war. In Tränen aufgelöst verbeugten sie sich in Richtung eines Pavillons, hinter dessen Seidenvorhang lediglich der Schatten einer sitzenden Gestalt zu erkennen war.

»Wenn es Geld ist, das Ihr begehrt, werde ich mein Haus und meine Felder verkaufen! Er ist das einzige Kind in unserer Familie. Ich bitte Euch!«

»Wir flehen Euch an!«

Doch hinter dem Seidentuch kam kein Ton hervor. Die Menschen senkten ihre Köpfe immer tiefer.

»Tss.«

Mit kaltem Blick schaute er auf sie herab.

Paryeos schwarzes Haar wehte leicht im Wind, den ihm ein Diener zufächelte. Seine glasigen Augen starrten auf die Rücken derer, die sich hinter dem Seidenvorhang verbeugten.

Es war so langweilig und eintönig. Ständig wollten die Menschen etwas von ihm.

Und hatte er erst mal einen ihrer Wünsche erfüllt, kamen sie gleich mit einem weiteren zurück. Eine schier endlose Aneinanderreihung von Wünschen.

»Selbst wenn ich ihren Bitten nachkomme, verlieren diese mit dem Tod sowieso ihren Wert. Nichts davon können sie mit ins Jenseits nehmen«, murmelte Paryeo vor sich hin und strich sich übers Kinn. Dann streckte er eines seiner Beine zur Seite aus.

»Ihr wollt also unbedingt das Kind retten?«

Die Leute, die auf dem Boden lagen, nickten im Einklang und bejahten seine Frage. Paryeo überlegte einen Moment lang und fuhr dann fort.

»Wenn ihr euer Haus genauer durchsucht, werdet ihr einen großen Tausendfüßler finden. Ihr müsst ihn fangen, bei lebendigem Leibe kochen und das gewonnene Wasser dem Kind geben. Dann wird es sich erneut bewegen.«

Unter lärmendem Schluchzen verbeugte sich die Menge wiederholt.

»Wir danken Euch! Vielen Dank! Wir werden Eure Gunst nicht vergessen, Allgütiger. Nehmt diese Gaben bitte als Dank an!«

Sie ließen einen Sack voller Juwelen da und verbeugten sich einer nach dem anderen, bevor sie zurücktraten. Während er ihnen nachsah, überkam Paryeo ein langes Gähnen.

Natürlich war es nicht das Kind selbst, sondern die Seele des Tausendfüßlers, der im Körper des Kindes weiterleben und sich bewegen würde, aber für die Menschen war es dasselbe.

Es machte keinen großen Unterschied, und gelogen hatte Paryeo auch nicht. Er sagte, das Kind würde sich wieder bewegen, nicht, dass es wieder leben würde.

Im Hof türmte sich auf einer Seite bereits ein kleiner Berg

aus Getreidesäcken, teuren Luxusgütern und Geld auf. Geschenke, die Paryeo allein heute von den Menschen erhalten hatte.

»Sie sind alle gleich«, murmelte er, während er mit den Fingern über den prachtvollen Fächer neben sich strich.

Er fühlte sich unbehaglich.

Allein wegen dem, was vorgestern in der Schlangenresidenz vorgefallen war. Er dachte, es wäre lediglich auf einen kurzen Moment der Unachtsamkeit seinerseits zurückzuführen gewesen, wann aber hatten sie die Zeit gefunden, all diese Wesen dort unterzubringen?

»Diese Menschen.«

Paryeo hatte allmählich genug von diesem Ort.

»Wo in aller Welt steckt sie nur?«

Wie im Flug waren bereits über sechzig Jahre vergangen, die er im Diesseits verbracht hatte. Zwar gelang es ihm hin und wieder, in einen tiefen Schlaf zu fallen, aber selbst in seinen Träumen setzte er die Suche nach dieser einen Person fort. Bis heute fand er jedoch keinerlei Hinweise auf ihren Verbleib.

Nachdenklich zupfte er an dem blutroten Ohrring, der an seinem linken Ohr steckte. Er hatte eine außergewöhnliche Form und reichte in seiner vollen Länge bis an die Seite seines Halses.

»Es ist, als hätte sie sich in Luft aufgelöst.«

Aber das war unmöglich.

»Allerdings ist sie verantwortlich für Leben und Tod. Sie kann nicht einfach so verschwinden.«

Paryeos glasige Augen blitzten auf. Der Platz stand schon viel zu lange leer.

»Die anderen Königinnen der Unterwelt …«

»Meister Paryeo.«

Eine Gestalt in schwarzer Kleidung trat vor den Pavillon

und verbeugte sich tief. Jemand, der Paryeo beim Namen nannte, konnte nur von einer Person geschickt worden sein.

»Was willst du? Was hat Giljeon nun wieder für ein Problem?«, fragte Paryeo verärgert.

Die Art, wie er den Premierminister beiläufig beim Vornamen nannte, brachte seinen Hochmut zum Vorschein.

Hätte ein anderer gewagt, diesen Namen in den Mund zu nehmen, wäre er in Stücke gerissen worden. Sein Blick blieb ungerührt auf der knienden Gestalt vor ihm haften, doch eine Stimme hinter ihr ergriff das Wort.

»Heute ist es nicht Vater, sondern deine Schwester, die dich besucht, mein werter Bruder.«

Die gehobene Spitzen ihrer mit Blumen bestickten Schuhe lugten unter ihrem prachtvollen Rock hervor. Behutsam trat die Frau in den Hof und sah Paryeo an.

»Es ist schon eine Weile her, nicht wahr?«

Nach einem leichten Seufzen hob Paryeo den Seidenvorhang an, und ihre Blicke trafen sich.

»Wechseln dein Vater und du euch nun damit ab, zum Gesprächsthema der Stadt zu werden?«

»Wenn ich kein Aufsehen errege, schreitest du immerhin nicht zur Tat, deshalb bin ich persönlich hergekommen. Da du eigentlich wissen solltest, wie schwierig es für mich ist, den Palast zu verlassen, hätte ich mir eher erhofft, dass du mir einen Besuch abstatten würdest.«

»Mit meinen alten Knochen fällt es mir immer schwerer, mich zu bewegen. Tritt ein. Ich werde dich anhören.«

Paryeo zog ein in fünf Farben gestepptes Kissen hervor und warf es neben sich. Dann signalisierte er ihr mit den Fingern, sich zu setzen.

»Du bist der Einzige, der der Königin dieses Reichs gegenüber ein solches Benehmen an den Tag legt.«

»Ich bin schließlich keiner deiner Untertanen, und

hier bist du auch nicht die Königin, sondern lediglich Chaeryeong Han.«

»Deine Antwort gefällt mir. Als Gegenleistung werde ich dir die Ehre erweisen, neben mir sitzen zu dürfen.«

Chaeryeong krempelte den Saum ihres Rocks hoch und setzte sich an seine Seite.

»Und, gefällt es dir, Königin zu sein?«

»Nun, es ist genauso, wie ich es mir vorgestellt hatte. Es war schon immer eine meiner Stärken, mich als kluge und sittsame Frau zu geben.«

»Du kommst ganz nach deinem Vater.«

Giljeon Han gewann als mächtiger Politiker unter drei Königen hohes Ansehen und machte, als wäre dies nicht bereits genug gewesen, schließlich auch seine Tochter zur Königin des Landes. Chaeryeong war ihrem Vater in diesem Punkt sehr ähnlich.

Dennoch schienen Paryeos Worte keinesfalls ein Kompliment gewesen zu sein. Er kniff die Augen zusammen und musterte noch einmal ihr Gesicht. Sie sah gereizt aus. Schon als Kind hatte sie sich in ihrem Zimmer eingeschlossen und dieses Gesicht gemacht, wann immer ihr etwas nicht gefiel. Ein Blick, den sie nie vor jemand anderem offenbarte.

»Sag schon, was ist dir diesmal ein Dorn im Auge?«, fragte Paryeo sie mit sanfter Stimme.

Chaeryeong schleuderte ihm ihre Antwort förmlich entgegen.

»Ich weiß nicht, welche Absichten Seine Majestät hegt, aber er lässt mir keine Chance, über die Ernennung des Kronprinzen zu sprechen.«

Die Ernennung des Kronprinzen.

Als Chaeryeong einen Jungen zur Welt brachte, sorgte dies im ganzen Reich für Aufsehen. Die Geburt eines Jungen, der die Linie der Königsfamilie fortsetzen würde, war eine mehr als freudige Nachricht. Alle glaubten, dass ihr Sohn im Handumdrehen zum Kronprinzen ernannt werden würde. Es gab zwar noch den Sohn seiner Konkubine, Sookbin, aber das war nicht weiter von Belang.

Der König, der die Zeremonie anordnen musste, schwieg jedoch. Er führte an, dass es bislang keine Krönungszeremonie gegeben habe, die noch im Geburtsjahr eines Kindes stattfand. Also wartete Chaeryeong geduldig, doch auch nachdem ein Jahr vergangen war, ließ der König kein Wort zur Krönung über seine Lippen kommen.

»Ich wurde Königin, um unsere Familie zu einem Teil der königlichen Blutlinie zu machen. Warum nur zögert Seine Majestät die Krönung weiterhin hinaus?«

Paryeo erinnerte sich an das Gesicht des kleinen Jungen, den er im Palast gesehen hatte. Der Sohn des Königs und der Königin. Er sah weder Hui noch Chaeryeong ähnlich.

»Betrachte ihn als deinen Enkel oder Neffen«, hatte ihm damals irgendwer gesagt.

Obgleich er nie einen solchen Verwandtschaftsgrad zu dem Jungen haben würde, sah Paryeo sich zu der Zeit die äußerst kurze Lebenslinie auf seiner Hand an. Die fehlende Länge würde kein großes Problem darstellen. Paryeo könnte sie immerhin jederzeit mit der eines anderen zusammenweben. Natürlich nur, wenn er auch dazu gewillt war.

»Kannst du meinen Sohn zum Kronprinzen machen, Paryeo?«

Chaeryeongs große Augen sahen ihn an.

»Ich möchte, dass du mir dasselbe versprichst, was du meinem Vater versprochen hast.«

Nachdenklich, was er tun solle, wedelte Paryeo mit dem Fächer hin und her.

Er hatte nicht vorgehabt, so lange in dieser Welt zu bleiben, aber es war nun mal so gekommen. Und da er noch immer nicht gefunden hatte, wonach er suchte, würde sich seine Abreise wohl auch weiterhin verzögern.

Mit desinteressierter Miene meldete er sich zu Wort.

»Dein Junge ist noch nicht mal zwei Jahre alt, wozu die Eile? Hast du etwa nicht davon gehört? Wenn man ein Kind bereits im jungen Alter mit zu vielen schönen Dingen überhäuft, zerren es die neidischen Geister ins Jenseits.«

Seine Stimmlage blieb sanft, aber Chaeryeong hatte verstanden, was er ihr sagen wollte.

Paryeo betrachtete ihren prachtvollen goldenen Anhänger, ihre Haarnadel in der Form eines Phönix, den vergoldeten Rock und die korallenroten Knöpfe an ihrer Kleidung.

»Das trägst du doch nicht im Palast, oder?«

»Du hast es doch eben selbst gesagt. Ich bin zurzeit nicht die Königin, sondern Chaeryeong Han. Wieso sollte ich so etwas nicht tragen dürfen und bloß brav im Palast sitzen bleiben?«

Sie blickte vom Boden des Pavillons aus auf die Stadt hinunter, dann sprach sie erneut.

»Wirst du mir dann einen anderen Gefallen tun?«

»Ich werde ihn mir zumindest anhören. Wie du weißt, verhält es sich mit meiner Laune wie mit einem Schilfrohr im Wind.«

»Nächsten Monat findet im Palast das Opferfest statt. Seine Majestät und ich werden daran teilnehmen.«

»Ich weiß, ich habe dem Fest schon einige Male beigewohnt.«

»Jag Seiner Majestät dort einen ordentlichen Schrecken ein. Das kannst du für mich doch sicher tun, nicht wahr?«

Paryeos Augen leuchteten interessiert auf.

»Nun, ich bitte dich nicht darum, ihn zu töten oder einer

Gehirnwäsche zu unterziehen. Auch ich habe nach all der Zeit mit meinem Gatten eine gewisse Zuneigung zu ihm entwickelt. Zumal es keinen guten Eindruck hinterlassen würde, wenn dem König noch vor der Krönung des Kronprinzen etwas zustieße. Daher bitte ich dich nur darum, ihn ein wenig zu erschrecken.«

»Dir ist sicher bewusst, dass der König Dinge wie Geister überaus fürchtet?«

Auf seine Frage lächelte Chaeryeong nur.

»Natürlich weiß ich das. Er ist immerhin mein Gatte.«

»Der Apfel fällt nicht weit vom Stamm. Dein Vater und du seid beide nicht ganz bei Sinnen.«

»Es ist nun mal sehr mühsam, mit einem klaren Verstand in dieser Welt zu überleben. Genau deshalb hättest du damals auch einwilligen sollen, als ich sagte, ich würde dich heiraten wollen. Du bist das Einzige, was ich weitaus mehr begehrt habe als dieses Reich.«

Ein schwaches Lächeln zog über Paryeos Lippen.

»Es ist wirklich bedauernswert, Dinge zu begehren, die nicht in diese Welt gehören. Gib dich damit zufrieden, nun ein ganzes Reich für dich zu haben.«

»Ich werde es zumindest versuchen. Also, wie lautet deine Antwort?«

Den König beim Opferfest zu überraschen, klang für Paryeo nach Spaß.

»Gib mir das«, sagt er mit einem Kopfnicken in ihre Richtung.

Nachdem sie seinem Blick gefolgt war und verstand, worauf er hinauswollte, holte sie unter all ihrem Haarschmuck die schönste Haarnadel hervor.

»Jetzt, wo du als Wahrsager arbeitest, soll ich also auch bezahlen?«

»Ohne einen geeigneten Preis wird der Zauber nicht funktionieren. Leg sie dort hin und geh.«

Chaeryeong legte die Haarnadel in Form eines Phönix ab und stand auf.

»Es findet am letzten Tag des Monats statt. Ich verlasse mich auf dich.«

»Ja. Nun geh, ich werde dich nicht nach draußen begleiten.«

Sie warf einen kurzen Blick auf Paryeo und schnalzte mit der Zunge.

»Es wird langsam Zeit, dass auch du aufhörst, Dinge zu begehren, die nicht in diese Welt gehören.«

Mit einem schiefen Lächeln schritt Chaeryeong schließlich an der Seite ihrer Eskorte an Wächtern zur Tür hinaus. Ein leichtes Kichern brach über Paryeos Lippen.

Etwas, das nicht in diese Welt gehört.

Sie hatte schon recht. Diese Worte sollte sich nicht Chaeryeong, sondern vielmehr Paryeo zu Herzen nehmen.

Immerhin war er hierhergekommen, um die eine Person zu finden, die am wenigsten in diese Welt gehörte.

Aus dem Jenseits zurück in das Diesseits. Den Geistern war es möglich, durch beide Welten zu wandern. Nur weil er im Diesseits geboren worden war, gelang es Paryeo jedoch, so lange an diesem Ort zu überleben. Jedes Wesen, das seinen eigentlichen Platz verließ, verlor an Kraft.

Aus diesem Grund waren auch die Königinnen der Unterwelt nicht einfach in das Diesseits aufgestiegen. Jede Welt hatte ihre eigenen Regeln, die befolgt werden mussten, und nur Wesen wie Paryeo, die von Geburt an aus beiden Welten stammten, konnten sich frei zwischen ihnen bewegen.

Wo seid Ihr nur? Wo und in welcher Form habt Ihr Euch bloß versteckt?

Er streckte die Arme über den Schreibtisch und vergrub sein Gesicht. Zur gleichen Zeit hörte er, wie die Tür erneut aufging.

»Chaeryeong, ich bin erschöpft. Bitte, wenn du etwas zu sagen hast …«

»Ich habe gehört, dass Ihr meine Zukunft vorhersagen könnt.«

Der Klang der Stimme ließ Paryeos Kopf hochschnellen.

Ein hellgrüner Rock flatterte in der Brise auf und ab. Paryeos Blick wanderte an den natürlichen Wellen des Rocks entlang nach oben. Der Blick seines Gegenübers wirkte so lebendig und zart wie ein frisches Weidenblatt und war zugleich so kühl wie ein Fluss im April.

Er erkannte sofort, wer die Frau in seinem Vorgarten war.

»Tretet ein«, sagte er mit strahlenden Augen.

Der Respekt, den er seinen Kunden sonst nicht erwies, kam wie von selbst über seine Lippen.

»Ihr habt mich schneller gefunden, als ich dachte.«

Bin Seomoon schaute ihn an.

Leichtfüßig schritt sie von der anderen Seite des Hofs auf ihn zu und setzte sich auf denselben Platz, auf dem kurz zuvor noch Chaeryeong gesessen hatte.

»Auch wenn es vielleicht nicht so scheint, habe ich dennoch einige Kontakte unter den Seelenjägern. Es geht das Gerücht um, dass ein berühmter Mann, der durch die acht Provinzen wandert und die Zukunft vorhersieht, in die Stadt zurückgekehrt sei. Als ich davon gehört habe, musste ich sofort an Euch denken, Paryeo.«

»Nun, ich bin ein äußerst begabter Wahrsager.«

»Könnt Ihr dann auch eine meiner Fragen beantworten? Wo ich schon einmal hier bin.«

»Was möchtet Ihr wissen?«

Bin sah Paryeo direkt in die Augen.

»Könnt Ihr mir sagen, wie viele Geister sich an mich geklammert haben?«

Seine Finger, mit denen er gerade noch rhythmisch auf dem Teetisch vor sich herumgetippt hatte, während er ihre Frage abwartete, erstarrten. Mit zusammengekniffenen Augen wandte er sich in ihre Richtung. Bin wandte den Blick nicht ab.

Ganz langsam beugte sich Paryeo zu ihr hinüber. Sie sah ihn mit aufrechter Haltung an. Während seine Lippen sich näher an ihr Ohr bewegten, wanderte sein Blick über ihre Schulter. Dann öffnete er den Mund.

»Es sind zu viele, um sie zu zählen«, flüsterte er ihr zu.

Kaum dass seine sanfte Stimme ihr Ohr erreicht hatte, lief ihr ein kalter Schauer über den Rücken, der sie mit den Schultern zucken ließ. Im selben Moment lehnte Paryeo sich nach hinten und kehrte auf seinen Platz zurück.

Zum ersten Mal sah sie sich sein Gesicht genauer an.

Ob in der Dunkelheit oder im strahlenden Tageslicht, er wirkte stets wie ein blasser Schatten. Sein hüftlanges Haar und die baumelnden Ohrringe. Er war keinesfalls ein normaler Mensch. Es war, als wäre er in einen Nebel gehüllt, der es unmöglich machte zu erkennen, was darunter lag.

Paryeo sah Bin an und öffnete den Mund.

»Wenn ich Euch jetzt so sehe, scheint Ihr Euch doch gar nicht so sehr verändert zu haben.«

Alles Junge war schwach und schön.

Egal, ob Welpe oder Jungkatze, ob eine frisch erblühte Blume oder ein zartes Blatt.

Und so verhielt es sich auch mit dem Kind, das vor fünf Jahren vor ihm gestanden hatte. Ein rotes Haarband baumelte an ihrem Zopf, der sich schon fast vollständig gelöst hatte. Ihr sprachloser Gesichtsausdruck, unwissend, welches Wesen sie gerade herbeigerufen hatte. Während er ihrer

Stimme lauschte, die ihn immer wieder angefleht hatte, ihren Wunsch zu erfüllen, überkam ihn das Gefühl, als würde er sich selbst vor sich sehen. Aus einer Zeit, an die er sich längst nicht mehr erinnern konnte.

Und so erfüllte er zum ersten Mal den Wunsch eines Menschen. Als er sich in dieser Welt niederließ, hatte er zwar ebenfalls der damals noch unbedeutenden Familie des Han-Clans einen Wunsch erfüllt, dieser verhielt sich jedoch eher wie eine Art Handel.

Der Han-Clan unterstützt Paryeo dabei, als Wesen aus dem Jenseits in dieser Welt zu leben, während Paryeo im Gegenzug seine Fähigkeiten zu dessen Gunsten einsetzte.

Nur dank seiner Hilfe war es einer gewöhnlichen Familie gelungen, einen Premierminister wie auch eine Königin hervorzubringen.

Der allgütige Schlangengott.

Eine Gottheit, die im Haus einer Familie lebte und ihr Glück und Reichtum einbrachte.

Diese Macht wohnte mir jedoch nicht schon immer inne.

Sie war es gewesen, die einer einfachen Schlange damals ein solches Geschenk gemacht hatte …

»Ihr hattet gesagt, Ihr bräuchtet meine Hilfe, nicht wahr?«

Bins Stimme unterbrach Paryeos Tagträumerei. Er sah sie an.

Ihr blasses Gesicht wirkte stoisch. Paryeo kannte diesen Ausdruck. Er war in den kläglichen Gesichtern all jener Menschen zu finden, die aus dieser Welt verstoßen worden waren.

»Ich sagte, Ihr könntet mir womöglich helfen.«

»Dann möchte ich es versuchen.«

»Sicher, dass Ihr nicht bloß mehr Seelenperlen sammeln wollt?«

Bin zuckte leicht zusammen.

»D-das stimmt natürlich auch, aber …«

»Ihr könnt wahrlich nicht lügen. Mir soll es recht sein. Sagt, was ist eigentlich aus dem Jungen geworden?«

Bin blinzelte überrascht.

»Ich meine den Jungen, den Ihr damals unter allen Umständen beschützen wolltet, selbst wenn Ihr dazu erst mal mich beschwören musstet.«

Bin wurde klar, wen Paryeo meinte. Ihr Gesicht verfinsterte sich innerhalb von Sekunden.

»Mein Wunsch ist erfüllt worden«, sagte sie nach kurzer Überlegung.

Paryeo durchschaute ihre Hintergedanken jedoch gleich.

»Euer Wunsch wurde erfüllt, aber letzten Endes habt Ihr dadurch etwas äußerst Wichtiges verloren.«

»Woher wisst Ihr das?«

Paryeo breitete leicht die Arme aus und deutete auf sich selbst. »Was glaubt Ihr, woher ich komme?«

»Was meint Ihr damit? Woher soll ich das wissen?«

Bins Stimme zitterte. Der rote Ohrring, der an seinem geneigten Kopf herabbaumelte, erinnerte an einen Blutstropfen. Auf seinem entblößten Nacken kamen glitzernde Schuppen wie die einer Schlange zum Vorschein.

Bei dem Anblick verschwamm ihre Sicht kurz, als würden sich ihre Augen neu fokussieren. Dann bewegten sich ihre Lippen wie von selbst.

»Hinter den nördlichen Bergen, über den Styx hinaus, führt ein Pfad die Seelen in die Höllen des Jenseits. Häuser, die aus den Schatten errichtet wurden, und über den Dachsparren des fünften von ihnen …«

Sie unterbrach sich selbst und hielt sich überrascht den Mund mit der Hand zu.

Paryeos Gesichtsausdruck blieb derselbe.

Bin blinzelte. »I-ich weiß nicht, was da gerade über mich gekommen ist!«, sagte sie mit lauter Stimme und senkte den Kopf.

Paryeo brach in Gelächter aus. »Haha! Haha …«

Sanft legte er seine Hand auf Bins zitternde Schulter. Seine große Hand umschloss sie vollständig, sodass sie seine kalten Finger durch den dünnen Stoff ihres Hemds spüren konnte.

»Ihr habt es also gesehen?«

»I-ich habe nicht bewusst hingesehen.«

»Das ändert nichts. Es ist gut zu wissen, dass Ihr solche Dinge sehen könnt«, murmelte er vor sich hin, fast, als würde er mit sich selbst reden. Dann griff er sanft nach ihrem Kinn und hob es an. Sein Blick schweifte über ihr Gesicht.

»Es scheint, als hätte ich diesmal die Richtige gefunden.«

Bins Wimpern flatterten und warfen tanzende Schatten über ihre Pupillen.

»Nun gut«, sagte Paryeo.

»Wie bitte?«

»Jetzt, da Ihr etwas gesehen habt, das nicht für Eure Augen bestimmt war, sollten wir einander wohl helfen.«

Ihre Augen weiteten sich. Paryeo lächelte nur. Es war ein aufrichtiges Lächeln, ganz und gar nicht wie das, das er in Gegenwart von Chaeryeong gezeigt hatte.

»Ihr seid zurzeit jedoch noch zu schwach, als dass ich Eure Augen für meine Zwecke verwenden könnte.«

Paryeo grübelte einen Moment, bevor er mit einem Hauch von Resignation weitersprach.

»Ich werde mir ansehen, wozu Ihr fähig seid, und dann entscheiden, wie ich Euch helfen kann. Und ebenso, wie Ihr mir helfen können werdet.«

Bin wurde klar, dass ihre nächsten Worte ihre Zukunft bestimmen würden.

Sie wusste noch nicht, welchen Preis ihr Wunsch mit sich bringen würde, aber damals wie heute gab es nur eine Antwort für sie.

»In Ordnung.«

KAPITEL 2

Vom Lotuslaternenfest und den Geistern

Die morgendliche Ratsversammlung war von einer seltsamen Schwere geprägt.

Von den übrigen Ministern ging eine gewisse Zurückhaltung aus, womöglich wegen des jüngsten Vorfalls, bei dem die Residenz des Premierministers von einem Blitz getroffen worden und bis auf die Grundmauern niedergebrannt war. Mit starrem Blick musterte Eunho die hohen Räte, wie sie alle auf ihren jeweiligen Posten standen. Es war, als würde eine unsichtbare Macht durch ihre roten und blauen Roben strömen.

Und im Zentrum dieser geballten Macht stand stets er – das Gesicht voller Falten, die Augen ausgezehrt.

Eunhos Blick traf auf den des Premierministers Giljeon Han. Musternd betrachtete er ihn durch die Reihen der übrigen Minister. Jetzt, da er selbst den Posten des Innenministers innehatte, war es unvermeidlich, dass er sich der Fraktion des Premiers frontal gegenüberstehen sah. Eine Tatsache, der sich gewiss auch Giljeon Han mehr als bewusst war.

Dass er tatsächlich in solch düstere Machenschaften verwickelt ist …

Eunho erinnerte sich an die Schlangen in der Residenz zurück. Das kalte, feuchte Gefühl, das seinen Körper umklammert hatte, schien ihn erneut zu umgeben.

Das bedeutete dann wohl, dass auch er vor keinen Mitteln und Wegen zurückzuscheuen bräuchte. Er warf einen Blick in Richtung Königsthron. Hui nickte ihm beinahe unmerklich zu.

Nimm die Verfolgung auf.

So wie der Falkner seinen Vögeln das Signal zur Jagd gab, hatte auch der König Eunho auf seine Beute angesetzt.

Auf das Kommando Seiner Majestät hin trat Eunho vor. Die Blicke der Minister, die sich allmählich auf das Ende der Versammlung eingestellt hatten, richteten sich erneut auf ihn.

»Ich bin der neue Innenminister, Eunho Hyeon. Uns haben jüngst die Berichte der königlichen Inspektoren erreicht, die Ende letzten Jahres auf Befehl Seiner Majestät hin in alle acht Provinzen des Reichs entsandt wurden, um geheime Nachforschungen anzustellen.«

Einigen der Anwesenden entfuhr ein Grummeln. Für sie stand schließlich so einiges auf dem Spiel. Auch Giljeon Han richtete sich auf, blickte jedoch nicht den Innenminister, sondern Hui an.

Eunho fuhr fort. »All jene, gegen die auf Grundlage dieser Berichte noch ermittelt werden muss, werden nun in die Stadt zurückbegleitet. Jene, gegen die bereits eindeutige Beweise vorliegen, werden ihrer Ämter enthoben und einem Prozess unterzogen, um die angemessenen Strafen zu bestimmen.«

Eunho gab ein kurzes Signal mit den Augen, woraufhin eine Gruppe Menschen, die etwas weiter hinten im Saal gewartet hatte, mit Stapeln von Schriftrollen in den Armen hervortraten.

Man hörte jemanden angesichts der gewaltigen Menge an Dokumenten aufstöhnen. Die Gesichter der Minister verfinsterten sich.

»Man sagt, es gäbe in jeder Provinz korrupte Beamte, jedoch bildet die Hauptstadt ganz zweifellos den Mittelpunkt dieser Korruption. Ich bin sicher, dass sich alle Anwesenden denken können, was diese Dokumente hier beinhalten.«

Eunho nahm die oberste Schriftrolle in die Hand.

»In diesem Bericht hier geht es um das Kriegsministerium. Er beschreibt die ungerechte Behandlung von Soldaten, die keine Sonderabgaben geleistet haben – und das auf Stützpunkten in jeder Provinz. Die Liste der erhaltenen Güter ist ziemlich üppig, und ich kann mir vorstellen, dass es für die Soldaten in den Provinzen schwierig war, einmal im Jahr eine solche Abgabe zu leisten. Vergaßen sie allerdings auch nur eine Zahlung, wurden sie umgehend in die abgelegensten Regionen versetzt – mehr als eindeutig als Bestrafung. So eindeutig, dass wir fast schon von Glück reden könnten. Da Ihr für sämtliche Stützpunkte verantwortlich seid, könnt Ihr uns doch sicher verraten, wo all diese Güter hingekommen sind, werter Vizekriegsminister?«

Eunhos Blick fiel auf den zitternden Mann.

»D-das, das ist ja unerhört«, stotterte der ihm entgegen. Doch Eunho griff bereits nach der nächsten Schriftrolle.

»Aha, das hier ist eine lange Liste mit all den Vergehen einer Person, die offizielle Ermächtigungen verkauft. Sie hat eine Reihe von Dokumenten gefälscht, die augenscheinlich von Seiner Majestät zu stammen scheinen, und verkauft diese gegen Geld an Unwissende. Ein durchaus mittelschweres Verbrechen.«

Einer der anderen Minister aus der Reihe begann wie Espenlaub zu zittern.

Eunhos Augen waren kalt und abweisend, als er die Männer ansah. Nicht einer der Minister in diesem Rat trug eine Weste, die rein genug für die Macht gewesen wäre, die man ihnen übertrug. Sie alle hatten einen Arm oder ein Bein an den Premierminister verpfändet.

Dessen war sich Eunho bewusst, und doch hatte er wegen des Einflusses von Giljeon Han, der den Königen Joseons bereits seit Generationen diente, und des bislang noch fehlenden Einflusses von Hui nichts ausrichten können. Das konnte jedoch nicht ewig so bleiben. Schon gar nicht jetzt, da die Königin ein Kind geboren hatte.

»Hier halte ich eine Anklage über gesondert gezahlten Wegzoll durch Händlergilden an die Grenzsoldaten in der Hand. Und was haben wir hier? Staatliche Dienstmädchen, die für ein privates Bankett genutzt wurden.«

Mit jedem Wort, das Eunho sprach, sank die Stimmung weiter ins Bodenlose. Auch ohne ihre Gedanken hören zu können, war offensichtlich, was den Anwesenden durch den Kopf gehen musste.

Du Jüngling scheinst dir der Zuneigung des Königs ja ziemlich sicher zu sein, um hier vor den Rat zu treten und ein solches Spektakel zu veranstalten.

Nachdem er Eunhos Berichterstattung bislang still gelauscht hatte, erhob Hui die Stimme. »Soll das etwa die Loyalität sein, von der hier andauernd die Rede ist?«

Die Minister senkten die Köpfe. Aber das hier war erst der Anfang.

Eunho wandte sich Hui zu und senkte ebenfalls den Kopf.

»Eure Majestät, wenn das Reich aufrecht stehen soll, müssen zuerst diejenigen, die es regieren, aufrecht stehen. Dies ist in den vergangenen Jahren nicht der Fall gewesen. Ich bitte Euch, diese Angelegenheit weiter zu untersuchen.«

»Es sei bewilligt.«

»Ich danke Euch für Eure Güte, Eure Majestät.«

Als er erneut den Kopf hob, blieb sein Blick schließlich auf Giljeon Han hängen.

Dieser zeigte jedoch keinerlei Regung in seinem Gesicht, fast so, als wollte er die anderen wissen lassen, dass er bislang jedem Gegenwind standgehalten hatte und dies auch weiterhin tun würde.

»Mein Herr.«

Eunho war bereits auf dem Weg nach draußen, als einer der Bediensteten nach ihm rief, zweifellos auf Huis Befehl hin. Unbemerkt von den anderen Ministern steuerte Eunho auf den hinteren Teil des Korridors zu und verschwand im Schatten des Palasts.

Von heute an bin ich wohl Staatsfeind Nummer eins.

Unabhängig von der Gunst des Königs, unter der er sich bewegte, war es ihm dank seiner stetigen Wanderschaft als Provinzaufseher möglich gewesen, weitgehend unbehelligt zu bleiben, aber das würde sich nun ändern. Er war inzwischen zum Innenminister aufgestiegen, hatte heute offen die Anhänger des Premierministers kritisiert und verkündet, dass sie sich Befragungen unterziehen müssten.

Natürlich wussten auch die anderen Minister, dass Hui hinter ihm stand, doch würden die Pfeile der Opposition in erster Linie auf ihn, den Mann vor dem König, gerichtet sein.

Wie viele der Pfeile er wohl würde abwehren können und wie viele ihn treffen würden?

Für einen Moment richtete Eunho seinen Blick in den sich langsam verdunkelnden Himmel.

»Tretet bitte ein.«

Auf die Worte des Bediensteten hin fasste er sich erneut und betrat das Zimmer. Ohne auch nur einen Laut von sich zu geben, lugte Huis Gestalt hinter der offenen Tür hervor. Aus so direkter Nähe schien er Eunhos Anspannung fast schon hören zu können.

»Eunho.«

»Eure Majestät.«

Eunho verbeugte sich tief.

»Es war überaus unterhaltend, dich nach so langer Zeit erneut in Aktion zu erleben.«

»Bitte verzeiht, dass ich mich nicht besser unter Kontrolle hatte.«

»Das macht nichts. Es ist ja nicht so, als hätten die übrigen Minister bislang mehr Selbstkontrolle an den Tag gelegt.«

»Beginnen wir unsere Nachforschungen beim Kriegsministerium. Dort werden wir zwangsläufig die meisten Leichen im Keller finden, und sollte man sich dort gegen Euch erheben, würde es dem Königshof zudem die meisten Probleme bereiten.«

»Das wäre sowieso mein Plan gewesen. Und um künftig die inneren Angelegenheiten der Armee zu regeln, werde ich Mansoo Lee auf diesen Posten ansetzen.«

»Mansoo Lee?«

Eunho dachte an die vorherige Versammlung zurück und sah das Gesicht des Mannes in den hinteren Reihen des Rats gedanklich aufblitzen.

»Er ist der Einzige aus dem Ministerium, der nicht zur Fraktion des Premiers übergelaufen ist. Selbst mein überaus temperamentvoller Vorgänger war ihm wohlgesinnt. Seine bescheidene Herkunft hat ihn bislang daran gehindert, höher aufzusteigen, mit diesem Gefallen sollte er also vorerst in meiner Schuld stehen.«

»Wenn das so ist, komme ich Euren Wünschen selbstverständlich nach. Ich werde zunächst …«

Mit kurzen, schnellen Schritten betrat der Bedienstete erneut das Zimmer. Sein Gang ließ bereits vermuten, dass etwas nicht stimmte. Mit entschuldigender Miene flüsterte er Hui etwas zu, dessen Gesicht sich daraufhin verdunkelte.

»Ich verstehe. Geh wieder hinaus.«

»Sehr wohl.«

Der Bedienstete verbeugte sich und verließ den Raum.

Eunho blickte Hui fragend an. »Ist etwas geschehen?«

»Die Königin fragt, ob ich übermorgen gemeinsam mit ihr das Lotuslaternenfest besuchen möchte.«

»Ihre Majestät?«

»Ja. Sie scheint wohl zu denken, es würde mir gefallen, wenn sie sich so benimmt.«

»Was gedenkt Ihr zu tun? Wie Ihr wisst, birgt das diesjährige Fest allerlei Gefahren.«

Hui starrte mit finsterem Blick aus dem Fenster. »Weigere ich mich, werden sich allerdings erneut seltsame Gerüchte verbreiten.«

Diese Antwort ließ auch Eunho verstummen.

So oder so gab es jene, die die angebliche Tugendlosigkeit des Königs für die sonderbaren Ereignisse innerhalb der Stadt verantwortlich machten. Und natürlich war Hui sich durchaus darüber im Klaren, wer genau sie dazu anstachelte.

»Lieber blicke ich in das Gesicht der Königin, als zu solchen Gerüchten beizutragen.«

»Dann werde auch ich Euch zu den Festlichkeiten begleiten.«

Eunhos Worte hellten Huis Gesicht endlich ein wenig auf.

»Würdest du das für mich tun?«

»Natürlich. Es ist schließlich meine Pflicht, Euch zur Seite zu stehen. Man erzählt sich, dass während des Lotuslaternenfests allerlei verdorbene Wesen ihr Unheil treiben, daher werde ich Herrn Park aus dem Ministerium für Weltkunde herbitten und mit ihm gemeinsam teilnehmen.«

»Tu das.«

Mit geneigtem Kopf verließ Eunho rückwärts den Raum.

Ein Lotuslaternenfest, dem Königin Chaeryeong persönlich beiwohnen würde. Da die Botschaft nicht über einen Gesandten des Ministeriums für Riten und Bräuche überbracht worden war, plante sie wohl, im Geheimen an den Festivitäten teilzunehmen.

»Es gibt so einiges vorzubereiten. Ich sollte besser noch ein paar weitere Seelenjäger einberuf…«

Vor seinem geistigen Auge sah Eunho den Seelenjäger, dem er in der Schlangenresidenz begegnet war. Wie blass und elegant sein Gesicht im Schatten seines Huts gewirkt hatte. Er hatte ihm bereits einmal das Leben gerettet, was ihn ausreichend verantwortungsbewusst und vertrauenswürdig erscheinen ließ.

»Wenn ich dich nur finden könnte.«

Er wollte ihm wenigstens für seine Hilfe danken. Und auch so verspürte er das Bedürfnis, ihn noch ein weiteres Mal zu treffen.

»Seltsamerweise habe ich das Gefühl, ihn irgendwo schon einmal gesehen zu haben.«

Eine lebensbedrohliche Notlage.

Wenn er so zurückdachte, war ihm bereits etwas Ähnliches passiert, als er noch jünger war.

»Ich glaube, sie redeten davon, dass ich in einen Fluss gefallen war.«

Seine Eltern hielten sich über den Vorfall stets bedeckt, weshalb Eunho stattdessen hier und da aus den Mündern der Bediensteten Fetzen aufgeschnappt hatte. Doch auch heute bestand für ihn noch immer so manche Ungereimtheit.

Wieso war er plötzlich in den Fluss gestürzt, obgleich dieser zu der Zeit gar nicht über die Ufer getreten war? Und wieso weigerten seine Eltern sich so penetrant, auch nur ein Wort über den lebensbedrohlichen Vorfall zu sprechen, den er auf gar wundersame Weise überlebt hatte?

»Damals war jemand dort.«

Eunho neigte den Kopf leicht zur Seite.

Ihm waren nur bruchstückhafte Erinnerungen geblieben, aber manchmal erinnerte er sich daran, in der sengenden Hitze die Stimme von jemandem gehört zu haben.

Es war eine tränennasse Stimme, die durch die tiefschwarze Ohnmacht hindurch immer wieder Eunhos Namen zu rufen schien. Selbst in seiner flackernden Sicht war sie wie ein Lichtstrahl gewesen.

Die namenlose Person, die über Tage und Nächte an seiner Seite gewacht hatte.

»Dass ich mich plötzlich in Gedanken an früher verliere. Ich bin wohl ziemlich sentimental geworden.«

Eunho schüttelte den Kopf.

»Jetzt ist jedoch nicht der richtige Zeitpunkt, um in Erinnerungen zu schwelgen.«

Bin ging langsamen Schritts.

Sie kam gerade von der Seelenjagd zurück und konnte das Abbild des Geists, dem sie heute gegenübergestanden hatte, noch immer deutlich vor sich sehen. Wie er kopfüber von den Deckenbalken gehangen hatte, eine einzige, groteske Verrenkung aus Gliedmaßen und Fleisch.

Für normale Augen unsichtbar, aber für Bin mehr als deutlich zu erkennen war das dicke, schwarze Blut, das aus seinen Ohren sickerte und sich auf dem Boden des Hauses sammelte.

Hätte sie das alles nur nicht sehen müssen. Wäre sie nur nicht mit diesen Augen geboren worden. Hätte doch nur ein ganz gewöhnliches Schicksal auf sie gewartet.

Glück, Sonnenschein und Liebe werden dir für immer verwehrt bleiben. Du bist die Dunkelheit, du bist eine von uns.

Diese Wörter waren noch aus dem weit aufgerissenen Mund des Geists gekommen, bevor sie den Tigersäbel in seinen Körper gestoßen hatte.

Nicht jeder Seelenjäger konnte die Stimmen der Geister hören. Tatsächlich war es nur den wenigsten von ihnen möglich, die Wesen aus dem Jenseits wahrzunehmen.

Bin aber hörte sie schon von klein auf. Diese unaufhörlich flüsternden, körperlosen Stimmen. Sie sprachen zu ihr, wieder und wieder, und es gab schlichtweg kein Entrinnen.

Es war verständlich, dass die Geister Bins Körper begehrten, so steckte er doch halb im Jenseits und halb in der Menschenwelt fest. Sie hatte schon damals mehr Zeit mit den Untoten als mit den Lebenden verbracht, weshalb ihre Kindheit für sie stets von dem dunklen Schleier des Todes geprägt war.

Von den Geistern heimgesucht, war sie schon mal den Berg hochgeklettert und hatte den Boden für ein Grab ausgehoben, in das sie sich dann hineinlegte, brach allen Hühnern in der Nachbarschaft das Genick oder fing sämtliche Fische aus dem Teich und ließ sie dann in der Sonne trocknen.

Das Gefühl von Fischschuppen an ihren Händen, der Geruch von Tierblut, der ihre Kleidung durchtränkte.

Sie schrie aus Leibeskräften, dass sie all das gar nicht tun wolle, aber es half nichts. Sie konnte bloß dem folgen, was die Geister ihr auftrugen. Nach einem solchen Zwischenfall war sie meist noch tagelang bettlägerig. Trotz der Schmerzen hörte sie jedoch die Stimmen ihre Eltern deutlich über die Türschwelle hinweg.

»Es haben ganz eindeutig Geister zu ihr gesprochen.«

»Wäre sie doch einfach tot. Dann müssten wir diesen Anblick nicht länger ertragen.«

So hörte sie zunächst ihre Mutter sprechen, gefolgt von der Antwort ihres Vaters. Doch ergriff ihre Mutter noch ein weiteres Mal das Wort.

»Sie mag in meinem Bauch herangewachsen sein, aber ich weiß nicht, wie lange ich dieses Elend noch mitansehen kann, Liebster.«

Manchmal waren die Worte der Menschen weitaus schwerer zu ertragen als die der Geister. Ungefähr zu dieser Zeit nahmen auch die bösen Taten der Wesen zu, die in Bins Körper ein und aus gingen, und sie begann, nicht mehr allein Tieren, sondern auch Menschen zu schaden.

Und dann erblickte ihr Bruder das Licht der Welt.

Mit seiner Geburt richtete sich die ganze Aufmerksamkeit der Seomoon-Familie auf den Jungen, der eines Tages das Familienoberhaupt werden sollte, und nicht mehr auf die Tochter, die Geister hören konnte. Bins Existenz als Familienmitglied wurde stillschweigend ausradiert, und man sperrte sie, isoliert von allen anderen, ins Nebengebäude des Anwesens. Aus Angst, die Geister könnten Bin dazu benutzen, ins Hauptgebäude einzudringen und ihren kleinen Bruder zu verletzen, hatten sie sogar ein Goldseil vor das Gebäude gehängt.

»Ja, so ist es hierzu gekommen.«

Ausdruckslos starrte Bin auf das goldene Seil vor ihrem Zuhause. Paradoxerweise beschützte es sie inzwischen viel mehr, indem es die bösen Geister davon abhielt, ins Innere einzudringen.

Das Nebengebäude auf dem Anwesen der Seomoon-Familie war ihre eigene kleine Welt; ihr eigenes kleines Gefängnis.

Niemand kam oder ging außer Samwol, Bins persönlicher Magd. Die übrigen Bediensteten betraten das Gebäude so ungern, dass sie ihren Aufgaben dort gar nicht erst richtig nachkamen, und auch Bins Eltern waren in dieser Hinsicht nicht groß anders. Man könnte meinen, sie hätten ihre Tochter an diesen Ort weggesperrt, um schlichtweg zu vergessen, dass es sie überhaupt je gegeben hatte.

Bins Hand umschloss das Goldseil.

Nur eine Person.

Es gab nur eine Person, die einst ohne Weiteres über dieses Seil gestiegen und zu ihr hineingekommen war.

Bin.

Über dieses von so vielen gefürchtete Seil hinweg hatte seine Stimme ihren Namen gerufen.

Wenn er Fuß in das Gebäude setzte, schien das Sonnenlicht selbst diesen dunklen Ort zu erhellen. In der Welt von Bin Seomoon war er die einzige Sonne, der einzige Frühling, die einzige Luft zum Atmen.

Wie konnte sie ihn also nicht lieben?

Von dem Moment an, als sie ihn zum ersten Mal sah, blieb ihrem Herzen keine andere Wahl mehr, als für ihn zu schlagen.

»Eunho …«

Leise erklang der Name des Mannes, der längst ihre Sonne, ihr Frühling und ihre Luft gewesen war, aus Bins Mund.

Eunho war die einzige Person, die sich ihr je angenähert hatte, und obwohl sie nur durch einen Pakt ihrer Großväter miteinander verbunden waren, kehrte er stets erneut an ihre Seite zurück.

Zunächst war Bin sicher, er würde sich von ihr abwenden, wenn er erst sähe, wie sie besessen wurde. Wider ihre Erwartung schloss er sie jedoch in die Arme und hielt sie fest, ganz gleich, wie sehr die Geister in ihr sich auch dagegen wehrten.

Als wollte er ihr so zeigen, dass sie nicht allein sei, umarmte er Bin mit aller Kraft und beruhigte sie. Nie würde sie vergessen, wie Eunho sie angelächelt hatte, das Gesicht übersät von Kratzern und blauen Flecken.

Erst später fand sie heraus, dass er bereits seit seiner Geburt die Aura eines Seelenjägers in sich trug.

Dies war auch der Grund gewesen, aus dem ihr Großvater einst so entschlossen war, ihn zu Bins Bräutigam zu machen.

Und trotz dieses Wissens ließ auch Eunhos Großvater, der Bins Großvater sein Leben zu verdanken hatte, die Verlobung zustande kommen.

»Und jetzt ist er für immer unerreichbar für mich.«

Bin erinnerte sich, wie fremd ihr Eunhos Gesicht in der Schlangenresidenz erschienen war. Die kantigen Gesichtszüge, die dunklen Augenbrauen und die tiefgründigen Augen direkt darunter. Dann aber erklang erneut die Stimme des Geists ihrer heutigen Jagd in den Ohren.

Deine Liebe ist der Tod.

Deine Liebe ist der Tod.

Sogar als Bin ihn mit einem Stoß ihres Tigersäbels vertrieben hatte und er nach und nach verschwand, flüsterte er unaufhörlich diese Worte.

»Ich weiß.«

Und genau deshalb sehnte sie sich umso mehr danach, ein ganz gewöhnlicher Mensch zu sein. Sie wollte nie wieder jemanden verletzen und den Rest ihres Lebens allein dazu verwenden, für ihre bloße Existenz Buße zu tun.

Bin schritt über das goldene Seil und betrat das Gebäude.

Nichts als Dunkelheit erfüllte den kleinen Innenhof. Samwol schien nicht da zu sein. Ihre Abwesenheit ließ den ohnehin schon kalten Ort nur noch trostloser wirken.

Plötzlich hörte Bin von draußen einen Jubelschrei.

»Ah.«

Sie stieß einen leichten Seufzer aus.

»Stimmt, heute Abend beginnt ja das Lotuslaternenfest.«

Eine Zeremonie, bei der Lotuslaternen angezündet und Wünsche geäußert wurden. Bin betrachtete die vielen aufgeregten Menschen.

Sie selbst hatte noch nie an einer solchen Festivität teilgenommen. Als Kind war es ihr verboten worden, weil sie Geister sah und von diesen besessen wurde, und als Erwachsene hatte man ihr gesagt, sie gehöre schlichtweg nicht dorthin.

»Ich werde wohl für eine Weile zu Hause bleiben müss…«

Bin wollte gerade das Nebengebäude betreten, als sie auf der Stelle erstarrte.

»Leider wird das wohl nicht möglich sein.«

Erschrocken über Paryeos plötzliches Erscheinen wich sie einen Schritt zurück.

»I-Ihr könnt doch nicht einfach so aus dem Nichts hier auftauchen!«

Paryeo neigte den Kopf leicht zur Seite. »Es ist Euch doch möglich, Geister zu sehen. Ich hatte nicht damit gerechnet, dass Ihr auch nur mit der Wimper zucken würdet.«

»Und wenn schon! Ihr seid schließlich kein gewöhnlicher Geist!«

Bins Antwort ließ Paryeo kurz innehalten.

»Bin ich nicht?«

»Natürlich nicht. Über Geister kann man ohne Weiteres hinwegsehen, für Euch gilt das aber nicht. Ihr seid ganz anders als sie.«

Er dachte kurz über Bins Worte nach, dann lächelte er und nickte.

»Für gewöhnlich behandelt man mich überall bloß wie eine Art Halb-Geist. An diese Art von Respekt könnte ich mich noch gewöhnen.«

»Was ist denn nun geschehen, dass Ihr mich so unerwartet hier draußen aufsucht?«

»Ihr müsst hinausgehen.«

»Wie meint Ihr das?«

»Wisst Ihr denn nicht, dass auf dem Laternenfest allerlei Geister erscheinen? Es gibt keinen besseren Tag als heute, um Seelen zu jagen. Lasst mich Eure Fähigkeiten als Seelenjägerin begutachten und entscheiden, ob es noch etwas gibt, das ich Euch beibringen müsste.«

Mit diesen Worten streckte Paryeo Bin seine Hand entgegen. Verdutzt starrte sie sie an. Paryeo schnippte mit den Fingern.

»Gehen wir.«

»J-jetzt?«

»Ja, jetzt. Zieht Euch eilig um. Auf dem Fest solltet Ihr Euch wohl kaum in diesem Aufzug blicken lassen.«

Bin sah auf ihre Kleidung hinunter. Es war eines der Gewänder von Samwols Bruder, die ihre Magd ihr einst mitgebracht hatte. Sie trug es oft, da es ihr erlaubte, sich unauffällig in der Öffentlichkeit zu bewegen.

»Gefällt Euch dieses Gewand nicht?«

Paryeo runzelte die Stirn über Bins Frage.

»An einem Tag wie heute tragen selbst Bürgerliche normalerweise ihre besten Kleider. Wenn überhaupt, fallt Ihr in dieser Aufmachung nur noch mehr auf.«

»Ah … aber ich habe doch gar keine anderen Kleider.«

»Was ist mit Frauengewändern?«

»Ich besitze mehr Männerkleidung. Im Alltag bin ich wesentlich häufiger als Mann unterwegs.«

Paryeo schüttelte den Kopf.

»Dann bleibt mir wohl keine Wahl.«

Er löste den Knoten seines Umhangs und streifte ihn über seine Arme. Bins Augen weiteten sich.

»W-was tut Ihr denn da?«

»Na, was wohl? Es erscheint mir sinnvoller, wenn Ihr in diesem Fall zumindest mein Gewand tragen würdet.«

Wie selbstverständlich reichte er ihr das Kleidungsstück herüber.

»Das ist aber wirklich nicht nötig.«

»Ich möchte lediglich nicht an jemandes Seite gesehen werden, der *so* aussieht.«

Paryeos schonungslose Antwort war alles, was es brauchte, damit Bin endlich nach dem Gewand griff. Er musterte ihre Kleidung erneut, schnalzte dann mit der Zunge und trat hinter sie.

»Lasst mich Euch helfen.«

»Was?«

»Weshalb wirkt Ihr so überrascht? Ich bin doch sowieso kein Mensch.«

»D-dennoch kann ich mich durchaus allein anziehen!«

»Es fällt mir schwer, das zu glauben, wenn Ihr noch nicht einmal in der Lage wart, das Gewand, das Ihr derzeit tragt, richtig zu knoten«, merkte er mit einem kurzen Kopfnicken in ihre Richtung an.

»Das ist alles bei der letzten Jagd bloß etwas verrutscht.«

»Mein Gewand ist für Eure Körpergröße wesentlich zu groß und wird daher nur schwer anzulegen sein, wieso also akzeptiert Ihr nicht brav meine Hilfe, wenn ich sie Euch schon anbiete?«

Geschlagen hüllte Bin sich in Schweigen.

Paryeo half ihr dabei, ihre Kleidung abzulegen. Die kühle Nachtluft strich über ihren Nacken und ließ sie leicht frösteln. Gekonnt streifte Paryeo das Gewand über Bins Arme. Seine Präsenz hinter ihr fühlte sich seltsamerweise nicht fremd an.

Sie bewegte sich so natürlich, als wäre sie schon oft zuvor von Paryeo eingekleidet worden. Die weite Kleidung duftete nach ihm, und Bin konnte noch immer seine Körperwärme darauf spüren.

Ob sich so eine Umarmung von ihm anfühlen würde?

Mit geübten Handgriffen strich Paryeo die Kleidung zurecht. Er rückte den Hüftgürtel gerade und rollte die Ärmel leicht hoch, um für mehr Bewegungsfreiheit zu sorgen. Zum Schluss knotete er noch das Band ihres Huts zu.

Als Paryeo sich näher an sie heranlehnte, atmete Bin ruckartig ein.

»Das ist … ich kann das auch selbst machen.«

»Ihr scheint kein sonderliches Verständnis für Mode zu haben. Heutzutage binden alle Gelehrten in der Stadt nur noch so den Knoten.«

»Ein regulärer Knoten hätte es gewiss dennoch getan.«

Paryeo musterte Bin gründlich und nickte schließlich.

»Viel besser. Wollen wir dann?«

Unbewusst griff Bin an das Hutband, über das kurz zuvor noch Paryeos Hände gestrichen hatten.

»Es haben sich schon zahlreiche Besucher versammelt.«

Paryeo hob die Hand und deutete in Richtung Einkaufsstraße. Selbst zu dieser späten Stunde war es ungewöhnlich voll. In dem kleinen Fluss, der neben der Straße verlief, schwammen Laternen im Wasser und flackerten mit den Wünschen der Menschen, die sich für das heutige Fest versammelt hatten.

»Wow.«

Bin kam nicht umhin, den Anblick zu bewundern.

Getreu dem Namen des Fests fanden sich Laternen der verschiedensten Farben nicht nur im Wasser, sondern auch in der Nähe der Pagode, an der die Menschen für gewöhnlich ihre Wünsche äußerten. Sie erhellten die Dunkelheit und funkelten wie Sterne. Ein Lächeln zierte die Gesichter der vorbeilaufenden Besucher.

Das Lotuslaternenfest fand nur einmal im Jahr statt, insofern war es verständlich, dass ein jeder auf den Beinen war, um sich zu vergnügen. Selbst die einfachen Leute, die tagsüber mit ihrer Arbeit beschäftigt waren, trugen nun ihre schönsten Kleider und genossen den Anblick der Einkaufsstraße. Die gesamte Umgebung der Pagode war reihenweise mit Laternen geschmückt, und zahlreiche Besucher umkreisten das Bauwerk, während sie für ihre persönlichen Wünsche beteten.

»Wieso wünschen wir uns nicht auch etwas, wo wir schon einmal hier sind?«

Bin zögerte einen Augenblick, als sie Paryeos Vorschlag hörte.

Was sollte es schon bringen, ihren Wunsch vorzutragen? Sie wollte sowieso nichts mehr, als ausreichend Seelen zu sammeln, um endlich ein gewöhnliches Leben führen zu können. Als hätte er ihre Gedanken gelesen, fuhr Paryeo fort.

»Ich spreche natürlich von einem anderen Wunsch, als endlich genügend Seelen zusammenzubekommen. Den erfülle ich Euch schließlich bereits.«

Mit diesen Worten richtete Bin den Blick auf die Pagode, die zwischen den funkelnden Laternen aufragte und von zahlreichen Menschen umringt war. Sie alle murmelten ihre ganz persönlichen Herzenswünsche vor sich hin. Es war, als wollten sie vor ihr damit angeben, was für schöne, normale Leben sie doch führten.

Menschen, die ihr Schicksal nicht verfluchten, die um der Liebe willen keine Seelen jagten und jeden Tag aufs Neue ihr Leben aufs Spiel setzen mussten.

»Überlegen wir uns jeder einen ganz gewöhnlichen Wunsch. Ihr und auch ich.«

Das Licht der Laternen schien auf Paryeos Profil. Zwei Wesen, die sowohl das Diesseits als auch das Jenseits sehen konnten, hatten sich ohne Weiteres unter die Menschenmenge gemischt und äußerten nun ihre Wünsche. So etwas hatte sich Bin noch nie ausgemalt.

Doch selbst sie fühlte sich in diesem Moment wie ein ganz einfacher Mensch. Es glich geradezu einem Traum.

Ein Traum, den Paryeo ihr überhaupt erst ermöglicht hatte. Aus dem Augenwinkel warf Bin einen Blick auf ihn. Er hielt die Augen sanft geschlossen, während er seinen Wunsch sprach. Sein nach wie vor blasses Gesicht schien plötzlich einen Hauch von Leben in sich zu tragen.

Inmitten der übrigen Menge, die die Pagode umkreiste, schloss auch Bin ruhig die Augen und sagte leise ihren Wunsch auf.

»Bitte lass mich ein ganz normaler Mensch werden und ein friedliches Leben führen.«

Nach mehr sehnte sie sich nicht.

Als sie die Augen wieder öffnete, traf ihr Blick auf den von Paryeo. Seine glasigen Augen waren von einer Emotion erfüllt, die Bin nicht ganz benennen konnte.

»Wieso …«

Noch bevor sie ihn fragen konnte, warum er sie so anstarrte, hustete er und wandte sich ab.

Kann es sein?

Auch Paryeo fühlte sich von Bins Blick ertappt.

Wie sie so mit geschlossenen Augen dastand, hatte sie so sehr *ihr* geähnelt.

Nein, das ist unmöglich.

Paryeo fasste sich schnell wieder und sah erneut zu Bin hinüber.

»Wenn Ihr Euch dann auch etwas gewünscht habt, sollten wir nun gehen.«

»Was könnte sich ein nicht-menschliches Wesen wie Ihr noch von jemandem wünschen?«, fragte Bin, und Paryeo schenkte ihr ein vages Lächeln.

»Obgleich ich das Glück der Menschen kontrollieren kann, gibt es einige Dinge, die sich selbst meiner Macht entziehen. Ich verweile in dieser Welt, weil es jemanden gibt, den ich finden muss.«

»Jemanden, den Ihr finden müsst?«

»Sie hat mir vor langer Zeit geholfen, eine höhere Daseinsebene zu erreichen, als ich einst noch eine sterbende Schlange war.«

Nachdem er sogar Chaeryeong nie die ganze Geschichte hatte erzählen können, ging sie ihm in Bins Gegenwart ganz wie von selbst über die Lippen.

»Sie ist der Grund für meine Existenz wie auch mein künftiges Leben. Sie ließ mich schwören, dass ich, wenn ich je sterben sollte, es für sie tun würde.«

Während er antwortete, konnte Bin von der Seite erkennen, wie sich eine Emotion auf Paryeos Gesicht breitmachte, die sie bislang noch nicht bei ihm gesehen hatte.

»Ihr liebt sie, nicht wahr, Paryeo?«, fragte sie ihn mit leiser Stimme.

Erschrocken starrte er Bin an.

»Wie bitte?«

»Täusche ich mich etwa? Wenn man für ein einzelnes Wesen lebt wie auch stirbt und das gesamte Dasein, alles, was man ist, von ihm abhängig macht, dann bedeutet das, dass man dieses Wesen liebt. Ein Gott, der verliebt ist – so etwas habe ich mir bislang noch nie ausgemalt.«

Bin lächelte. Ausdruckslos starrte Paryeo sie an.

»Ich würde es nie wagen, sie zu lieben.«

»Das Wort ›wagen‹ hat in einem Satz mit Liebe nichts zu suchen. Die Liebe lässt sich schließlich nicht aufhalten.«

Paryeo.

Für einen Moment weiteten sich seine Augen. Die Stimme – ihre Stimme – schien sich über die von Bin zu legen.

Er sah den gewaltigen Palast und *sie*, wie sie vom höchsten Thron der Hölle zu ihm herabblickte. Ihr Gesicht ließ sich durch die dreizehn herabhängenden Perlenreihen nur teilweise erkennen.

Ich gebe dir den Namen Paryeo, nach einem der sieben Schätze, denn deine Schuppen gleichen Kristallen.

Ein Name, so strahlend wie ein Kristall.

Noch nie in seinem Leben hatte Paryeo seine Schuppen für schön gehalten, doch dieser eine Satz reichte aus, damit er sich endlich selbst akzeptieren konnte.

Dieser Satz war es, der Paryeo dazu brachte, ihr sein Leben zu vermachen. Dass er ihr ebenso sein Herz geschenkt hatte, war ihm damals jedoch nicht bewusst gewesen.

»Ich hoffe, Ihr werdet sie bald finden.«

»Wenn mir das gelingt, werde ich jedoch an den Ort zurückkehren müssen, an den ich eigentlich gehöre. Hofft Ihr es dennoch?«

»Wieso sollte das ein Problem sein?«

»Wenn ich erst einmal dorthin zurückkehre, kann ich Euch nicht mehr bei der Seelenjagd helfen.«

Bin schmunzelte leicht über Paryeos Antwort.

»Deshalb macht Ihr Euch Gedanken? Bisher habe ich es auch gut allein geschafft, Seelen zu sammeln. Mit Eurer Hilfe geht es lediglich ein wenig schneller voran. Wie aber könnte ich guten Gewissens für meine eigene Bequemlichkeit ein Wesen in der Menschenwelt festhalten, das gar nicht hierhergehört? Es wäre ein freudiges Ereignis, wenn Ihr die Person, die Ihr sucht, schnell finden würdet.«

Eine unergründliche Empfindung zog über Paryeos Gesicht, während er Bins ruhiger Antwort lauschte.

»Bislang dachte ich, alle Menschen seien böse.«

»Wie bitte?«, entgegnete Bin.

Paryeos Antwort hatte einen scherzhaften Unterton.

»Weil sie sich alle so viele Dinge von mir wünschen. Reichtum, Macht, Ehre, sie begehren so vieles. Würde ich ihnen verkünden, dass ich fortginge, würden sie mir wahrscheinlich auf die andere Seite ins Jenseits nachjagen.«

»Reicht man ihnen den kleinen Finger, nehmen sie gleich die ganze Hand«, das schien sein bisheriger Eindruck von den Menschen gewesen zu sein.

»Dass Ihr mich nun so ohne Weiteres gehen lassen würdet, ist auf eine seltsame Weise überaus motivierend.«

Bin lachte ungläubig.

»Und wozu verleitet Euch diese Motivation?«

»Nun, wie es aussieht, sind wir beide noch gleichermaßen weit davon entfernt, unsere Wünsche wahr werden zu lassen, wieso also konzentrieren wir uns nicht auf unsere Aufgabe für heute?«

Auch Bin nickte.

Bin lauschte den Gesprächen der Menschen um sie herum.

»Hast du gehört, dass neulich außerhalb der Stadtmauern angeblich ein achtbeiniges Kalb geboren wurde?«

»Nicht nur das, man erzählt sich auch, dass am Hafen plötzlich ganze Fischschwärme am Strand angespült wurden.«

»Was hat das alles nur zu bedeuten? Diese grässlichen Dinge erscheinen mir zweifellos wie Vorzeichen auf Schlimmeres.«

Auch Bin hatte bereits von seltsamen Vorkommnissen in und um die Stadt herum gehört.

Und dann waren da die Geister, die in letzter Zeit noch groteskere Formen angenommen hatten. Irgendetwas stimmte da definitiv nicht.

»Ob die Energie des Königs schlichtweg zu schwach ist?«

»Er hat den Thron in so jungem Alter bestiegen. Bisher war es statt Seiner Majestät doch vielmehr Seine Gnaden der Premierminister, der sich um die Angelegenheiten des Reichs gekümmert hat.«

»Nun, angesichts des Alters Seiner Majestät und der vielen neuen Berater, die er ernannt hat, kann ich wirklich nicht einschätzen, wie die Dinge sich diesmal entwickeln werden.«

»Ah, du meinst die Gruppe rund um Innenminister Eunho Hyeon?«

Plötzlich fiel ein Name, der Bin durchaus bekannt war. Für einen Moment schien ihr Herz stehen zu bleiben.

»Ich habe gehört, dass er der liebste Vasall Seiner Majestät sein soll. In der ganzen Hauptstadt erfreut er sich wohl größter Beliebtheit.«

»Alle angesehenen Familien mit Töchtern werden gewiss ein Auge auf ihn geworfen haben. Es fehlt ihm einfach an nichts. Er soll der begehrteste Junggeselle in ganz Joseon sein.«

Der begehrteste Junggeselle.

Bin biss sich auf die Lippe. Eunho ging also bereits seinen ganz eigenen Weg.

Und mich hat er einfach vergessen.

Ihr blieb nun nichts anderes mehr übrig, als ihrer Vergangenheit zu entfliehen und als normaler Mensch weiterzuleben. Und dazu musste sie sich umso mehr darauf konzentrieren, endlich genügend Seelen zu sammeln.

»Wir sollten schnell ein paar Geister finden und sie …«

»Werter Paryeo.«

Die begrüßenden Worte eines kleinen Jungen, der wie aus dem Nichts aus der Menge auftauchte, unterbrachen Bin.

Seine Mundwinkel formten ein Lächeln, doch in seinen leeren Augen war zu ihrem Unwohlsein keinerlei Frohsinn zu sehen. Paryeo runzelte die Stirn, als er ihn erkannte.

»Was führt dich hierher?«

»Die Herrin wünscht, Euch zu sehen.«

»Jetzt?«

Auf Paryeos Frage hin drehten sich die Augen des Jungen plötzlich nach innen. Der Anblick ließ Bin erschaudern.

Seine weißen Augen blitzten auf. Anders als gerade noch drang nun eine gänzlich monotone Stimme aus seinem Mund.

»Du solltest deinen Platz kennen, du niedere Schlange. Niedere Schlange. Niedere Schlange.«

Die Mundwinkel des Jungen hoben sich erneut.

»Die Herrin sucht nach Euch.«

Entschuldigend blickte Paryeo Bin an.

»Heute ist wohl einfach nicht der richtige Tag hierfür. Ich werde leider erwartet.«

Bin nickte verständnisvoll.

»Das ist in Ordnung. Ihr habt bereits alle Informationen mit mir geteilt, die Seelenjagd kann ich daher heute auch allein durchführen.«

»Wir sehen uns bald wieder.«

Und mit diesen Worten verschwanden Paryeo und auch der Junge.

»Die Dame muss überaus mächtig sein, wenn sie jemand ist, der Paryeo einfach so hin und her kommandieren kann.«

Das war ihr auch ohne weitere Details zu ihrer Person klar. Nun ganz allein, beobachtete Bin ausdruckslos das Kommen und Gehen der Menschen. Ein Gefühl der Einsamkeit durchdrang sie. An Paryeos Seite hatte sie dies noch nicht gespürt.

So schön die Eindrücke des Fests auch sein mochten, so hatte Bin doch niemanden, mit dem sie ihre Gefühle und auch die Zeit hier teilen konnte. Genau das war auch der Grund gewesen, weshalb sie derartigen Festivitäten bislang stets aus dem Weg gegangen war.

»Es spielt sowieso keine Rolle. Ich bin schließlich zum Arbeiten hier.«

Nicht jede Seelenjagd brachte auch die Seelenperlen hervor, die Bin brauchte.

An die gelangte man allein bei der Austreibung äußerst mächtiger Geister, und auch in diesem Fall nicht zwangsläufig. Ob es ihr wohl gelingen würde, bei dem diesjährigen Laternenfest ihre Beute gut genug auszuwählen, um Paryeo letztendlich ein zufriedenstellendes Ergebnis präsentieren zu können?

»Wow!«

Schwacher Jubel ertönte aus der Ferne. Bins Blick wandte sich wie von selbst in seine Richtung.

In diesem Moment trafen sich ihre Augen.

»Oh.«

Es war Eunho, der zuerst den Mund öffnete. Bin versuchte noch hastig, den Kopf wegzudrehen, doch war der Mann ein klein wenig schneller als sie.

»Ihr seid der Mann aus der Schlangenresidenz, nicht wahr?«

Da sie einander bereits frontal gegenüberstanden, war es wohl zu spät, um ihn anzulügen, also nickte Bin einfach.

»Ich habe so lange nach Euch gesucht! Unglaublich, dass ich Euch ausgerechnet an einem solchen Ort hier begegne.«

»Ein Glück, dass Euer ach so kostbares Gesicht keine beeinträchtigenden Makel davongetragen hat.«

Eunho lachte laut.

»Auch heute können Eure Augen wohl nicht von meinem Gesicht ablassen. Ich sehe nur so makellos aus, weil Ihr mich gerettet habt.«

Unsicher, was genau sie von der frechen Antwort des Mannes halten sollte, blinzelte Bin bloß ein paarmal.

Damals war es ihr noch nicht bewusst gewesen, inzwischen aber hatte sie schließlich herausgefunden, dass dieser Mann vor ihr nicht nur ihr einziger Kindheitsfreund, sondern zudem auch noch ihr Verlobter war.

Wenn er so lacht, sieht er immer noch aus wie früher.

Ein schwaches Lächeln zierte Eunhos Lippen, als er bemerkte, wie Bin ihn anstarrte.

»Gefällt Euch mein Gesicht wirklich so sehr? Ihr starrt noch Löcher hinein.«

»Ah, i-ich habe nur aus Faszination geschaut. Aus reiner Faszination!«

»Nun, ein so hübsches Gesicht verdient es auch, bewundert zu werden.«

Bin war klar, dass sie sich auf Eunho einlassen würde, wenn sie hier bei ihm bliebe, und machte sich daher bereit, sich von ihm zu verabschieden.

»Mein Herr, wer ist diese Person?«

Die grazile Stimme hinter ihr ließ sie erstarren.

Die Frau war bescheiden, aber elegant gekleidet, als wäre sie das Oberhaupt eines Hauses. Eunho drehte sich schnell zu ihr um und verbeugte sich.

»Ah, er ist ein Gelehrter, den ich neulich kennengelernt habe. Zufällig sind wir uns heute erneut über den Weg gelaufen …«

»Tatsächlich?«

Chaeryeongs Augen richteten sich auf Bin.

Sie hatte sich verkleidet, um unerkannt an Huis Seite am diesjährigen Lotuslaternenfest teilzunehmen.

Die Königin hatte fein säuberlich geplant, so die Gerüchte am Hof aus der Welt zu schaffen, denen zufolge der König und sie einander nicht nahestünden. Bis die Angelegenheit während des Opferfests, mit der sie Paryeo beauftragt hatte, erledigt war, sollte unter keinen Umständen jemand mitbekommen, dass es zwischen Hui und ihr nicht harmonisch zuging.

Hiermit aber hatte ich nicht gerechnet.

Chaeryeong musterte den blassen Mann von Kopf bis Fuß. Es gab keine Stelle an ihm, die ihr besonders ins Auge stach. Seine Kleidung jedoch hatte sie schon oft genug gesehen.

Die Frau machte einen Schritt auf Bin zu. Die plötzliche Bewegung ließ sie vor Schreck erstarren, und so begegnete sie steif ihrem Blick.

Chaeryeongs wunderschöne Züge erfüllten Bins Sicht.

Ihre langen Wimpern flatterten bei jedem Blinzeln. Chaeryeong neigte ihren Kopf leicht zur Seite. Dann flüsterte sie so leise, dass nur Bin allein es hören konnte, in ihr Ohr.

»Ihr pflegt also die Gesellschaft nicht-menschlicher Wesen?«

Mit großen Augen blickte Bin die Frau vor sich an.

Chaeryeongs Lippen zierte ein hinterhältiges Lächeln. Sie verstand nicht, wieso genau dieser Mensch Paryeo offenbar so leidgetan hatte, dass er ihm seine Kleidung schenkte.

»Natürlich weiß ich Bescheid. Dieses Gewand wurde schließlich aus Stoff gefertigt, den ich bereitgestellt habe.«

Bin blickte in Chaeryeongs Gesicht.

Runde Augen, in deren Mitte ein Funken Gier aufzublitzen schien.

Der Mann hinter Chaeryeong packte Bin an der Schulter und schob sie zurück. »Ihr habt ihr nicht ohne Weiteres ins Gesicht zu blicken.«

Chaeryeong lächelte sanft.

»Schon in Ordnung, Hauptmann.«

Der Soldat neben ihr senkte den Kopf. Hastig schob Eunho Bin hinter sich.

»Bitte verzeiht.«

Hui, der ganz hinten stand, trat vor.

»Wir waren es schließlich, die unsere Identitäten verheimlicht haben.«

Bin, die nun endlich die Situation verstanden hatte, fiel zu Boden.

Der König des Reichs stand vor ihr. Mit zitternden Händen klammerte sie sich am Boden fest. Eunho berührte von der Seite leicht ihre Schulter.

»Schon gut. Sie sind lediglich hier, um das Fest zu genießen.«

»Eunho hat recht, bitte steh wieder auf. Du erregst sonst womöglich noch die Aufmerksamkeit der anderen.«

Zögerlich tat Bin, um was Hui sie bat. Den Kopf zu heben, traute sie sich jedoch nicht.

Sollte je herauskommen, dass sie als Mann verkleidet der Arbeit eines Seelenjägers nachging, könnte dies ihre gesamte Familie in Schwierigkeiten bringen.

»Du und Eunho kennt euch also?«

Bins Sorge darüber, wie sie diese Frage beantworten sollte, stand ihr ins Gesicht geschrieben. Neben ihr meldete sich Eunho zu Wort.

»Er ist der Seelenjäger, der mir dabei geholfen hat, Euren Befehl auszuführen.«

Hui wirkte amüsiert.

»Dass Eunho überhaupt in der Lage ist, Hilfe anzunehmen. Er ist so von sich selbst eingenommen, dass es mich ein wenig überrascht.«

Als Reaktion auf Huis Sarkasmus warf Eunho die Hände in die Luft.

»Das ist ein Missverständnis, Eure Majestät.«

Der König stieß ein leichtes Lachen aus.

»Das erinnert mich an die alten Zeiten, damals, als wir noch gemeinsam studiert haben.«

Er wandte sich Bin zu.

»Warum schließt du dich uns nicht an? Offenbar hat uns das Schicksal auf diese Weise zusammengeführt.«

Neben ihm nickte Chaeryeong.

»Eine großartige Idee.«

Da Bin wusste, wer da vor ihr stand, konnte sie sich seiner Bitte unmöglich widersetzen. »Ihr seid zu gnädig, Eure Majestät«, antwortete sie also und trat zurück.

Die schlicht gekleideten Hofdamen und Wachen standen zu beiden Seiten von Hui und Chaeryeong. Hinter ihnen folgte Eunho, neben dem sich Bin unauffällig eingereiht hatte.

»Ich entschuldige mich für diese plötzliche Wendung der Ereignisse.«

Bin lachte ungläubig über Eunhos so ganz und gar nicht entschuldigenden Ton.

»Nun, Ihr hattet gewiss sowieso nichts anderes vor, nicht wahr?«, fragte er wie selbstverständlich. Noch bevor Bin ihm antworten konnte, schob er bereits die nächste Frage nach.

»Also, wie heißt Ihr?«

»Was?«

»Wie soll ich Euch nennen? Meinen Namen kennt Ihr ja bereits.«

Wie hätte sie seinen Namen auch nicht kennen können? Eunho Hyeon – drei Silben, die für immer in ihr Gedächtnis eingebrannt waren.

Bin blickte ihn an. Sie sah in ein Gesicht, das ihren Namen, ihre gemeinsamen Erinnerungen, einfach alles vergessen hatte.

Ich musste es tun, um sein Leben zu retten.

Und doch überkam sie eine gewisse Traurigkeit, als sie in Eunhos unwissendes Gesicht blickte.

»Ihr kennt meinen Namen bereits.«

Bin schleuderte ihm die Worte förmlich entgegen, woraufhin Eunho fragend den Kopf schief legte.

»Ich soll ihn bereits kennen? Aber woher? Habt Ihr ihn mir verraten, als ich ohnmächtig wur...«

»Psst.«

Bin legte einen Finger auf ihre Lippen. Sie sah sich kurz um.

»Es wäre besser, wenn Seine Majestät in den Palast zurückkehren würde.«

»Und warum?«

»Ich spüre die Präsenz einiger unheilvoller Wesen. Habt Ihr denn nicht gehört, dass beim diesjährigen Fest unzählige Geister erscheinen sollen?«

Eunhos Miene verhärtete sich. Plötzlich erklang hinter ihnen eine vertraute Stimme.

»Eunho! Es scheint, als wolle Seine Majestät in den Palast ... Oh? Seid Ihr nicht der Herr von neulich?«

Jinwoo erkannte Bins Gesicht. Eunho nickte ihm überschwänglich zustimmend zu.

»Wenn das so ist, möchte ich erneut um Eure Hilfe bitten, mein Herr!«, fuhr der Mann erleichtert fort.

»Wie meinen?«

»Diese Herren hier aus dem Ministerium für Weltkunde werden mit Seiner Majestät gemeinsam in den Palast zurückkehren. So bliebe jedoch niemand, der ein Auge auf die Geister dieses Fests hätte.«

Neben Jinwoo nickte Hui.

»Ein guter Gedanke. Ich habe mich auf dem Fest bereits ausgiebig vergnügt, und noch länger hier draußen zu bleiben, wäre gewiss reine Zeitverschwendung. Kehren wir in den Palast zurück.«

Als sei ihm plötzlich ein neuer Gedanke gekommen, wandte er sich mit einem kurzen »Ah« nach hinten.

»Der Innenminister bleibt gemeinsam mit diesem Herrn hier. Untersucht zusammen, was das für unheilvolle Wesen sind, die sich auf diesem Fest zeigen.«

Alle Anwesenden senkten die Köpfe. Hui war der Erste, der sich umdrehte und losging, sein Gefolge schloss sich ihm direkt an. Hastig griff Jinwoo nach Bins Hand.

»Bitte verzeiht mir, aber es ging nicht anders. Ich werde Eunho erneut meine Talismane mitgeben. Bitte untersucht mit seiner Hilfe diese Wesen.«

»Aber …«

»Wenn Ihr etwas benötigt, zögert nicht, es zu kaufen. Das Bezahlen wird vorerst Eunho übernehmen, nicht wahr?«

Eunho machte ein empörtes Gesicht, nickte jedoch. In Windeseile holte Jinwoo einige Talismane und weitere Werkzeuge für die Seelenjagd hervor und drückte sie Eunho in die Arme.

»Ich verlasse mich auf Euch.«

»Habt Ihr deshalb vorgegeben, mich zu kennen?«, fragte Bin, und diesmal sah Eunho sie aufrichtig entschuldigend an.

»Ich hatte ebenso wenig damit gerechnet, heute eine solche Aufgabe übernehmen zu müssen. Es tut mir wirklich leid.«

»Eine Bitte des Königshofs kann ich wohl kaum ausschlagen.«

Bin fasste sich an die Stirn.

Sie hatte sowieso vorgehabt, während des Fests auf Seelenjagd zu gehen, diese neue Aufgabe machte für sie also keinen Unterschied, nur hatte sie nie damit gerechnet, dass die Menschen eines Tages auf diese Weise von ihrer Arbeit als Seelenjägerin erfahren würden.

»Erst lasst Ihr beinahe Euer Leben, und dann überträgt man Euch auch noch so eine Aufgabe? Eunho, wer in aller Welt …«

Bin stutzte. Sein Name war ihr ganz beiläufig herausgerutscht.

»Habt Ihr mich gerade beim Namen genannt?«

»Vergesst es einfach. Wir sollten besser die Jagd nach den Geistern aufnehmen. Beim letzten Mal habt Ihr Euch so gut als Seelenjäger ausgegeben, ich zähle darauf, dass Euch dies heute ebenso gelingt.«

Eunho lachte über Bins Strenge.

»Schon gut, schon gut. Ich werde alles genauestens im Auge behalten.«

Bin seufzte leise und spähte erneut vorsichtig durch die sich bewegende Menge. Sie konnte definitiv etwas spüren, nur sehen konnte sie es noch nicht richtig.

Das bedeutet wohl, dass das Wesen Menschengestalt angenommen hat.

Ihre Hand schloss sich fester um ihren Tigersäbel.

Es war schwierig, inmitten all der Energie, die in der Menschenmasse umherwirbelte, Geister aufzuspüren. Der Lehrling, den man ihr heute ans Bein gebunden hatte, machte es ihr auch nicht gerade leichter.

»Ihr könnt doch Geister sehen, nicht wahr?«

Eunho stammelte, als er Bins Frage beantwortete.

»Damals konnte ich es, ja. Offen gestanden ist das alles recht kompliziert. Jinwoo hat mir erzählt, dass ich mit der Energie eines Seelenjägers auf die Welt gekommen bin, bislang jedoch nicht die Chance hatte, sie richtig anzuwenden.«

»Und das war auch gut so.«

»Was?«

»Ihr hättet gar nicht erst einen Fuß in diese Welt setzen

sollen. Selbst wenn Ihr mit dieser Energie geboren wurdet, ist es das Beste, nie von ihr Gebrauch machen zu müssen.«

Eunho betrachtete sie mit ruhigem Blick. »Die Arbeit ist sicher anstrengend.«

Seine Worte brachten Bin dazu, ihm in die Augen zu sehen.

»Es ist schon schwer genug, in dieser einen Welt zu leben, aber Ihr seht und hört nicht nur Dinge aus dem Dies-, sondern auch noch aus dem Jenseits. Es ist, als würdet Ihr gleich die Last zweier Leben auf Euren Schultern tragen.«

Bin wandte den Kopf ab.

Wie kann das sein? Er sollte doch alles vergessen haben.

Genau dieselben Worte hatte Eunho ihr einst als Kind schon gesagt.

Deshalb werde ich an deiner Seite bleiben. Solange ich auf diese Weise nur einen kleinen Teil dieser Last auf mich nehmen kann.

Wie Eunho sie so anblickte und mit freundlicher Stimme zu ihr sprach, war ihr, als würde sie sein altes und jetziges Ich gleichzeitig sehen.

In dem Punkt ist er also noch genau wie damals.

Eunhos Mund verzog sich zu einem schüchternen Lächeln, als er bemerkte, wie ungeniert Bin ihn anstarrte.

»Kein Grund, mich gleich so niederzustarren. Ich bekomme tatsächlich recht häufig zu hören, dass ich eine gewisse Arroganz an den Tag lege, allerdings bedeutet das ja nicht, dass ich keine Empathie für andere besitze.«

Bin schnaubte.

»Dennoch besitzt Ihr offenbar alles, was man braucht. Ein Mann, der den Titel ›begehrtester Junggeselle von Joseon‹ wahrlich verdient hat.«

»Ah, wo habt Ihr das denn wieder aufgeschnappt?«

»Die Leute sprechen schließlich von nichts anderem.«

Ein bitteres Lächeln zog über Eunhos Gesicht.

»Genug davon. Gehen wir lieber auf Seelenjagd.«

Bin senkte den Kopf, als sie bemerkte, wie Eunho absichtlich das Thema gewechselt hatte. Der begehrteste Junggeselle Eunho Hyeon und sie selbst, die Verlobte, von der niemand auch nur irgendetwas wusste. Bei dem Gedanken zog erneut ein Schmerz durch ihre Brust.

Die Verlobte, die er nicht einmal erkannte, wenn sie direkt vor ihm stand.

Und obwohl sie wusste, dass es so richtig war, überkam Bin beim Anblick von Eunhos Gesichtsausdruck das Bedürfnis, ihn ein wenig aufzuziehen.

Das hier sollte schon in Ordnung gehen.

Sie stellte sich genau vor ihn. Dann hob sie die Hand, um ihm damit die Augen zu verdecken.

»W-was macht Ihr denn da?«, fragte Eunho überrascht. Seine Wimpern flatterten unter Bins Hand wie die Flügel eines Schmetterlings.

»Haltet still. Ihr sagtet doch, ihr wollt mir bei der Seelenjagd helfen, oder nicht?«

Das azurblaue Licht der Laternen, die hinter Eunho hingen, fiel auf sein ansehnliches Gesicht.

Die Freudenschreie von Kindern in der Ferne, der Duft von Eunhos Parfum in der Brise.

Warum scheint er so weit weg zu sein, obwohl ich ihn doch gleich hinter meiner Hand spüren kann?

Bin streckte den Kopf in Eunhos Richtung, dessen Augen noch immer verdeckt waren. Ihre lang gestreckten Schatten trafen sich im Licht der Laterne.

Jedoch nur ihre Schatten.

Die Bin Seomoon dieser Welt war keine angemessene Partnerin für Eunho Hyeon. Mehr, als seinen Schatten zu berühren, war ihr daher nicht vergönnt.

Stück für Stück prägte sie sich langsam sein Gesicht ein.

Ja, das genügte. Kein Grund, noch gieriger zu werden.

»Das war es.«

Mit diesen Worten senkte sie die Hand von Eunhos Gesicht und trat einen Schritt zurück. Verwirrt blickte er sie an.

»Was meint Ihr?«

»Nun, Ihr müsst die Geister schließlich sehen können, um gegen sie zu kämpfen oder sonst etwas mit ihnen zu machen. Ich habe ein wenig von meiner Energie mit Euch geteilt. Sie wird etwa eine Stunde vorhalten.«

»Oh, so etwas ist möglich?«

Eunho hob den Kopf und blickte in alle Richtungen.

Er konnte tatsächlich Dinge sehen, die ihm zuvor verborgen geblieben waren: schleichende Schatten, sonderbare Tierwesen, die sich durch die Büsche bewegten, winzige Sporen, die in der Luft umherschwebten.

»Das ist ja …«, setzte Eunho erstaunt an.

Bin nickte.

»Das ist die Welt, so wie ich sie sehe. Was sagt Ihr?«

Es war das erste Mal. Noch nie zuvor hatte sie jemanden all das hier sehen lassen. Ihre Welt, an der nie jemand Interesse gezeigt hatte und die auch sie ursprünglich nie jemandem zeigen wollte. Eunhos Augen wurden groß.

»In so einer Welt habt Ihr also bislang gelebt.«

Er blickte Bin einen Moment an und streckte dann die Hand aus.

Ohne es zu merken, schloss sie die Augen. Seine Hand berührte ihre Schulter.

»Oh, Verzeihung. Auf Eurer Schulter hatte ein kleiner Geist Platz genommen. Wie ein Vogel hat er dort gesessen.«

»Ah, ich … verstehe, haha!«

Bin begriff, wie empfindlich sie reagiert hatte, und entspannte schnell ihre verkrampften Gesichtszüge. Die Stelle, an der Eunhos Hand ihre Schulter berührt hatte, glühte geradezu.

»Legen wir also los!«, verkündete Bin übertrieben laut, nachdem sie sich geräuspert hatte.

Und Eunho folgte ihr.

»Jagt sie hier entlang!«

Bins Ruf ließ Eunho hastig in seinen Ärmel greifen und den Talisman von Jinwoo hervorholen. Die Geister, die die Form grotesker Bestien angenommen hatten, sausten bei seinem Anblick wild in alle Richtungen.

»Ihr könnt uns nicht entkommen!«

Der Saum von Eunhos Mantel flatterte durch die Luft. Es war seine Aufgabe, die Geister in den magischen Kreis zu treiben, den Bin zuvor geschaffen hatte. Jene unter ihnen, die versuchten, seinen Bewegungen zu entkommen, stoppte er mit dem Säbel. Bei jeder Berührung glühte der Talisman, den er an dessen Griff befestigt hatte, auf.

Kiiiee!

Eine Art Krächzen drang aus den Mündern der Geister. Eunho wich jedoch nicht zurück.

»Jetzt!«

Wie als Antwort auf Bins Zuruf schwang Eunho den Säbel in einer weitläufigen Bewegung.

Als sei der Vollmond aufgegangen, erstrahlte hinter ihm plötzlich ein grelles Licht.

Erschrocken wichen die Tiergeister vor dem Lichtschein zurück.

Und zwar mitten in Bins magischen Kreis. Kaum dass sie ihn berührten, waren sie auch schon von gewaltigen Flammen umgeben.

»Kehrt dahin zurück, wo ihr herkommt!«

Gemeinsam mit Bins letztem Wort wurden die Geister gänzlich von den Flammen verschluckt und verschwanden. Mit Blick in Richtung der Geister schloss sie die Augen und murmelte ein Mantra für den Weg, der nun vor ihnen lag.

Eunho kam schwer atmend auf sie zu.

»Ist es geschafft?«

»Ja, für den Moment.«

Bin sah sich um. Die meisten Geister, die sie heute Nacht ausgetrieben hatten, waren in Tierform erschienen.

Etwas stimmte jedoch mit ihrem Erscheinungsbild nicht.

Normalerweise sollten die Geister ihren ursprünglichen Gestalten zu Lebzeiten ähneln. Die Tiergeister, die sie am heutigen Abend gesehen hatten, schienen jedoch vielmehr die Charakteristika mehrerer Tiere zu vereinen. In letzter Zeit häufte sich das Erscheinen solcher seltsam geformten Wesen.

Irgendetwas geht hier vor sich.

Doch das konnte Bin nur mutmaßen. Während sie über alles nachdachte, ließ sich Eunho neben ihr nieder.

»Das hier ist wesentlich kräftezehrender, als ich dachte.«

»Diese Arbeit ist zermürbend. Sie ist geistig und körperlich anstrengend. Es ist kein Wunder, dass Ihr nach Eurem ersten Mal erschöpft seid.«

»Wie oft macht Ihr das hier?«

»Hm, habt Ihr schon mal die Tage gezählt, an denen Ihr gearbeitet habt? Ich tue es jedenfalls nicht.«

Einen Moment lang dachte Eunho nach, dann meldete er sich erneut zu Wort.

»Dann lasst mich Euch zumindest für die Dauer des Lotuslaternenfests helfen.«

»Wie bitte? Das ist wirklich nicht nötig.«

»Ich habe einen Befehl Seiner Majestät erhalten. Es ist meine Aufgabe, Hinweise darauf zu finden, weshalb diese Geister plötzlich in solchen Scharen hier erscheinen.«

»Und deshalb wollt Ihr Euch mir anschließen?«

Eunho blickte Bin an.

»Spräche denn etwas dagegen?«, fragte er und lächelte.

Bin konnte ihm schlecht sagen, dass sie nicht einverstanden war, weil sein Gesicht sie zu sehr an den Eunho erinnerte, den sie als Kind gekannt hatte. Als er bemerkte, dass sie zögerte, ergriff Eunho erneut das Wort.

»Ich nehme Euer Schweigen mal als Zustimmung. Wann wollen wir uns morgen treffen?«

Paryeo folgte dem Jungen in den weitläufigen Garten.

In ihm fand sich nichts Lebendiges. Er war mit Jadeblättern, Blumen aus Edelsteinen, Kristallteichen und künstlichen Vögeln geschmückt, die kunstvoll aus Draht gefertigt worden waren.

»Dort ist es.«

Der Junge verbeugte sich und ging.

Vor Paryeo befand sich ein großer Schaukelstuhl. Höflich faltete er die Hände und neigte den Kopf zum leeren Stuhl. Sein schwarzes Haar und die roten Ohrringe fielen ihm in Kaskaden über die Schultern.

»Ich bin hier, um Königin Jeollyoon zu sehen.«

Kaum, dass Paryeo den Kopf gehoben hatte, erschien auf dem leeren Stuhl eine Frau.

Königin Jeollyoon.

So nannte sich die Herrscherin über die zehnte und tiefste Hölle der Unterwelt.

Das Gesicht der kräftig gebauten Frau war zur Hälfte von einer lächelnden Gesichtsmaske bedeckt, ihr Körper in Schichten bunter Seide gehüllt.

»Du verrückte kleine Schlange. Wie ist es dir ergangen?«

Ihre raue, tiefe Stimme hallte in alle Richtungen wider. Die Frau trat vor, und gemeinsam mit ihren Schritten bebten die großen Steine im Garten mit einem dumpfen Dröhnen. Paryeo verbeugte sich mehrfach.

Der Mundwinkel, der sich unter der Maske abzeichnete, wanderte nach oben.

»Bist du glücklich, den Ort, an den du hingehörst, hinter dir gelassen zu haben und nun in der Menschenwelt umherwandern zu können?«

Jedes Mal, wenn ihre Füße den Boden berührten, schienen sie ein kleines Erdbeben auszulösen. Paryeo spannte den ganzen Körper an, um nicht zu stürzen. Jeollyoon nahm es grinsend zur Kenntnis.

»Habe ich es nicht Eurer Güte zu verdanken, in dieser Welt ein friedliches Leben führen zu können, Eure Majestät?«

Seine Antwort brachte Jeollyoon herzhaft zum Lachen. Ihr Blick schweifte über Paryeos Gestalt.

»Die Welt der Menschen ist stets gleich. Voll von Gier und Eitelkeit. Ganz genau wie du.«

Mit ihrer Hand machte sie eine leichte Geste in Paryeos Richtung.

»Urgh.«

Als würde ihn eine äußerst starke Kraft nach unten zerren, fiel er prompt auf die Knie.

»Schon seltsam. Wieso sind immer jene am aufsässigsten, die ihren eigentlichen Platz nicht zu kennen scheinen?«

Der Boden unter Paryeos Knien sank tiefer und tiefer.

»Ich verstehe nicht ganz, warum du kleiner Wurm so hocherhobenen Hauptes hier vor mich trittst. Hat eine Schlange nicht flach über den Boden zu kriechen?«

Kaum ausgesprochen, schlug Paryeos Kopf am Boden auf.

Ein unsichtbarer Fuß schien ihn nach unten zu pressen. Seine langen Haare lagen zerzaust um ihn ausgebreitet.

»Habe ich mich nicht klar genug ausgedrückt, als ich dir gesagt habe, du sollst ins Jenseits zurückkehren?«

»E-es tut mir leid, aber wie Ihr wisst, unterstehe ich noch immer Königin Yeomnas … argh!«

»Du wagst es, meine Macht mit der von Yeomna zu vergleichen, während ich hier direkt vor dir stehe und du dir nicht einmal sicher bist, ob sie überhaupt noch existiert?«

Den Kopf noch immer auf den Boden gepresst, erinnerte sich Paryeo an ihr Gesicht zurück.

Der Grund, warum er lebte. Der Grund, für den er eines Tages sterben würde.

Ihr liebt sie, nicht wahr, Paryeo?

Die Stimme von Bin Seomoon klang in seinen Ohren. Paryeo biss sich auf die Lippe. Er konnte sich nicht gegen diese Gefühle wehren, gegen die Liebe, die er für sie spürte, und so konnte er auch nicht anders, als weiter nach ihr zu suchen.

»Ich habe Euch nichts zu sagen.«

Selbst unter diesen Umständen weigerte er sich, Jeollyoon seine Loyalität zu schwören. Sie streckte ihre Hand nach ihm aus, und ihr Griff fand seine Kehle.

Umschlossen von ihren rauen Fingern, schnappte Paryeo keuchend nach Luft. Das lächelnde Auge der Maske starrte ihm entgegen. Er wehrte sich, kam gegen Jeollyoons Kraft jedoch schlichtweg nicht an.

»Ich verstehe schon. Yeomna hat dich schließlich in ihre Obhut genommen und aufgezogen. Die kleine, sterbende Schlange von damals.«

Sie schnalzte mit der Zunge und löste ihren Griff.

Paryeo stürzte zu Boden. Spöttisch blickte Jeollyoon auf ihn herab.

»Was denn, hast du etwa wirklich geglaubt, du würdest Yeomna irgendetwas bedeuten? Hm?«

Ihre Stimme war rau, als sie sprach.

»Yeomna ist, wie soll ich sagen, ein wenig sonderbar. Genau deshalb wird sie auch ein mickriges Leben wie deins in Schutz genommen haben. In der Hoffnung, sie zu verstehen, habe ich selbst ein Fuchsjunges aufgezogen, aber es ist mir noch immer ein Rätsel. Für die Könige der Unterwelt zählt nicht das Leben, sondern der Tod.«

Paryeo kniete da und ballte die Fäuste. Er konnte es ertragen, wenn er das Ziel ihrer Beleidigungen war, herablassende Bemerkungen gegenüber Yeomna duldete er jedoch selbst dann nicht, wenn sie von Jeollyoon stammten.

»Also, Wurm, hast du Spuren von Yeomna gefunden?«, fragte sie verstohlen.

»Du stattest der Menschenwelt nun schon seit Ewigkeiten Besuche ab, und doch hat mich noch kein Wort davon erreicht, dass du sie gefunden hättest.«

An ihrem Gesicht ließ sich ablesen, wie sicher sie sich war, dass er sie auch niemals finden würde.

»Ob Yeomna deinen Nutzen womöglich bereits vorhergesehen hatte? Eine mickrige Schlange, geboren in der Menschenwelt und aufgezogen im Jenseits. Wem außer dir wäre es je möglich, so lange in der Menschenwelt zu bleiben, um nach ihr zu suchen? Sollte ich es ›Loyalität‹ nennen oder einfach nur ›Torheit‹?«

Die Hände in den Boden gekrallt, schnaubte Paryeo.

»Von all den Thronen hier in den Höllen ist Yeomnas zweifellos die wichtigste Stütze der Unterwelt. So lange, wie er bereits leer steht, ist es nur eine Frage der Zeit, bis die ersten Probleme auftreten.«

Jeollyoon erhob sich von ihrem Stuhl.

»Du weißt doch selbst nur zu gut, dass alles, was der

natürlichen Ordnung widerspricht, nicht lange Bestand hat. Je länger Yeomna fortbleibt, desto mehr gerät die Unterwelt ins Wanken.«

Es war genau in diesem Moment, dass Paryeo begriff, was Jeollyoon vorhatte.

Sie wollte selbst den Platz der verschwundenen Yeomna einnehmen. Anstatt allein die letzte und tiefste der zehn Höllen zu regieren, begehrte sie den Thron, der ihr erlauben würde, über die gesamte Unterwelt und den Tod zu herrschen. Der Kaiser unter den Königen.

»Bislang scheinst du zumindest noch nichts über Yeomnas Aufenthaltsort zu wissen, da kann man also wohl oder übel nichts machen.«

Als würde sie diese Tatsache bedauern, hielt sie für einen Moment inne.

»Lass es mich wissen, solltest du je auf eine Spur von ihr stoßen, Wurm. Und komm besser gar nicht erst auf die Idee, mich zu täuschen.«

Jeollyoon wandte sich Paryeo zu, der noch immer auf dem Boden kniete, und signalisierte ihm mit einer kurzen Kopfbewegung, dass er gehen solle.

Missbilligend sah sie dabei zu, wie er aus ihrem Garten hinaustaumelte.

»Ich habe wirklich kein gutes Gefühl bei der Sache.«

Yeomnas Abwesenheit brachte die Unterwelt mit zunehmender Länge immer mehr aus dem Gleichgewicht. Jeollyoon blickte auf ihre Hand hinab.

»Mit dieser Hand habe ich ihre Seele vernichtet, wieso also kann ich die völlige Auslöschung ihrer Existenz noch immer nicht spüren? Wie ist das möglich?«

Um in Yeomnas Position aufsteigen und über den Tod herrschen zu können, musste man mindestens ein Leben vor dem Tod gelebt haben. Leben und Tod waren untrennbar miteinander verbunden, und jemand, der das Erstere nicht verstand, konnte unmöglich die neue Yeomna werden.

»Es war schon ihr drittes Leben.«

Königin der Unterwelt. Herrscherin über die Toten und Sterbenden.

Es war der Moment, als Yeomna darauf wartete, ihr nächstes Leben zu empfangen, der Moment, in dem sie am verwundbarsten war.

Jeollyoon hatte genau den Augenblick, bevor sie in einem menschlichen Körper wiedergeboren und ihr das Leben eingehaucht wurde, abgewartet. Je mächtiger die Existenz, der man schadete, desto größer war auch das Karma, mit dem man für sein Handeln bestraft wurde – so wollte es die natürliche Ordnung. Da Yeomna jedoch ihre Macht abgelegt und ein menschliches Leben erhalten hatte, konnte Jeollyoon so einer Bestrafung entgehen.

»Dabei habe ich mir solche Mühe gegeben.«

Sie war irgendwo da draußen, in einer ihr nicht bekannten Form. Lebendig.

Der Gedanke verfolgte sie wie ein Albtraum. Sie hatte so hart dafür gekämpft, um sich Yeomnas Thron zu sichern, und doch rein gar nichts dafür bekommen.

»Dann werde ich dich eben ein für alle Mal vernichten müssen. Ganz gleich, wo du auch sein oder wie du aussehen magst.«

Jeollyoon würde sie finden und töten.

Hinter ihrer Maske ging ein dunkles Glimmen von ihrem Auge aus.

»Eure Majestät?«

Der Junge, der Paryeo zu ihr gebracht hatte, war zurück.

»Ja? Was ist denn?«

»Bei meinem letzten Besuch in der Menschenwelt ist mir

eine Schachfigur ins Auge gefallen, die Eurer würdig sein könnte.«

»Eine Schachfigur?«

»Ja. Es ist schließlich keine leichte Aufgabe für eine Königin der Unterwelt, sich in der Menschenwelt zu manifestieren.«

Die Welt funktionierte wie eine große Waage.

Erzwang sich ein mächtiges Wesen aus dem Jenseits Zutritt ins Diesseits, hinterließ dies gewaltigen Schaden. Aus diesem Grund war es Jeollyoon bislang auch nicht möglich gewesen, selbst nach Yeomna zu suchen.

»In der Tat.«

»Wieso verwendet Ihr also stattdessen nicht einen Menschen als Gefäß, der stark genug wäre, einen Teil von Euch für eine Weile in sich zu beherbergen?«

Die dunklen Augen des Jungen blinzelten ein paarmal.

»Ich werde Euch einen Menschen finden, der würdig und auch stark genug ist, um als Eure Brücke ins Diesseits zu dienen. So werdet Ihr von ihm Besitz ergreifen und auch in der Menschenwelt Eure Macht verwenden können. Womöglich genügt dieses gestohlene Leben sogar bereits, um die Mindestanforderung an Lebenserfahrung zu erfüllen, die ein Aufstieg in Yeomnas Position voraussetzt.«

Jeollyoons Mundwinkel hob sich leicht. Der Plan sagte ihr zu. Die Freude war ihr sichtlich anzumerken

»Hahaha! Es gibt also doch eine Möglichkeit, diese Erfahrung zu machen, ohne selbst gelebt haben zu müssen?«

»Gewiss. Wie könnte man von Euch auch verlangen, ein solches Leben am eigenen Leib in Erfahrung bringen zu müssen? Der Diebstahl eines bestehenden Lebens sollte mehr als genügen.«

Jeollyoon lachte anerkennend.

»Sehr gut! Finde einen Menschen, der mein Gefäß werden kann. Durch ihn wird es mir gelingen, Yeomna vollständig zu vernichten, und durch das gestohlene Leben werde ich endlich ihren Platz einnehmen können!«

Der mit Juwelen geschmückte Garten bebte unter ihrem Lachen.

»Mein Fräulein?«

Samwol streckte den Kopf hinter Bin hervor, die gerade in den Spiegel blickte. Sie erschrak und ließ mit einem Keuchen das kleine Weihrauchsäckchen in ihrer Hand fallen. Samwol hob es für sie auf und reichte es ihr.

»Stimmt etwas nicht? Ich habe mehrmals nach Euch gerufen, aber Ihr habt gar nicht reagiert.«

»Ah. Ich war lediglich in Gedanken.«

»Was habt Ihr mit dem Weihrauch vor? Geht Ihr heute nicht auf Seelenjagd?«

»Hm? Oh, doch. Natürlich. Wozu sollte ich sonst nach draußen gehen?«

Samwol verengte die Augen, als sie sah, wie Bin hastig das Säckchen an sich nahm und es versteckte.

»Irgendetwas stimmt da doch nicht. Wenn Ihr tatsächlich auf Seelenjagd gehen würdet, wieso solltet Ihr dann statt der benötigten Instrumente nur ein nutzloses Säckchen mit Weihrauch einstecken?«

»Das, ähm, also … Ah, stimmt! Geister verabscheuen den Geruch von Weihrauch. Die Seelenjäger sollen neuerdings auf diese Technik schwören, deshalb wollte ich es auch mal ausprobieren.«

»Ist dem so?«

Die Magd neigte den Kopf zur Seite.

»Wisst Ihr, bei Euren ganzen Vorbereitungen heute könnte man meinen, Ihr würdet jemanden treffen, für den Ihr womöglich Gefühle hegt. Plötzlich tragt Ihr ganz andere Gewänder und nehmt sogar Weihrauch mit Euch.«

Bins Gesicht errötete.

»So ein Unsinn! Die einzigen Wesen, die ich heute treffen werde, sind Geister.«

»Wieso aber putzt Ihr Euch dann derart fein heraus?«

Bin räusperte sich.

»Nun, es ist nun mal die Zeit des Lotuslaternenfests. Alle Anwesenden werden in ihren besten Gewändern erscheinen, gäbe ich mir da nicht genauso viel Mühe, würde ich nur ihre Aufmerksamkeit auf mich ziehen.«

Diese Erklärung erschien Samwol plausibel genug. Sie nickte Bin zu.

»Das wäre in der Tat möglich.«

Ein kleiner Seufzer der Erleichterung kam Bin über die Lippen.

»Ich werde dann jetzt gehen. Vermutlich werde ich erst spät zurück sein, geh du also ruhig schon ins Bett.«

»Hach, das könnte ich unmöglich tun. Ich werde meine übrigen Näharbeiten erledigen, während ich auf Euch warte. Ich sehe Euch dann später, mein Fräulein!«

Mit diesen Worten eilte Bin nach draußen.

Die Sonne schien hell an jenem Tag. Bin spielte mit dem Weihrauch, den sie im Saum ihres Ärmels versteckt hielt.

Es stimmte, dass sie sich wegen Eunho Gedanken gemacht hatte. Schmückende Ornamente besaß sie keine, und das duftende Säckchen war das Beste, was ihr eingefallen war. Wenn sie gut roch, während sie zusammen waren, würde sie sich zumindest ein wenig besser fühlen.

»Ja, das alles ist eine reine Höflichkeit. Andere Absichten hege ich damit selbstverständlich keine.«

Eunho wusste ja nicht einmal, dass sie in Wahrheit eine Frau war.

»Und erst recht nicht, dass ich seine Verlobte bin.«

Bei ihren gemeinsamen Seelenjagden konnte sie jedes Mal spüren, wie ihr Herz sich zusammenzog, wenn sie in ihm erneut etwas erblickte, das sie an sein vergangenes Ich erinnerte.

Wann immer dies geschah, versuchte sie noch entschlossener, die Kontrolle über ihren Geist zu wahren, doch je mehr sie sich anstrengte, desto bewusster wurde ihr, wie sehr ihr Herz ins Wanken geriet.

»Was sollte Eunho schon Besonderes von seiner Verlobten halten?«

Jetzt, da alle Erinnerungen an ihre gemeinsame Zeit verschwunden waren, war er nur noch jemand, den es für sie eines Tages aus ihrem Leben zu verbannen galt. Nicht mehr und nicht weniger.

»Er wird sowieso nie etwas von alldem wissen.«

Nicht einmal, dass der Mann, mit dem er gemeinsam auf Seelenjagd ging, in Wahrheit Bin Seomoon war.

Oder wie er sie stets in den Arm genommen hatte.

Wie er ihr zugeflüstert hatte, dass nichts und niemand sie je trennen könne.

Wie sie beide gemeinsam im Regen umherliefen.

»Eunho.«

Wie Bin damals gefleht hatte, sein Leben zu verschonen, die Hand des sterbenden Mannes fest in ihrem Griff.

All diese Erinnerungen gehörten jetzt nur noch Bin.

Erinnerungen, die sie nun allein mit sich tragen musste. Einst geteilte Momente, die für Eunho nicht länger existent waren.

»Mein Herr«, ertönte Eunhos Stimme hinter ihr.

Hastig ordnete Bin ihre Gesichtszüge, bevor sie sich zu ihm umdrehte.

»Ihr seid früh dran.«

»Ah, ich wohne gleich hier in der Nähe. Ihr etwa ebenso?«

Bin warf ihm einen verdrießlichen Blick zu.

Die Anwesen ihrer Familien lagen nur einen Katzensprung voneinander entfernt, deshalb befand sich auch ihr heutiger Treffpunkt gleich um die Ecke. Sie schnalzte innerlich mit der Zunge. Dass sie da nicht früher drüber nachgedacht hatte …

»Wirklich? Das wusste ich gar nicht. Nun, wir haben auch heute einen langen Tag der Seelenjagd vor uns, sparen wir uns also das unnötige Gerede und machen uns gleich an die Arbeit.«

»Oh, ich habe noch etwas für Euch.«

Eunho zog etwas aus seinem Gewand und streckte es Bin entgegen.

»Was ist das?«

Ein Pfirsich war auf ein blassrosa Jade-Ornament eingraviert worden. Man hatte es mit einer Schnur versehen, damit es als Schmuck getragen werden konnte.

»Es ist nichts Besonderes. Jinwoo, ah, ich spreche von dem Mann, der Euch an jenem Festabend um Hilfe gebeten hat. Er ist ebenfalls Seelenjäger, wisst Ihr? Jedenfalls erzählt er mir, dass von Übersee einige praktische Gegenstände für die Seelenjagd angekommen seien.«

Als Bin nicht auf seine Erklärung reagierte, sondern weiterhin auf das kleine Schmuckstück aus Jade starrte, fuhr Eunho hastig fort.

»Er sagte, es würde ihn freuen, wenn Ihr etwas davon annehmen würdet, deshalb habe ich dieses Ornament hier mitgebracht. Es ist äußerst hübsch gearbeitet.«

Eunho wusste, dass seine Antwort wie eine Ausrede klang. Die beiden standen sich in keiner Weise nah genug, um einander derartige Geschenke zu machen, jedoch hatte er selbst Jinwoos durchbohrenden Blick über sich ergehen lassen, weil er Bin unbedingt etwas mitbringen wollte.

Es war mir einfach ein Bedürfnis.

Das war alles. Er hatte überlegt, was er aussuchen sollte, jedoch wusste er nicht einmal, was genau dem Mann gefallen würde. Da er aber noch nicht einmal seinen Namen kannte, war das wohl nicht weiter überraschend.

Er kleidete sich äußerst simpel, insofern war das beste Geschenk vermutlich etwas, das ihm bei der Seelenjagd helfen konnte.

Wann immer er ihn anblickte, schien sein Herz nicht mehr zu wissen, was es fühlen sollte.

Aus diesem Grund hatte er sich auch freiwillig bereit erklärt, ihn bei der Seelenjagd zu begleiten, obgleich dies auch genauso gut jemand anderes für ihn hätte übernehmen können.

Er wollte an seiner Seite sein und ihm helfen. Ihn nur noch ein weiteres Mal lächeln sehen.

Warum genau, wusste er jedoch selbst nicht.

»Vielen Dank«, erwiderte Bin mit leiser Stimme und nahm das Geschenk entgegen.

Etliche Emotionen schienen durch ihr Gesicht zu ziehen, als sie auf das Ornament hinunterblickte. Nie hatte sie damit gerechnet, ein Geschenk von ihm zu erhalten.

»Ihr nehmt es an?«

»Wenn nicht, würdet Ihr hier gewiss wie angewurzelt stehen bleiben, bis ich es täte.«

»Ihr kennt mich bereits sehr gut.«

»Das hier ist allerdings das erste und auch letzte Mal.«

»Aber ja, natürlich. Wo wollt Ihr es gern tragen? Es würde sich als Dekoration am Knauf Eures Säbels sicher gut machen. Wozu würde Seelenjäger-Jade besser passen als zur Klinge eines Seelenjägers?«, plapperte Eunho los, sichtlich erfreut darüber, dass Bin sein Geschenk akzeptiert hatte.

Ein leichtes Lächeln stahl sich auf ihre Lippen, als sie ihn so ansah.

»Dieses Muttermal war auch damals schon ...«

Ruckartig schloss sie den Mund. Leicht verwundert blickte Eunho sie an.

»Damals?«

»N-nein, nein, da habe ich mich bloß versprochen. Woher sollte ich schon wissen, wie Ihr früher ausgesehen habt, nicht wahr?«

Bin lachte verhalten und wechselte schnell das Thema.

»Hier macht sich das Ornament ganz ausgezeichnet. Vielen Dank, es wird mir sicher von großer Hilfe sein.«

Eunho spürte, dass etwas nicht stimmte, konnte sich aber nicht dazu durchringen, weiter nachzubohren. Ein Mann, dessen Gesicht er vor weniger als zwei Wochen noch nicht einmal gekannt hatte, konnte selbstverständlich nichts über seine Kindheit wissen.

»Wollen wir dann?«

Mit dem hallenden Klang der Glocke rezitierte Bin lautstark eine Beschwörungsformel aus ihrem Handbuch der Seelenjagd. Um die flüchtenden Geister kümmerte sich Eunho, der hinter ihr stand. Obwohl er diese Aufgabe nun schon ein paarmal übernommen hatte, stellte er sich nach wie vor ungeschickt an.

Zusammen mit der Formel nutzte Bin ihren Säbel, um einen glühenden Kreis in die Luft zu zeichnen. Das rosa Jadestück an seinem Griff bewegte sich mit ihm.

Dank der Vorbereitungen, die sie im Vorfeld getroffen hatte, gestaltete sich die Austreibung wesentlich leichter als gedacht. Als Bin die Überreste der Geister betrachtete, sah sie jedoch alles andere als fröhlich aus.

»Was ist los? Gibt es auch dieses Mal wieder keine Seelenperlen?«

Sie schüttelte den Kopf.

»Das ist nicht das Problem. Die Geister nehmen in letzter Zeit nur immer seltsamere Formen an.«

»Inwiefern? Sie sehen normalerweise also nicht so aus?«

»Bislang waren sie nie derart entstellt. Ich frage mich, ob auch ihre zunehmende Anzahl damit in Verbindung stehen könnte.«

»Jinwoo hat mir etwas Ähnliches erzählt. Er sagte, von den Geistern ginge eine andere Energie aus.«

»In der Stadt und ihrer Umgebung sollen allerlei seltsame Dinge passieren, dafür muss es einen Grund geben.«

Mit übertrieben fröhlicher Stimme ergriff Eunho das Wort, als er Bins düsteres Gesicht erblickte.

»Warum lassen wir es mit den Gedanken über die Seelenjagd nicht für heute gut sein? So viel wir jetzt auch darüber nachgrübeln, eine Antwort werden wir sowieso nicht bekommen.«

»Das ist wohl wahr.«

Eunho hob den Kopf und blickte in den vom Sonnenuntergang gefärbten Himmel.

»Ist heute nicht bereits der letzte Tag des Lotuslaternenfests?«, fragte er und erntete einen fragenden Blick von Bin.

»Das jährliche Laternenfest ist eine Zeit, in der die Lebenden für ihre Wünsche beten. Da wir sämtliche Geister von den wichtigen Orten ausgetrieben haben, sollten doch auch wir nun die Feierlichkeiten wie zwei Lebende genießen, meint Ihr nicht?«

»Wie zwei Lebende.«

Bin wiederholte Eunhos Worte.

»Wir haben noch etwas Zeit, lasst uns gehen.«

Unbewusst überprüfte Bin das Weihrauchsäckchen im Inneren ihres Gewands. Es duftete immer noch schwach nach Blumen.

Mit dem Ende des Lotuslaternenfests würde sie ihn sowieso nicht mehr wiedersehen.

Dies würde das letzte Mal sein.

Es konnte also nicht schaden, alles zu genießen, solange es noch andauerte. Sie nickte ihm zu.

»Gern.«

»Hervorragend! Es gibt da einen Ort mit einer schönen Aussicht, den ich neulich entdeckt habe. Lasst mich Euch hinbringen, er wird Euch sicher gefallen.«

Lächelnd lief Bin neben ihm her.

»Sagt, habt Ihr nicht eigentlich ein überaus hohes Amt inne? Ich bin etwas überrascht, dass Ihr die Zeit gefunden habt, mich drei Tage in Folge bei der Seelenjagd zu begleiten.«

Ihre Bemerkung ließ Eunho ein wenig verlegen werden.

»Nun, es war immerhin Seine Majestät, der mir dies befohlen hat. Und …«

Nach einer Pause fuhr er langsam fort.

»Ich fühle mich in Eurer Nähe sehr wohl. Eure Gesellschaft ist äußerst unterhaltsam.«

»Ihr fühlt Euch in meiner Nähe wohl?«

Eunho nickte.

»Ja. Zumal ich mich ebenso dafür revanchieren wollte, dass Ihr mir das Leben gerettet habt. Oh, wir müssen in diese Richtung.«

Als sie ihm dabei zusah, wie er einige Schritte voraus machte, pochte Bins Herz so wild, dass sie mit der Faust dagegenhalten musste.

Das hier war nicht richtig.

Sie wollte nicht auf diese Weise durcheinandergebracht werden. Bin biss sich fest auf die Lippe.

Eunho drehte sich zu ihr um.

»Worauf wartet Ihr denn?«

»Komme schon.«

Sie hatte kaum einen Schritt gemacht, als sie bemerkte, wie die Leute in der Menschenmenge alle ihre Blicke auf Eunho gerichtet hatten.

»Hey, schau mal da! Der Mann da vorne sieht so unglaublich gut aus!«

»Wo denn? Wow! Er könnte wirklich geradewegs aus dem Himmel gestürzt sein.«

Man konnte ihm ansehen, dass er das Getuschel längst gewöhnt war.

Diese Selbstverständlichkeit, mit der er die Blicke und die Komplimente der Menschen akzeptierte, war für Bin ein fremder Anblick. Sie hatte einst die Gerüchte gehört, dass er dem Tod noch einmal von der Schippe gesprungen sei, seine Erinnerung verloren habe und sich nun in einer neuen Stadt für die Staatsprüfung vorbereiten solle.

Danach vermied sie es bewusst, mehr über ihn zu erfahren. Er war nicht mehr ein Teil ihres Lebens. Sie würde ihn nie wiedersehen, deshalb war es schlichtweg besser, ihn einfach zu vergessen.

Und jetzt stand er hier vor ihr, ohne dass man ihm auch nur ansatzweise die Schatten seiner Vergangenheit hätte ansehen können.

»Mein Herr?«

Eunhos Gesicht, seine Stimme und sein sanftes Lächeln, als er ihr entgegenblickte.

Bin wollte zugleich lachen wie weinen.

Ganz gleich, ob er nun der Eunho von damals war oder nicht, ihre Augen fanden wie von selbst ihren Weg zu ihm.

Es war erneut genauso gekommen wie früher. Obwohl er sie gänzlich vergessen hatte, obwohl er sie nicht einmal mehr erkannte.

Sie stand erneut da und starrte seinen Rücken an.

»Was seht Ihr Euch denn da so angestrengt an? Doch nicht etwa mein bemerkenswert gut aussehendes Gesicht?«, fragte Eunho in scherzhaftem Ton.

»Und ob. Ich kam nicht umhin, es heute erneut zu bemerken.«

»Wie bitte? Ihr gebt es sogar zu?«

»Ich habe auf dem ganzen Weg hierher gehört, wie die Menschen Euch von allen Seiten Komplimente zu Eurem Gesicht gemacht haben.«

»Ach, das.«

Für ihn war dies nichts Neues.

»Deshalb habe ich für gewöhnlich die Angewohnheit, mein Gesicht mit einem Fächer zu bedecken, wenn ich nach draußen gehe, in Eurer Gegenwart ist mir dies aber offenbar gänzlich entfallen.«

»Man erzählt sich, Ihr seid der begehrteste Junggeselle des Reichs. Habt Ihr bereits eine potenzielle Braut ins Auge gefasst?«

Die Frage war aus ihr herausgeplatzt, ohne dass sie überhaupt darüber nachdenken konnte.

Bin schloss den Mund. Wieso hatte sie dies plötzlich gefragt? Könnte sie die Worte doch nur zurücknehmen.

Was willst du mit dieser Information schon anfangen? Meinst du ehrlich, du könntest es einfach so hinnehmen, wenn er antworten sollte, es gäbe niemanden?

Sie kam sich wie eine Närrin vor. Doch die Frage hatte ihren Mund nun mal verlassen. Bin hob den Kopf und hoffte, Eunho würde schlichtweg so tun, als hätte er sie nicht richtig gehört, und das Thema wechseln.

Hinter ihm konnte sie die vielen Laternen sehen, die im Fluss schwammen, und auch die Menschen, die noch immer ihre Wünsche äußerten.

Jede Laterne trieb mit einem ganz eigenen Wunsch den Fluss hinunter. Ihre Lichter spiegelten sich so wunderschön im Wasser, dass Bin fast schon das Gefühl bekam, etwas Verbotenes zu sehen.

Ihr war, als hätte sie eine andere Welt betreten.

Die Blätter der Weidenbäume, die über dem Flussufer hingen, wehten im Wind.

»Die habe ich«, drang Eunhos Stimme zu ihr durch.

»Ich habe bereits seit geraumer Zeit eine Verlobte.«

Seine Stimme war ruhig, als er dies sagte. Es war vielmehr Bin, die überrascht war. Sie hatte nicht erwartet, dass er ihr so offen antworten würde.

»Wie bitte?«

»Alle sind überrascht, wenn sie davon erfahren. Es ist jedoch ein offenes Geheimnis, über das alle im Bilde sind, die davon wissen müssten. Was aus dieser Verlobung noch werden wird, weiß ich jedoch selbst nicht.«

In seinen Augen war ein Anflug von Traurigkeit zu sehen, als er dies sagte.

»Ihr wisst nicht, was daraus noch werden wird?«

»Da ich Euch eine Frage beantwortet habe, schuldet Ihr mir nun ebenfalls eine Antwort. Wieso sammelt Ihr diese Seelenperlen?«

Eine Frage, die Bin mehr als überrumpelte.

»Ich weiß natürlich nicht, ob Eure Familie dieser Arbeit bereits seit Generationen nachgeht, so wie Jinwoos, aber mein Gefühl sagt mir, dass dies nicht der Fall ist. Wieso also habt Ihr es so sehr auf diese Perlen abgesehen?«

Auch in diesem Moment baumelten die bunten Kugeln an Bins Gürtel.

»Ich habe ehrlich geantwortet, insofern erwarte ich, dass auch Ihr mir eine ehrliche Antwort gebt.«

Für einen Moment verfiel Bin in Gedanken.

Egal, wie sie antwortete, Eunho würde sowieso nicht wissen, dass sie Bin Seomoon war. Vielleicht war es also in Ordnung, ausnahmsweise einmal ehrlich zu sein.

»Ich sehne mich danach, ein gewöhnlicher Mensch zu werden. Ich wünsche mir ein ruhiges Leben, in dem ich in Frieden lieben kann.«

»Ihr wollt in Frieden lieben können?«

»Selbst unter Seelenjägern bin ich eine Anomalie. Seit meiner Geburt schon kann ich das Dies- und das Jenseits gleichermaßen sehen. Aus diesem Grund wurde ich auch bereits als Kind oft genug von Geistern besessen. Jeder um mich herum wurde damals wegen mir verletzt … oder sogar getötet.«

So wie auch Hwan.

Ohne mich wäre er nie in so jungen Jahren gestorben.

»Ich habe inzwischen gelernt, mit ihnen umzugehen, sodass ich sie bis zu einem gewissen Grad kontrollieren kann, aber es lässt sich nie erahnen, was passieren wird. Ich bin wie ein Bogen mit einer gespannten Sehne, der nie weiß, wann und wie der Pfeil fliegt oder wo er einschlagen wird.«

So hatte sie bereits ihren Bruder verloren und auch Eunho in Todesgefahr gebracht. Noch einmal wollte sie etwas in der Art nicht durchmachen müssen.

»Es heißt, wenn man einhundertundacht Seelenperlen sammelt, kann man zu seinem ursprünglichen Schicksal zurückkehren. Ich sammle sie in der Hoffnung, dieses verworrene Schicksal hinter mir zu lassen und ein normales Leben führen zu können.«

Ihre wahren Gefühle, die sie für gewöhnlich für sich behielt, kamen heute zum Vorschein, denn schließlich würde Eunho Hyeon nie erfahren, wer sie wirklich war.

»Wenn mir dies gelingen sollte, möchte ich in Ruhe leben, um für meine Geburt und mein Dasein in dieser Welt Buße zu tun. Ich würde es niemals wagen, mich so, wie ich jetzt bin, auf jemanden einzulassen. Deshalb sehne ich mich nach einem friedlichen Leben, in dem es mir gestattet ist, im Stillen zu lieben. Mehr als diese Hoffnung ist mir nicht geblieben.«

Eunho wusste nicht, was er darauf antworten sollte. Dann aber brachte er eine Frage über die Lippen. »Seid Ihr wohlauf?«

»Wie bitte?«, fragte Bin zurück.

»Ich meine, geht es Euch gut? Dieses verdrehte Schicksal habt Ihr Euch immerhin nicht ausgesucht. Und doch müsst Ihr mit diesem Pfeil im Herzen leben, von dem Ihr nicht wisst, wohin er als Nächstes fliegen wird. Ich weiß selbst nicht ganz, warum, aber … Ihr tut mir einfach unglaublich leid.«

Einen Moment lang drohten die Tränen zu fließen.

Bin wandte den Kopf ab. Sie wollte nicht, dass er sie so sah.

Eunhos Antwort war dieselbe gewesen wie auch damals schon. Die erste und einzige Person, die sie je gefragt hatte, wie es ihr mit ihrem Schicksal ginge.

Seine Reaktion verleitete ihr Herz nur dazu, weitere Fehlschlüsse zu ziehen. Es war lächerlich, zu glauben, dass sie ihm womöglich immer noch wichtig war.

Vielleicht würden sie aber wirklich wieder zueinanderfinden können.

Nachdem Bin ihre Gefühle, die geradezu aus ihr herauszuplatzen drohten, erfolgreich unterdrückt hatte, sprach sie erneut. »Ich gebe mein Bestes, damit zu leben.«

»Ja, ein solcher Versuch kann nicht schaden. Meiner Unterstützung könnt Ihr Euch sicher sein.«

Die Wunschlaternen trieben mit den plätschernden Wellen hinfort.

»Warum lassen wir nicht selbst eine schwimmen?«, fragte Eunho, der gerade von irgendwoher eine Laterne erhalten hatte. Mehr brauchte es nicht, um die bedrückende Stimmung zu heben.

»Bei einem so wichtigen Fest wäre es doch viel zu schade, darauf zu verzichten.«

Sie zündeten die Laterne an.

»Am besten lassen wir sie von hier aus schwimmen, so kann sie dem Flusslauf besser folgen.«

Die Laterne in den Händen, stieg Bin zum Flussufer hinunter. Während sie darüber nachdachte, wo genau sie das Licht dem Wasser übergeben sollte, machte sie einen weiteren Schritt nach vorne.

»Oh?«

Ihr Körper taumelte nach vorne. Was sie für festen Boden gehalten hatte, war bereits ein von Seepflanzen überwucherter Teil des Flusses gewesen.

»Stopp!«

Noch bevor Bin in den Fluss fallen konnte, schlang sich eine Hand fest um ihre Taille und zog sie in Richtung Ufer.

»Ah.«

Ein Gesicht kam zum Vorschein.

Ein Gesicht, das selbst an diesem schattigen Ort hell erstrahlte.

Ihre Blicke trafen sich.

»Ihr solltet vorsichtiger sein«, sprach Eunho mit sanfter Stimme. Er nahm Bins Hand und führte sie in Sicherheit.

»Wenn Ihr an einem solchen Tag ins Wasser fallt, werdet Ihr Euch zweifellos erkälten. Seid Ihr auch sicher nicht nass geworden?«

Sorgfältig prüfte Eunho Bins Kleidung.

»Mir geht es gu…«

Bins Stimme stockte.

Im Saum ihres Gewands hatte Eunho etwas entdeckt. Er hielt ein alt aussehendes Stück Papier in der Hand. Bin erkannte es sofort.

»Was hat das hier in Eurer Kleidung zu suchen?«

Voller Verwirrung sah er zu ihr hinüber.

Bins Herz fühlte sich an, als würde es gleich zerspringen. Panisch blickte sie auf das Papier in Eunhos Hand.

»E-es tut mir leid!«

Sie ließ die Laterne fallen, senkte hastig den Kopf und rannte davon.

»Mein Herr! Mein Herr!«

Eunho versuchte, Bin zu folgen, wurde aber von der Menschenmasse, die sich eingefunden hatte, um den letzten Tag des Fests zu genießen, zurückgedrängt.

»So wartet doch!«

Bins Rücken mischte sich unter die Menge, und schon war sie verschwunden. Ungläubig sah Eunho sich um, doch alles, was ihm geblieben war, war der Papierfetzen, den er im Saum ihrer Kleidung gefunden hatte.

»Wie ist das nur möglich?«

Eunho starrte auf den Zettel in seiner Hand. Es stand nicht viel darauf geschrieben.

»Für Bin, von Eunho.«

Als Kind war dies eindeutig seine Handschrift gewesen. Wieso aber befand sich dieser Zettel, von dem er nicht einmal mehr wusste, ihn geschrieben zu haben, im Besitz dieses fremden Seelenjägers?

Sein blasser Teint und diese für einen Mann überraschend hohe Stimme.

Die schlanke Gestalt, die er gespürt hatte, als er dem Mann kurz zuvor um die Taille gefasst hatte.

Könnte es sein …?

Es war unmöglich.

Aber sosehr er auch nachdachte, konnte er sich einfach keinen anderen Reim darauf machen. Eunho blickte erneut auf das Papier auf seinem Schreibtisch. Sein Inhalt war noch immer derselbe.

»Für Bin, von Eunho.«

Vorsichtshalber glich er die Handschrift noch einmal mit seinem alten Tagebuch ab.

Es war tatsächlich seine. Aber soweit er sich zurückerinnern konnte, hatte er der Familie Seomoon noch nie geschrieben.

»Vielleicht war ich zu jung, um mich daran zu erinnern.«

Aber selbst, wenn dieser Brief tatsächlich echt war, blieb immer noch die Frage, weshalb dieser Mann ihn bei sich trug.

Eunho erinnerte sich an sein Gesicht während ihrer gemeinsamen Zeit auf dem Lotuslaternenfest zurück.

»Es bleibt mir nur der eine Weg.«

Er steckte den Zettel ein und stand auf.

»Ich werde mich selbst vergewissern müssen.«

Das Anwesen der Seomoons lag ganz in der Nähe – ein wenig weiter außerhalb als Eunhos Haus. Das Haupttor wirkte verlassen, was Eunho einen Moment zögern ließ.

Es war das erste Mal, dass er das Anwesen persönlich besuchte. Was er beim Eintreten wohl am besten sagen sollte? Plötzlich ertönte hinter ihm eine überraschte Stimme.

»M-meister Eunho?«

Ein Bediensteter blickte ihn mit großen Augen an.

Der Bedienstete an seiner Seite machte ein ähnliches Gesicht. Ein wenig unwohl räusperte Eunho sich leise.

»Ich habe von Eurer Ernennung zum Innenminister gehört! Meinen Glückwunsch!«

»Ah, vielen Dank. Würdet Ihr wohl mein Erscheinen ankündigen?«

»I-ihr seid tatsächlich hier, um das Anwesen zu besuchen, Meister Eunho?«

»Bin ich hier womöglich nicht erwünscht?«

»D-doch, natürlich seid Ihr das! Nur sind der Herr und die gnädige Frau leider nicht zugegen.«

»Was ist mit dem gnädigen Fräulein?«

Entsetzen machte sich im Gesicht des Bediensteten breit.

»D-das gnädige Fräulein … Sie hält sich vermutlich im Nebengebäude auf.«

»Tatsächlich? Dann sollte ich ihr einen Besuch abstatten.«

Die Bediensteten tuschelten untereinander.

Alle waren erstaunt, dass Eunho Hyeon, um den sich innerhalb der Hauptstadt allerlei Gerüchte rankten, ohne Weiteres vor dem Anwesen der Seomoons erschienen war, und dann auch noch, um die Tochter des Hauses zu sehen. Die weiblichen Bediensteten eilten hinaus, um Eunhos Gesicht zu betrachten, als sie hörten, dass der bestaussehendste Mann der Stadt eingetroffen sei.

»Das Fräulein ist, ähm … Samwol! Wo steckt Samwol?«, rief der Bedienstete.

Diese war gerade aus Richtung des Nebengebäudes gekommen und kam auf den Ruf ihres Namens hin sofort herbeigeeilt.

»Du meine Güte, was soll denn dieser Aufruhr?«

Ein kurzer Blick auf Eunho ließ Samwol überrascht aufschreien. Dann senkte sie schnell den Kopf.

»M-meister Eunho! B-bitte verzeiht!«

»Schon gut. Hält das gnädige Fräulein sich zurzeit im Nebengebäude auf?«

Samwols Gesicht nahm einen unleserlichen Ausdruck an. Der Bedienstete neben ihr drängte sie weiter.

»Meister Eunho spricht mit dir. Gib ihm sofort eine Antwort!«

»N-nun …«

Auch seine Worte entlockten Samwol keine Antwort. Wie in ein Selbstgespräch vertieft murmelte Eunho vor sich hin.

»Dabei soll sie doch so gut wie nie das Haus verlassen.«

»H-heute musste sie noch etwas erledigen, deshalb ist sie leider nicht da.«

Auch die übrigen Bediensteten blickten Samwol nun ungläubig an.

»Sie ist nicht im Nebengebäude? Was soll das heißen? Wo genau ist sie hingegangen?«

»D-das …«

Als Eunho sah, wie sehr sie um Worte rang, ergriff er erneut das Wort. »Das muss mir wohl entfallen sein. In dem Fall dürfte ich doch gewiss hier auf ihre Rückkehr warten?«

Hastig meldete sich einer der Bediensteten zu Wort. »Aber selbstverständlich, Meister Eunho. Worauf wartest du noch, Samwol? Bring ihn umgehend ins Nebengebäude!«

Samwol wollte noch protestieren, aber Eunho war ihr einen Schritt voraus.

»Ich danke dir.«

Jeder wusste, dass die beiden miteinander verlobt waren, doch obwohl Eunhos unangekündigter Besuch sie überrascht hatte, schien er sie nicht zu stören. Die Tatsache, dass sie ihn direkt zum Nebengebäude führten, schien ebenfalls darauf hinzudeuten, dass sie sich wohl erhofften, ihre Verlobung würde auch weiterhin Bestand haben.

Irgendetwas stimmte jedoch nicht mit der Magd, die in kleinen Trippelschritten vor Eunho herlief. Die Tochter des Hauses war bekannt dafür, das Anwesen nicht zu verlassen, ihre Abwesenheit war daher bereits sonderbar genug. Noch befremdlicher war jedoch, dass die Dienerin die Frage nach dem Aufenthaltsort der jungen Frau nicht beantworten konnte.

Sie ist die einzige Tochter der Familie, und doch schienen die übrigen Bediensteten so gut wie nichts über sie zu wissen.

»Ähm, würdet Ihr hier wohl einen Moment warten? Ich werde umgehend einige Erfrischungen vorbereiten.«

Auf Samwols Worte hin hob Eunho den Kopf und blickte vor sich auf das Nebengebäude des Anwesens.

Seine Augenbrauen zuckten leicht. Das Gebäude lag ein ganzes Stück vom Haupthaus entfernt und war augenscheinlich nicht sehr gut instandgehalten worden. Wo man auch hinsah, gab es renovierungsbedürftige Stellen.

Eunho fielen das wuchernde Gras, die vertrockneten Bäume und die heruntergefallenen Dachziegel ins Auge.

Das Gebäude stand so fern von allem, dass es geradezu fehl am Platz wirkte.

»Bin Seomoon.«

Die Bewohnerin dieses Gebäudes musste sich gewiss in einem ähnlichen Zustand befinden wie ihr Zuhause. Erst jetzt wurde Eunho klar, warum die anderen Bediensteten ihn so angeblickt hatten, als er die junge Frau erwähnte, warum der Weg zum Nebengebäude so lang gewesen war und warum Samwol zunächst verlegen dreingeschaut hatte.

Als die Magd sich zum Gehen wandte, richtete er das Wort an sie.

»Was in aller Welt ist hier los?«

Samwol zögerte.

»Ich habe dir eine Frage gestellt. Warum wohnt deine Herrin in so einem abgelegenen Gebäude, und was sollen die ganzen goldenen Seile? Man könnte ja meinen, jeden Moment würde einem ein Geist entgegenspringen.«

Ihr Gesicht verhärtete sich. »Ihr wisst es also wirklich nicht …«

Samwols Stimme verstummte, noch bevor sie den Satz beenden konnte. Kopfschüttelnd sah sie Eunho an.

»Mir ist bewusst, dass ich hiermit zu weit gehe, aber es ist mir schleierhaft, weshalb Ihr heute so plötzlich das gnädige Fräulein zu sehen wünscht.«

Ihre Stimme klang vorwurfsvoll.

»Ich bedaure es, dass es mir nicht gestattet ist, Euch fortzuschicken, denn andernfalls hätte ich Euch gar nicht erst hergeführt.«

»Was genau geht hier denn nur vor sich?«

»Das gnädige Fräulein wird bald schon zurück sein. Da fehlende Gastfreundschaft letztendlich auf sie zurückfallen würde, werde ich mich nun um die Erfrischungen kümmern.«

Mit diesen Worten ging Samwol, ohne sich noch einmal umzudrehen. Eunho blickte ihr verblüfft hinterher. Eine derart abweisende Reaktion hatte er nicht erwartet.

Sicher, dies war sein erster Besuch auf dem Anwesen seiner Verlobten. Aber es gab viele Paare, die sich erst nach der Hochzeit sahen, also konnte sie es ihm nicht verübeln, dass er sie erst jetzt aufsuchte.

»Es ist mir ein Rätsel.«

In dem verfallenen Nebengebäude roch es nach billigem Weihrauch. Eunho setzte sich auf die Holzveranda und berührte das goldene Seil, das zu ihm herabhing. Es war ursprünglich dazu gedacht, unheilvolle Wesen aus dem Gemach frisch gewordener Mütter fernzuhalten. Was also hatte so etwas vor dem Zuhause einer noch unverheirateten jungen Frau zu suchen? Es ergab schlichtweg keinen Sinn.

Die ganze Situation wurde immer seltsamer. Was war seine Verlobte nur für ein Mensch?

»Bin Seomoon.«

Ein Name, dem er bislang nie Beachtung geschenkt hatte.

Schon als Kind hatte man sie als seine Verlobte ausgewählt. Sie war für ihn nichts als ein Name, den man wie ein Möbelstück irgendwo im Raum platziert hatte.

Er hatte nicht wirklich geglaubt, dass er sie eines Tages tatsächlich heiraten würde. So oft, wie seine Mutter sich mit Heiratsvermittlern traf, war es nur logisch, davon auszugehen, dass der Name seiner einstigen Frau schließlich ein anderer werden würde.

»Noch sind wir jedoch miteinander verlobt. Natürlich kann sie mir da unmöglich gänzlich egal sein.«

Irgendetwas raschelte in dem Korb am Rand der Veranda im Luftzug. Eunho beugte sich leicht vor und spähte in den Korb.

»Ist das etwa …?«, entglitt es ihm überrascht.

In dem Korb befand sich ein Stapel alt aussehender Papiere, offenbar Briefe. Einen jeden von ihnen zierte eine ihm vertraute Handschrift.

Mit zitternden Händen entfaltete Eunho die Papiere.

Liebe Bin, heute ist ein schöner Tag. Anbei schicke ich dir ein paar Leckereien, die mir mein Onkel hat zukommen lassen.

… Ich habe gehört, dass auf dem Feld, das wir damals gemeinsam besucht haben, viele Blumen blühen sollen. Vielleicht können wir beim nächsten Mal gemeinsam hingehen?

Liebe Bin, hast du schon gesehen, dass der Fluss zugefroren ist? Sobald das Eis dick genug ist, sollten wir …

»Was ist das alles?«

Vor ihm befand sich ein Stapel Briefe, die er nie abgeschickt hatte und an die er sich nicht im Geringsten erinnern konnte.

An den zerfledderten Falten der Briefe ließ sich erkennen, wie oft sie bereits geöffnet worden waren.

Eunhos Gesicht verhärtete sich. Ein unerklärliches Gefühl überkam ihn – als hätte er irgendetwas verloren.

Seine Mutter, die sich mit Heiratsvermittlern für ihn traf, so als hätte er gar keine Verlobte, die Bediensteten der Familie Seomoon, die Fragen zu der Tochter des Hauses aus dem Weg zu gehen versuchten.

Und jetzt auch noch seine eigene Handschrift in diesen Briefen hier.

»Was verbirgst du nur?«

Es gab da etwas, über das allein Eunho nicht Bescheid wusste.

Er erhob sich von seinem Platz und öffnete die Tür zum Nebengebäude. Womöglich gab es im Inneren noch weitere Hinweise.

Eunhos Gesicht verzog sich, während er in Bin Seomoons Zimmer blickte.

Es fehlte jede Spur von Nähkästchen, Blumenvasen oder Büchern, die man zum Vergnügen lesen konnte, wie man sie in den meisten Frauenzimmern vorfand. Stattdessen waren die ersten Dinge, die ihm ins Auge fielen, der Säbel und der Bogen, die an einer der Wände aufgehängt waren.

Pfeile mit Federn, mit Notizen bekritzelte Papiere.

Eunho betrachtete die Waffen an der Wand. Bögen konnten natürlich auch von Frauen zum Zeitvertreib genutzt werden, nicht aber der Säbel.

Zumal es sich dabei um eine Waffe handelte, die Eunho bereits zuvor gesehen hatte.

Starr blickte er auf die Klinge an der Wand.

»Ein Tigersäbel, gefertigt im Monat, am Tag und zur Zeit des Tigers.«

Und an seinem Griff hing dasselbe Jade-Ornament, das er dem Seelenjäger geschenkt hatte.

Langsam schlossen sich seine Finger um das Schmuckstück.

Eunhos Atem beschleunigte sich leicht. Jetzt war er sich sicher.

Der Mann, der ihm in der Schlangenresidenz das Leben gerettet hatte und den er während des gesamten Lotuslaternenfests bei der Seelenjagd unterstützt hatte, war in Wahrheit niemand anderes gewesen als seine Verlobte Bin Seomoon.

Die Luft im Zimmer schien ihn förmlich zu erdrücken.

Er erinnerte sich an das, was er an jenem Abend gehört hatte. Die Antwort von Bin Seomoon, dass sie Seelenperlen sammelte, um ein ruhiges Leben als normaler Mensch führen zu können. Wie sie ihm erzählt hatte, dass ihretwegen schon zu viele Menschen zu Schaden gekommen waren.

Der ganze Raum schien von ihrer Entschlossenheit erfüllt zu sein, es nie wieder so weit kommen zu lassen.

Bin Seomoon wollte ein normaler Mensch sein und ein ruhiges Leben führen, auch wenn das bedeutete, sich selbst zu verletzen, den Mund geschlossen zu halten und Seelenperlen zu sammeln.

»Wer zum Teufel bist du nur, Bin Seomoon?«

Von draußen waren Schritte zu hören.

Eunho erkannte sofort, dass es sich dabei um die Person handelte, auf die er gewartet hatte.

Es war seltsam, dass er die näher kommenden Schritte von jemandem, den er eigentlich noch nie zuvor gesehen hatte, so deutlich erkennen konnte.

Als Eunho zur Tür hinaus auf die Holzveranda trat, sah er, wie sich ein Schatten hinter einem der Bäume im Garten bewegte.

Eine weiße Kamelie in voller Blüte.

Für gewöhnlich blühten diese Bäume bereits im Spätwinter, sie war also längst außerhalb der Saison. Wie

Schneeflocken ruhten die weißen Blumen auf den tiefgrünen Blättern.

»Dieser Ort birgt nichts als Rätsel.«

Von dem Moment an, als er das Haus betreten hatte, fühlte sich Eunho, als hätte irgendetwas von ihm Besitz ergriffen.

Hinter der Kamelie bewegte sich der Saum eines Rocks.

»Was führt Euch hierher?«, fragte eine vertraute Stimme.

Mit dieser Frage fiel eine einzelne Blume zu Boden. Eunho betrachtete sie und dachte nach. Die Kamelie stand für Treue, aber da sie keine einzelnen Blütenblätter, sondern gleich ganze Blumen verlor, die wie rollende Köpfe zu Boden fielen, pflanzte man sie für gewöhnlich nicht in den Gärten adliger Häuser.

»Bin Seomoon?«

Als Eunho ihren Namen sprach, bewegte sich der Schatten im Schutz des Baumes leicht. Er schien eine Hand auf die Brust zu legen. Durch die schimmernden Blätter konnte Eunho gerade noch das Gesicht der Frau erkennen.

»Ich hatte nicht damit gerechnet, dass Ihr Euch an meinen Namen erinnern würdet. Meine verspäteten Glückwünsche zu Eurem Aufstieg zum Innenminister. Bislang hatte sich mir leider noch nicht die Gelegenheit geboten, Euch zu gratulieren.«

»Viel mehr als an der fehlenden Gelegenheit lag es doch wohl daran, dass Ihr gar nicht erst vorhattet, je wieder mit mir zu sprechen.«

Das Sonnenlicht glitt über ihr geflochtenes Haar. Ein rotes Tuch war an das Ende ihres Zopfs geknotet.

Eunho blinzelte ein paarmal.

Dasselbe Tuch hatte er zuvor schon in einem seiner Träume gesehen. Am Fluss, als dieses Mädchen ihm ein Versprechen gab. Selbst damals hatte er das Gesicht des Mädchens nicht erkennen können. Genauso wie jetzt.

»Sind wir bislang nicht auch gut zurechtgekommen, ohne miteinander zu reden?«, kam es aus dem Schatten der Kamelie.

Sie hielt es nicht für nötig, zu reden.

Die Entfernung, in der Bin und Eunho in dem Garten zueinander standen, erschien wie ein unüberwindbarer Ozean.

»Verratet Ihr mir nun, welche Winde Euch heute so plötzlich zu mir geweht haben?«

Bins Stimme war monoton. Sie ließ sich keinerlei Empfindungen anmerken.

Das gefiel Eunho überhaupt nicht. Ihre Beziehung mag bislang rein oberflächlich gewesen sein, doch waren er und Bin bereits seit langer Zeit miteinander verlobt. Wieso also sprach sie abweisender mit ihm, als man es mit einem Fremden tun würde?

Er stieg von der Veranda hinab und ging auf den Baum zu, hinter dem Bin stand.

»Mich überkam das Gefühl, Euch all die Zeit über womöglich nicht genügend Aufmerksamkeit geschenkt zu haben.«

»Hatten wir uns nicht eher im Stillen darauf geeinigt, unsere Leben wie zwei Fremde zu führen, die keine Gedanken aneinander verschwenden?«, schleuderte Bin ihm entgegen.

Eunho fehlten die Worte. Es stimmte schon, ohne den Zettel aus dem Saum ihres Gewands wäre er vermutlich nie hergekommen.

Der Schatten bewegte sich erneut. Ein Wimpernpaar lugte leicht durch die Blätter hervor.

»Ihr habt bislang nicht das kleinste bisschen Interesse an mir gezeigt, und doch seid Ihr nun hier. Würdet Ihr mir wohl den Grund dafür verraten?«

»Es gibt keinen besonderen Grund. Es ist nur …«

»Habt Ihr plötzlich Mitleid mit mir bekommen?«

Eunho gab ihr keine Antwort auf diese Frage. Also ergriff Bin erneut das Wort.

»Ich hatte ebenso wenig damit gerechnet, Euch auf diese Weise wiederzusehen. Als ich hörte, dass Ihr in die Hauptstadt zurückgekehrt seid, rechnete ich eigentlich damit, dass Ihr unsere Verlobung bald schon lösen würdet.«

Sie holte tief Luft.

»Unsere Begegnung in der Schlangenresidenz und auch unsere gemeinsamen Jagden während des Lotuslaternenfests waren reine Zufälle. Ich mag meine Identität vor Euch geheim gehalten haben, aber Ihr solltet wissen, dass es nicht von Anfang an meine Absicht war, Euch zu täuschen.«

Kaum, dass Eunho aus ihrem Mund gehört hatte, dass sie tatsächlich der Seelenjäger gewesen war, den er begleitet hatte, trat er um den Baum herum und stellte sich vor Bin.

Ein kühler, grasiger Geruch wehte ihm entgegen. Auch Bin hob den Kopf, als sie ihn wahrnahm.

»Ah.«

Alles, was sie noch sehen konnte, waren seine Augen.

Sein feuriger Blick stand in starkem Kontrast zu seinem kühlen Gesichtsausdruck. Einen Moment lang hatte Bin das Gefühl, als würde alles Licht der Welt auf sie herabscheinen. Es fiel auf ihr Haar, ihren Nasenrücken, ihre runden Schultern und die Schleife ihres Oberteils und bahnte sich von dort aus seinen Weg über den Rest ihres Körpers.

»Bin Seomoon«, sprach Eunho sie an.

Das allein reichte schon aus, damit ihr Herz sich aus seinen Fesseln löste und erneut zu flattern begann. Wie ein Schmetterling, der gerade aus seinem Kokon geschlüpft war. Waren die Gefühle erst einmal da, konnte man sie nun mal weder einfach so ausmerzen noch unterdrücken.

Bin wandte den Blick ab. Nun, sie versuchte es zumindest. Eunhos Griff um ihre Hand hinderte sie jedoch daran, sich wegzudrehen.

»Ich verstehe schon. Selbst Eure Beweggründe für die Seelenjagd kann ich verstehen. Aber …«

Eunho sah Bin an, als könne er ihr Gesicht lesen, und er blätterte dabei nicht bloß durch die Seiten. Er las Zeile für Zeile und dachte über jede ihrer Bedeutungen nach.

»Was sind das alles für Briefe? Ich spreche von *meinen* Briefen in diesem Korb.«

Sie schloss die Augen.

Das, was sie um jeden Preis vor ihm geheim halten wollte, war nun endgültig ans Licht gekommen.

»Sagt es mir. War unsere Begegnung in der Schlangenresidenz nicht unser erstes Aufeinandertreffen? Und wie kommt es, dass sich all diese alten Briefe, die ich Euch anscheinend geschrieben habe, in Eurem Besitz befinden?«

Bin atmete ruhig ein.

»Müsst Ihr das wirklich wissen? Diese Dinge liegen inzwischen allesamt in der Vergangenheit.«

»Natürlich muss ich das! Erklärt es mir!«

Eunhos Stimme war wuterfüllt, aus Bins Gesicht hingegen verschwand jede Emotion.

Sie hatte es sich Dutzende, nein, Hunderte Male vorgestellt. Ihr war immer schon klar gewesen, dass sie sich alledem eines Tages stellen müsste.

Wie einstudiert flossen die Worte aus ihrem Mund.

»So ist es aber nun mal. Diese Dinge sind bereits geschehen und haben geendet. Auch wenn Ihr darüber wütend werdet, ändert dies nichts daran. Ihr wisst nun ungefähr um meine Geschichte. Als ich gehört habe, dass Ihr die Staatsprüfung abgelegt habt, wusste ich bereits, dass dieser Tag irgendwann kommen würde.«

»Wovon …«

»Ich möchte dasselbe, was auch Ihr wollt. Unsere Wege haben sich bereits getrennt. Ihr wünscht, in eine andere Familie einzuheiraten? Dann tut das. Ich möchte diese Verlobung ebenso wenig noch weiter andauern lassen.«

»Wovon redet Ihr denn da?«, fragte Eunho, doch Bin verzog keine Miene.

»Sagte ich es Euch nicht bereits? Ich wünsche bloß, ein normales, ruhiges Leben führen zu können.«

»Ja, und Ihr sagtet ebenso, dass Ihr in Frieden lieben möchtet. Oder etwa nicht?«

»Bitte messt unserer Beziehung keinerlei Bedeutung bei. Es hat sowieso keinen Zweck mehr.«

»Es obliegt doch nicht allein Euch, dies zu entscheiden!«

Eunho konnte es einfach nicht verstehen.

Er durfte sie auf keinen Fall fortlaufen lassen. Nicht, wenn sie ihn gerade mit so einem Gesichtsausdruck ansah.

»Was hat dann dieser Ausdruck auf Eurem Gesicht zu bedeuten? Könnt Ihr mir das erklären?«

Eunho blickte sie unentwegt an. Er sah geradewegs durch den Spalt der geschlossenen Tür zu ihrem Herzen hindurch auf die Gefühle, die in ihr tobten.

»Für mich ist es das erste Mal, bewusst Eure Stimme zu hören und in Euer Gesicht zu blicken. Wieso aber seht Ihr mich an, als würdet Ihr einer Liebe nachtrauern, die Ihr einst für mich empfunden habt?«

Seine Worte schnitten durch Bins Herz wie eine fein geschliffene Klinge.

Sie schufen eine Kluft zwischen dem Teil ihres Herzens, der gerade erst wieder neu begonnen hatte zu schlagen, und dem Teil, der bereits vor langer Zeit entschieden hatte, alles hinter sich zu lassen.

Langsam drangen die Worte zu Bin durch.

Am liebsten hätte sie geweint. Wie konnten die Mauern, die sie um sich aufgebaut hatte, einfach ohne Weiteres in ihre Einzelteile zerfallen? Was sollte sie nun tun?

Aber es gab nur eines, was sie in dieser Situation sagen konnte.

»Es ist das Richtige, die Sache zwischen uns hier und jetzt zu beenden.«

Bin konnte niemanden lieben und glücklich sein. Das war ihr schlichtweg nicht vergönnt.

»Es ist, wie ich es Euch schon erklärt habe. Ich halte einen Bogen in der Hand, von dem ich nicht weiß, wann und wohin er als Nächstes schießen wird. Ich … ich muss ein Leben führen, in dem ich für meine bisherigen Sünden Buße tun kann. Also haltet bitte nicht an mir fest.«

Mit diesen Worten senkte Bin den Kopf.

»Und nun kehrt um. Möget Ihr in Frieden gehen.«

Unfähig, sie aufzuhalten, starrte Eunho Bin bloß an, als sie ohne zu zögern an ihm vorbeimarschierte.

Eine weitere Blume der Kamelie fiel zu Boden.

Als Bin in ihr Zimmer trat, gaben ihre Beine nach, und sie fiel zu Boden. Es fühlte sich an, als hätte sämtliche Kraft ihren Körper verlassen.

So ist es richtig, das ist der einzige Weg.

Tränen kullerten über ihre Wangen und fielen Tropfen für Tropfen in Richtung Boden.

Er konnte es nicht verstehen.

Bin Seomoon hatte die ganze Zeit über gewusst, wer er war, und doch hatte sie ihn behandelt, als ob zwischen ihnen nie etwas geschehen wäre.

»Wäre mir nichts aufgefallen, hätte sie mich vermutlich auch weiterhin getäuscht. Nicht mal ihren Namen hatte sie mir verraten, als wären wir bloß zwei Passanten, deren Wege sich kurz kreuzten.«

Alles war so seltsam. Und diese Briefe.

Es gab definitiv Dinge, an die er sich nicht erinnern konnte, welchen Zeitraum diese betrafen und an wie wenig genau er sich erinnerte, ließ sich jedoch unmöglich sagen.

Und dann dieser Blick, mit dem sie ihn angeschaut hatte. So voller Emotionen, die sie nach all der Zeit noch immer heimzusuchen schienen.

»Sie hat mich ganz eindeutig …«

»Eunho? Hörst du mir zu?«

Jinwoo wedelte mit der Hand vor Eunhos Augen. Erst jetzt wurde er aus seinen Gedanken gerissen und blickte den Mann vor sich an.

»Hm?«

»Woran denkst du denn da so eifrig, dass du mir kein bisschen zuhörst?«

»Nichts Wichtiges.«

»Von wegen. Deinem Gesichtsausdruck nach zu urteilen, scheint dir irgendetwas Kopfzerbrechen zu bereiten.«

»Schon gut. Worum geht es denn?«

»Ah, ich habe mithilfe des Besucherverzeichnisses aus der Schlangenresidenz einige Nachforschungen zum Premierminister durchgeführt, und dabei ist eine ungewöhnliche Person aufgetaucht.«

»Und zwar?«

»Es gibt da so einen gerüchteumwobenen Wahrsager, der in die Hauptstadt zurückgekehrt sein soll. Es heißt, er könne fast jede Zukunft voraussagen und für den richtigen Preis einen jeden Wunsch erfüllen.«

»Aber?«

»Nun, es scheint, dass dieser Wahrsager ebenfalls ein

Mitglied der Fraktion des Premierministers ist und Ihre Majestät ihm in seinem Haus heimlich Besuche abstattet. All die seltsamen Dinge, die seit dem Zwischenfall in der Schlangenresidenz passiert sind … du hast es doch selbst gesehen. Die Geister nehmen immer sonderbarere Formen an. Ich glaube, es gibt da einen Zusammenhang.«

»Du willst damit sagen, dass der Premierminister tatsächlich in dunkle Machenschaften verwickelt sein soll?«

»Hier ist eine Zeichnung vom Gesicht des Wahrsagers. Hast du ihn schon einmal gesehen?«

Eunho blickte eher beiläufig auf das Porträt, das Jinwoo ihm hinhielt. Woher sollte er eine solche Gestalt schon kennen? Er wollte zunächst nur vorgeben, die Zeichnung zu betrachten.

»… ?!«

Zu seiner Überraschung kannte er das Gesicht auf dem Papier jedoch.

Damals hatte er es nur schemenhaft durch die wimmelnden Schlangen hindurch gesehen, genau erkennen konnte er es deshalb nicht, aber diese markanten Gesichtszüge hätte er nie vergessen.

»Jinwoo, als ich in der Schlangenresidenz zusammengebrochen auf dem Boden lag, war da neben dem Mann, der mich gerettet hat, noch jemand anwesend?«

»Du stellst vielleicht Fragen. Hm, ich glaube nicht. Allerdings war die ganze Situation mehr als hektisch, so genau kann ich mich nicht erinnern.«

Eunho schüttelte leicht den Kopf.

Wenn ein Mann mit einem solchen Gesicht dort gewesen wäre, hätte sich Jinwoo sofort daran erinnert. Was somit bedeutete, dass er nicht da war.

Und dann soll er auch noch ein Wahrsager sein? Was hätte er dann mit der Seelenjagd am Hut?

Ein fremder Wahrsager, der zudem zum Gefolge des Premierministers gehörte, hatte sich an jenem Tag in der Schlangenresidenz befunden.

Und Bin Seomoon war bei ihm gewesen.

Was, wenn Bin ebenfalls mit dem Premier in Verbindung steht?

Was sollte er dann tun?

Er war ein Vasall des Königs. Ein Freund aus Studienzeiten und sein engster Vertrauter, auf dessen Ehrlichkeit und Treue er sich stets verlassen konnte. Sollte Bin Seomoon sich auf die Seite des Premierministers gestellt haben, würde er seiner Pflicht nachkommen und ihr, wie alle anderen auch, das Handwerk legen müssen.

Wieso also?

Wieso konnte er nicht aufhören, an den Anblick ihrer Augen zu denken, wie sie zwischen den weißen Blüten der Kamelie zu ihm durchgeschimmert hatten?

»Finde mehr über diesen Mann heraus, Jinwoo.«

Die Worte schafften es nur mit großer Mühe über seine Lippen.

KAPITEL 3

Das Opferfest der Himmelsgötter

Der frische Blumenduft des Tees umgab die zwei nobelsten Frauen des Landes.

Die Königinwitwe sah zu Chaeryeong hinüber. Sie war einfach gekleidet und blickte ihr freundlich entgegen, doch sah sie in ihrer Nachfolgerin nichts anderes als eine züngelnde Schlange, die ihre wahre Gestalt verbarg.

Wie der Vater, so die Tochter, ging es ihr durch den Kopf.

Auch wenn sie nicht genau sagen konnte, woran es lag, hatte sich nach Chaeryeongs Einzug in den Palast eine seltsame Atmosphäre breitgemacht.

Die Königinwitwe warf einen Blick auf die Hofdamen, die in einer Reihe hinter ihrer Herrin standen. Aufgrund ihrer leblosen Augen wirkten sie bloß wie Puppen.

»Ist es Euch in letzter Zeit gut ergangen?«

»Ja. Da Ihr und Seine Majestät Euch aller wichtigen Angelegenheiten annehmt, führe ich ein überaus unbeschwertes Leben. Ich richte mich stets nach Eurer Führung und lerne.«

»Ich habe gehört, dass Ihr mit Seiner Majestät dem diesjährigen Lotuslaternenfest beigewohnt habt.«

»Es ist Euch also bereits zu Ohren gekommen.«

Als sie antwortete, setzte sie ein selbstgefälliges Lächeln auf. Die Königinwitwe sollte wissen, dass ihre Position als Königin noch immer fest in ihrer Hand lag, egal, wie viele andere Konkubinen auch die Zuneigung des Königs gewinnen mochten.

»Wie geht es Eurem Sohn?«

Chaeryeongs Augen verengten sich für einen Moment. Dann senkte sie erneut den Kopf und antwortete.

»Er wächst von Tag zu Tag und sieht Seiner Majestät immer ähnlicher. Es steht Euch jederzeit frei, ihn ebenfalls zu besuchen.«

Ohne eine Antwort zu geben, trank die Königinwitwe ihren Tee.

Chaeryeong starrte sie an. Obwohl ihr Sohn bereits zwei Jahre alt war, sprach niemand über seine Krönung. Als würde auch sie diese Entscheidung unterstützen, hatte die Königinwitwe den Jungen nach seiner Geburt kein weiteres Mal mehr besucht.

Selbst die Hofdamen lasen zwischen den Zeilen heraus, dass der König und die Königinwitwe womöglich ein anderes Kind auf den Thron setzen wollten.

Wie töricht von ihnen.

Chaeryeong schnalzte innerlich mit der Zunge. Egal, wie sehr sie sich auch bemühte, sie würde den Zwist um die Krönung ihres Sohns nicht allein lösen können. Es war ihr lediglich ein Dorn im Auge, wie ihre königliche Stellung darunter litt, je länger die Konfrontation andauerte.

Und das, nachdem ich so viel gegeben habe, um Königin zu werden.

Sie seufzte leise.

Als alleinige Tochter der Han-Familie wurde sie bereits seit ihrer Kindheit zur Königin erzogen. Sie war dazu geboren, die edelste Frau des Reichs zu werden.

Er wird mir als Leiter dienen, um den Thron zu besteigen, dachte sie, als sie zum ersten Mal den Mann erblickte, der ihr Gatte werden sollte.

Niemand erwartete von einer Leiter Zuneigung, Liebe oder sonst irgendetwas. Sie hatte lediglich ihren Zweck zu erfüllen.

Als die anderen Prinzen, die über Hui standen, einer nach dem anderen verstarben, hatte sie das Gefühl, dass sie Sprosse für Sprosse hinaufstieg. Es war niemand anderes als ihr Bruder Paryeo, der stützend ihre Hand hielt.

Paryeo, rief Chaeryeong stumm seinen Namen.

Wann immer sie an ihn dachte, wurde ihr warm ums Herz, ganz gleich, wo und in welcher Situation sie sich gerade befand. Ein Schlangengott, der lange vor ihrer Geburt bei ihrer Familie Bleibe fand.

Chaeryeongs Vater, Giljeon Han, hielt mit beiden Händen an dem Glücksbringer fest, der zufällig zu ihm gefunden hatte. Schlangengöttern wurde nachgesagt, der Familie, deren Haus sie bewohnten, großen Reichtum und Glück einzubringen. Eine solche Chance konnte er sich keinesfalls entgehen lassen.

Paryeo war zu jeder Zeit an Chaeryeongs Seite. Ihre früheste Erinnerung war sein Gesicht und ihre ersten Worte sein Name. Da er sie bereits seit ihrer Geburt großgezogen hatte, war er für sie Teil der Familie, weshalb sie ihn vor anderen auch ihren Bruder nannte.

Sie war vermutlich der einzige Mensch, der ein Wesen aus dem Jenseits auf diese Weise bezeichnete.

Paryeo mochte Chaeryeong, da sie keine Angst vor ihm hatte, und so brachte er ihr zum Zeitvertreib verschiedenste Dinge bei. An seiner Seite lernte sie das Schreiben, wie man mit Geistern umging, das Malen und wie man Talismane herstellte.

Am Tag des Lotuslaternenfests sah sie jedoch den zierlichen Mann, der es wagte, die Kleider ihres Bruders zu tragen. Ihr war bewusst, dass Paryeo sich hin und wieder unter das Volk mischte. Immerhin reiste er durch das ganze Reich, um Hinweise auf »diese eine Person« zu finden.

Dieses Mal aber hatte sie ein seltsames Gefühl bei der Sache. Irgendetwas war ihr nicht geheuer.

Kurz nach den Festlichkeiten besuchte sie Paryeo ein weiteres Mal, kehrte jedoch zurück, nachdem man ihr mitgeteilt hatte, dass er sich derzeit nicht in der Menschenwelt aufhielt. Es war nicht ungewöhnlich, dass er gelegentlich ins Jenseits reiste, aber dennoch verunsicherte es Chaeryeong zutiefst.

»Eure Majestät?«

Die Worte der Königinwitwe rissen Chaeryeong aus ihren Gedanken. Mit einem sanften Lächeln versuchte sie, sich nichts anmerken zu lassen.

»Ja, Eure Majestät?«, fragte sie und senkte den Kopf.

»Gewiss ist Euch bekannt, dass bald das Opferfest der Himmelsgötter ansteht, nicht wahr?«

»Ja. Ich treffe derzeit alle Vorbereitungen für die Opfergabe.«

»Ach, tatsächlich?«

Die Augen der Königinwitwe waren von Misstrauen erfüllt. Und Chaeryeong kannte auch den Grund dafür.

»Ich dulde keinerlei Fehler. Wenn der Vorfall vom letzten Jahr sich wiederholen sollte …«, hallte die Stimme der Königinwitwe auf sie herab.

»Der Vorfall vom letzten Jahr?«, unterbrach Chaeryeong sie und gab sich ahnungslos.

Die Königinwitwe hob eine Augenbraue. »Seine Majestät hat ein schwaches Gemüt. Sollte ihm etwas zustoßen, werde ich als Reichsälteste nicht tatenlos dabei zusehen.«

Ein schwaches Gemüt.

Diese Worte ließen Chaeryeong beinahe in Gelächter ausbrechen, doch sie konnte sich gerade noch zurückhalten und nickte, wie eine sittsame Königin es wohl tun würde.

»Ich empfinde genauso wie Ihr, Eure Majestät. Seid unbesorgt, ich werde an seiner Seite bleiben und mich gut um Seine Majestät kümmern.«

»Da das Opferfest in Eurer und der Verantwortung Seiner Majestät liegt, werde ich mich nicht weiter einmischen.«

»Dafür danke ich Euch.«

Mit einem liebevollen Lächeln im Gesicht verabschiedete Chaeryeong ihre Vorgängerin. Sie spürte ihren Blick auf sich, aber es war unmöglich, dass eine gewöhnliche Sterbliche wie sie Chaeryeongs Plan durchschauen konnte. Während sie ihre Teetasse anhob, erinnerte sie sich an die Nachricht, die Paryeo ihr hinterlassen hatte.

Auch wenn er gerade nicht vor Ort war, waren die Vorbereitungen für das Opferfest bereits ganz nach ihren Wünschen getroffen worden.

Er hatte genügend Geister gesammelt, um dem hasenfüßigen König einen Schrecken einzujagen.

Vielleicht passiert ihm ja auch noch etwas Schlimmeres.

Chaeryeong nahm einen Schluck Tee und nickte innerlich.

Wenn es sowieso zu einem Aufruhr kommen sollte, war es vielleicht keine schlechte Idee, gleich ein größeres Spektakel daraus zu machen.

Er sagte, er würde vor dem Opferfest zurück sein.

Auch Paryeo hatte vor, an der diesjährigen Zeremonie teilzunehmen. Aus Desinteresse gegenüber den Menschen und weil er solche Feste als lästig empfand, hatte er noch nie zuvor freiwillig an einer Veranstaltung im Palast teilgenommen.

Erst nach langem Überreden hatte er überhaupt an meiner Krönungszeremonie teilgenommen, und nun möchte er plötzlich dem Opferfest beiwohnen? Irgendetwas stimmt da nicht. Was hat er wirklich vor?

Am frühen Morgen knirschte die dünne Frostschicht unter den Schuhen der Minister, die sich nach der aufgelösten Ratssitzung auf den Rückweg machten. Die schneeweißen Pflastersteine des Palasts funkelten im Licht der Sonne.

»Wie kann es mitten im Sommer Frost geben?«

»Tss, und das kurz vor einer so bedeutenden Zeremonie«, murmelten die Abgeordneten besorgt, während ihre Gewänder mit jedem Schritt in der Luft umherflatterten.

Das Wetter bestimmte stets die Erträge der Ernte. Der Regen musste zur rechten Zeit fallen und die Sonne zur rechten Zeit scheinen. Alles hing von der Gnade der Götter des Himmels ab, und nur der erhabenste aller Könige war dazu in der Lage, diese zu erbitten.

Dieser Frost war ein Zeichen mangelnder Tugend.

Das schienen die Blicke der Minister zumindest sagen zu wollen. So etwas konnte nur passieren, wenn man einen Mann zum König ernannte, der dieser Position nicht gewachsen war. Den König erreichten bereits immer mehr Briefe, in denen sich darüber beklagt wurde, dass er zu schwach sei, um den Thron zu beschützen.

»Jetzt gibt es also schon Beschwerden.«

Verärgert warf Hui die Papiere zu Boden.

Vor ihm saßen Eunho und Jinwoo und warfen einen Blick auf die verstreuten Blätter.

»Sie waren es doch, die mich zum König ernannt haben! Und jetzt soll ich nicht würdig genug sein, um auf dem Königsthron zu sitzen?«

Huis Stimme war von Wut erfüllt.

»Sie waren sicherlich erfreut, als ich so jung auf den Thron kam. Mit einem naiven Kind als König konnten sie schließlich tun und lassen, was sie wollten! Und jetzt, wo ich meinen eigenen Willen habe, wollen sie mir meine Eignung für dieses Amt plötzlich absprechen.«

»Bitte beruhigt Euch, Eure Majestät. Genau das ist es doch, worauf sie aus sind. Lasst ihnen nicht diese Genugtuung.«

Auf Eunhos Worte hin warf Hui die Schleppe seines Drachengewands nach hinten und setzte sich wieder hin.

»Ich bin in letzter Zeit viel zu reizbar. Selbst nachts bekomme ich kein Auge mehr zu.«

Seine Augen waren blutunterlaufen.

»Plagen Euch noch immer die Albträume?«, fragte Jinwoo, und Hui antwortete mit einem Nicken.

»Sie suchen mich immer häufiger heim. Ganz zweifellos ein schlechtes Omen.«

Sowohl Jinwoo als auch Eunho wussten, worüber Hui sich Sorgen machte.

Letztes Jahr wurde Hui während des Opferfests ohnmächtig, als er glaubte, einem Geist gegenüberzustehen. Seither beharrten die Minister darauf, Huis Aura sei nicht stark genug, um das Land zu regieren. All das zerrte zunehmend an seinen Nerven.

»Was haltet Ihr davon, die Zeremonie in einem kleineren Kreis abzuhalten?«

»Das geht nicht. Wir sprechen hier nicht von einer einfachen Zeremonie, sondern einer Opfergabe für die Himmelsgötter. Werden diese Feierlichkeiten nicht in entsprechendem Umfang zelebriert, werden die Unruhen im Volk nur noch größer. Zudem würde es dem Ansehen der königlichen Familie schaden, wenn der König öffentlich Furcht vor etwas zeigen würde, das noch gar nicht stattgefunden hat«, meldete Eunho sich zu Wort.

Hui nickte.

»Er hat recht. Wir müssen die Opfergabe wie geplant durchführen. Es kommt nicht infrage, jetzt noch Änderungen vorzunehmen.«

Nach einem Moment des Nachdenkens wandte Hui sich Jinwoo zu. »Wie viele Seelenjäger stehen uns für das Ritual zur Verfügung?«

»Nun, die Anhänger des Premierministers außen vor genommen, sind es leider nicht sehr viele.«

Huis Gesicht verfinsterte sich.

Das bedeutete, dass der Premierminister seinen Einfluss nun auch bis hin zum Ministerium für Weltkunde ausgeweitet hatte.

»Er ist zwar kein Mitglied des Ministeriums, aber was ist mit dem Herrn, dem wir auf dem Lotuslaternenfest begegnet sind?«, fuhr Jinwoo fort.

Eunho drehte den Kopf zu ihm.

»Seit dem Fest scheint Eunho und ihn eine gute Freundschaft zu verbinden. Ich denke, man kann ihm vertrauen.«

»N-nein, das geht ni…«

Bevor Eunho sie unterbrechen konnte, nickte Hui.

»Ich hatte den Herrn ganz vergessen! Da er bereits mein Gesicht kennt und in keiner Verbindung zum Palast steht, ist er wie geschaffen für diese Aufgabe!«

»Eure Majestät, er ist …!«

Eunho hielt sich selbst davon ab, weiterzureden.

Er konnte sich nicht sicher sein, was mit Bin geschehen würde, wenn er hier und jetzt ihre Identität preisgab. Sie hatte es gewagt, den König zu täuschen, konnte Geister wahrnehmen und stand womöglich sogar auf der Seite des Premierministers.

Allesamt Punkte, die sie in Gefahr bringen würden.

Es ist das Richtige, die Sache zwischen uns hier und jetzt zu beenden.

Er erinnerte sich an Bins Stimme.

Aber war es wirklich das Richtige? Wer könnte das schon wissen? Entschlossen senkte Eunho den Kopf.

»Euer Wunsch ist mir Befehl. Ich werde ihn zum Opferfest herholen.«

Nein, wir werden uns wiedersehen, Bin. Und zwar auf Befehl des Königs, flüsterte Eunho in Gedanken.

»So fröhlich, wie die Elstern zwitschern, erwartet uns heute wohl ein bedeutender Gast.«

Auf Samwols Worte hin hob Bin den Blick von der Pfeilspitze. Auf dem Baum im Garten saß eine krächzende Elster, die ihr Gefieder ausschüttelte.

Seit dem Lotuslaternenfest hatte Bin Paryeo nicht mehr gesehen. Sorgen machte sie sich um ein nicht-menschliches Wesen wie ihn zwar nicht, aber zu behaupten, sie würde sich gar keine Gedanken um ihn machen, wäre wohl gelogen gewesen. Sie warf einen kurzen Blick auf die Seelenperlen.

»Wenn er sehen könnte, wie viele ich gesammelt habe, würde er mich sicher loben.«

»Wie bitte? Was habt Ihr gesagt, Fräulein?«

Mit einem Kopfschütteln vermittelte Bin ihr, dass es nichts Wichtiges war.

Jetzt musste sie sich wirklich nur noch auf die Jagd konzentrieren. Seit jenem Tag kam Eunho nicht mehr zu Besuch. Wenig überraschend, nachdem sie ihre Verlobung einseitig aufgelöst und ihn rausgeschmissen hatte.

Ja, ich habe das Richtige getan, dachte Bin und nickte.

Ihre Wege hatten sich lediglich für einen kurzen Moment gekreuzt, mehr steckte nicht dahinter. Sie musste ihre Gefühle hinter sich lassen.

»Ihr habt Besuch, Fräulein!«, rief ein Diener aus der Ferne.

Wie festgewurzelt blieb er stehen und verbeugte sich. Näher wollte er dem Nebengebäude offenbar nicht kommen. Dann verschwand er wieder.

»Seht nur, Fräulein. Ich hatte recht. Ob es eine Händlerin …?«

Erwartungsvoll stand Samwol auf und verstummte prompt. Auch Bins Gesichtsausdruck verhärtete sich, als sie den Kopf hinausstreckte, um zu sehen, wer es war.

Eunho Hyeon stand in ihrem Garten.

»Was führt Euch hierher zurück?«

Auch auf ihre Frage hin machte Eunho keinen Halt und ging geradewegs auf sie zu. Als er sich zu ihr drehte, flatterte sein blaues Gewand in der Luft.

»Ihr müsst mich begleiten.«

»Wovon redet Ihr da? Warum sollte ich mit Euch mitgehen?«

»Weil Seine Majestät es so wünscht.«

Bin blinzelte verwundert.

»Ihr habt während des Lotuslaternenfests einen guten Eindruck bei ihm hinterlassen. Er wünscht, dass Ihr ihn beim diesjährigen Opferfest unterstützt.«

»Seine Majestät persönlich?«

Ein königlicher Befehl.

Die Worte verblüfften Bin. Eunho bohrte ihr einen letzten Keil durchs Herz.

»Heute suche ich Euch als treuer Vasall Seiner Majestät auf. Ich rate dazu, Euch seinem Befehl zu fügen.«

»Habt Ihr wirklich vor zu gehen, mein Fräulein?«, fragte Samwol erneut, während sie Bin beim Umziehen half. Eunho Hyeon hatte ihr die Kleider eines niederen Beamten mitgebracht.

»Mir bleibt keine andere Wahl. Es ist ein Befehl.«

»Was ist, wenn Eure Identität dabei aufgedeckt wird? Es handelt sich hier immerhin um den König, den Ihr da täuscht!«

»Wenn ich nicht gehorche, wartet ebenfalls der Tod auf mich.«

»Was in aller Welt hat sich Meister Eunho nur dabei gedacht? Wieso hat er nichts dagegen unternommen?«

»Der Wunsch des Königs ist nun mal Befehl«, antwortete Bin und sammelte ihr Jagdwerkzeug zusammen. Als sie zuletzt ihren Säbel in die Hand nahm, bemerkte sie den rosafarbenen Jadeschmuck an dessen Heft. Es erschien ihr lächerlich, diesen extra zu entfernen, also ließ sie ihn dran.

»Ich komme bald wieder zurück. Warte nicht auf mich.«

»Aber natürlich warte ich auf Euch! Falls Eure Mutter nach Euch sucht, werde ich mir etwas einfallen lassen.«

Bin lächelte verbittert über ihre Worte.

Ihre Eltern wären die Ersten, die sich über Bins Verschwinden freuen würden.

»In Ordnung.«

Zur Tür hinaus traf sie auf Eunho. Ihr Herz sank mit einem Mal zu Boden. Niemand anderes als Eunho Hyeon stand vor ihr und wartete auf sie, Bin Seomoon.

Sein Anblick allein reichte aus, um ihr Herz zum Rasen zu bringen. Bin biss sich auf die Lippe. Sie hasste es, dass sie ihre Gefühle für ihn noch immer nicht im Griff hatte.

»Seid Ihr bereit? Dann gehen wir.«

Als würde er wirklich bloß seine Pflicht als Vasall des Königs erfüllen wollen, sprach Eunho auf dem gesamten Weg kein einziges Wort. Und auch Bin folgte ihm stillschweigend.

»Hier, nehmt das.«

Eunho überreichte ihr eine Plakette, die ihr Zutritt zum Palast gewährte.

»Wenn Euch jemand fragt, sagt Ihr einfach, Ihr wärt ein neues Mitglied des Ministeriums für Weltkunde.«

»Verstanden.«

Bin hob den Kopf und blickte auf das Anwesen vor sich. Nicht einmal im Traum hatte sie daran gedacht, jemals hierherzukommen.

Der königliche Palast.

Bin nahm ihn genauer in Augenschein. Er war majestätisch. So majestätisch, dass man mit bloßem Auge die Mühen derjenigen erkennen konnte, die sich zweifellos um jedes kleinste Detail kümmern mussten.

Die Hofdamen eilten durch den Palast. Sie trafen vermutlich seit dem Morgengrauen alle Vorbereitungen für das heutige Opferfest. Als Bin an ihnen vorbeiging, verbeugten sie sich leicht.

»Ah!«

Erst jetzt erinnerte sie sich daran, dass sie heute als niederer Beamter hergekommen war, und erwiderte schnell ihren Gruß. Beim Anblick von Bins Gesicht flüsterten die Hofdamen miteinander und kicherten.

»Er sieht gut aus!«, war zwischen ihrem hellen Gelächter zu hören, das beinahe schon Vogelgezwitscher ähnelte.

Bin wurde verlegen. Niemals hätte sie erwartet, dass sie in ihrem Leben so selbstsicher durch den Palast schreiten würde, schon gar nicht auf Wunsch des Königs. Eunho führte sie weiter in die Tiefen des Gebäudes.

»Berichtet Seiner Majestät von meiner Rückkehr«, sagte er zu dem Bediensteten.

Der verbeugte sich und ging hinein.

Erst jetzt wurde Eunho klar, dass er sie wirklich bis in das Herz des Palasts geführt hatte. Kalter Schweiß lief ihm den Rücken hinunter.

»Ihr werdet in Kürze Seine Majestät treffen. Ihr dürft ihm auf keinen Fall in die Augen sehen. Habt Ihr verstanden?«

Bin nickte. Auch wenn sie sein Gesicht auf dem Lotuslaternenfest gesehen hatte, konnte sie sich nicht mehr genau daran erinnern.

»Tretet ein.«

Mit dem Öffnen der Tür folgten sie dem Bediensteten ins Innere.

»Wartet hier«, sagte er und hielt dabei stets den Kopf zu Boden geneigt. Hinter dem Seidenvorhang drang eine Stimme hervor.

»Erinnerst du dich noch an unsere Begegnung während der Festlichkeiten?«

»Mit Freuden erinnere ich mich daran zurück«, antwortete Bin mit gesenktem Kopf.

»Wie ich hörte, hast du über die Festtage hinweg dem Innenminister bei der Seelenjagd geholfen. Als Anerkennung für deine Mühen habe ich dich heute hierher berufen.«

»Es ist mir eine Ehre, Eure Majestät.«

»Ich möchte, dass du dem Innenminister beistehst und während der Zeremonie meinen Schutz gewährleistest.«

»Aber selbstredend, Eure Majestät.«

»Die Zeremonie beginnt am Mittag. Nachdem alle notwendigen Vorbereitungen getroffen sind, sehen wir uns wieder. Alles Weitere wird Eunho dir erklären.«

Bejahend senkte Bin den Kopf noch weiter.

Mit diesen Worten verließ Hui den Raum.

»Ihr dürft euch nun erheben«, sagte Eunho zu ihr.

Sie taumelte, kaum dass sie sich aufgerichtet hatte. Vor Nervosität hatte sie jegliche Kraft verlassen.

»Bin …!«

Wie von selbst griff Eunhos Hand nach ihr und fing sie auf.

»Ah.«

Blitzschnell zog er seine Hand wieder zurück. Eine peinliche Stille machte sich zwischen ihnen breit.

»Das Fest wird bis in die Nacht andauern. Tagsüber wird die offizielle Zeremonie im heiligen Wald stattfinden, der alle Vasallen beiwohnen. Und in der Nacht …«, sagte er leise und schnitt sich selbst das Wort ab.

»Ich höre?«

»Nachts wird es ein weiteres Ritual geben, bei dem nur Ihre Majestäten zugegen sein werden. Unsere Pflicht ist es, Seine Majestät vor allen unheilvollen Wesen zu schützen, die erscheinen könnten. Seine Sicherheit hat oberste Priorität.«

Keinerlei Emotionen waren in Eunho Stimme erkennbar. Er war höflich, aber streng.

Er skizzierte ihr den genauen Ablauf der Festlichkeiten und zeigte nacheinander auf die Positionen der bedeutenden Teilnehmenden.

»Von allen jährlichen Festen ist das Opferfest der Himmelsgötter das größte. Seine Majestät und die Königin stehen hier, genau dort, wo die Opfergabe abgehalten wird. Im Anschluss wird ein Bankett eröffnet, an dem nur Angehörige der königlichen Familie und eingeladene Gäste teilnehmen können«, erklärte er in aller Ruhe.

»An der Spitze des Banketts wird die Königinwitwe Platz nehmen, gefolgt von Seiner Majestät, der Königin und Fräulein Sookbin, die das heutige Bankett vorbereitet hat. Hier werden die Hofdamen des inneren Palasts sitzen, und hier die Minister.«

Bin prägte sich seine Zeichnung genauestens ein.

»Die Person, vor der wir uns am meisten in Acht nehmen müssen, ist niemand anderes als Ihre Majestät.«

»Die Königin?«

»Ja. Derzeit leidet das Verhältnis zwischen ihr und Seiner Majestät unter der Tatsache, dass Seine Majestät ihren Nachkommen noch immer nicht zum Kronprinzen ernannt hat. Noch viel ausschlaggebender ist hierbei jedoch, dass Ihre Majestät die Tochter des Premierministers Giljeon Han ist.«

»Der Premierminister.«

»Ihr solltet doch bestens über ihn Bescheid wissen. Schließlich arbeitet Ihr mit seiner rechten Hand zusammen«, sagte Eunho mit gleichgültiger Stimme, nachdem er zunächst Bins Reaktion beobachtet hatte.

Bin zog eine Augenbraue hoch.

»Was soll das heißen? Wer soll diese Person bitte sein, mit der ich zusammenarbeite?«

»Oh, Ihr wollt es leugnen? Entschuldigt, wie nachlässig von mir. Dann habe ich nichts gesagt.«

Verwirrt gestikulierte Bin mit ihrer Hand und forderte Eunho auf, weiterzureden.

»Ich denke, es wäre angebracht, dass Ihr Euren Kommentar erläutert. Ihr tut ja so, als stünde ich auf der Seite des Premierministers?«

»Es deutet zumindest vieles darauf hin.«

»Und genau deshalb frage ich Euch, was Euch zu diesem Gedanken veranlasst hat.«

Ihre Blicke trafen aufeinander. Sein Gesichtsausdruck blieb unverändert, die Augen wichen nicht von ihr ab. Es war, als würde sich sein Blick geradewegs durch ihr Herz bohren.

»Habt Ihr wirklich keinen blassen Schimmer? In der Schlangenresidenz war doch ein weiterer Herr bei uns, nicht wahr? Eine seltsame Gestalt mit langen schwarzen Haaren und dunkler Kleidung.«

»Meint Ihr etwa Paryeo?«

»So lautet sein Name also. Er ist die rechte Hand des Premierministers.«

Ihr Gesichtsausdruck wurde ernster.

»Paryeo ist ein Gefolgsmann von Giljeon Han?«

Erst jetzt begriff Bin die Worte der Frau, die sie beim Lotuslaternenfest getroffen hatte.

Paryeos Seidengewand war ein Geschenk von ihr gewesen.

Sie war niemand anderes als Chaeryeong Han, alleinige Tochter von Giljeon Han. Und sie wusste über Paryeos Herkunft Bescheid.

Das konnte nur bedeuten, dass Paryeo sich hier im Diesseits im Hause des Premierministers niedergelassen hatte.

»Sagt mir nicht, dass Ihr gerade zum ersten Mal davon hört?«

»Würdet Ihr mir denn glauben, wenn es so wäre?«

Eunho gab ihr keine Antwort. Bin sah zu ihm und schüttelte den Kopf.

»Vergesst es. Es kann Euch doch egal sein, mit wem ich zusammenarbeite.«

»Bin …«

Eunho wollte etwas erwidern, aber Jinwoo trat in den Raum, noch bevor er etwas sagen konnte.

»Entschuldigt bitte die Verspätung. Ich musste noch ein paar Nachforschungen anstellen.«

Jinwoo sah Bin an. »Erlaubt mir, dass ich mich vorstelle: Mein Name ist Jinwoo Park, und ich bin ein Beamter des Ministeriums für Weltkunde. Wir sind uns zwar schon begegnet, aber Euch hier im Palast offiziell kennenzulernen, freut mich sehr. Ich hoffe auf Eure Unterstützung beim heutigen Opferfest.«

»Die Freude ist ganz meinerseits.«

Jinwoo blickte auf die Skizze des Festsaals vor ihnen.

»Scheint, als hätte Eunho Euch bereits das Wichtigste erklärt. Habt Ihr noch Fragen?«

Bin meldete sich zu Wort. »Wie nahe werden die Seelenjäger, die zum Schutze bereitstehen, Seiner Majestät sein? Und ist es uns gestattet, Werkzeuge zu verwenden?«

Jinwoo nickte. »Falls nötig, können wir uns gleich hinter Seiner Majestät positionieren. Jedoch gibt es gewisse Regeln einzuhalten. Da Ihr Euch in unmittelbarer Nähe des Königs befinden werdet, ist die Mitnahme jeglicher Klingen und scharfer Gegenstände nicht gestattet. Das gilt allerdings nur für das Ritual am Tag. Während der nächtlichen Zeremonie, der kein Publikum beiwohnen wird, dürft Ihr Eure Werkzeuge nutzen.«

Bins Gesicht verfinsterte sich.

»Ich arbeite hauptsächlich mit Klingen und Pfeilen, also wird meine Ausrüstung mir wohl nicht helfen.«

Bin holte ihren Tigersäbel, einen Silberdolch und kleine Pfeile aus ihrer Kleidung hervor. Jinwoos Augen weiteten sich, als sie eine Waffe nach der anderen zum Vorschein brachte.

»Habt Ihr die alle selbst angefertigt?«

»Ja. Ich bevorzuge Waffen, die auf mich abgestimmt sind.«

»Wirklich beeindruckend.«

»Nun, da ich keine dieser Waffen verwenden kann, wird es schwieriger, als ich dachte. So werde ich Seine Majestät nicht vor allem beschützen können.«

»Auch unserem Ministerium stehen derzeit nicht genügend Seelenjäger zur Verfügung.«

Nach langem Grübeln meldete Bin sich zu Wort.

»Warum legen wir nicht einen Köder aus? So wird Seine Majestät nicht verletzt werden, selbst wenn doch unheilvolle Kreaturen während der Zeremonie auftauchen sollten.«

»Einen Köder?«

»Ja.«

Bin nickte.

»Ich wurde mit dem Schicksal geboren, Geister anzulocken. Mithilfe von Talismanen kann ich meinen Körper vor ihnen schützen, aber wenn ich diese ablege …«

»Dann würden die Geister anstelle von Seiner Majestät Euch nachjagen.«

»Genau. Die Geister werden sich diese Chance nicht entgehen lassen.«

»Hm, an solch eine Strategie hatte ich noch nicht gedacht, aber momentan scheint dies die einzige Möglichkeit …«

»Das kommt nicht infrage!«, hallte Eunhos Stimme laut durch den Raum.

Bin und Jinwoo sahen ihn verblüfft an. Schnell hielt er sich den Mund zu, als er merkte, wie laut er gerade geschrien hatte.

»I-ich meine … wir können doch keinen Menschen als Köder benutzen. Was ist, wenn Bin, ich meine, wenn ihm etwas passiert?«

»Das ist auch wieder wahr. Da Ihr persönlich als Köder herhalten müsstet, wärt Ihr somit in großer Gefahr. Es mag zwar die beste Option sein, aber …«, erwiderte Jinwoo schuldbewusst.

Bin sah ihn verwundert an.

Es war das erste Mal. Seit ihrer Geburt war sie vom Tod und den Geistern umgeben, und niemand hatte je an ihr Wohlergehen gedacht. Solch eine Antwort hatte sie von Jinwoo nicht erwartet.

»Uns bleibt jedoch weder eine andere Möglichkeit noch Zeit zum Nachdenken.«

»Wie könnt Ihr Euch wissentlich in so eine gefährliche Lage begeben? Das werde ich nicht zulassen. Es muss einen anderen Weg geben, so kompliziert er auch sein mag.«

Jinwoo war zwischen zwei Fronten gefangen und wusste nicht, was er tun sollte. Er dachte einen Moment lang nach, bevor er sich erneut in das Gespräch einbrachte.

»M-moment! Wie wäre es, wenn wir mehrere Köder auslegen?«

Neugierig hob Eunho eine Augenbraue.

»Mehrere Köder?«

»Eunho hat mir von Eurer Seelenjagd während der Festtage erzählt. Er sagte mir, Ihr hättet Eure Fähigkeit, die Geister sehen zu können, mit ihm geteilt. Wäre es ebenfalls möglich, diese Kraft in Euch, die die Geister anlockt, auf andere zu übertragen?«

Jinwoos Worte veranlassten Bin zum Nachdenken.

»Ich habe zumindest schon einmal etwas Ähnliches versucht.«

»Gut, dann teilt Eure Fähigkeit doch mit mir und Eunho. Das wäre deutlich besser, als wenn Ihr allein als Köder dienen müsstet.«

»Das klingt nach einer guten Idee«, erwiderte Eunho.

Doch dieses Mal zögerte Bin.

»Meine Fähigkeiten für einen kurzen Moment mit Euch zu teilen, mag einfach sein. Wenn sie jedoch einen ganzen Tag andauern sollen, bedarf es einer anderen Methode.«

»Was müsst Ihr dafür tun?«

Bin senkte leicht den Kopf, bevor sie Eunho antwortete.

»In diesem Fall müsste ich auf den Körper der Person schreiben.«

»Ich verstehe. Genügt fürs Erste der Arm?«

»Um einen ganzen Tag zu halten, müssen die Schriftzüge den gesamten Körper bedecken«, erwiderte sie mit noch leiserer Stimme.

Eunho schlug mit der Hand auf den Tisch.

»Dann werde ich es wohl tun müssen. Du hast doch sicherlich noch genug Vorbereitungen zu treffen, oder, Jinwoo?«

»Was? Nein, es ist alles bereits … Was soll das? Wieso benimmst du dich so?«

Eunho zerrte Jinwoo nach draußen.

Er grinste beim Anblick des verdutzten Gesichts seines Freundes.

»Ich bin mir sicher, dass du äußerst beschäftigt bist. Geh schon mal vor. Ich kümmere mich um den Köder. Los! Nun geh!«

Lautstark knallte er die Tür zu und sah Bin an.

»Seid Ihr völlig verrückt? Er hätte von Eurer wahren Identität erfahren können!«

»Es ist ja nicht so, als wäre *ich* die Person, die sich entkleiden muss. Warum seid Ihr so aufgebracht?«

Eunho seufzte über Bins selbstbewusste Antwort.

»Schon gut. Ich werde jedenfalls mit Euch als Köder dienen.«

»Dann zieht Euch aus.«

»Wie bitte?«

»Habt Ihr nicht gehört, was ich gerade noch gesagt habe? Ich muss Euren ganzen Körper eigenhändig mit Schriftzügen versehen. Natürlich müsst Ihr dafür Eure Kleider ablegen«, entgegnete Bin ihm verständnislos.

»G-gebt mir einen Moment.«

Eunho bedeckte sein Gesicht mit den Händen. Bin griff nach dem Tintenstein und zerrieb die darin enthaltene Tinte.

»Wir haben keine Zeit. Wenn ich meinen Namen auf Euren ganzen Körper …«

»Was? Ihr müsst Euren Namen schreiben?«

»Ich teile nun einmal ›meine‹ Fähigkeit mit Euch. Seid unbesorgt, ich werde sichtbare Stellen wie Euer Gesicht freilassen.«

»Das will ich doch sehr hoffen!«

Eunhos Gesicht lief knallrot an.

»Was ist los? Schämt Ihr Euch etwa? Haltet mich einfach weiterhin für einen Mann. Das dachtet Ihr schließlich auch während des Lotuslaternenfests. Hättet Ihr nie von meiner wahren Identität erfahren, würdet Ihr Euch jetzt nicht so sträuben.«

»Das ist jetzt ja wohl kaum noch möglich!«

»Ihr habt Euch doch hierzu bereit erklärt.«

Bin verzog keine Miene und bereitete weiterhin Tinte und Pinsel vor. Unbewusst strich Eunho mit der Zunge über seine Lippen. Er sah sich um und riss ein Stück vom Seidenvorhang ab.

»Was soll das werden?«

Eunho kam mit dem Fetzen zu ihr herüber.

»Es ist inakzeptabel, dass ein Mann und eine Frau sich vor der Ehe entkleidet sehen … Bedeckt wenigstens hiermit Eure Augen.«

»Und wie soll ich mit verbundenen Augen schreiben?«

»Ich führe Eure Hand. Oder muss der Schriftzug etwa gerade sein, damit es funktioniert?«

»Nein, das nicht.«

»Dann sollte es kein Problem darstellen.«

Eunho verband ihr die Augen. Seine plötzliche Berührung ließ Bin erstarren. Er hingegen konzentrierte sich darauf, den Knoten so fest zu binden, dass er auch ja nicht verrutschen konnte.

»So, das sollte reichen.«

»Ihr kommt mir auf verrückte Ideen. Wartet nur einen Moment.«

Mit verbundenen Augen schienen sich ihre übrigen Sinne geschärft zu haben.

Deutlicher denn je nahmen ihre Ohren die Geräusche im

Raum wahr. Wie Eunho seine Kleidung auszog, wie die Stoffe aneinander rieben und auf den Boden fielen. Die Atmosphäre im Raum war plötzlich eine ganz andere.

Diese Augenbinde macht es doch nur noch seltsamer.

Sie hörte, wie Eunho sich hinsetzte. Auf gar keinen Fall wollte sie sich vorstellen, wie genau er nun wohl vor ihr saß. Das hätte ihr zwangsläufig die Schamesröte ins Gesicht getrieben.

»In Ordnung. Nehmen wir zuerst den Arm.«

Eunho tunkte den Pinsel in die Tinte und drückte ihn in Bins Hand. Dann führte er ihre andere Hand behutsam zu seinem Arm. Bei der ersten Berührung mit seiner Haut zuckte Bin zusammen.

Die straffe Haut und die Muskeln, die sich unter ihr bewegten, fühlten sich ganz anders an als Samwols oder ihr eigener Arm.

Vielleicht hätte ich mich doch besser weigern sollen, mir die Augen verbinden zu lassen.

Es war seltsam, wie scharf ihre übrigen Sinne nun waren. Das Gefühl seiner festen Haut unter ihren Fingerspitzen, das Geräusch seines Atems und der erfrischende Duft, der von ihm ausging. Gänsehaut überkam ihren ganzen Körper.

»Dann fange ich nun an.«

Es war zu spät, die Augenbinde noch abzunehmen. Langsam bewegte Bin den Pinsel und versuchte, ihren Kopf von jeglichen abwegigen Gedanken zu befreien. Die Spitze des Pinsels zeichnete Buchstaben auf Eunhos Haut.

Bin – »Die Strahlende.«

Eunho sah wie versteinert zu, wie ihr Name auf seinem Körper verewigt wurde. Das Gefühl der kalten Tinte und der Pinselborsten war befremdlich, aber Bins Namen auf seinem Körper zu sehen, war noch viel seltsamer.

Er hob den Blick. Erst jetzt, da sie ihre Augen verbunden hatte, wagte er es, ihr ins Gesicht zu sehen. Ihre runde Stirn, die hohe Nase und gleich darunter ihre Lippen.

Eunho starrte einen Moment lang auf ihre Lippen, und dann, ohne nachzudenken, legte er seine andere Hand an ihre Wange.

»Eunho?«

Bin blieb wie angewurzelt stehen, den Pinsel noch immer in der Hand. Schlagartig wurde Eunho klar, was er getan hatte, und zog seine Hand schnell weg.

»Oh, d-da war etwas Tinte in Eurem Gesicht.«

»Sagt das doch gleich. Ihr habt mich erschreckt.«

»Entschuldigt bitte. Fahrt ruhig fort.«

Erneut setzte Bin den Pinsel auf und schrieb und schrieb, bis schließlich Eunhos gesamter Arm mit ihrem Namen versehen war.

Als ihr Finger, mit dem sie sich langsam vorantastete, das Ende seines Arms erreicht hatte, streckte Eunho unaufgefordert seinen anderen Arm aus. Mit seiner Hilfe setzte Bin den Pinsel erneut an. Auch sein anderer Arm trug schon bald ihren Namen auf sich. Nach einem Moment des Zögerns drehte sich Eunho langsam mit dem Rücken zu ihr.

»Streckt Eure Hand aus.«

Nichts ahnend tat Bin, wie ihr geheißen. Eunho griff hinter sich, bis er ihre Hand fühlte, und führte sie an den obersten Rand seiner Schulter.

»Ah«, gab Bin leise von sich, als sie bemerkte, dass sich Eunhos unbedeckter Rücken vor ihren verbundenen Augen befand. Erneut herrschte eine peinliche Stille im Raum. Aber es blieb ihnen keine Zeit; schon bald würde das Opferfest der Himmelsgötter beginnen.

Schnell hob Bin ihre Hand und berührte sanft den

äußersten Punkt seiner breiten Schulter, bevor sie ihre Pinselstriche fortsetzte. Eunho zuckte leicht.

»Kitzelt der Pinsel Euch?«

Unfähig, das Zucken zu kontrollieren, antwortete er mit einem einfachen Nicken.

»Es ist gleich vorbei, haltet durch.«

»Entschuldigt bitte.«

»Dafür braucht Ihr Euch nicht zu entschuldigen.«

Mit diesen Worten verstummten sie wieder, aber Eunho konnte deutlich spüren, wie die Spitze des Pinsels in Bins Hand genauso zitterte wie er selbst.

Und so bedeckte Bin Seomoons Name schon bald Eunhos gesamten Körper.

»Ein Altar im Süden der Stadt …«

Ein Lied erfüllte den Kiefernwald, jedes Wort begleitet von einem Echo.

Gemeinsam mit den feierlichen Tönen einiger Instrumente formten sie das rituelle Musikstück des Opferfests. Der helle Klang einer Glocke läutete, und der Gesang folgte den Noten des Lithophons.

Das Fest wurde in einem Kiefernwald südlich der Stadt abgehalten. Bin beobachtete den Ablauf der Zeremonie genau. Sechs schwarz gestrichene Trommeln reihten sich übereinander an einem Seil, und neben dem zentralen Schrein für die Himmelsgötter hatte man weitere Schreine für den Gott der Flüsse und Berge und den Schutzgott der Stadt errichtet. Der Gesang endete schließlich mit einem Gebet, mit dem Frieden und Gesundheit für das Volk erbeten wurden.

Die Zeremonie am Tag verlief ohne jegliche Zwischenfälle. Bin entglitt ein leises Seufzen, als sie zum König und der Königin sah, die die Zeremonie leiteten.

Die Königin war zweifelsohne die Frau, die sie beim Lotuslaternenfest gesehen hatte. Zu ihrer Erleichterung schien diese sie nicht zu erkennen.

Die Mitglieder der königlichen Familie und die geladenen Gäste begaben sich allesamt auf den Weg zum anschließenden Bankett.

Bin und Eunho folgten dem König auf Schritt und Tritt. Das Festmahl fand gleich neben dem Wald des Rituals in einem kleinen, gesonderten Palast statt.

Nachdem alle Platz genommen hatten, eröffnete ein lautes Klatschen das Festmahl.

Etliche Köstlichkeiten, die mit Hingabe von den Köchen des Königs vorbereitet wurden, bedeckten die Tische.

Mit Blumen in den Händen tanzten einige Frauen auf einer ausgebreiteten Matte inmitten des Raums und bewegten sich anmutig zur Melodie.

»Ich gratuliere Euch zu einem gelungenen Fest, Eure Majestät«, sagte der stellvertretende Premierminister.

»Sookbin hat viel Herzblut in die Vorbereitung dieses Banketts gesteckt. Ich hoffe doch, dass es Euren Erwartungen gerecht wird.«

Der stellvertretende Premierminister war Sookbins Onkel mütterlicherseits.

»Ja, sie hat dieses Fest wirklich mit großer Sorgfalt vorbereitet. Ihr habt ihn gehört – genießt das Fest in vollen Zügen!«, erwiderte Hui.

Auf Huis Anerkennung hin senkte Sookbin, die ihm gleich gegenübersaß, beschämt den Kopf. Chaeryeong saß still da und hörte dem Austausch ihrer lobenden Worte lediglich zu.

Wie ein Schatten standen Bin und Eunho hinter Hui, während Jinwoo und die anderen Seelenjäger des Ministeriums weit entfernt vom Spektakel mit den anderen Vasallen Platz genommen hatten.

Bin warf einen Blick auf Eunho neben sich. Regungslos stand er da, nur wenige Schritte von ihr entfernt, und doch schien er ihr so fern zu sein.

Das Königspaar direkt vor ihnen. Die prächtig gekleideten Konkubinen des inneren Hofs. Die unzähligen Minister.

So sieht also Eunhos Welt aus, dachte sie.

Eine Welt, die ihr selbst fremd war. So nah an der Macht und von pompösen Dingen umgeben. Je mehr sie sah, desto mehr überkam Bin das Gefühl, als würde sie selbst immer kleiner werden.

Bin Seomoon war ein Niemand.

Während sie nicht einmal ihre wahre Identität enthüllen konnte, stand Eunho dem König als Innenminister am nächsten.

Ein plötzlicher Windstoß hob Eunhos Ärmel leicht an und enthüllte seinen Arm, auf dem ihr Name stand. Als hätte sie etwas gesehen, das sie nicht hätte sehen dürfen, drehte sie sich augenblicklich weg.

Mein Name auf Eunhos Körper.

An den anderen Stellen seines Körpers, die nicht so leicht zu sehen waren, hatte sie ihren Namen vermutlich noch häufiger niedergeschrieben. Bin biss sich auf die Lippe und senkte den Kopf. Allein der Gedanke daran brachte sie bereits in Verlegenheit.

In der Zwischenzeit war die Aufführung der Tänzerinnen zu Ende gegangen, und ein riesiger Paravent wurde hereingetragen. Er war majestätisch und trug Muster auf sich, die für Langlebigkeit standen. Die Anwesenden staunten über seine Größe und Pracht.

»Was ist das?«, fragte die Königinwitwe, woraufhin Sookbin aufstand.

»Zu Ehren des Opferfests der Himmelsgötter möchte ich Euch als Ältester der königlichen Familie ein Geschenk machen, Eure Majestät. Die Stickereien, die Langlebigkeit und Reichtum verkörpern, wurden von Hand gefertigt. Es ist ein Unikat.«

Ein frohes Lächeln zeigte sich auf ihren Lippen.

»Du bist die Einzige, die an mich denkt. Ich danke dir.«

Sie schaute in Sookbins Richtung.

»Da du mir heute ein so schönes Geschenk beschert hast, sollte auch ich dich im Gegenzug belohnen.«

Auf diese Worte hin nickten ihre Diener. Sie waren Anhänger der Konkubine und teilten die Ansicht, dass Sookbin schon bald die Zuneigung des Königs ganz für sich gewinnen würde. Darüber hinaus hatte sie ebenso die Unterstützung der Königinwitwe auf ihrer Seite.

»Nenne mir einen deiner Wünsche, Sookbin. Insofern es mir möglich ist, werde ich ihn dir erfüllen.«

Gespannt, was sie sagen würde, richteten sich alle Augen auf Sookbin. Ein persönliches Präsent der Königinwitwe zu erhalten, war bereits ein großes Privileg. Das heutige Geschenk würde jedoch zudem dazu dienen, die nächsten Jahre daran zu erinnern, dass die Königinwitwe die Konkubine begünstigte.

»Du kannst wirklich alles nennen, was dir in den Sinn kommt«, fügte die Königinwitwe in freundlichem Ton hinzu.

Sookbin trat in die Mitte und verbeugte sich ehrerbietig.

»Eure Majestät, alles, worum ich Euch bitte …«, sagte sie mit klarer Stimme.

Für einen kurzen Moment schweifte ihr Blick zu dem Platz, an dem der König saß.

»… ist, dass Ihr mir die Ehre erweist, Seiner Majestät persönlich den Wein einschenken zu dürfen.«

Die anderen Konkubinen wechselten Blicke.

Sogar Bin und Eunho, die hinter dem König standen, nahmen die seltsame Atmosphäre wahr. Dass nicht die Königin, sondern Sookbin selbst bei diesem feierlichen Anlass mit dem König anstoßen wollte, war schlichtweg aufsehenerregend.

Hui hob leicht den Kopf. Er schien darauf zu warten, was die Königinwitwe wohl tun würde. Die zeigte jedoch keinerlei Anzeichen von Überraschung und brach in frohes Gelächter aus.

»Haha! Es ist wirklich bewundernswert, dass du stets an Seine Majestät denkst. Ich hätte nicht gedacht, dass du mich hier und jetzt um einen solchen Gefallen bitten würdest.«

Die Königinwitwe sah zu Hui.

»Was sagt Ihr dazu, Eure Majestät? Ihr werdet Sookbins Wunsch doch sicher entsprechen, oder?«

Mit diesen Worten waren ihm bereits die Hände gebunden. Wenn er den Wein von Sookbin nicht annahm, würde er der Königinwitwe öffentlich widersprechen.

Stimmte er allerdings zu, würde er vor allen Leuten den Anschein erwecken, auf Sookbins Seite zu stehen. Es war sonnenklar, was Chaeryeong und der Premierminister dann als Nächstes tun würden.

Hui hatte zwar darauf hingearbeitet, der Macht des Premierministers Einhalt zu gebieten, aber es wäre äußerst gewagt, ihm hier und jetzt den Rücken zuzukehren. Er musste zumindest den Schein wahren, solange der Premierminister und Chaeryeong ihm noch von Nutzen waren.

Der Gesichtsausdruck der Königinwitwe sprach Bände.

Sie machte ihm deutlich, dass es an der Zeit war, eine Entscheidung zu treffen. Dass er nicht ewig an der Macht bleiben könnte, ohne Partei zu ergreifen.

Hui zögerte, und die Spannung im Raum stieg.

Mit einem sanften Kopfnicken rief Sookbin eine Hofdame herbei. Diese hielt ein Glas und einen Weinkrug in der Hand und stellte sich neben sie. Nachdem Sookbin das Glas in die Hand genommen hatte, füllte die Hofdame es plätschernd mit Wein.

»Eure Majestät«, richtete Sookbin das Wort an Hui.

Dann ertönte neben Huis besorgtem Gesicht eine liebevolle Stimme.

»Da Sookbin sich so sehr nach Eurer Zuneigung sehnt, solltet Ihr das Glas entgegennehmen«, sagte Chaeryeong zu ihm und brach damit ihr Schweigen.

»Da es Sookbin war, die an meiner Stelle als Oberhaupt des inneren Palasts Ihrer Majestät der Königinwitwe ein Geschenk überreicht hat, solltet Ihr sie nun auch für ihre Bemühungen loben.«

Bei diesen Worten richteten sich alle Augen im Raum, angefangen mit denen der Königinwitwe und Sookbin, auf Chaeryeong. Diese trug ein wohlwollendes Lächeln auf den Lippen.

»Das ist immerhin Sookbins Wunsch, Eure Majestät.«

Es war eine weise Antwort, frei von jeglicher Eifersucht.

Hui hatte keinen Schimmer, was Chaeryeong wirklich vorhatte, ihre Anweisung zu befolgen war jedoch der einzige Ausweg aus dieser Situation.

»Da Ihre Majestät die Königinwitwe und die Königin deinen Wunsch gutheißen, kann ich dir deine Bitte wohl nicht abschlagen. Reiche mir das Glas, Sookbin.«

Sookbin strahlte über das ganze Gesicht.

»Ich danke Euch vielmals für diese Ehre, Eure Majestät.«

Sie streckte Hui das randgefüllte Weinglas entgegen. Etwas an dem Glas fiel Bin ins Auge.

Ist das etwa ...?

Ein seltsamer dünner Nebel schien aus dem Becher aufzusteigen. Hui nahm es entgegen und führte es langsam an seine Lippen.

Hinter ihm erblickte Bin das lächelnde Gesicht von Chaeryeong.

Die Königin lächelt?

Betrachtete man die Situation ganz oberflächlich, musste Chaeryeong gerade eine Niederlage gegen Sookbin einräumen. Hätte sie nicht das Wort ergriffen, wäre es der Konkubine niemals erlaubt gewesen, dem König vor allen Gästen persönlich den Wein zu überbringen. Chaeryeong jedoch schritt absichtlich ein, damit Hui ihrem Wunsch nachgab.

Aber wieso?

Bin überkam eine unheilvolle Vorahnung.

Doch sie war unschlüssig, wie groß ihr Handlungsspielraum war. Was, wenn sie dazwischengehen würde und sich irrte?

Eine einfache Frau, die ihre wahre Identität vertuschte und auf königlichen Befehl hin den Feierlichkeiten beiwohnte, stellte sich dem Wunsch einer königlichen Konkubine in den Weg? Ein Szenario, das viel zu gefährlich war.

Wenn ihre Identität dabei aufgedeckt werden würde, wäre sicherlich ihre gesamte Familie mit dem Fall in Verbindung gebracht worden. Das Letzte, was sie wollte, war, dass ihre Existenz jemand anderen ins Unglück stürzte.

Das Glas war kurz davor, Huis Lippen zu berühren.

»Eure Majestät!«, rief eine laute Stimme.

Hui hielt inne.

»Dürfte ich Euch ebenfalls um etwas bitten, Eure Majestät?«

Bin blickte zur Seite. Eunho stand plötzlich nicht mehr neben ihr, sondern vor dem König.

Verblüfft starrte sie zu ihm, wie er kniend zu Hui hinaufschaute. Sie wusste nicht, was Eunho vorhatte.

Kalter Schweiß lief an ihrem Kinn hinunter. Ihr Herz raste wie verrückt. Sie hatte kein gutes Gefühl bei der Sache.

Hui stellte sein Glas ab und sprach zu Eunho.

»Nun gut. Welches Anliegen liegt dir auf dem Herzen, dass du hier und jetzt das Wort ergreifst?«

Eunho senkte den Kopf.

»Eure Majestät, wie Ihr sicherlich wisst, habe ich Euch seit der Beamtenprüfung treu zur Seite gestanden.«

Hui nickte zustimmend.

»Zwar komme ich als Vasall lediglich meiner Pflicht nach, aber schließlich gibt man auch einem Wachhund, der seinen Hausherrn beschützt, etwas Fleisch. Daher möchte ich Euch ebenfalls um eine kleine Belohnung bitten, Eure Majestät.«

Hui lachte über Eunhos wohlgewählte Worte.

»Das ist das erste Mal, dass du mich um etwas bittet. Also, was ist es, das du dir so sehnlichst wünschst?«

Eunho drehte den Kopf leicht und sah zu Bin.

»Als Belohnung für meine Treue möchte ich, dass Ihr mir Euren Wein anbietet«, antwortete er, ohne zu zögern.

Der Festsaal verstummte, als hätte man kaltes Wasser über ein zuvor noch knisterndes Feuer gegossen.

Die Vasallen starrten Eunho erstaunt an, während Sookbins Gesicht vor Zorn eine tiefrote Farbe annahm.

Bin wurde klar, dass auch Eunho nicht entgangen war, was sie gesehen hatte, und er nun versuchte, Hui vom Trinken abzuhalten.

»Habt Ihr eine Ahnung, was Ihr da gerade verlangt, werter Innenminister?«, fragte Sookbin mit wütender Stimme.

Eunho nahm ihre Worte lächelnd entgegen und senkte kurz den Kopf. »Seine Majestät hat meine Loyalität bereits anerkannt. Sollte er mir den Wein nun überreichen, wird dieser nicht nur sein, sondern auch Euer Geschenk an mich sein, mein wertes Fräulein«, sagte er mit ehrwürdigen Worten.

Sookbin nutzte ihren schnellen Geist und dachte nach.

Eunhos Beweggründe waren ihr zwar unklar, aber es würde ihr nur schaden, wenn sie im Konflikt mit ihm stehen würde. Nach dieser Erkenntnis setzte sie ein breites Lächeln auf.

»Darf ich das so verstehen, dass Ihr mit der Entgegennahme dieses Glases auch mir Eure Treue schwört?«

»Aber selbstverständlich. Meine Loyalität gebührt Seiner Majestät und der gesamten königlichen Familie.«

Auch Hui lächelte und nickte.

»Nun gut, dann lasst dies die Belohnung sein, die ich und Sookbin dir zukommen lassen.«

Hui streckte das Glas in seiner Hand in Eunhos Richtung.

Dieser ging mit behutsamen Schritten hinüber und nahm den Wein entgegen.

»Ich danke Euch vielmals für Eure Güte, Eure Majestät.«

Eunho verbeugte sich vor Hui, der Königinwitwe und Sookbin. Dann hob er langsam den Kelch zum Mund.

Hinter Hui erblickte er das Gesicht von Bin. Ihre Augen waren von Angst erfüllt. Kopfschüttelnd versuchte sie ihm deutlich zu machen, dass er es nicht trinken dürfe.

In dieser Situation blieb Eunho jedoch nichts anderes übrig. Er lächelte sie leicht an, als wollte er ihr sagen, dass es schon in Ordnung sei, ganz egal, was auch passieren mochte.

Ein weiteres Augenpaar ruhte auf Eunho, als er den Wein an seine Lippen führte. Es gehörte Chaeryeong.

Sie trug ein noch breiteres Lächeln im Gesicht als zuvor. Eunho erkannte sofort, dass etwas nicht stimmte.

Wieso lächelt sie so?

Aber das Glas war bereits an seinen Lippen. Kaum dass der heiße Alkohol seine Kehle hinunterfloss, machte sich ein seltsames Gefühl in seinem Körper breit.

Mit einem absonderlichen Klingeln in seinen Ohren schien die Welt um ihn herum sich plötzlich zu drehen.

Was zum …?

Seine einst bunte Sicht wurde mit einem Mal unscharf und verlor jegliche Farbe, wie Aquarellfarben, die sich im Wasser auflösten. Alles, was übrig blieb, war eine trostlose, graue Welt.

Dann stand plötzlich alles Kopf, und Schattenwesen aus den Tiefen der Hölle erhoben sich aus dem Boden. Sie trugen ein Grinsen im Gesicht, das dem von Chaeryeong sehr ähnelte.

Sie lachten und schluchzten zugleich.

Du bist gekommen, gekommen, zu uns gekommen.

Die Münder der Schatten bewegten sich, während sie sich, einer nach dem anderen, an Eunhos Körper klammerten. Als er die schleimigen Wesen berührte, bekam er Gänsehaut am ganzen Körper. Eunhos Arme, die von den Schatten ergriffen worden waren, bewegten sich wie von selbst. Eunho blickte in der farblosen Welt vor ihm umher.

»Die Ehre, den Wein von Seiner Majestät höchstpersönlich entgegennehmen zu dürfen, wird zweifellos eine bedeutende Erinnerung in seiner Familiengeschichte bleiben.«

»Haha, der Innenminister scheint so berührt von der Güte Seiner Majestät, dass er offenbar ganz seine Manieren vergessen hat.«

Die Stimmen der Menschen drangen dumpf und verschwommen zu ihm, als wäre er unter Wasser.

Nachdem er den Wein des Königs getrunken hatte, musste Eunho sich noch einmal verbeugen.

»Ugh …«

Aber sein Körper weigerte sich. Die Schatten, die an ihm klebten, spielten mit ihm. Sie ließen seine Haare zu Berge steigen und seine Finger seltsamen Bewegungen folgen.

»Worauf wartet Ihr denn, verbeugt Euch vor dem König!«

Jemandes Stimme ertönte, aber Eunho stand einfach da, unfähig, auch nur mit der Wimper zu zucken.

Töten, töten, du sollst ihn töten, lass das Blut aus seiner Kehle sprießen, der Kopf soll rollen, er soll rollen, hurra.

Die Stimmen der Schatten hallten deutlich in Eunhos Ohren.

Der Klang des Todes ertönte, ein wiederholtes Klingen einer kleinen, flachen Gong-Glocke. Inmitten der fröhlichen Musik führten die Schatten seine Hand zu dem Schwert, das an seiner Taille hing.

Eunho biss die Zähne zusammen. Hier vor so vielen Anwesenden sein Schwert zu ziehen, würde Hochverrat bedeuten.

Nein, ich muss mich wehren!

Die Stimmen der Schatten waren jedoch bereits in seinen Kopf eingedrungen.

Komm mit uns. Sei ein treuer Diener, der mit seinem König in den Tod geht.

An seinen Händen kamen Adern zum Vorschein. Doch egal, wie sehr er sich bemühte, die Schatten, die aus dem

Boden aufstiegen, vervielfachten sich immer weiter und nahmen seinen Körper ein.

Und dort, in der Ferne, sah Chaeryeong lächelnd dabei zu.

Ah.

Erst da verstand Eunho, was Chaeryeong vorhatte. Ihr war von Anfang an bewusst gewesen, dass es so kommen würde. Ihr wachsamer Blick verriet, dass sie weitaus mehr als nur den Untergang des Königs geplant hatte.

Sookbin, die dem König den Wein einschenkte. Hui, dem keine andere Wahl blieb, als diesen anzunehmen. Und Eunho, der dies zu verhindern versuchte.

Wenn der geliebte Vasall des Königs vor den Augen aller hochrangigen Beamten sein Schwert auf den König richtete …

Genau das wäre der beste Weg, um alle drei auf einen Schlag zu beseitigen. Chaeryeong hatte all das vorhergesehen. Ein dunkles Lächeln breitete sich auf ihrem Gesicht aus. Dann bewegten sich ihre feinen Lippen und formten lautlose Wörter.

Was willst du nun tun?

Noch immer vermehrten sich die Schatten, die sich an Eunho festklammerten und in seinen Körper fraßen.

»Der Innenminister …«

»Wieso steht er so reglos da?«

Das Geflüster der Menge wurde lauter.

Der gesamte Saal starrte ihn voller Verwirrung an, wie er regungslos dastand und zu Hui aufsah. Eunhos Hand bewegte sich langsam zum Griff seines Schwerts.

Während Chaeryeongs Grinsen immer breiter wurde, verfinsterte sich Huis Gesichtsausdruck zusehends.

Die Soldaten der königlichen Palastwache, die abseits der Plattform neben Hui standen, beobachteten Eunho verdächtig. Es lag eine seltsame Spannung in der Luft.

Schweißperlen liefen Eunhos Kinn hinunter. Sollte er hier sein Schwert ziehen, und würde er auch nur den Griff berühren, bedeutete das den Tod für ihn, und dasselbe Schicksal würde auch seine gesamte Familie erwarten. Die Schatten hielten jedoch fest an seinem Körper und wichen nicht zurück.

Der Mensch verliert gegen uns, er verliert. Lass uns dir einen friedlichen Tod bereiten.

Die Stimmen der Schatten hallten wie ein Echo in seinem Kopf und trieben Eunhos Hand weiter voran. Mit all seiner Kraft schaffte er es, den Kopf zu heben, und blickte hinter Hui, wo er das bleiche Gesicht von Bin wahrnahm.

»Bin …«

Nein, nein, nein, nein, nein, nein!

Als Eunho leise ihren Namen aussprach, kreischten die Schatten an Eunhos Körper lauthals.

»Was in aller Welt …?«

Im selben Moment reagierten auch die Schriftzüge auf seinem Körper auf seine Worte, als würden sie ihn beschützen wollen. Sie bildeten ein Netz und zerrten die Schatten von seinen Gliedern herunter. Sein Körper fühlte sich augenblicklich leichter an.

»Haah …!«

Er schnappte laut nach Luft.

»Innenminister Hyeon?« Als Huis Stimme ertönte, fasste sich Eunho schnell wieder.

»Ja, Eure Majestät«, sagte er, »mein Körper ist momentan nicht in bester Verfassung, bitte verzeiht mein taktloses Verhalten.«

Schließlich verbeugte er sich, sein Gesicht war schweißgebadet.

»Ich danke Euch erneut für Eure großzügige Güte, Eure Majestät.«

Hui merkte, dass etwas nicht stimmte, und ergriff schnell das Wort.

»Du darfst nun zurücktreten.«

Eunho nickte und zog sich schnellen Schrittes zurück. Die Schriftzüge, die unter seiner Kleidung hervorlugten, waren schweißgebadet und verwischt.

Bin sah zu Eunho, doch der marschierte an ihr vorbei.

»Eunho …«

Er beachtete sie nicht einmal und entfernte sich von dem Geschehen. Bin wollte ihm am liebsten sofort hinterherlaufen, aber sie konnte nicht unaufgefordert ihren Platz verlassen.

Keuchend rannte Eunho ziellos davon.

Es war das Beste, sich so weit wie möglich vom Festsaal zu entfernen. Er musste verschwinden, solange er noch die Kontrolle über seinen Körper hatte.

Im Wald nahe dem Palast angekommen, lehnte er sich an einen Baumstamm und holte tief Luft. Der kalte Schweiß floss wie Regen an seinem Körper hinunter. Seine Sicht war von dem Überfall der Schattenwesen noch immer verschwommen. So etwas hatte er noch nie verspürt. Das Gefühl, als wäre sein eigener Körper nicht der seine. Seine Hände, die sich gegen seinen Willen bewegten, und diese schwarz-weiße Welt vor Augen.

»Das war also die Welt, in der Bin lebt …«

Die Dinge, die er sah, konnte er nur wahrnehmen, weil er einen Teil ihrer Kräfte in sich trug. Es war ebenfalls Bins Fähigkeit, die ihn vor diesen Geistern gerettet hatte. Die

Schriftzüge auf seinem Körper verhinderten, dass die Schatten seinen Geist vollständig einnehmen konnten.

Sein Körper zitterte noch immer. Er verstand nun, warum Bin ihr Leben lang schon die Gesellschaft anderer zu meiden versuchte. So fühlte es sich also an, Dinge zu sehen und hören, die man nicht sehen sollte.

War der Körper erst einmal von einem Geist eingenommen, verlor man jegliche Kontrolle über ihn. Unwissend, wann oder wie man jemand anderem schaden könnte, fürchtete man sich allmählich vor sich selbst.

»Deshalb also …«

»Eunho!«

Er hörte Bins Stimme.

»Eunho, wo steckt Ihr?!«

Er kniff die Augen fest zusammen und ließ sich zu Boden fallen.

Wenn er ihr jetzt antwortete und sie herbeirief, würde er sie womöglich in die Arme schließen. Doch das würde Bin gewiss nicht wollen.

Eunho senkte den Kopf. Im nächsten Moment sprach eine beruhigende Stimme von oben zu ihm herab.

»Da seid Ihr ja.«

Von dem vielen Hin- und Herlaufen hatten sich Schweißperlen auf Bins Gesicht gebildet. Ohne zu zögern, wanderte ihre Hand zu Eunhos Augenwinkeln.

»Warum versteckt Ihr Euch hier? Das ist doch gar nicht Eure Art«, merkte sie besorgt an und wischte ihm die Tränen weg.

Eunho starrte Bin fassungslos an.

»Was ist denn?«

Irgendetwas war anders an der Bin, die da vor ihm stand. Er blinzelte verwundert, woraufhin sie den Kopf neigte.

»Wieso seht Ihr mich so an?«

Der Wald war in die tiefste Dunkelheit gehüllt.

Und inmitten dieser Dunkelheit trug Bin prachtvolle Kleider, die Eunho noch nie zuvor an ihr gesehen hatte.

»Bin …?«

Eunho sah weiterhin verdutzt aus, als er ihren Namen sagte. Es war merkwürdig.

Ihr blutrotes Gewand war mit wunderschönen goldenen und silbernen Blumen bestickt und der Umhang auf ihren Schultern mit Saphir- und Achatsteinen bestückt. An ihrer Kopfbedeckung hingen insgesamt dreizehn Schnüre, die mit Perlen und Bernstein besetzt waren. Der Anblick von Bin in den Gewändern des Königs war wahrlich befremdlich.

Wann immer er mit Bin zusammen war, verspürte er eine gewisse Verbundenheit zu ihr. In diesem Moment hatte er jedoch das Gefühl, als läge eine große Distanz zwischen ihnen. So groß, dass seine Hand und seine Worte sie niemals erreichen würden.

»Warum seid Ihr so gekleidet?«

Bin schaute ihn verwundert an.

»Eunho! Was seht Ihr gerade vor Euch?«, fragte sie ihn aufgebracht und griff ruckartig nach seiner Hand.

Sie erkannte sofort, dass Eunho sich ungewöhnlich verhielt.

Vermutlich war all das darauf zurückzuführen, dass sie ihre Fähigkeiten mit ihm teilte.

Mit der Hand, mit der sie zuvor noch seine Tränen weggewischt hatte, schlug sie ihm ins Gesicht.

»Eunho?«

Sein Gesicht verzog sich. Irgendetwas stimmte nicht.

Als Bins Hand ihn berührte, spürte er, wie sich seine Brust zuschnürte. Irgendetwas in ihm reagierte auf Bin. Auch wenn er nicht verstand, was gerade vor sich ging, wusste er instinktiv, dass sie in Gefahr wäre, wenn er jetzt bei ihr bliebe.

»G-geht zurück …!«, brachte Eunho mit gepresster Stimme hervor und riss sich von Bin los.

»Was ist los? Wieso seid Ihr plötzlich …?«

»Habt Ihr nicht gehört? Ich sagte, geht!«

Fassungslos starrte Bin ihn an. So hatte Eunho noch nie mit ihr geredet. Er sprach unüberlegt vor sich hin, ohne selbst zu wissen, was er als Nächstes sagen würde.

»Ich dachte, unsere Beziehung sei längst vorbei? Weshalb also seid Ihr nun hier bei mir?«

Überraschung blitzte in Bins Gesicht auf, dann Wut, gefolgt von Resignation.

Das waren eindeutig Bins Worte gewesen. Eine Beziehung, die bereits ihr Ende gefunden hatte.

Wer hätte gedacht, dass sie sie auf diese Weise erneut zu hören bekommen würde?

Eunho nahm seine ganze Kraft zusammen und schrie ein letztes Mal. »Geht mir aus den Augen!«

Bin holte tief Luft. »Wenn Ihr so sehr darauf besteht, gibt es für mich wohl keinen Grund, noch länger hierzubleiben.«

Kalter Schweiß rann Eunhos Rücken hinunter. Er hatte das Ende seiner Kräfte erreicht.

Bin wandte sich ab und schritt ohne einen Blick zurück aus dem Wald. Eunhos Sicht verschwamm.

»Bin, Bin …«

Wieder und wieder sagte er ihren Namen, während er zu Boden fiel.

Die Bäume raschelten im unruhigen Wind. Ihre Schatten bedeckten Eunhos bewusstlosen Körper. Und erneut schien sich etwas in ihnen zu bewegen.

Jemand stand vor ihm.

»Du?«

Eunho kniff die Augenbrauen zusammen. Der Mann, der vor ihm stand, war ihm kein Fremder.

Paryeo.

Der Handlanger des Premierministers.

Ein flackerndes Feuer brannte in seinen glasigen Augen.

»Ich wusste es damals nicht, aber jetzt wird es mir klar. Du bist kein Wesen dieser Welt, nicht wahr?«, murmelte Eunho auf dem Boden.

Paryeo packte ihn im Nacken, bevor er sich mit einer Frage an ihn wandte.

»Wer bist du?«

Seine Stimme triefte vor Mordlust.

»Wer bist du, und warum trägst du ein Fragment von ihr in dir?«

»Was für ein Fragment?«

Doch Paryeo schien keine Absichten zu hegen, Eunhos Frage zu beantworten.

»Ich habe ihre Aura in dieser Welt gespürt und wie ein Verrückter pausenlos nach ihr gesucht! Wie konnte sie ausgerechnet dich auswählen? Einen mickrigen Menschen!«

Er beugte sein Gesicht zu Eunho herunter.

Paryeo konnte es nicht fassen. Wie war es möglich, dass er Yeomnas Geist in diesem Mann spürte? Doch seine Augen waren nicht zu täuschen.

»Das ist eindeutig …«

Sein ganzer Körper zitterte. Dieser Mann hier trug tatsächlich ein Fragment von Yeomnas Seele in sich.

»Deshalb konnte ich sie bis jetzt nicht finden.«

Wie der Mann vor ihm an das Fragment gelangt war, wusste er nicht, aber zumindest verstand Paryeo nun, weshalb sie bislang nicht zurückgekehrt war.

Es brauchte eine intakte Seele, um Yeomnas Würde, Erinnerungen und ihre Macht beherbergen zu können. Dass ihr Geist nun in Stücke gebrochen war und sie einen Menschen als Gefäß benutzte, konnte also nur eines bedeuten.

Das, was von ihr noch übrig ist, besitzt weder ihre Erinnerungen noch ihre Macht. Natürlich konnte ich sie so unmöglich ausfindig machen.

Er fühlte sich, als würde sämtliches Blut aus seinem Körper weichen.

Aus irgendeinem Grund hatte das ruhende Fragment im Körper des Mannes reagiert. Nur wegen seiner schwachen Aura hatte Paryeo überhaupt herfinden können.

Sein Griff um Eunhos Nacken wurde noch fester.

Es erklang ein lautes Knacken, dann durchzog ihn ein brennender Schmerz. Eunho keuchte nach Luft.

Er konnte zwei rote Augen sehen, die durch das herabhängende schwarze Haar auf ihn hinunterstarrten. Rote Augen, so grell wie die Feuer der Hölle.

»Warum du? Warum?«

Die Bäume und Pflanzen wiegten sich im Grollen von Paryeos Schreien, und der Boden unter ihm schien zu beben.

»Nur ich wurde von ihr auserwählt, nur ich!«, rief Paryeo und packte Eunhos Nacken abermals fester.

»Warum in aller Welt sollte ein endliches Wesen wie du ihre Aura besitzen!«

Mit einem scharfen Geräusch erschien eine Wunde in Paryeos Gesicht. Mit letzter Kraft hatte Eunho sein Schwert ziehen und ihn angreifen können.

»Wovon zum Teufel redest du denn da?«, fragte er keuchend.

Paryeo antwortete ihm allerdings nicht, sondern stürzte sich gleich wieder auf ihn.

Es ertönte ein lautes Klirren, als die Klingen der beiden Männer sich kreuzten. Diesmal parierte Eunho jedoch nicht nur.

Eine leuchtende Kugel erschien genau in dem Moment hinter seinem Kopf, als er mit dem Schwert nach seinem Gegner ausholte.

Paryeos Gesicht verfinsterte sich. Ihm war sofort klar, dass es sich um eine Reaktion von Yeomnas Fragment handelte, mit der es das Gefäß schützen wollte, in dem sie sich befand.

»Oh ehrenwerte Yeomna!«

Ein tiefes Lachen entfuhr Paryeo.

»Ha … hahaha!«

Verwundert richtete sich Eunho auf. Paryeo hob den Kopf.

»Ich verstehe. Es wird mir hier nicht möglich sein, dich zu töten.«

Wenn er das Gefäß zerstörte, bevor der Rest von Yeomnas Seele vollständig versammelt war, hätte dieser eine Teil von ihr keinen Ort mehr, an dem er verweilen könnte. Er musste ihn am Leben halten, zumindest so lange, bis er den Rest von ihr gefunden hatte. Und er musste ebenfalls sichergehen, dass er allein von Yeomnas Schicksal wusste.

Er berührte Eunhos Gesicht.

Die Energie von Paryeos Körper umhüllte ihn vollständig. Eunho fiel zu Boden. Mit der Aura, die ihn nun umhüllte, war es so gut wie unmöglich, dass irgendjemand sonst Yeomnas Fragment in ihm bemerken würde.

»Dann muss ich jetzt nur noch den Rest von ihr finden.«

Flammen der Begierde brannten hinter Paryeos glasigen Augen. Das hier war der erste Anhaltspunkt, den er gefunden hatte, seit er in diese Welt gekommen war. Er musste daran festhalten.

»Eure Majestät, bitte haltet aus. Ich komme zu Eurer Rettung.«

Die Flammen der Fackeln warfen flackernde Schatten in den stillen Palast.

Es ist schon eine Weile her.

Hui bewegte sich langsam, während er die Holztafel in der Hand hielt. Der Geruch von altem Holz und starkem Weihrauch drang ihm in die Nase, und obwohl Chaeryeong gleich neben ihm stand, konnte er das Gefühl nicht abschütteln, als sei er ganz allein.

Der bedeutende Teil des Opferfests hatte soeben begonnen. Die Zeremonie am Tag diente der reinen Darbietung für die übrigen Mitglieder der königlichen Familie und seine Vasallen. Das eigentliche Ritual fand hingegen bei Nacht statt und durfte nur vom Königspaar selbst durchgeführt werden.

Hier kommunizierte der König direkt mit den Himmelsgöttern und betete für ein weiteres Jahr voller Sicherheit und Wohlstand.

Beten nennen sie es.

Hui biss sich auf die Lippe.

Als König eines Reichs an die Götter herantreten zu dürfen, mochte von außen betrachtet wie ein gewaltiger Segen wirken, für einen einfachen Sterblichen war es allerdings genauso ein Kampf gegen die Grenzen seiner Kräfte. Die Götter bewegten sich auf unverständliche Weise und wachten auf der großen Drehscheibe des Schicksals nicht gezielt über einzelne Menschen.

Für sie war selbst die längste Zeit nichts als ein Augenblick, und ein Weg von tausend Meilen passte ohne Weiteres in ihre Handfläche. Einem sterblichen Wesen war es unmöglich, die Welt so zu begreifen, wie sie es taten. Und das machte Hui gewaltige Angst. Jedes Mal, wenn die Zeit für das Ritual gekommen war, wäre er am liebsten fortgelaufen.

Wie aber kann es sein, dass Chaeryeong …?

Aus dem Augenwinkel sah er seine Gattin neben sich stehen. Sie war von Kopf bis Fuß in rote Gewänder gehüllt, und aus ihrem Gesicht ließ sich keine Emotion ablesen.

Auf dem Bankett am Nachmittag war es genauso gewesen. Sie hatte ein Auge zugedrückt, als Sookbin ihm den Wein einschenkte und …

Ah.

Eine Stimme aus der Dunkelheit ließ Hui kurz erschaudern, doch er fasste sich schnell wieder. Die Stimme war monoton und klang nicht wie eine einzelne, sondern vielmehr wie ein ganzer Haufen Stimmen. Die ominös konstante Tonlage gab einem das Gefühl, als wäre es eine Person mit vielen Mündern, die da zu ihm sprach.

Ah.

Als seine Augen sich an die Dunkelheit gewöhnt hatten, konnte er allmählich die Umrisse des Saals ausmachen. Das Königspaar war auf drei Seiten von Altären umgeben, und jeder Altar wiederum dicht mit geschnitzten Holzstatuen bestückt. Jede Statue wand sich auf andere Art, fast, als ob sie tanzen würden. Sie sahen aus, als wollten sie etwas sagen oder wären bemüht, sich irgendwie aus ihrem hölzernen Gefängnis zu befreien. Die Statuen waren bunt bemalt, besaßen jedoch lediglich zwei leere weiße Augäpfel ohne Pupillen.

Kalter Schweiß rann Hui den Rücken hinunter.

Als er das Ritual zum ersten Mal nach seiner Besteigung des Throns durchgeführt hatte, war er vor Schreck zusammengebrochen. Aber selbst damals hatte Chaeryeongs

Gesicht genauso ausgesehen wie heute. Ihre runden, sanften Augen waren von einem wohlwollenden Lächeln erfüllt.

Drei ganze Tage litt er danach unter hohem Fieber. Sein Schwiegervater und Vasall, Giljeon Han, der bereits seinen Vorgängern viele Jahre lang gedient hatte, hatte ihn während dieser Zeit nur ein einziges Mal aufgesucht, um ihm vorwurfsvoll mitzuteilen, dass das Opferfest nun seinetwegen gescheitert sei.

Aber war es das tatsächlich? Er konnte sich nicht mehr genau erinnern.

Hui dachte an den Außenbereich des Palasts, wo Eunho und die anderen zurzeit in der Dunkelheit warteten. Der Gedanke beruhigte ihn ein wenig.

Ruhig blickte er auf das große Gemälde an der Wand. Es war ein Landschaftsgemälde mit einem Meer, hinter dem fünf Berggipfel aufragten. Über ihnen leuchteten die Sonne und auch der Mond am Himmel. Es lag jedoch nicht bloß an den strahlenden Farben im Kontrast zur Dunkelheit, die die beiden Himmelskörper erstrahlen ließen. Von ihnen schien tatsächlich ein Licht auszugehen.

In ihrer leuchtenden Mitte stieg weißer Schaum auf dem weiten Meer auf. Die halbkreisförmigen Wellen begannen sich langsam zu bewegen. Bald vereinten sie sich zu einer wogenden Masse.

Die Geräusche der krachenden Wellen überlagerten sich. Erst erklangen sie weit weg, dann immer näher.

Eine rauschende Welle schlug gegen seine Füße. Die Säume seiner Kleidung wurden durchnässt, davon ließ Hui sich jedoch nicht aufhalten. Er trat weiter ins Meer hinein. Schritt für Schritt.

Wir opfern Euch unseren König. Wir opfern Euch unseren König.

Die Zeilen des Lieds hallten in Huis Kopf wider. Das Wasser hatte inzwischen seine Taille erreicht, dann seine Brust. Die Perlen an seiner Kopfbedeckung klapperten mit der Bewegung der Wellen. Hui war so konzentriert darauf, nicht von den schweren Schlägen der Wellen mitgerissen zu werden, dass er kaum etwas anderes wahrnahm. Plötzlich blickte er zur Seite.

Was hat das zu bedeuten?

Hui konnte genau sehen, wie Chaeryeongs Mundwinkel sich hoben. Er verstand es einfach nicht.

Obwohl sie immer ein schwaches Lächeln im Gesicht trug, zeigte seine Gattin ihre Gefühle selten direkt, was also könnte sie in diesem Moment so glücklich machen?

Hui musste nicht lange auf eine Antwort warten.

Die Sonne und der Mond, die über dem azurblauen Meer geschienen hatten, verschwanden. Eine pechschwarze Dunkelheit begrüßte ihn.

»W-was soll denn das? Lee! Lee, bist du da?«, entfuhr es Hui.

Er streckte seine Hand zur Seite aus, aber da, wo er eigentlich die Königin vermutet hatte, war nichts vorzufinden. Irgendetwas stimmte hier nicht.

»Hey!«

Die schwere, nasse Kleidung zerrte an ihm. Er strampelte, um sie von sich zu streifen, doch sein Körper wollte sich nicht bewegen.

»Hallo?«

Eine krachende Welle spülte über ihn hinweg. Meerwasser strömte durch die Nase in seinen Mund. Hustend streckte Hui die Hände in die Luft.

»Ist da denn niemand?!«

Er möge seinen Wunsch verlauten lassen.

Ruckartig drehte Hui den Kopf, als er die Stimme vernahm. Ein schwacher Schatten stand am Rande der Wellen.

»Wer bist du?«

Seine Majestät möge seinen Wunsch sprechen, und ich werde ihm helfen.

Hui holte tief Luft und starrte die schemenhafte Gestalt an. Ihrer Kleidung nach schien es eindeutig ein Mitglied des Rats zu sein. Erleichterung machte sich in seinem Körper breit.

»Ich wusste, jemand würde nach mir suchen kommen! Hol mich umgehend …!«

Mehr brachte Hui nicht über die Lippen. Etwas war nicht richtig. Er konnte sehen, wie der Schatten in der Ferne den Kopf schüttelte.

Lasst Euren Befehl verlauten.

Erneut drang die Stimme an Huis Ohr.

»Warum höre ich da Freude in deiner Stimme?«

Man konnte ihm die angestaute Aufregung förmlich anhören, als der Mann erneut um einen Befehl bat. Wenn der König zu sterben drohte, war es die Pflicht seiner Untertanen, ihm zu Hilfe zu eilen, stattdessen aber forderte er weiterhin einen Befehl von Hui.

Ein raues Lachen ertönte. Eiskalte Gänsehaut zog über Huis vom Salzwasser getränkte Gliedmaßen.

Das Rauschen der Wellen wurde leiser, während das Lachen ihm immer näher kam.

Bin sah sich in dem verdunkelten Palast um.

Es war kein Geräusch zu hören. Das riesige Gebäude

schien völlig menschenleer zu sein. Sie starrte auf den leeren Sitz neben sich.

Wo steckt er nur?

Eigentlich hätte nun Eunho dort sitzen sollen, doch es fehlte jede Spur von ihm.

»Eunho.«

Mit leiser Stimme murmelte sie seinen Namen.

Erneut hallten seine Worte in ihren Ohren.

Habt Ihr nicht gehört? Ich sagte, geht!

Ich dachte, unsere Beziehung sei längst vorbei? Weshalb also seid Ihr nun hier bei mir?

Bin holte tief Luft. Es war etwas, mit dem sie schlichtweg zu leben lernen musste. Weh tat es dennoch. Obgleich sie wusste, dass es eines Tages passieren würde, machte es das nicht weniger schmerzhaft.

»Uns beide verbindet nun rein gar nichts mehr«, sagte sie und nickte.

Und dennoch blieb ihr Blick auf das äußere Tor des Palasthofs gerichtet. Irgendwann würde er schon kommen. Sie selbst durfte sich nicht vom Fleck bewegen, schließlich war sie hier, um Seine Majestät zu beschützen.

»Sosehr er mich auch verabscheuen mag, war ich mir sicher, er würde erscheinen, wenn es um die Sicherheit des Königs ginge.«

Sie hatte kein gutes Gefühl bei der Sache, jedoch gab es nichts, was Bin jetzt noch hätte tun können.

Eine Bewegung ließ sie aufblicken. Sie sah, wie eine Gestalt den verdunkelten Hof durchquerte.

Schnurstracks steuerte sie auf den Palast zu, in dem zurzeit das Opferritual stattfand. Bin fragte sich, ob es womöglich einer der Bediensteten war, und starrte konzentriert in Richtung der Gestalt, als sie die anderen erblickte.

»Was in aller Welt?«

Es war nicht nur eine Gestalt.

Eine ganze Schar Menschen stand auf dem Hof, der den Palast umgab. In der feuerlosen Nacht gingen sie alle mit denselben entschlossenen Schritten auf den Palast zu. Irgendetwas stimmte da nicht.

»Keiner von ihnen besitzt einen Schatten.«

Ein Mensch sollte jedoch einen Schatten haben, egal, wie schwach er auch sein mochte.

Wesen, die eine schattenlose Form annahmen. Wesen, die sich in der Sonne nicht bemerkbar machen konnten.

Wesen, die nicht menschlich sind.

In Sekundenschnelle strömten sie in den Palast hinein. Bin wusste, was sie zu tun hatte. Mit festem Griff packte sie den Säbel an ihrer Seite. Dann stürmte auch sie in das Gebäude.

Die Tür flog knallend auf, und Bin rief laut nach Hui.

»Eure Majestät!«

Im Palast war es dunkel. Ihre Schreie eilten ihr voraus, während sie mit ihrem Säbel die Dunkelheit durchschlug.

Es war eindeutig, was diese Gestalten wollten. Wieso sonst sollten sie ausgerechnet heute und zu dieser Zeit versuchen, zum König zu gelangen?

Aber war es ihr eigener Wunsch oder der eines Menschen, der sie dazu verleitete?

Womöglich hatte auch jemand mithilfe eines Zaubers die Kontrolle über sie übernommen.

Bin warf einen Blick auf die Fackel, die offenbar schon eine ganze Weile erloschen auf dem Boden lag. Sie konnte die Vorbereitungen für das Ritual sehen, aber nirgendwo eine menschliche Gestalt.

»Eure Majestät, wo seid Ihr?«

Doch auf ihre lauten Rufe kam noch immer keine Antwort. Bin hob ihren Säbel und sah sich um. Sie blickte auf die hölzernen Statuen, die drei Seiten des Palastinneren füllten.

»…«

Hunderte Holzstatuen, deren Augen allesamt auf denselben Ort gerichtet waren. Bin steckte ihren Säbel weg und bewegte sich langsam auf das Gemälde an der Wand zu.

Es war makellos.

Wie sie so dastand, konnte Bin die tosenden Wellen, den Mond und die Sonne, die darauf abgebildet waren, klar erkennen. Mit einem einzigen Hieb glitt sie über das Bild und zerteilte es.

Zunächst schienen die zwei Teile des Gemäldes in der Luft zu flattern, dann begannen sie, sich zu wölben. Meerwasser strömte aus dem Schlitz hervor.

»Eure Majestät!«

Bin konnte die zerzauste Gestalt des Königs durch die tosenden Wellen hindurch sehen. Es war eindeutig, dass er zu viel Meerwasser geschluckt hatte und nicht mehr bei Bewusstsein war. Sie eilte an seine Seite und überprüfte schnell seine Atmung.

Er ist noch am Leben!

Sie wusste nicht, was passiert war, aber das Leben des Königs zu retten, hatte für sie oberste Priorität. Als Bin seinen Körper auf ihren Rücken hievte, fiel ihr Blick auf das, was sich an Hui drangehängt hatte.

Gebt den Befehl, gebt den Befehl, gebt den Befehl, gebt den Befehl!

Das Wesen, das sich an Huis Rücken festklammerte und fluchend an seinem Gewand zerrte, war genauso gekleidet wie die Gestalten, die Bin zuvor auf dem Hof gesehen hatte.

»Du Bastard gehst gefälligst dahin zurück, wo du hergekommen bist!«

Bin schwang ihren Säbel und zerteilte das Wesen. Mit ihm zerriss auch ein Teil von Huis Gewand. Dem Geist entfuhr ein lauter Schrei, als er durch den Stoß der Klinge ausgetrieben wurde und schließlich verschwand.

»Eure Majestät, könnt Ihr mich hören?«

Sie schüttelte ihn, aber Hui öffnete nicht die Augen. Bins Gesicht verlor jegliche Farbe, während sie ihre Umgebung musterte. All die Geister, die gerade noch den Palast betreten hatten, bildeten nun einen Kreis um die beiden.

Bitte, Eure Majestät.

Bitte tut es endlich.

Gebt Euer Leben für die Götter.

Sterbt!

Die grotesk weinenden Geister knieten nieder und krochen in ihre Richtung. Sie weinten und weinten und hielten doch stetig auf Hui zu. Den König immer noch auf ihrem Rücken, schwang Bin wild ihren Säbel umher.

»Was glaubt ihr, was ihr hier tut?«

Die Geisterscharen kamen ihnen immer näher und wichen Bins Säbel dabei bestmöglich aus. Bin begann, sie zu zählen. Es waren mindestens zwanzig. Sie war einer solchen Zahl von Gegnern zweifellos gewachsen, jedoch gestaltete es sich erheblich schwieriger, ihre Austreibungstechnik anzuwenden, während sie dabei noch jemanden beschützen musste.

Ich sollte sie zunächst mit einer Art Trick ablenken.

Mit einem schnellen Blick sondierte sie die Umgebung. Wenn diese Geister den König wollten, dann könnte es funktionieren, sie mit etwas abzulenken, das eine ähnliche

Aura wie er besaß. Ein Gegenstand, der reichlich von seiner Energie in sich aufgenommen hatte.

Schnell hob sie ihren Säbel. Es sollte genügen, Huis Gewand in zwei Hälften zu schneiden, um die Geister ausreichend zu verwirren.

Sie bewegte die Klinge auf den Stoff zu.

Ein lautes Klirren hallte durch die Luft.

Jemand hatte ihren Säbel geblockt.

»Was fällt dir ein, hier im Palast eine solch scheußliche Tat zu begehen?«

Der Mann, der plötzlich herbeigeeilt war, kreuzte die Klingen mit ihr.

»Wer …?«

Bin verstummte. Die Augen des Mannes schienen vor Intensität zu brennen. Seine Kleidung war hier und da zerrissen, eine klaffende Wunde zierte seine Wange, und seine Schuhe waren schmutzig, aber sein Geist blieb ungebrochen. Das zerzauste Haar tanzte ihm über die Stirn.

Es war Eunho.

»Für die Sünde, Seine Majestät zu verletzen, wirst du mit dem Tod bezahlen!«

Mit diesen Worten wandte er sich Bin zu.

Ihre Blicke trafen aufeinander.

Eine gefühlte Ewigkeit verging. In Eunhos wie auch Bins Gesicht machte sich ein unbeschreiblicher Ausdruck breit. Ihre Schwerter näherten sich einander, dann entfernten sie sich wieder.

»Warum zum Teufel … Ihr?!«

Eunhos Schwert, das bis gerade noch so voller Mordlust gebrannt hatte, hing wie erstarrt in der Luft.

Als Eunho seine Augen wieder öffnete, lag er in einem tiefen Tal.

Sein ganzer Körper schmerzte, als wäre ein jeder seiner Knochen gebrochen. Die Sonne war bereits untergegangen, aber als er immer der Nase nach den Berg hinuntermarschiert war, fand er sich vor dem Palast wieder. Eunho erinnerte sich an die Worte des Mannes in Schwarz.

Wie kommt es, dass du ein Stück von ihr in dir trägst?

Er stammte eindeutig nicht aus dieser Welt.

Das, was er ihm da gesagt hatte, musste bedeuten, dass sich etwas in seinem Körper befand, das nicht dorthin gehörte.

»Was mag es nur sein, dass er mich seinetwegen nicht einmal töten konnte und einfach wieder gegangen ist?«

Eunho schüttelte den Kopf.

Was auch immer es war, er konnte sich glücklich schätzen, noch am Leben zu sein.

»Bin.«

Eunho schaffte es gerade so, den Kopf weit genug zu heben, um den Palast zu betrachten. Wenn alles nach Plan verlaufen war, hatte das Nachtritual längst begonnen. Und Bin würde nun ebenfalls dort sein.

»Was aber ist das da?«

Eunhos Augen bemerkten etwas Seltsames.

Eine Art dunkle Wolke bewegte sich auf den Palast zu. Sofort überkam ihn eine böse Vorahnung. Der Schmerz gänzlich vergessend sprang Eunho auf und rannte in das Gebäude.

Der Atem blieb ihm im Halse stecken.

Aus irgendeinem Grund war der Palast menschenleer. Als hätten alle geahnt, was kommen würde, und wären rechtzeitig geflohen.

Eunho hob ein heruntergefallenes Schwert vom Boden auf und rannte zum Saal, in dem das Ritual stattfinden sollte.

»Eure Majestät!«

Das zerrissene königliche Gewand, der bewusstlose Körper von Hui und sein Angreifer, der gerade dabei war, sein Schwert gegen ihn zu erheben.

Ohne zu zögern, parierte Eunho die Klinge.

»Was fällt dir ein, hier im Palast eine solch scheußliche Tat zu begehen?«

Das Klirren der Schwerter hallte durch den Saal.

Der Strom verdorbener Energie, der sich im Palast angestaut hatte, streifte Eunhos Haut.

»Für die Sünde, Seine Majestät zu verletzen, wirst du mit dem Tod bezahlen!«, brüllte er Huis Angreifer entgegen und hob den Schwertarm.

Er blickte in das Gesicht des Mannes, der versucht hatte, den König zu töten. Ein unkontrollierbarer Laut entwich seinem Mund.

»Warum zum Teufel… Ihr?«

Der Mann, der das Schwert nach dem König geschwungen hatte, war niemand anderes als Bin Seomoon.

Er konnte es nicht fassen.

Hatte Bin tatsächlich auf Geheiß des Premierministers hin gehandelt? War sie deshalb mit diesem nicht-menschlichen Wesen zusammen gewesen?

Das zitternde Schwert in der Hand, starrte Eunho sie ungläubig an. Er hatte keine Ahnung, was er nun tun sollte.

Dort stand Bin, genauso wie er sie in seiner Illusion früher am Tag gesehen hatte.

Er erinnerte sich an das Bild von ihr im Königsgewand zurück. Ob dies eine Voraussagung der Zukunft gewesen war?

Eine Zukunft, in der Bin Seomoon den König töten und seinen Platz einnehmen würde?

»Eunho!«

Bin rief nach ihm. Eunho sprang instinktiv zur Seite, als er plötzlich aus seinen Gedanken gerissen wurde. Im selben Moment stieß Bin ihren Säbel in einen der Geister, der sich ihm von hinten angenähert hatte.

»Was war denn das?«

Offenbar waren die Fähigkeiten, die Bin mit Eunho geteilt hatte, noch immer nicht abgeklungen, denn auch er konnte die Geister mit eigenen Augen sehen.

Wesen, die nicht menschlich waren, aber sich als solche ausgaben, um in dieser Welt existieren zu können.

Schief sitzende Hüte, zerschnittene Stickereien und blutdurchtränkte Gewänder.

Eunho musterte die Geister. Es waren nicht nur ein, zwei von ihnen, die sich mit seltsamen Knurrgeräuschen auf die beiden zubewegten.

»Ich bin das nicht.«

Er verstand sofort, was Bin ihm zu sagen versuchte.

Es war nicht sie, die Hui nach seinem Leben trachtete. Sie sprach schnell.

»Vertraut Ihr mir?«

Eunho nickte reflexartig.

»Das tue ich!«

Bin drückte ihm ihren Tigersäbel in die Hand. Kaum dass er dessen Heft berührte, fuhr eine gewaltige Energiewelle über ihn hinweg.

»Diese Geister hier sind wesentlich mächtiger als jene, denen wir während des Laternenfests begegnet sind. Ich habe keine Ahnung, wer sie hergebracht hat und aus welchem Grund sie an diesen Ort hier gerufen wurden, aber …«

Sie schnappte nach Luft. Dann sprach sie weiter.

»Zurzeit haben sie es auf den Körper Seiner Majestät abgesehen. Also beschützt ihn mit dem Säbel, den ich Euch gegeben habe. Ich trage kein weiteres Werkzeug zur Austreibung bei mir, er ist somit das Einzige, was uns dabei helfen kann, die Geister zu vernichten.«

»Was ist mit Euch?«

Seine Stimme klang besorgt, als er sie dies fragte. Bin sah ihn an.

»Mir bleibt keine andere Wahl, als sie irgendwie von hier wegzulocken.«

Bin – die Strahlende.

Man sagt, der Name bestimme das Schicksal, und Bins Körper, der sowohl das Jenseits als auch das Diesseits sehen konnte, war für die Geister eine Art Leuchtfeuer in der Dunkelheit. Ein Körper, der so hell strahlte und ihre Augen blendete, dass sie ihm nicht widerstehen konnten.

»Ihr wollt tatsächlich den Köder spielen?«

Ohne auf Eunhos Frage zu antworten, zog Bin das Gewand aus, das sie trug – eine Seelenjägeruniform, deren eingenähte Talismane sie bislang vor den Blicken der Geister geschützt hatten.

Sie hatte sie gerade erst abgestreift, als sämtliche Geister, die bislang Eunho im Visier gehabt hatten, schlagartig ihre Blicke auf Bin richteten.

Alle bewegten sie sich, als wären sie eins.

Eine Gänsehaut zog über Eunhos Körper. Erst jetzt wurde ihm bewusst, mit was für einem Schicksal Bin zu leben hatte. Was es bedeutete, einen Körper sein Eigen zu nennen, der Geister auf diese Weise anzog. Es war, als würde man ganz allein durch die Hölle gehen müssen.

Bins Haarknoten hatte sich gelöst und fiel in langen Strähnen über das weite Männergewand, das sie trug.

So wie sie dastand, wirkte sie nicht mehr menschlich. Sie war ein fremdes Wesen, etwas von irgendwo weit her, das Eunho unmöglich fassen konnte.

Er verstand nun, warum Bin ihn wieder und wieder von sich gestoßen hatte.

Dies war eine Welt, die ein normaler Mensch niemals verstehen konnte. Bins Welt.

Unbewusst griff er nach ihrer Hand, konnte sie jedoch nicht erreichen.

Sie trat einen Schritt nach vorne und starrte die Geister an, deren Münder bereits vor Speichel überliefen. Ohne den Blick von ihnen abzuwenden, sprach sie mit tiefer Stimme. »Ich werde zum Fluss gehen, der dem Palast am nächsten ist. Sobald ich losgehe, werden die Geister mir folgen. Für den Fall, dass einige von ihnen dies nicht tun sollten, bleibt Ihr zurück und bewacht Seine Majestät. Wenn die Lage sich erst einmal etwas beruhigt hat, müsst Ihr unbedingt den Palastarzt herrufen, um den König zu untersuchen, und das Ministerium für Weltkunde über diesen Vorfall informieren.«

Bin schaute Eunho an.

Er bemerkte, dass ihr Blick von irgendeiner überaus tiefen Emotion erfüllt war.

»Sollte ich nicht zurückkehren … dann bergt meine Leiche. Das ist meine letzte Bitte an Euch.«

Mehr konnte sie nicht sagen.

Kreischend stürmten die Geister auf sie zu. Wie eine große, schwarze Wolke jagten sie in ihre Richtung. Zur gleichen Zeit rannte Bin aus dem Saal hinaus.

»Ah.«

Eunho blieb nichts, als ihr mit leerem Blick nachzusehen. Er spürte, dass er hier nichts ausrichten konnte.

Diese Welt gehörte zu Bin.

All das hier hatte sie seit jeher gesehen.

»Das Einzige, was ich tun kann …«

Ausdruckslos untersuchte Eunho den Saal. Nachdem

Dutzende der Geister hinausgestürmt waren, wirkte er wie leer gefegt. Er konnte nicht fassen, was soeben geschehen war.

Ich bin noch da, ich bin noch da.

Die Stimme riss Eunho aus seinen Gedanken. Einige der Geister, die Bin nicht gefolgt waren, standen noch immer da und starrten ihn an. Eunho zückte Bins Tigersäbel.

»Ich muss tun, was mir aufgetragen wurde.«

Ihm war alles recht, solange er Bin nur einen kleinen Teil der Last auf ihren Schultern abnehmen konnte. Er trat vor den noch immer bewusstlosen Hui und zeigte mit seiner Hand in Richtung der Geister.

»Dieser Ort hier wird euer Grab werden.«

Sie bekam kaum noch Luft, doch stehen zu bleiben war keine Option.

Wenn sie sich ungeschützt den Geistern stellen wollte, musste sie dazu wenigstens das Flussufer erreichen. Wasser war schon immer das Tor zwischen dieser und der nächsten Welt gewesen. Es war der beste Ort zum Kämpfen, und sei es nur, um die Geister ein klein wenig schneller ins Jenseits zu befördern.

Das Plätschern von fließendem Wasser drang an ihre Ohren.

Ich sehe ihn!

Bin schaute hinter sich und erblickte die Schar von Geistern, die ihr dicht auf den Fersen waren. Es sah aus, als wäre die Mehrheit von ihnen ihr hinaus gefolgt. Sie war erleichtert. Das bedeutete, dass sich Eunho mit weniger von ihnen herumschlagen musste.

»Eunho.«

Sie rief sich das Bild von ihm mit ihrem Tigersäbel in der Hand in Erinnerung.

Gewöhnliche Menschen konnten einen solchen Säbel nicht einmal anfassen. Er war speziell für die Seelenjagd geschmiedet worden und wurde durch die Aura eines Seelenjägers angetrieben. Berührte ein normaler Mensch die Klinge, würde sie umgehend seine gesamte Energie absorbieren und seinen Körper verletzen.

Eunho jedoch war mit der Aura eines Seelenjägers geboren worden. Sie musste es ihm daher einfach überlassen. Er würde der Kraft des Säbels standhalten.

In der Dunkelheit konnte sie die schwappenden Bewegungen des Flusswassers sehen. Es strömte ohne Anfang und Ende und wirkte noch lebhafter als sonst.

Ein vertrauter Anblick.

Einst, in der Vergangenheit, die Eunho längst vergessen hatte und an die sich allein Bin noch erinnern konnte, hatte sie ihn einmal fast verloren. Er war unter die dunkle Wasseroberfläche gezerrt worden, und sie war ohne zu zögern hinterhergesprungen, um ihn zu retten.

Jetzt aber war sie aus einem anderen Grund hier. Sie wirbelte herum.

»Kommt, kommt! Was ihr wollt, ist gleich hier!«

Wie Pfeile schossen die Augen der Geister auf sie. Bin konnte ihre Gier nach Fleisch förmlich spüren. Ihr Herz schien vor lauter Pochen beinahe zu platzen.

Sie hatte ohnehin nicht mehr die Kraft, weiterzulaufen. Ihr war klar, dass sie gefressen werden würde, wenn sie die Geister nicht austrieb.

Gegen wie viele von ihnen ich wohl ankommen werde?

Fünf hatte sie sich schon einmal gleichzeitig gestellt. Was aber würde passieren, wenn es noch mehr waren?

Die Geister tänzelten in großen Schritten auf Bin zu, als

sie erkannten, dass es für sie nun kein Entkommen mehr gab.

Ai, ai, ai.

Die Stimme klang, als würde sie nach jemandem rufen. Mit wildem Handgefuchtel näherten sich die Geister Bin. Als wollten sie einen Bekannten grüßen, dem sie zufällig über den Weg gelaufen waren. Langsam näherte Bin sich dem Fluss. Die Geister rissen ihre Münder auf und lachten.

Oh arme, bemitleidenswerte Seele.

Die Stimme folgte Bin mit jedem Schritt.

Dem Tod entkam sie nicht, ai, ai, ai.

Erst jetzt wurde ihr klar, dass die Stimme hinter ihr nicht jemanden rief, sondern ein Lied sang. Die Geister eine Beerdigung für sie, obwohl sie noch nicht mal tot war.

»Dafür, dass euer Ende längst besiegelt ist, nehmt ihr den Mund ganz schön voll«, verspottete Bin sie.

Die Geister stürzten auf sie zu.

Hilflos starb sie in der Blüte ihrer Jugend. Was wird nun aus ihr werden?

Feucht und klebrig erklang die Stimme direkt neben ihrem Ohr. Auch sie kannte dieses Lied sehr gut. Man sang es, um den Geist des Verstorbenen zu trösten und die bösen Geister in einem Ritual auszutreiben, damit die Seele ins Jenseits übergehen konnte.

»Im Osten der blaue Kaiser, im Süden der rote!«, sang Bin zurück und packte einen der Geister im Nacken. Sie zuckte nicht mit der Wimper, als der sich plötzlich in die Länge streckte.

»Im Westen der weiße Kaiser, im Norden der schwarze.«

Sie packte stattdessen seinen Kopf, drehte sich und warf ihn prompt in den Fluss. Aus dem Wasser hörte sie ihn kichern. Sie übte noch mehr Druck auf den Kopf in ihrer Hand aus und zog flink einen kleinen Spiegel hervor.

»Sieh her und kehre dorthin zurück, wo du herkommst!«

Beim Anblick seines Spiegelbilds gab der Geist obszöne Geräusche von sich, während er wild strampelte. Sie stellte sich mit dem Fuß auf seine Körpermitte, sodass er vollständig im Flusswasser versank, richtete sich auf und stürzte sich umgehend auf den nächsten Geist neben ihr.

»Der gelbe Kaiser in der Mitte, ich richte das Wort an die Schöpfer dieser Welt, mächtige Götter des Himmels, mächtige Götter der Erde …«

Bin sang schneller und schneller.

Diesmal zog sie ein Bündel lautloser Glöckchen aus dem Ärmel. Ursprünglich waren sie an einem Stock befestigt gewesen, aber Bin hatte sie auseinandergerissen, um sie leichter bei sich tragen zu können. Sie schob eine Handvoll in den Mund des gehässigen Geists, der sich an sie klammerte.

»Verschwinde!«

Mit dem Spiegel in der Hand schlug sie ihm von unten gegen das Kinn. Das Knirschen brechender Knochen, die es im Körper eines Geists eigentlich gar nicht hätte geben sollen, erklang. Bin stand der Schweiß auf der Stirn.

»Kommt her! Ihr wollt mich doch, oder nicht?«

Ihre Augen blitzten. Die Geister schienen auf ihre Zahl setzen zu wollen, denn sie blähten sich allesamt auf und schlossen sich in einem Kreis um Bin zusammen. Sie zog eine schlanke Peitsche mit einem Weidengriff aus dem Bund ihrer Kleidung. Man hatte sie aus dem Leder einer von einem Geist besessenen achtbeinigen Kuh gefertigt, bei der sie einst eine Austreibung vorgenommen hatte.

Bin schwang sie, während sie dabei Schritt für Schritt weiter in den Fluss hineintrat. Die kleinen Knochenelemente am Ende der Peitsche flogen mit lautem Klackern gegen die Geister, die daraufhin losschrien, als hätten sie sich an Feuer verbrannt.

Aaaaaaah!

Wie von selbst verzogen sich Bins Lippen zu einem Lächeln, während sie den Schreien der Geister lauschte.

Mit einem lauten Lachen schrie Bin auf, stampfte mit aller Kraft auf den Boden und riss blitzschnell die anderen Geister unter Wasser.

»Wer wagt es hier, sich wem in den Weg zu stellen, hm? Hm?«

Vielleicht war es ihr tatsächlich möglich, sie alle auszutreiben.

Sie holte den Zinnobertalisman aus ihrer Tasche hervor. Er war aus einem blutroten, fein gemahlenen Cinnabarit gefertigt worden.

»Mögen die Götter euch unsägliche Wesen richten! Hinfort mit euch! Hinfort!«

Die Geister, die von dem Talisman berührt wurden, stürzten ins Wasser oder fielen vornüber.

Ein lautes Geräusch ließ Bins Kopf hochschnellen. Es war der Klang eines Gongs.

Die Geister nutzten ihr Zögern und stürzten sich aus ihrer kreisförmigen Formation heraus wie ein Fischschwarm auf Bin. In der Welle aus Gegnern fielen ihr der Spiegel und die

Peitsche herunter. Blasse Hände drängten sich aus dem dunklen Schatten und zerrten an ihren Kleidern.

Los, los, los.

Dutzende Geister drangen auf einen Schlag in Bins Körper ein. Sie versuchte noch, nach ihrem Talisman zu greifen, doch dazu war es bereits zu spät. In ihrem Kopf ertönten die Schreie der Geister.

Sie konnte nicht mal mehr sagen, wie viele von ihnen nun in ihrem Körper steckten. Um sie abzuschütteln, gehorchten ihr ihre Arme und Beine nicht mehr ausreichend. Ihre Sicht war einzig und allein erfüllt von den Gesichtern der Geister.

Die Hände der Geister wickelten sich um Bins gesamten Körper und zogen sie ins Wasser – Saum, Bund, Ärmel, Haare. Das Gewicht der Geister, die wie Seetang an ihr klebten, zog sie immer mehr nach unten.

Sie waren wie ein unsichtbares Leichentuch. Die Geister hatten sie gepackt und zerrten sie immer weiter nach unten. Ihr Lied ertönte weiterhin wie ein nie enden wollender Kanon.

Komm, komm, komm, brechen wir auf ins Jenseits.

Das Wasser rann durch ihren Hals geradewegs in die Lunge. Sie schnappte nach Luft, und ihre Sicht verschwamm allmählich. Die Geister in ihrem Körper kreischten und rüttelten an ihrem ganzen Körper.

Die letzte Luft strömte aus ihrer Lunge.

Gut, dass sie Eunho darum gebeten hatte, ihre Leiche zu bergen. Sein Gesicht war das Einzige, was ihr jetzt noch durch den Kopf ging.

Wie er sie am letzten Tag des Lotuslaternenfests angesehen hatte, als er sie gerade so noch davor bewahren konnte, ins Wasser zu stürzen.

Obwohl sie genau wusste, dass sie ihren Gefühlen hätte ein Ende setzen müssen, hielt sie sie all die Zeit über doch nur versteckt. Sie waren immer da, nur hatte sie es bislang vermieden, ihnen einen Namen zu geben. Sie tat einfach so, als würden sie nicht existieren. Was brachte es schon, etwas zu benennen, das sowieso bald vorbei sein würde?

Und dann hatte er seine Briefe an sie in dem Korb entdeckt.

Bin hatte sich damals gefragt, ob bei ihrem Anblick nicht womöglich ein Teil von Eunhos Erinnerungen zu ihm zurückgekommen war.

Er war immer an ihrer Seite gewesen. Nur wenn er zu Besuch kam, war das einsame Nebengebäude von Lachen erfüllt. Konnten sie sich nicht sehen, schrieben sie einander Briefe, denen sie allerlei kleine Geschenke beifügten.

Als die Geister von ihr Besitz ergriffen, und auch, als ihr Bruder starb, Eunho war stets bei ihr gewesen.

Seine Liebe war wie die Sonne, die auf Bin herabschien und sie irgendwie am Leben hielt.

Sie durfte es sich eigentlich nicht erlauben, an Eunhos Seite zu bleiben, wenn sie jeden Augenblick jemanden verletzen konnte. Und doch waren sie hier. Wieder einmal.

Nicht schlecht, ging es ihr durch den Kopf. *Gar nicht schlecht*.

Es gefiel ihr irgendwie auch, dass sie letztendlich für Eunho sterben konnte. Ohne die Möglichkeit, sich zu befreien, zerrten die Geister sie unter Wasser. Bin schloss die Augen.

»Bin!«, hallte es aus Eunhos Mund.

Es war ihm endlich gelungen, die übrigen Geister im Palast zu töten, woraufhin er sofort zu dem Fluss ritt, von dem Bin gesprochen hatte. Er konnte sie jedoch nirgendwo sehen. Eunho wurde immer unruhiger.

»Bin! Wo seid Ihr?«

Das Rauschen des Flusses übertönte seine Stimme.

Ein düsterer Fluss inmitten der Dunkelheit. Instinktiv ließ er sein Pferd einige Schritte zurück machen. Für einen kurzen Moment blitzten Erinnerungen an seinen Traum vor seinem geistigen Auge auf.

Er befand sich im Fluss, und vor ihm stand das Mädchen ohne Gesicht.

»Was hat das nur zu bedeuten?«

Sein Kopf schien vor Schmerz beinahe zu zerspringen. Eunho holte scharf Luft und stieg von seinem Pferd ab. Jetzt galt es zunächst einmal, Bin zu finden. Seine verschwommene Sicht machte es ihm fast unmöglich, sich gerade auf den Beinen zu halten.

»Bin! Bin!«

Was Bin wo auch immer getan hatte, spielte nun keine Rolle mehr.

Im Moment zählte nur, ob sie noch am Leben war.

Er konnte den Gedanken nicht ertragen, sie so gehen lassen zu müssen.

Eunho umklammerte den Tigersäbel. Erst jetzt hatte er begonnen, Bin ansatzweise zu verstehen.

»Endlich habe ich gelernt, die Welt, in der du lebst, ein wenig zu verstehen, wieso also musst du ausgerechnet jetzt …«

Plötzlich bemerkte er eine seltsame Bewegung in der Mitte des Flusses.

Ein Plätschern im Wasser, das sich gegen die Strömung

richtete. Auf den ersten Blick mochte es nichts Ungewöhnliches sein, aber es war schlichtweg unmöglich, dass das Wasser rückwärts floss. Ohne zu zögern, sprang Eunho mit dem Säbel in der Hand in den Fluss.

Deine Liebe ist der Tod, deine Liebe ist der Tod.

Die Stimme kam aus dem schwarzen Wasser. Vielleicht lag es am Tigersäbel, doch durch das aufgewirbelte Nass hindurch konnte er sehen, wie die Geister hektisch die Köpfe bewegten. Wie Fische besaßen sie keine Augenlider, und so funkelten ihre hervorquellenden, schwarzen Augen in der Dunkelheit.

Eunho schnitt sich seinen Weg durch die Schwärze, und bald schon fand er, wonach er gesucht hatte.

Ähnlich einem Fischschwarm, der Beute erspäht hatte, waren unzählige Geister zusammengekommen und hatten eine gewaltige Kugel gebildet. Eine Kugel so riesig, dass sie die Strömung des Wassers veränderte.

Das ist …

Ihm fehlten die Worte. Das da musste eindeutig Bin sein.

Eunho wappnete sich und schwang den Tigersäbel in Richtung der versammelten Geister. Jene Geister, die die Klinge berührte, schrien auf und zerstreuten sich im Wasser.

Er streckte seine Hand durch die Wesen hindurch.

Bitte, bitte!, schrie er innerlich, während er auf der Suche nach Bin wild umhertastete.

»Argh!«

Ein kurzer Schrei brach aus Eunhos Mund hervor, als einer der Geister mit spitzen Zähnen in seine kraftlose Schulter biss. Dieselbe Seite, an der auch Paryeo ihn bereits verletzt hatte. Für einen Moment wurde sein Arm schlaff, und er verlor beinahe den Griff um den Säbel. Wie durch ein Wunder gelang es ihm jedoch, die Kontrolle über seine Hand wiederzuerlangen. Wenn er den Säbel jetzt verlieren würde, wäre alles vorbei.

Die Geister, die bemerkt hatten, dass Eunho verletzt war, klammerten sich an seinen Körper. Es war, als würde jemand einen schweren Stein nach dem anderen an ihn dranhängen.

»Bin!«

Kaum dass Eunho ihren Namen gerufen hatte, erschien um ihn herum ein grelles Licht.

Aaahhh!

Kreischend ließen die Geister von seinem Körper ab. Auch die übrigen Gestalten, die sich vor ihm versammelt hatten, zerstreuten sich. Durch sie hindurch konnte Eunho Bin wie ein fallendes Blütenblatt im Wasser treiben sehen.

Er streckte seine Hand nach ihr aus, während sie immer weiter in die Tiefe sank. Blut trat aus der Wunde an seiner Schulter aus und vermischte sich mit dem Wasser. Er aber bemerkte den Schmerz gar nicht und klammerte sich an Bins Hand fest.

Ihre Finger verschränkten sich.

Eunho.

Eine Art Spiegelbild blitzte ihm entgegen. Er hörte eine Stimme.

Durch die Strömung hindurch schien er in eine andere Zeit blicken zu können. Eunho runzelte die Stirn.

Was ist das?

Inmitten der Wellen konnte er eine Reflexion von sich als Kind sehen.

Erschrocken atmete er etwas Wasser ein. Für einen Moment blieb ihm die Luft weg. Er hatte bereits genügend

Kraft aufwenden müssen, um gegen den Strudel und all die Geister anzukommen.

Seinem jüngeren Ich in den Wellen schien es ähnlich zu gehen.

In der Ferne konnte er das Maul eines riesigen Geists erkennen, das sich im Flussbett auftat. Schwarze Wasserlachen wirbelten umher und wurden hineingesaugt.

Hilf mir, hilf mir, bitte!

So hörte er es den Jungen über die spiegelnden Wellen hinweg rufen.

Es handelte sich um eine Szene, an die er sich nicht erinnern konnte. Er verstand, dass das, was er da vor sich sah, Teil einer Vergangenheit war, die es für ihn nicht mehr gab.

Die Menschen, die seine Fragen zu dem beinahe tödlichen Vorfall in seiner Kindheit nicht beantworten wollten, die Briefe aus Bins Korb, von denen er nicht mehr wusste, wann er sie geschrieben hatte, diese Person, die seinem bewusstlosen Ich die Hand hielt und weinte.

Mit einer schnellen Bewegung hatte sich der lange Tentakel des Geists mit dem weit aufgerissenen Maul um den Nacken des jungen Eunho gelegt. Sein Gesicht und die Hände wurden weiß. Der Saum des blauen Gewands, das er trug, sank ins Wasser.

Bin, Bin!

Der Junge schrie Bins Namen, als der Geist ihn gänzlich unter Wasser zog.

Dann kam jemand auf ihn zu.

Eine schlanke, blasse Hand griff nach dem bewusstlosen jungen Eunho. Ohne zu merken, dass ihm selbst allmählich die Luft ausging, starrte der Eunho der Gegenwart ausdruckslos auf die Szene vor sich.

Ein warmer Blick, der allein dem jungen Eunho zuteilgeworden war. Der weiße Rock, der im dunklen Wasser umherwirbelte.

Eine Gestalt mit einem flatternden roten Band im Haar trat in Eunhos verschwommene Sicht.

Es war niemand anderes als Bin.

Die junge Bin griff nach seinem Vergangenheits-Ich, das immer tiefer im Wasser versank.

Ihre ausgestreckten Hände trafen sich, und Bin schwamm mit ihm an die Oberfläche, bevor der Geist am Flussgrund erneut nach ihnen schnappen konnte.

Ihr rotes Band schwamm wie eine Fährte, der er folgen musste, voraus und verschwand bald schon über der Wasseroberfläche.

Eunho, Eunho.

Er hatte sich immer gefragt, wer die Person war, die seinen Namen so traurig rief, die im Leben und im Tod neben ihm gestanden und Tag und Nacht an seiner Seite gewacht hatte.

»Bin«, floss ihr Name aus seinem Mund.

Sie hatte ihm schon einmal das Leben gerettet. Erst jetzt verstand Eunho, weshalb sie ihn bei seinem ersten Besuch auf dem Seomoon-Anwesen mit diesem Blick angesehen hatte.

Unter der weißen Kamelie, im Schatten der Blüten, trug sie einen Ausdruck im Gesicht wie jemand, dessen Liebe viel zu früh verflossen war.

Die vielen Briefe, die er ihr damals geschrieben hatte. All die Geschichten, die Zeit und die Gefühle hatte sie bis jetzt liebevoll aufbewahrt.

So hielt sie es sicher für richtig.

Sie war es so gewohnt, verletzt und vergessen zu werden, dass sie es gewiss für richtig hielt, so zu leben.

Nie hätte er vermutet, dass er auf diese Weise herausfinden würde, wie entschlossen sie war, niemanden mehr zu verletzen, selbst wenn dies bedeutete, dass ihr eigenes Herz dafür brechen musste.

Sie hatte all das hier in den Tiefen ihres Herzens vergraben und nie wieder ein Wort darüber verloren. Als hätte sie dies für ihre gerechte Strafe gehalten.

Du …

Eunho klammerte sich fester an ihre Hand. Jetzt war es an ihm, sie zu retten, so wie Bin es in der Vergangenheit getan hatte.

Und er würde sich jedes Wort, das Bin bisher nicht hatte aussprechen können, anhören. Das Licht, das von ihm ausging, erleuchtete die Wassermassen unter ihm und brachte die Geister zum Toben.

Nein, nein, nein, nein, nein!

Doch es gab kein Entkommen für sie.

»Bleibt weg von meiner Bin!«

Die Geister zerrten am Saum ihrer Kleidung. Abgerissen sank er mit den Geistern gemeinsam in die Tiefe.

Bins befreiter Körper aber schwebte nach oben.

Eunho tauchte mit ihr in den Armen auf. Durch ihre noch immer verschränkten Finger hindurch schwappten die Erinnerungen, die bisher nur Bin bewahrt hatte, wie Wellen über sie hinweg.

Das ist …

Eunhos Augen weiteten sich. Es war seine eigene verloren geglaubte Erinnerung.

»Was ist das?«, fragte der junge Eunho, woraufhin der Bedienstete der Seomoons wiederholt den Kopf senkte.

»Oh, junger Herr, das hier ist Eures Blickes keinesfalls würdig.«

»Ich möchte wissen, was es ist.«

Auf Eunhos erneute Frage hin holte der Diener hervor, was er bislang hinter dem Rücken versteckt hielt. Der Gegenstand ähnelte einer Blume, jedoch hatte sie eine seltsame Form angenommen. Beinahe so, als wäre sie halb geschmolzen.

»Ich sagte ja, dass es nicht sehenswert sei.«

Eunho jedoch strich mit der Hand über die Blüten.

Sie mochte verformt sein, doch war ihm klar, mit wie viel Vorfreude Bin ihm diese Blume geschickt haben musste. Er wusste, mit welcher Reaktion im Sinn sie sie gepflückt hatte. Es lag in der Natur des Menschen, schöne Dinge nah bei sich zu halten und sie ins Herz zu schließen.

Bin Seomoon war dies jedoch nicht vergönnt gewesen.

Das wusste sie auch selbst nur zu gut, und doch hoffte sie ab und an, wie ein ganz normaler Mensch leben zu können.

»Sie hat extra die hübscheste der Blumen ausgewählt, um sie Euch zu geben.«

Eunho nickte bei den Worten des Dieners.

Also schenkte auch er Bin einen großen Topf mit der gleichen Blume darin.

»Auf diese Weise können wir uns gemeinsam an ihnen erfreuen.«

Als er dies sagte, war das Lächeln auf Bins Gesicht bezaubernder als jede Blume.

An dem Tag, an dem Bin alle Karauschen im Teich tötete, weil sie von Geistern besessen wurde, war Eunho an ihrer Seite gewesen und hatte sie getröstet. Spurlos wischte er die Tränen weg, die ihre Wangen benetzten. Und auch als sie ihm mit kraftloser Stimme mitteilte, dass ihr kleiner Welpe gestorben war, begrub er ihn gemeinsam mit ihr im Garten des Hauses.

»Denkst du, ich kann für seinen Frieden beten?«, hatte sie ihn damals mit zitternder Stimme gefragt.

Hätte er doch nur dasselbe sehen können wie Bin.

Das schien ihm damals durch den Kopf gegangen zu sein. Hätte Bin doch nur eine Person an ihrer Seite, die sie wirklich verstand.

Eunho war traurig, als er hilflos dabei zusehen musste, wie Bin nach und nach immer seltener das Anwesen verließ. Und als er dann die Studien für die Staatsprüfung aufnahm, sahen die beiden sich kaum noch.

Zumindest bis zu jenem Vorfall.

»Mein Herr.«

Die Stimme des Dieners war angsterfüllt, als er nach Eunho rief.

»Der junge Herr der Seomoon-Familie ist vergangene Nacht von uns gegangen.«

»Was ist mit Bin? Wie geht es ihr? Ich sollte nach ihr sehen.«

Ihr Gesicht war das Erste, was ihm in den Sinn kam.

Auch Eunho wusste gut, wie sehr man das künftige Familienoberhaupt der Seomoons umsorgte und wie abweisend im Vergleich mit seiner Geister hörenden Schwester umgegangen wurde. Schließlich konnte man nie sicher sagen, ob und wie Bin ihn womöglich eines Tages verletzen würde.

»Ihr werdet das junge Fräulein Seomoon vermutlich sowieso nicht sehen dürfen.«

»Trotzdem muss ich gehen.«

»Herrje! Wisst Ihr, was ich mir dann von der gnädigen Frau anhören werden muss?«

»Warum? Hat Mutter Sorge, Bin könnte Unglück über uns bringen?«, fragte Eunho, doch der Diener stammelte nur, unfähig zu antworten.

»Verrate ihr einfach nur nichts davon. Hast du verstanden?«

Und so ging er los.

Vor dem Seomoon-Anwesen hatte man weiße Laternen aufgehängt.

Damals lernte Eunho zum ersten Mal, wie still die Beerdigungen derer sein konnten, deren Zeit eigentlich noch nicht gekommen war. Wo man auch hinsah, blickte man in die tränenerfüllten Gesichter von Menschen, die nicht einmal mehr Klageschreie über die Lippen brachten.

Der Sarg des nicht einmal zehn Jahre alten Jungen war winzig. Den mit fünffarbigen Papierblumen geschmückten Sargträgern folgte eine lange Prozession von Fahnenträgern. So viele Menschen in Trauerkleidung, und doch fehlte ein Mitglied der Seomoon-Familie. Sie verließ inzwischen so selten das Haus, dass selbst das Gerücht umherging, die Tochter der Seomoons sei ebenfalls gestorben.

Eunho bahnte sich einen Weg durch die Menschenmenge, die den Trauerzug verfolgte, bis er das äußerste Ende des Anwesens erreicht hatte.

»Bin!«

Sie blickte kaum auf, als Eunho sie rief, und ihr Gesicht war genauso schattenbehangen, wie er vermutet hatte.

Hatte er sie umarmt?

Höchstwahrscheinlich hatte er das.

Die runden Schultern in seinen Armen waren ausgezehrt, und ihr ganzer Körper schien kraftlos und leer. Nur Tränen und Sorgen schienen sie noch zu erfüllen.

»Eunho, ach, Eunho.«

Eine feuchte Stimme.

»Ich war das nicht. Ich bin es nicht gewesen!«

Erneut sprach sie die Worte, die ihr sonst niemand glaubte.

»Ich weiß. Es ist nicht deine Schuld.«

»Sie haben mir gesagt, ich dürfte ihm noch nicht einmal Lebewohl sagen. Wie kann seine Schwester ihn nicht auf seinem letzten Weg begleiten dürfen?«

Schnell beugte Eunho sich vornüber.

»Steig auf mich drauf.«

»Was?«

»Die Totenbahre biegt gerade in die Straße ein. Wenn du auf meinen Rücken kletterst, kannst du vielleicht über die Mauer sehen. Komm schon!«

Zögernd kletterte Bin auf Eunhos Rücken. Sie war nach all den Strapazen der vergangenen Tage so leicht geworden, dass er fürchtete, die nächste Windböe könnte sie hinfortwehen.

Zu jeder Zeit war Eunho für Bin da gewesen. Sie war es, die man stets vorfand, wenn man dem Ende seines Blicks folgte.

Die Erinnerungen, die noch folgten, stammten aus den Briefen, die er in ihrem Zuhause gelesen hatte. Selbst wenn sie nichts Besonderes taten, waren sie glücklich gewesen, einfach nur zusammen zu sein.

Doch dann hatte Eunho all diese Zeit einfach vergessen.

Restlos.

»Puaah!«

Kaum dass er die Wasseroberfläche durchbrach, schnappte Eunho keuchend nach Luft, während er noch immer Bins schlaffen Körper an sich drückte.

Der Fluss, der noch vor wenigen Augenblicken wie wild getobt hatte, war wieder so ruhig wie immer.

»Bin, Bin!«, rief Eunho ihren Namen und hob sie auf seinen Rücken.

Doch Bin reagierte nicht. Nachdem es ihm gerade so gelungen war, sie ans Flussufer zu bringen, legte er seine Hand an ihre nasse Wange.

Sie war eiskalt. Heiße Wassertropfen regneten auf sie herab. Erst jetzt merkte Eunho, dass er weinte.

»Bin, nein. Das darf nicht sein!«

Er ergriff ihren bewusstlosen Körper und schluchzte.

Endlich hatte er seine verlorenen Erinnerungen wiedererlangt. Endlich.

Eunho war immer an ihrer Seite gewesen, und Bin hatte ihm bedingungslos vertraut.

»Jetzt weiß ich endlich, warum du mich so angesehen hast.«

Sie hatte seine Briefe bis heute sorgfältig aufbewahrt. Ihm kein einziges Mal Vorwürfe dafür gemacht, sie nicht mehr erkannt zu haben.

Für mich ist es das erste Mal, bewusst Eure Stimme zu hören und in Euer Gesicht zu blicken, wieso aber seht Ihr mich an, als würdet Ihr der Liebe nachtrauern, die Ihr einst für mich empfunden habt?

Eunho wollte sich gar nicht ausmalen, wie sehr seine Worte Bin sicher verletzt hatten.

Es ist das Richtige, die Sache zwischen uns hier und jetzt zu beenden.

Ich muss ein Leben führen, in dem ich für meine bisherigen Sünden Buße tue.

Wie musste Bin sich in diesem Moment nur gefühlt haben?

Er nahm ihre Hand in seine.

»Du hast mich gerettet. Wann immer ich in Gefahr steckte, warst du da. Bitte erlaube also auch mir, nun für dich da zu sein. Ich flehe dich an.«

Als Eunho sah, wie die junge Bin mit dem roten Tuch im

Haar ihm zur Hilfe geeilt kam, wurde ihm eines schlagartig klar. Sie hatte etwas Wichtiges für ihn aufgegeben. Sonst hätten die beiden unmöglich überleben können.

»Hast du mir deshalb meine Erinnerungen genommen? Damit ich nicht genauso unglücklich sein würde wie du?«

Eunhos Tränen kullerten eine nach der anderen auf Bins kalte, nasse Wange.

Alle ihre Antworten deuteten auf ihn. Von Anfang bis Ende.

Er war es, der von allem nichts gewusst hatte.

»Du sagtest, ich solle nicht an dir festhalten. Dass es das Richtige wäre, getrennte Wege zu gehen.«

Seine Stimme war erfüllt von Trauer.

»Aber ich kann dich nicht einfach so gehen lassen. Gib mir wenigstens die Chance, dich erneut zu lieben, ja?«

Mit zitternder Hand strich er über Bins Wange.

»Also wach bitte auf. Gib mir diese eine Chance, Bin. Bitte, bitte!«

Eunho senkte den Kopf. So durfte er sie nicht verlieren.

»Du darfst nicht sterben. Das darfst du einfach nicht«, murmelte er vor sich hin.

Ihr Körper war von Wasser getränkt und doch so leicht, dass es sich anfühlte, als würde sie sich jeden Augenblick auflösen. Ein so zierlicher Körper hatte all die Jahre überdauert und so viele Geister hergeführt. Selbst wenn sie wusste, dass ihr Leben in Gefahr war, traf Bin stets die Entscheidung, die sie für richtig hielt.

»Sollte ich deshalb nach deinem Leichnam suchen? War das der Grund? Wie konntest du nur eine solche Bitte an mich richten, Bin! Bin!«

Die Enden von Bins Augenbrauen zuckten leicht, als Eunhos Tränen sie trafen.

Ihre Augen öffneten sich.

»Eunho?«

Der Mann, der stets ihr Ein und Alles gewesen war.

Dieses Gesicht – sein Gesicht –, das Bin so gut kannte. Ein Blick genügte ihr, um zu wissen, dass er seine Erinnerungen wiedererlangt hatte.

»Bin!«

Eunho zog die frisch erwachte Bin in eine Umarmung.

Erleichtert atmete er auf, als er ihren Puls und ihren Atem in seinen Armen spürte.

»Warum? Warum hast du das getan?«

Bin blickte ihn ruhig an.

Sie hatte so sehr gehofft, dass Eunho irgendwie ein Leben führen könnte, das mit dem ihren in keinerlei Verbindung mehr stand. Er sollte nicht der Gefahr eines ständig gespannten Bogens ausgesetzt sein müssen, sondern ein glückliches Leben führen.

Und doch war er letztendlich erneut an ihre Seite zurückgekehrt.

Es war ein langer Weg gewesen, aber er war wieder da.

»Von dem Moment an, als ich dich zum ersten Mal sah, stimmte irgendetwas nicht. Ich wollte dich vor Gefahren beschützen und bei dir sein. Mein Kopf wusste, dass du meine Verlobte bist, mein Herz verstand es jedoch nicht.«

Er schämte sich dafür, ihr so lange keine Beachtung geschenkt zu haben.

»Aber diese Gefühle waren gar nicht aus dem Nichts aufgetaucht. Mein Herz hatte all die Zeit über bloß geschlafen, ohne zu wissen, was um es herum passierte.«

»Eunho.«

»Bitte schieb mich nicht länger weg. Unsere Herzen, sie… sie waren immer schon miteinander verbunden.«

All diese Gefühle, die sie am liebsten aus sich herausgeschnitten hätte, es aber einfach nicht konnte.

Wie die Briefe, die sie nie übers Herz gebracht hatte, wegzuwerfen, blieben auch ihre Gefühle füreinander bestehen und blühten schließlich hier und jetzt wieder auf.

»Bin.«

Eunho verstummte.

Bins tränennasse Wimpern waren ihm plötzlich so nah wie noch nie.

Sanft bewegten sich ihre weichen Lippen auf seinen.

Sie öffnete den Mund leicht und flüsterte: »Ich, ich weiß nichts mehr außer meiner Liebe für dich. Oh, wie sehr ich dich schon immer geliebt habe.«

Auf Bins Worte hin schlang Eunho seine Arme um ihre nassen Schultern und ihren Rücken und vertiefte den Kuss.

Statt einer Antwort, für die Worte niemals ausgereicht hätten, schloss Bin die Augen und empfing Eunhos Nähe mit offenen Armen.

Leidenschaftliche Gefühle, Emotionen, die sie stets verborgen gehalten hatten, strömten aus ihnen heraus.

Ein feuriges Schicksal schien die beiden zu umhüllen.

Es passierte, als sie beide noch jung waren.

Auch an jenem Tag war sie von einem Geist verfolgt worden. Womöglich hatte er einst den Tod durch Erhängen gefunden, denn kaum, dass er in ihren Körper eingedrungen war, schwebte sie auch schon in der Luft und strampelte wild mit den Füßen. Als Samwol Bin entdeckt hatte, wie sie kichernd unter der Decke baumelte, war sie stolpernd in den Garten hinausgerannt und hatte dabei den Bottich Waschwasser verschüttet.

Eunho, der vor dem Haus vorbeikam, schien das Geräusch vernommen zu haben, denn er kam herein und hob die strampelnde Bin vom Boden auf. Sie sah das tiefe Blau seines Gewands noch immer bildlich vor sich. »Geht es dir gut?«, hatte er sie wieder und wieder gefragt.

Bin öffnete die Augen. Das Sonnenlicht tanzte auf ihrem Gesicht.

Die Decke über ihr und auch der Kleiderschrank kamen ihr durchaus bekannt vor. Auch die Decke, in die man sie gehüllt hatte, war ihre eigene. Sie blinzelte ein paarmal und sah dann ein nasses Handtuch und einen Topf mit Medizin neben sich.

»Samwol …«

Bin hatte gerade erst die Tür geöffnet, als sie sogleich erstarrte.

Den Kopf an die Holzsäulen angelehnt, saß Eunho schlafend vor ihr.

»Eunho«, sprach sie ihn an.

Es gab Tage, an denen sie sich nicht getraut hatte, diesen Namen überhaupt in den Mund zu nehmen. Leise trat sie über die Türschwelle und setzte sich vor ihn.

Sie hatte ihn unter Wasser rufen gehört. Diese Lippen, die so verzweifelt ihren Namen riefen, diese Hände, die sich an sie klammerten, als sie hinuntergezogen wurde, diese Augen, die vor Liebe nur so überquollen.

Bin hob still die Hand und zeichnete die Linien von Eunhos Gesicht nach.

Erst hatte er sie getötet, dann wieder zum Leben erweckt. Ihr erst gezeigt, was Liebe war, nur um sie ihr wieder zu nehmen und letztendlich dann doch …

»Mein Eunho.«

All die Jahre, in denen sie ihn gemieden hatte, all die Zeit, die sie fern von ihm verbringen musste, und mit einem einzelnen Kuss kam alles wieder zu ihr zurück. Mit derselben Liebe wie beim ersten Mal, nein, vielleicht reichte sie inzwischen sogar noch tiefer.

Die Welt der Toten war immer heiß, so als liefe man über glühenden Sand. Brennender Hass und Tod, wohin das Auge auch blickte. Eunho war der Einzige gewesen, der Kühle in diese Welt bringen konnte.

»Du hast ja keine Ahnung, wie glücklich ich mich schätze, dich an meiner Seite wissen zu dürfen. Bitte verlasse diesen Platz nie wieder.«

»Natürlich nicht.«

Bin schreckte auf und richtete den Blick auf Eunho.

»Seit wann bist du wach?«

»Seit du an mich herangetreten bist.«

Bins Gesicht lief rot an.

»D-dann hättest du mich das auch wissen lassen sollen!«

Sie versuchte, aufzustehen, aber Eunhos Hand hielt sie zurück.

»Geh nicht.«

Langsam hob er den Kopf und sah Bin an.

»Es ist bereits schlimm genug, dass ich mich all die Zeit über nicht an dich erinnern konnte. Also …«

Ihre Blicke trafen sich.

»Also bleib bitte hier bei mir, ja?«

Seine Stimme klang so verzweifelt, dass man direkt Mitleid mit ihm bekam. Eunho zog Bin erneut zu sich herunter. Sie setzte sich wieder.

»Wenn du mich so darum bittest, kann ich ja gar nicht anders.«

Er grinste ihr entgegen.

»Wie kann dein Anblick allein mich bereits so glücklich machen?«

Bin hob die Hand, um Eunho zum Schweigen zu bringen.

»Etwas so Peinliches kannst du doch nicht einfach derart ungeniert von dir geben!«

»Was meinst du? Ich sage die Dinge bloß so, wie sie sind.«

»Als du noch jung warst, hast du das noch nicht getan.«
»Gefällt es dir nicht?«
Eunhos Augenbrauen sanken leicht nach unten.
»Das ist Schummeln!«
»Ach, wenn ich so darüber nachdenke, hattest du mir doch auch Komplimente zu meinem Gesicht gemacht, als wir uns wiedergesehen haben. Ich bin froh, dass es dir noch so gut gefällt wie früher.«
Bin lief bis über beide Ohren rot an.
»Mir geht es natürlich auch so. Ob mit oder ohne Erinnerungen, ich scheine dir eindeutig verfallen zu sein.«
Mit tiefrotem Gesicht senkte Bin den Kopf.
»Das ist wirklich Schummeln.«
»Du hast jedoch bereits weitaus mehr geschummelt als ich. Also, verrätst du mir nun, wie ich mein Gedächtnis verloren habe?«
Sie wählte ihre Worte mit Sorgfalt. Jetzt, da er von allem wusste, musste sie ihm die Geschichte wenigstens einmal erzählen.
»Einst hatte es ein gewaltiger Geist auf mich abgesehen. Er war unglaublich alt und hatte mich irgendwann vom Flussboden aus entdeckt. Der Geist war alles andere als gewöhnlich. An meiner Stelle nahm er jedoch von dir Besitz an. Vermutlich, weil er wusste, dass ich dir folgen würde.«
Eunho erinnerte sich an die Szene aus der Vergangenheit, die er unter Wasser gesehen hatte.
»Als ich gemerkt habe, dass er dich kontrolliert, bin ich in den Fluss gesprungen und habe dich gerettet, aber es ist für einen besessenen Menschen nicht leicht, an seinem Leben festzuhalten.«
»Ich vermute, das war der Zeitraum, in dem ich über drei Tage und Nächte so sehr gelitten habe?«

»Ja, ich stand an deiner Seite und betete und betete. Ich schwor, dass ich alles geben würde, wenn dich dafür nur jemand retten könnte. Also habe ich einen Handel mit einem nicht-menschlichen Wesen geschlossen. Es versprach, dich am Leben zu lassen, wenn es dir dafür all deine Erinnerungen an mich nehmen dürfte.«

Bin sprach langsam weiter.

»Wie hätte ich dieser Bedingung nicht zustimmen können?«

»So habe ich also jede Erinnerung an dich verloren, aber mein Leben behalten können.«

»Richtig, und ich war froh darüber. Schließlich hatte ich mir für dich sowieso ein neues Leben gewünscht. Ein Leben ohne mich an deiner Seite.«

»Aber kein anderes Leben würde je einem an deiner Seite gleichkommen.«

Eunho nahm ihre Hand. Bin lächelte.

»Es war Paryeo, der mir damals diesen Wunsch erfüllt hat.«

»Paryeo?«

»Er ist der Mann, von dem du mir erzählt hast. Der Handlanger des Premierministers.«

Eunho erinnerte sich an sein Aufeinandertreffen mit Paryeo im Wald.

»Wenn ich so darüber nachdenke …«, setzte er an und verstummte wieder.

Eunho glaubte nicht, dass irgendjemandem damit geholfen wäre, wenn er hier und jetzt wiederholen würde, was der Mann ihm gesagt hatte.

Dieses Fragment, das er angeblich in sich trug.

Was es auch war, dieser Welt gehörte es gewiss nicht an, aber da Paryeo ihn nicht hatte töten können, war es vielleicht gar nicht so schlecht, dass er es in sich trug.

Er wollte Bin daher nicht unnötig Sorgen bereiten.

Vielleicht würde sie sich noch selbst die Schuld dafür geben, dass er überhaupt an dieses Fragment gelangt war.

»Was ist los?«, fragte Bin und sah den schweigenden Eunho an.

»Ach, nichts weiter.«

»Oh, was ist mit dem Palast? Wie ist es Seiner Majestät ergangen?«

»Es wurde sich um alles gekümmert. Seine Majestät ist bereits erwacht, und die palastinternen Angelegenheiten sind ebenfalls so gut wie geregelt. Wir müssen nur noch herausfinden, wer diese ganzen Geister versammelt hat.«

»Ich verstehe, welch ein Glück.«

Eunho räusperte sich kurz, bevor er zaghaft das Wort ergriff.

»Dürfte ich dir wohl dabei helfen, die Seelenperlen der gestrigen Seelenjagd einzusammeln? Es wäre doch schön, wenn wir sie alle schneller zusammentragen könnten. Du hast sie doch schließlich all die Zeit über nur meinetwegen gesammelt ... nicht wahr?«

Bin fand es niedlich, wie er aus Sorge, sie könnte verneinen, aus seinem letzten Satz noch schnell eine Frage gemacht hatte.

»Du siehst aus, als würdest du anfangen zu weinen, wenn ich jetzt Nein sagen sollte.«

»Natürlich würde ich das.«

Sie lachte über Eunhos Schamlosigkeit.

»Es stimmt, ich habe sie deinetwegen gesammelt. Zufrieden?«

»Was ist mit der Frage, ob ich dir helfen darf?«

»Mir wäre es nur recht, aber du bist der vom König äußerst hochgeschätzte Innenminister. Wie willst du dafür die Zeit finden?«

»Bin, wenn es um deine Arbeit geht, werde ich mir die Zeit nun mal nehmen müssen!«

»Bin ich … denn auch wirklich genug?«

Eunho verstand sofort, was Bin ihn da fragte.

»Du bist der begehrteste Junggeselle in ganz Joseon. Und ich weiß auch, dass die Heiratsvermittler vor eurem Anwesen geradezu Schlange stehen. Bist du also sicher, dass du mich wählen willst?«

Er antwortete, als hätte sie ihm eine Frage gestellt, auf die die Antwort bereits mehr als offensichtlich war.

»Von damals bis heute warst du meine wahre Liebe, Bin Seomoon, und es wird auch nie eine andere für mich geben.«

Ein Lächeln zierte ihre beiden Gesichter, als sie einander anblickten.

Paryeo betrat die schwarze Hölle.

Sie war die tiefste aller Höllen der Unterwelt, die von Königin Jeollyoon regiert wurde.

Dunkelheit umhüllte ihn und nahm ihm die Sicht, doch zögerte er nicht. Es schien so, als würde er den Weg bereits kennen.

»Werter Paryeo.«

Ein Junge mit einer Laterne in der Hand trat vor ihn. Seine tiefschwarzen Augen funkelten in ihrem Licht.

»Was führt Euch hierher? Dies ist die Hölle von Königin Jeollyoon. Niemand hat sie ohne ihre Erlaubnis zu betreten.«

Er packte den Jungen bei den Haaren.

Mit einem knirschenden Geräusch zerbröckelte der Kopf des Kindes in seiner Hand. Nur seine Augen, die aus schwarzen Juwelen bestanden, rollten über den Boden und starrten zu Paryeo hinauf.

»Was soll das? Ich bin Königin Jeollyoons …«

»Du lebst doch nicht einmal!«, schrie Paryeo und stampfte mit dem Fuß auf die Juwelen ein, bis auch sie zu Pulver zermalmt waren.

»Und doch wagst du es, dich mir in den Weg zu stellen?«

Als das Kind verschwunden war, machte er einen weiteren Schritt nach vorn, doch tauchten aus der Dunkelheit plötzlich schwarze Seidenschnüre auf und wickelten sich um seinen gesamten Körper. Paryeo strampelte wie eine Libelle, die sich in einem Spinnennetz verfangen hatte.

»Lass mich los! Ich muss zu Jeollyoon!«

»Was führt dich zu mir, verrückte Schlange?«

Die Dunkelheit öffnete sich wie ein Vorhang, und heraus trat Jeollyoon. Paryeos Augen weiteten sich beim Anblick des Gewands, das sie trug.

»Wieso tragt Ihr diese Kleidung?«

Sie war schwarz und kunstvoll mit Goldfäden gemustert. Ein Gewand, das selbst unter den Königinnen der Unterwelt allein die allmächtige Yeomna tragen konnte.

Jeollyoon neigte den Kopf leicht zur Seite. Unter ihrer prächtigen, mit Gold geprägten Gesichtsmaske kräuselten sich ihre Lippen nach oben.

»Ihr Thron gehört sowieso bald mir. Ich probiere ihr Gewand nur schon mal an.«

»Ihr wart es, nicht wahr?«

Paryeos Frage wurde mit einem verwirrten Blick beantwortet.

»Wer sonst hätte Königin Yeomnas Seele auf diese Weise in Stücke reißen können?!«

Kaum hatte er das letzte Wort gesprochen, erschien Jeollyoons Gesicht plötzlich direkt vor ihm. Ruckartig atmete Paryeo auf ihr Erscheinen hin ein.

Das eine Auge, das hinter ihrer Maske zu sehen war, durchbohrte ihn mit seinem Blick.

Konnte man es überhaupt als Auge bezeichnen? Es war vielmehr eine endlose, schwarze Leere.

»Was hast du herausgefunden?«, nagelte Jeollyoon ihn mit sanfter Stimme fest.

»Ihr wart es doch, die ihre Seele zerbrochen hat. Ihr wart es, Jeollyoon!«

Sie brach in lautes Gelächter aus. Nachdem sie sich eine Weile lang köstlich zu amüsieren schien, verschwand ihr Lachen schließlich, und sie blickte Paryeo an.

»Endlich hat es jemand herausgefunden. Wenigstens einmal wollte ich unbedingt damit prahlen können, jedoch fehlte bislang stets die Gelegenheit dazu.«

»Was?«

»Du hast recht. Wer außer mir hätte Yeomnas Seele je so zurichten können? Das macht es doch umso angemessener, dass ich ihre Nachfolge antrete. Findest du nicht?«

»Wie habt Ihr … argh!«

Als wären sie plötzlich zum Leben erwacht, gruben sich die seidenen Schnüre tiefer in Paryeos Körper. Der Anblick brachte Jeollyoon zum Lachen.

»Schon irgendwie ulkig, ausgerechnet eine Schlange, die sich für gewöhnlich selbst um Dinge wickelt, so gefesselt zu sehen.«

»Und Ihr glaubt, Ihr könntet einfach so Königin Yeomnas Platz einnehmen?«, schrie Paryeo ihr entgegen.

Als er erkannt hatte, dass Yeomnas Seele in Stücke gerissen worden war und ein Teil von ihr nun einen fremden, menschlichen Körper bewohnte, war ihm augenblicklich klar geworden, dass in dieser Welt allein Jeollyoon zu etwas Derartigem fähig war. Die Seele einer anderen Königin der Unterwelt anzurühren, war ein schweres Vergehen, auf das eine ebenso schwere Strafe folgte. Sollten die anderen Königinnen davon erfahren, würden sie gewiss nicht zulassen, dass sie Yeomnas Thron einnahm.

»Ihr gebt also zu, dass Ihr Yeomna dies angetan habt?«

Paryeo holte scharf Luft und starrte Jeollyoon an.

»Ja, das tue ich. Ich, die große Königin Jeollyoon, und niemand sonst hat es getan. Obgleich ich ihre Seele zerbrochen hatte, konnte ich jedoch keine Aura der Vernichtung wahrnehmen. Deshalb spionierte ich durch dich die Menschenwelt aus. Damit ich Yeomna endgültig auslöschen könnte, sobald du ihre übrigen Fragmente erst einmal gefunden hättest.«

Paryeo blickte hinter sich und rief: »Königin Jingwang, Königin Songje! Bitte kommt heraus!«

Jeollyoon kniff die Augenbrauen zusammen.

Aus der Dunkelheit traten die Königinnen der ersten wie dritten Hölle hervor. Paryeo richtete das Wort an sie.

»Seht. Jeollyoon hat mit eigenen Worten ihre Schuld gestanden. Sie war es, die Yeomnas Seele, die Seele einer Königin, in Stücke gerissen hat! Sie …«

Ein harter, berstender Ton war zu hören. Paryeos Kopf wirbelte herum. Mit geröteten Wangen blickte er zu Königin Jingwang empor.

»K-königin Jingwang?«

Jeollyoon lachte laut auf.

»Hahaha, Jingwang, dass du immer so extravagant sein musst.«

Paryeo blickte die zwei Königinnen vor sich an. Ihre Gesichter waren ausdruckslos. Hätten sie zum ersten Mal davon erfahren, dass Jeollyoon Yeomnas Seele zerstört hatte, wären sie niemals so ruhig geblieben.

»Soll das etwa heißen …?«

Ungläubig blickte er die beiden an. Jeollyoon gluckste.

»Du hältst dich für so schlau, kleiner Wurm, aber du solltest immer daran denken, dass es andere gibt, die weit über dir stehen. Glaubst du, es gäbe auch nur eine Königin hier unten, die nicht wüsste, was ich getan habe? Sie haben mir bereits ihre Treue geschworen.«

»Königin Jingwang! Königin Songje! Ihr wusstet die ganze Zeit davon? Aber wieso? Nur Königin Yeomna gebührt dieser Platz, keiner Frau wie ihr!«

Jingwang öffnete langsam den Mund.

»Wie soll jemand, der sich durch die Hand einer anderen Königin verletzen lässt, weiterhin Yeomnas Platz innehaben? Uns geht es allein um die Sicherheit der Unterwelt.«

»Das ist doch nichts als eine lächerliche Ausre…«

Noch bevor Paryeo ein weiteres Wort sagen konnte, fing die Seidenschnur, die seinen Körper umspannte, Feuer. Die Hitze ließ seine Haare verkohlen.

»So, du verrückte Schlange. Jetzt will ich es wissen. Wer trägt das Fragment von Yeomna in sich?«

Dass nur ein Fragment im Diesseits aufgetaucht war, musste zwangsläufig bedeuten, dass sich die übrigen in dieser Welt befanden. Ihre Einzelteile würden nicht wissen, dass sie in Wahrheit Yeomna waren, und sich daher auch nicht als solche zu erkennen geben, doch Jeollyoon wollte kein Risiko eingehen. Sie musste sie finden und vernichten, noch bevor sie Yeomnas Platz einnehmen würde.

»Glaubt Ihr wirklich, dass ich Euch das sagen werde?«

Die Flammen brannten unerträglich heiß über seine Haut.

Unter dem verkohlten Menschenfleisch kamen gläserne Schlangenschuppen zum Vorschein.

»Was bist du doch für eine treue Schlange. Aber was nützt es dir, so treu zu sein, wenn du bald schon tot sein wirst?«

Jeollyoon hob die Hand und legte sie an Paryeos Gesicht.

»N-nein … aaaaah!«

Sein Schrei hallte laut wider, doch ihre Finger, die sich tief in Paryeos Augenhöhlen bohrten, wichen nicht zurück.

Dunkelheit kroch über ihre Hand in seine Augen.

»Nein, nein!«

Sosehr er auch schrie, er konnte sich nicht aus ihrem Griff befreien.

Die seidenen Schnüre wickelten sich so fest um seinen Körper, dass er sich nicht mehr rühren konnte. Mit einem Lächeln blickte Jeollyoon ihm ins Gesicht.

»Alles, was du jetzt noch sehen kannst, ist ewige Schwärze. Gefällt dir mein Geschenk?«

Ausdruckslos hob Paryeo den Kopf.

Er konnte nichts sehen als die Dunkelheit, die ihn umgab.

Neben ihm verneigten Jingwang und Songje sich vor Jeollyoon.

»Eure Fähigkeiten sind wahrlich mächtig genug, um Yeomnas Thron zu besteigen. Seid Euch unserer Treue sicher.

Jeollyoon streckte die Hand nach den beiden aus.

»Oh, meine Lieben, ihr sollt auch in meiner neuen Unterwelt weiterhin als Königinnen herrschen dürfen.«

Während sie sprach, trat der Junge an ihre Seite.

Sein Gesicht, das Paryeo zuvor zermalmt hatte, war auf wundersame Weise wiederhergestellt worden. Respektvoll senkte er den Kopf und richtete das Wort an Jeollyoon.

»Eure Majestät, ich habe einen geeigneten Menschen gefunden, den Ihr als Gefäß nutzen könnt.«

»Das freut mich zu hören. Also, wer ist es?«

»Das Mädchen, das diese Schlange dort einst in der Menschenwelt großgezogen hat.«

Interesse blitzte in Jeollyoons Gesicht auf. Paryeo hingegen erschauderte.

»Das Mädchen, das er großgezogen hat?«

»Ja. Sie lebt bereits seit ihrer Geburt Seite an Seite mit den Wesen des Jenseits, was ihr ausreichend Konstitution verleiht, um Euch als Brücke ins Diesseits zu dienen. Auch für einen Menschen ist sie äußerst stark und somit genau die richtige Kandidatin für Eure Zwecke.«

Nachdem er seinen Worten gelauscht hatte, entglitt Paryeos Lippen ein Name.

»Chaeryeong?«

Der Junge fuhr fort.

»Sobald es Euch gelungen ist, Yeomnas Seelenfragmente zu finden, werdet Ihr dem Mädchen das Leben stehlen und somit die Bedingung erfüllen können, die nötig ist, um ihren Thron zu besteigen.«

»Ihr wollt Chaeryeongs Leben stehlen? Das dürft …!«

Eine brennende Seidenschnur schloss sich um Paryeos Hals.

»Das schönste Geschenk für dich habe ich mir extra bis zum Schluss aufgehoben. Eine verrückte Schlange, die ein Menschenkind großzieht. Wie herrlich.«

Jeollyoon wedelte mit der Hand. »Sperrt die Schlange in ein dunkles Gefängnis. Bis ich etwas anderes sage, mögen diese Flammen sie auf ewig quälen.«

Auf ihren Befehl hin traten Diener aus der Dunkelheit hervor und schleppten den blinden Paryeo fort.

»Jetzt, da das Fragment aufgetaucht ist, darf ich keine Zeit mehr verlieren. Ich muss dieses Kind in der Menschenwelt treffen.«

Der Junge senkte den Kopf. »Ich werde alles vorbereiten.«

»Ich denke, Ihr solltet für den Zwischenfall beim diesjährigen Opferfest die Verantwortung übernehmen. Nur so kann die Ordnung im Palast bewahrt werden. Bei diesem Ritual dürfen allein König und Königin teilnehmen und mit dem Himmel kommunizieren, und genau deshalb ist es zu diesem Zwischenfall gekommen.«

Die Stimme der Königinwitwe war streng.

Chaeryeong, die neben ihr saß, machte ein unleserliches Gesicht. Die Hofdamen an ihrer Seite blickten sie an.

»Dabei hatte ich extra betont, wie wichtig diese Zeremonie sei.«

Ungeachtet dessen, wer sie hören konnte, schnalzte die Königinwitwe mit der Zunge.

Die Gerüchte über den Zusammenbruch des Königs während des Rituals verbreiteten sich schnell. Er war sowieso bereits für sein leicht reizbares und forderndes Temperament bekannt, je mehr sich weitere Geschichten dieser Art also herumsprachen, desto mehr wandten auch die Ratsmitglieder sich von dem jungen König ab. Und desto mehr gewann wiederum der Premierminister an Einfluss.

»Es ist eine Schande, dass Ihr hier so unbekümmert vor mir sitzt, während der König des Reichs sich in einem derart schlechten Zustand befindet.«

Noch immer reagierte Chaeryeong in keiner Weise auf die Worte ihrer Vorgängerin. Als sie Paryeo darum bat, die Geister für sie zu sammeln, hatte sie bereits mit einer solchen Reaktion gerechnet.

»Ihnen wird noch früh genug Hören und Sehen vergehen«, murmelte sie in sich hinein.

»Bei einer solchen Tugendlosigkeit ist es kein Wunder, dass Seine Majestät Euren Sohn nicht zum Kronprinzen ernennen will.«

Bei diesen Worten kam Chaeryeong nicht umhin, den Kopf zu heben.

Ein subtiles Lächeln zierte das Gesicht der Königinwitwe. Die Art von Lächeln, die dem Gegenüber zeigen sollte, dass man ganz genau um seine Schwächen wusste. Sie wandte sich Sookbin zu, die neben ihr saß.

»Sookbin, Seine Majestät mag ohne weitere Komplikationen erwacht sein, allerdings wird er für eine Weile besonders gründlich gepflegt werden müssen. Ich zähle darauf, dass du deine Arbeit gut machen wirst.«

Sookbin senkte den Kopf. »Selbstverständlich, Eure Majestät. Ich werde mein Bestes tun.«

Chaeryeong schmunzelte bei ihrem Anblick.

Weil sie als Königin zu tugendlos war, überließ sie nun also an ihrer Stelle der Konkubine die Aufgabe, sich um den König zu kümmern. Alle sollten sehen, dass Sookbin sie mit Leichtigkeit ersetzen könnte.

Chaeryeong wandte sich der Frau zu. »Ihre Majestät hat dir eine große Aufgabe anvertraut, und ich hoffe, du wirst sie gut machen. Wie du zweifellos siehst, duldet sie nicht einmal den kleinsten Fehler.«

Auf Chaeryeongs sarkastischen Ton hin lächelte Sookbin.

»Vielen Dank für Eure hilfreichen Worte, Majestät. Ich nehme mir Euch zum Vorbild und werde Seiner Majestät gut dienen.«

Die Bediensteten neben ihr senkten die Köpfe. Sie sahen aus, als hätten sie panische Angst, in diesen Schlagabtausch verwickelt zu werden.

Chaeryeong blickte Sookbin an. Unter allen Konkubinen stammte sie aus der einflussreichsten Familie und vertrat grundsätzlich in allem die genau gegenteilige Meinung der Königin. Es war offensichtlich, dass die verzögerte

Ernennung des Sohns der Königin zum Kronprinzen sie allmählich erwartungsvoll werden ließ.

Sookbin hatte ebenfalls einen Sohn, der älter war als der von Chaeryeong. Hätte die Königin keinen Sohn geboren, wäre er letztendlich zum Kronprinzen ernannt worden.

Große Erwartungen bringen stets große Enttäuschungen mit sich.

Chaeryeong erhob sich. »Ich verabschiede mich dann vorerst. Du und Ihre Majestät scheinen noch so einiges zu besprechen zu haben.«

Mit diesen Worten verließ Chaeryeong den Empfangssaal. Es kümmerte sie nicht, was sie damit für einen Eindruck bei den anderen hinterließ.

Nichts als gewöhnliche Menschen. Sie alle waren ihr gar nicht erst gewachsen. Als sie sich auf den Weg zum Königinnenpalast machte, kam eine der Palastwachen eilig auf sie zu.

»Eure Majestät, Seine Hoheit leidet plötzlich unter hohem Fieber.«

Ruckartig wandte sie sich zu der Wache um, als sie die Neuigkeiten vernahm. Ihre Antwort war eisig. Sie flüsterte dem Mann ins Ohr.

»Wenn jemand krank ist, dann hast du einen Heiler für ihn zu rufen. Was soll ich mit dieser Information anfangen? Er ist beim letzten Jahreszeitenwechsel ebenfalls kurze Zeit bettlägerig gewesen, mehr wird es auch diesmal nicht sein. Kümmer dich gefälligst um ihn.«

»A-aber, Eure Majestät …«

»Hast du mich etwa nicht verstanden?«

Die Palastwache verneigte sich.

Chaeryeong schnalzte mit der Zunge und ging weiter. Wie konnten sowohl ihr Kind als auch dessen Vater nur so nutzlos sein?

Er mochte ihr Sohn sein, jedoch war Sowon letztlich nichts als ein Gefäß, dessen Zweck es war, das Blut des Han-Clans auf den Thron dieses Reichs zu bringen.

»Und wenn ein Gefäß kaputtgeht, dann formt man eben ein neues.«

Chaeryeong musste allein sich selbst und die Familie Han schützen.

»Wo steckt Paryeo nur in einer solchen Zeit?«

Ihre feine Stirn runzelte sich. Mit der Königinwitwe auf Sookbins Seite und dem König, der sie gering schätzte, war Paryeo die einzige Person, auf die sie sich zurzeit noch verlassen konnte.

Nachdem er selbst während des Opferfests nicht erschienen war, fehlte allerdings jede Spur von ihm.

Chaeryeong hatte kein gutes Gefühl dabei. Weder als sie umhergezogen war, um nach Hinweisen auf ihn zu suchen, noch als sie bei diesem Seelenjäger schließlich fündig wurde.

»Wäre es möglich …?«

Wollte er mich und meine Familie etwa verlassen?

Ihr wurde klar, dass für sie kein Weg daran vorbeiführte, Paryeos Aufenthaltsort ausfindig zu machen. Als sie den Palast betrat, verhärtete sich Chaeryeongs Miene augenblicklich.

»Was soll denn …?«

Kaum dass sie sich umgedreht hatte, schlugen die Flügeltüren mit einem lauten Knall hinter ihr zu.

Die überraschte Stimme ihrer Hofdame ertönte von außerhalb der Tür.

»Eure Majestät! Eure Majestät!«

Es dauerte jedoch nicht lange, bis das Geräusch verklang, so als würde es sich immer weiter von ihr entfernen. Eine nach der anderen erloschen die Kerzen.

In Chaeryeongs großen, runden Augen leuchtete ein seltsamer Schimmer. Fein gekleidet stand sie in der Mitte des Raums, während sich überall um sie herum Schatten formten.

Sie alle trugen Masken über ihren Gesichtern. Im Gegensatz zu den dramatisch lächelnden Fratzen mit ihren halbmondförmigen Augen ging von den Geistern jedoch eine gewaltige Mordlust aus. Und doch zuckte Chaeryeong bei ihrem Anblick nicht mit der Wimper.

»Wer zum Teufel seid ihr, dass ihr einfach so in den Palast eindringt?«

Ein Raunen wanderte durch die Reihen der Schatten, und sie alle starrten die Königin an. Es dauerte nicht lange, bis Chaeryeong erkannte, dass sie keine lebenden Wesen waren.

Für sie keine sonderlich schwierige Erkenntnis. Immerhin umhüllte sie alle ein ähnlicher Geruch wie Paryeo.

»Ihr gehört nicht in diese Welt, was habt ihr also hier zu suchen?«, brüllte Chaeryeong den Geistern entgegen. Mit Wesen wie ihnen hatte sie bereits zur Genüge zu tun gehabt. Sie zückte einen kleinen Dolch, an dessen Ende ein glücksbringender Anhänger befestigt war, und richtete ihn auf die Schatten.

»Ihr werdet teuer dafür bezahlen, in meine Gemächer eingedrungen zu sein!«

Als Reaktion auf ihre wütende Stimme erklang von irgendwoher ein Lachen.

»Hahaha!«

Die Stimme war tief. Chaeryeong blickte umher, um ihren Ursprung ausfindig zu machen. Die Blumen auf dem bestickten Paravent gleich hinter ihrem Sitzkissen wackelten leicht. Die Augen der Königin weiteten sich.

Wie kann es sein, dass sich die gestickten Pfingstrosen bewegen?

Ein riesiger Schatten schob die Blumen beiseite und trat hinter ihnen hervor. Die roten Blüten zu seinen Füßen landeten sanft auf den Kissen.

Schichten von Seide umgaben die enorme Gestalt, während ihr Kopf von einer farbenfrohen Blumenkrone und einer Gesichtsmaske geschmückt wurde.

Die lachende Maske starrte Chaeryeong entgegen. Ein unerwarteter Schauer überkam sie. Instinktiv erkannte sie, dass dieses Wesen vor ihr eine unglaubliche Macht innehaben musste.

»Ich hatte bereits gehört, dass die Königin dieses Reichs schier unerschütterlich sein soll. Dem ist offenbar wirklich so. Noch kein Mensch hat sich getraut, beim Anblick meines Gefolges einen solchen Lärm zu veranstalten, mein Kind.«

Ihr buntes Gewand schleifte über den Boden, als die maskierte Gestalt, die weit über zwei Meter groß zu sein schien, sich ihr nach und nach näherte.

Mit den verhüllten Schatten in allen Richtungen gab es für Chaeryeong kein Entkommen. Angst hatte sie deshalb aber keine. Wollte man ihr etwas antun, dann hätte man sie in dem Moment getötet, als sie den Palast betreten hatte. Das taten sie allerdings nicht, also mussten sie etwas von ihr wollen.

»Ich bin Jeollyoon, Königin der Unterwelt.«

Chaeryeong taumelte leicht.

Königin Jeollyoon, Herrscherin über die tiefste Hölle im Jenseits.

Sie konnte nicht glauben, wen sie da vor sich hatte. Schnell richtete sie sich auf und hob das Kinn leicht an.

»Und was wünscht Ihr von mir, dass Ihr Eure eigene Welt verlasst, um mich aufzusuchen?«

Mit langsamen Schritten umkreiste Jeollyoon sie, während Chaeryeong lediglich still dastand und das Wesen aus dem Augenwinkel beobachtete.

Dann trat Jeollyoon mit ihrer Maske direkt an die menschliche Königin heran.

Vom unteren, nicht verhüllten Teil ihres Gesichts ging ein schwacher Verwesungsgeruch aus, doch Chaeryeong wandte den Blick nicht ab.

»Ich hörte, du seist an der Seite dieser Schlange aufgewachsen, und tatsächlich strahlst du eine Aura aus, die jener der Geister der Unterwelt überaus ähnlich ist. Hervorragend.«

Jeollyoon wich erneut zurück. Chaeryeong kniff die Augenbrauen zusammen.

Mit »Schlange« konnte sie nur eins meinen.

Als hätte sie ihre Gedanken gelesen, öffnete die Geisterkönigin den Mund.

»Nun gut. Diese verrückte Schlange, die dich aufgezogen hat – Paryeo. Ist dir bewusst, dass sie die Menschenwelt verlassen hat?«

»Was soll das bedeuten?«

»Ich weiß, dass die Schlange all die Jahre über dich und deine Familie gewacht hat. Wenn eine einfache karmische Gottheit in dieser Welt bereits so mächtig war, kannst du dir dann vorstellen, über welche Unmengen an Macht ich, die große Königin Jeollyoon, wohl verfügen mag?«

Chaeryeongs ganzer Körper war von Gänsehaut bedeckt. Es war eindeutig, worauf die Frau vor ihr gerade anspielte.

»Ganz recht. Es ist meine Absicht, meine Macht an dir anzuwenden. Ich habe dich hier im Diesseits als würdig erkoren, das Gefäß für meinen Übergang zu werden.«

»Wo ist Paryeo jetzt?«

Amüsiert lachte Jeollyoon über ihre Frage.

»Trotz allem gilt deine erste Frage der Schlange? Geht es hier lediglich um die Besorgnis um einen Freund oder doch um fehlgeleitete Begierden?«

Ein vielsagendes Lächeln zierte ihr Gesicht. Sie kannte die Antwort auf diese Frage bereits.

»Sagt es mir!«

»Die Schlange befindet sich zurzeit in meinem Griff.«

»Was?«

»Ich bin sicher, du weißt, warum sie einst aus der Unterwelt hervorgekrochen ist, nicht wahr?«

»Weil Paryeo jemanden finden sollte.«

»In der Tat. Und das hat er auch.«

Chaeryeongs Gesicht verfinsterte sich. Dann würde es nicht mehr lange dauern, bis er sie endgültig verließe.

»Willst du die Schlange haben?«, wandte sich Jeollyoon mit lieblicher Stimme an sie.

»Ich überlasse sie dir. Wie ich schon sagte, gehört ihr Leben zurzeit mir.«

»Wie genau gedenkt Ihr, mir Paryeo zu überlassen?«

»Stimme einem Handel mit mir zu, und nicht nur die Schlange, sondern auch meine Macht soll dein sein. Ist es nicht genau das, wonach du dich schon immer gesehnt hast? Aus eigener Kraft und ohne die Hilfe eines anderen wird es dir möglich sein, den mächtigsten aller Plätze einzunehmen.«

»Ihr meint …?«

»Du magst bereits eine Königin sein, ein Platz aber ist dir bislang stets verwehrt geblieben.«

Chaeryeongs Augen blitzten auf. Ein Grinsen zog über Jeollyoons Gesicht, als sie den Blick in ihren Augen bemerkte.

»Ich spreche natürlich vom Königsthron. Kaum ein anderer Platz wäre es mehr wert, nach ihm zu trachten, nicht wahr?«

Der Königsthron.

Er war es, den Chaeryeong stets am meisten begehrt hatte. Sie ließ sich mit ihrer Antwort dennoch einen Moment Zeit.

»Was könnte ich Euch im Gegenzug anbieten?«

»So ein kluges Mädchen.«

Langsam drehte Jeollyoon sich auf der Stelle.

»Ich bin auf der Suche nach jemandem. Nach derselben Person, die auch Paryeo versucht, ausfindig zu machen, jedoch verfolge ich dabei ein anderes Ziel. Ich will sie vernichten.«

»Gelingt Euch dies, würde auch Paryeo endlich nicht weiter an diesen vergeblichen Hoffnungen festhalten.«

»Das ist wahr. Dafür kann ich sorgen. Ich bin mir sicher, dass du meiner standhalten können wirst.«

»Was genau meint Ihr damit?«

»Dein Körper wird einen Teil von mir in sich aufnehmen müssen. Für gewöhnlich sind Menschen schlichtweg zu schwach dafür, du aber bist das Mädchen, das von dieser verrückten Schlange aufgezogen wurde.«

»Und wieso ist das der einzige Weg? Wie Ihr schon sagtet, seid Ihr eine Königin der Unterwelt. Weshalb solltet Ihr für einen Übergang ins Diesseits ausgerechnet meinen einfachen, sterblichen Körper benötigen?«

Jeollyoon nickte. »Wesen wie uns soll es nicht möglich sein, sich in die Dinge der Menschenwelt einzumischen. Je mehr Macht wir im Jenseits besitzen, desto größer ist der Widerstand, der uns zwischen den Welten erwartet. Ich bin daher nicht dazu in der Lage, ohne Weiteres im Diesseits zu verweilen.«

»Also gedenkt Ihr, mich zu benutzen.«

»Richtig. Schließlich verfügst du in dieser Welt selbst über so manche Macht. Ich will sie für meine Zwecke verwenden, um jene zu finden, die ich suche, und mich noch vor Paryeo um sie zu kümmern.«

Chaeryeong dachte ruhig nach.

Der Königsthron.

Bislang hatte sie kaum gewagt, auch nur davon zu träumen. Chaeryeong war bereits in die erhabenste Position aufgestiegen, die einer Frau vergönnt war, doch hatte auch diese ihre Grenzen. Schließlich war es allein der König, der ihr erlaubte, diesen Titel innezuhaben.

Wenn sie zudem auch noch Paryeo bekäme, gab es für sie keinen Grund, Jeollyoons Angebot abzulehnen.

Jeollyoon holte zum letzten Schlag aus.

»Außerdem plant dein Gatte bereits, während wir hier sprechen, dich deines Amts zu entheben. Willst du dir das wirklich gefallen lassen?«

»Er will mir die Krone nehmen?«

»Und ob. Und wenn ihm das gelingt, wirst du alles verlieren, für das du all die Zeit über gekämpft hast.«

Chaeryeong erinnerte sich an die seltsame Überheblichkeit von Sookbin und der Königinwitwe zurück.

Wussten sie womöglich bereits von den Plänen des Königs?

Wut machte sich in ihr breit. Damit würde sie ihn nicht ohne Weiteres davonkommen lassen.

»Eine Frechheit, nicht wahr? Dabei warst du es doch, die ihn überhaupt erst auf den Thron gesetzt hat!«

Jeollyoon lachte.

»Also, stimmst du dem Handel zu?«

»Das tue ich.«

Die Worte hatten kaum Chaeryeongs Mund verlassen, da spuckte Jeollyoon schon eine Perle aus. Sie war blutrot.

»Schlucke sie. Sie ist ein Zeichen deines Versprechens.«

Mit beiden Händen nahm sie die Perle entgegen.

Würde Paryeo ins Jenseits zurückkehren, wäre dies zweifellos ein Todesurteil für sie und auch den Rest der Han-Familie. Sie musste ihn aufhalten, koste es, was es wolle.

Dass sie nun ebenfalls um Huis Pläne wusste, war nur noch ein weiterer Grund, der es ihr unmöglich machte, den Handel auszuschlagen.

Mein Schicksal gehört mir, und ich muss es mit meinen eigenen Händen formen.

Mit dieser Entschlossenheit steckte sie sich die Perle in den Mund und schluckte sie hinunter.

Der Anblick ließ Jeollyoons Augen aufblitzen.

Chaeryeong schloss die Augen und öffnete sie erneut. Sie war allein. Die erloschenen Kerzen flackerten und brannten wieder, und ihre Hofdame öffnete von außen die Tür.

»Eure Majestät, seid Ihr wohlauf? Ich war überaus erschrocken, als die Türe plötzlich zugefallen ist!«

Die Königin nickte, während die junge Frau zu ihr hereineilte.

»Keine Sorge, mir fehlt nichts. Erledige einfach deine Arbeit.«

Für einen Moment verfärbten sich ihre Augen pechschwarz, bevor sie wieder ihre normale Farbe annahmen. Eine Veränderung, die jedoch niemand bemerkt hatte.

»Ich halte es daher nur für angemessen, Herrn Park und die übrigen Berater zu entlassen und ins Exil zu schicken!«

Eine eisige Stimme tönte durch den Ratssaal.

»Wir sollten ebenfalls überprüfen, ob jene, die für die Zusammenstellung der nötigen Gelder zuständig waren, Teile davon womöglich veruntreut haben, und diese bei Bedarf zurückfordern.«

Vor Hui kniete kein Geringerer als Eunho Hyeon.

»Das hier sind die Beweise für diesen Fall.«

Von der Rückseite des Raums traten einige Leute mit Schriftrollen in den Armen hervor. Die Gesichter der übrigen Minister, die neben ihnen standen, verhärteten sich. Mit so viel Vorbereitung in derart kurzer Zeit hatten sie nicht gerechnet. Von seinem roten Drachenthron aus überblickte Hui die Szene und lächelte zufrieden.

Er war sich bewusst, dass die jüngsten Ereignisse beim Opferfest einige Leute dazu veranlasst hatten, heimlich auf den Königshof herabzublicken. Ebenso war ihm klar, dass der Premierminister von dieser Entwicklung am meisten profitieren würde.

Für Hui galt es daher, schnell zu handeln – und wen hätte er sonst mit dieser Aufgabe betrauen sollen, wenn nicht Eunho?

»Bitte habt Erbarmen, Eure Majestät!«

Ruhig blickte er Eunho und seine weiteren Vasallen an, die vom Rat mit lautem Protest zum Gehen aufgefordert wurden. Gegen derartig viele Beweise könnte selbst die Fraktion des Premierministers nichts mehr ausrichten.

Das Besucherverzeichnis, das Eunho aus der Schlangenresidenz geborgen hatte, war ihm von großer Hilfe dabei gewesen, sein Vorgehen im Detail zu planen. Nachdem sie nun selbst die heimlichen Anhänger des Premierministers allesamt entlarvt hatten, war es ein Leichtes, gewaltige Mengen von Beweisen vorzulegen.

Er wandte sich an die übrigen Minister.

»Was denkt ihr, was ihr da tut? Wir sprechen hier von jenen unter euch, die diesen Rat und auch unser Reich hinter verschlossenen Türen untergraben haben. Was also hat dieses Verhalten hier zu bedeuten?«

Einige der Minister blickten sich verdutzt an und setzten sich dann resigniert hin.

»V-verzeiht, Eure Majestät.«

Hui lachte innerlich. Wer hätte gedacht, dass dieser Tag je kommen würde?

Es war bedauerlich, dass Premierminister Giljeon Han heute seine altersbedingten Beschwerden als Ausrede vorgezogen hatte, um nicht an der Versammlung teilnehmen zu müssen. Nur zu gern hätte Hui sein Gesicht gesehen. So, wie die Dinge sich entwickelt hatten, würde vermutlich nicht einmal die Ernennung von Chaeryeongs Sohn zum Kronprinzen zustande kommen, auf die die Han-Familie derart gepocht hatte.

»Dieser Vorfall muss genauestens untersucht werden. Ich lasse einige Sonderermittler darauf ansetzen.«

Auf Huis Worte hin senkte der Rest des hohen Rats die Köpfe.

Es war verständlich, dass innerhalb des Rats eine eher gedämpfte Stimmung herrschte, jedoch war allen Anwesenden bewusst, dass sie besser die Contenance wahren sollten. Hui nickte. Er erklärte die Versammlung für beendet, woraufhin die Minister den Saal mit grimmigen Gesichtern verließen.

»Der Innenminister scheint seine Klingen mehr als gründlich geschärft zu haben«, hörte man jemanden sagen. Auch die übrigen Minister gaben ihre stille Zustimmung.

»Er ist erfahrener als gedacht. Wer hätte schon damit gerechnet, dass er umgehend die Gelegenheit ergreifen würde, die königlichen Berater einfach so aus dem Weg zu räumen?«

»Wie hat er die fehlenden Beweise nur alle beschaffen können?«

Sie alle waren von derselben Besorgnis erfüllt.

»Heute hat es die königlichen Berater erwischt, morgen aber könnte er seine Klinge auf einen von uns richten.«

»Warum musste der Premierminister ausgerechnet der heutigen Versammlung fernbleiben?«

»Vermutlich hatte Seine Gnaden diese Katastrophe bereits vorhergesehen.«

Voller Verzweiflung blickten die Minister in ihren Reihen umher.

»Wir hatten gehofft, durch die Angelegenheit während des Opferfests neuen Aufschwung für die Ernennung des Kronprinzen kreieren zu können, und nun sehen wir uns mit einem solchen Desaster konfrontiert.«

»Letztendlich steckt jedoch Seine Majestät hinter allem. Er ist ebenso nicht länger der junge, unerfahrene Regent von damals.«

»Damit hast du wohl recht. Ob wir den Innenminister wohl auf unsere Seite ziehen könnten?«

»Das werden wir bald schon herausfinden.«

Der Ratssaal leerte sich nach und nach. Eunho und Hui waren die Einzigen, die noch übrig waren. Hui ergriff das Wort.

»Du bist wahrlich ein Tiger.«

»Ich fühle mich überaus geschmeichelt, Eure Majestät.«

»Du wirkst erheblich besser gelaunt. Ist dir irgendetwas Gutes widerfahren?«

Bei Huis Worten kam Eunho Bins Gesicht in den Sinn.

»Ich werde Euch davon erzählen, wenn alles andere so weit geklärt ist.«

»Es ist also tatsächlich etwas geschehen. Ich bin äußerst gespannt zu hören, was genau Eunho Hyeon ein solches Lächeln ins Gesicht zaubert.«

»Vielen Dank.«

Hui wirkte jedoch alles andere als glücklich.

»Wenn wir nur Beweise dafür fänden, dass der Premierminister in den Zwischenfall des Opferfests verwickelt ist, könnten wir ihm und all den anderen endgültig das Handwerk legen.«

»Ich werde mein Bestes geben.«

»Sollte es uns gelingen, möchte ich dies ebenfalls als Gelegenheit nutzen, die Königin ihres Amtes zu entheben.«

Überrascht blickte Eunho auf.

»Ihr wollt ihr ihren Titel aberkennen?«

»Wie könnte ich eine Gattin an meiner Seite behalten, die ihrem eigenen Mann zu schaden wünscht? Und wo kämen wir hin, wenn ich jemandem wie ihr die würdevolle Position der Königin dieses Reichs überlassen würde?«

Huis Worte machten Eunho sprachlos.

»Dies ist die einzige Möglichkeit, dieses Reich und auch mich selbst zu retten. Ich muss die Königin stürzen.«

KAPITEL 4

Die Hortensien-Geister

Mir war nicht bekannt, dass es so gut aussehende Männer unter den Seelenjägern gibt!«, schwärmte der Mönch, der ihnen den neuesten Auftrag für die Seelenjagd erteilt hatte.

Eunho war bereits so sehr an derartige Komplimente gewöhnt, dass er bloß lächelte.

»Dank Euch haben wir viele Seelenperlen sammeln können. Wenn Euch erneut zu Ohren kommt, dass irgendwo Geister aufgetaucht sind, gebt uns bitte Bescheid.«

»Ja, das werde ich.«

Der Mönch legte die Handflächen aneinander und verabschiedete sich. Eunho und Bin neigten die Köpfe.

Eunho wandte sich zu Bin und hielt ihr die Tagesausbeute hin. »Sieh dir das an, Bin. Allein heute haben wir so viele Seelenperlen gesammelt!«

Bei seinem strahlenden Gesichtsausdruck konnte auch sie sich ein Lächeln nicht verkneifen.

»Erfreut es dich so sehr?«

»Natürlich. Dein Wunsch ist auch mein Wunsch. Jetzt, wo ich deine Welt kennengelernt habe, kann ich zumindest erahnen, wie schwer das alles für dich sein muss. Deshalb hoffe ich, dass du so bald wie möglich zu deinem normalen Schicksal zurückkehren kannst.«

Ihr Lächeln wurde bei seinen fürsorglichen Worten breiter.

»Sicherlich hast du am königlichen Hof bereits genug zu tun, und dennoch hilfst du mir. Ich danke dir dafür.«

»Meine Aufgaben am Hofe sind Arbeit, aber das hier doch nicht. Natürlich nehme ich mir die Zeit für dich!«

Eunho ging hinüber und legte lässig seine Arme um Bins Taille. Ihre Augen weiteten sich.

»So etwas gehört sich doch nicht in der Öffentlichkeit! Du solltest dich besser unter Kontrolle haben! Zumal ich gerade die Kleider eines Mannes trage.«

»Niemand ist hier!«

»Das ändert nichts an der Sache.«

Bin stieß ihn weg. Er senkte den Blick.

»Über Jahre habe ich dich nicht erkennen können, und jetzt, wo ich es kann, bist du nicht einmal bereit, das hier für mich zu tun?«

Man konnte ihm seine Frustration am ganzen Körper ansehen.

»Der königliche Tiger, der die Anhänger des Premierministers am Königshof jagt, legt ein so kindisches Verhalten an den Tag?«

»So werde ich nur im Palast genannt! Vor dir darf ich mich doch wohl so benehmen! Oder nicht …?«

Auf Eunhos besorgten Blick hin lachte Bin nur und strich ihm über die Wange.

»Ja, das darfst du. Ich finde diese Seite an dir äußerst niedlich.«

»Etwa nur niedlich?«

»Was soll ich denn noch sagen?«

Eunho neigte den Kopf in ihre Richtung.

»Dass ich gut aussehend bin … oder liebenswert … oder …«

»Natürlich bist du das alles.«

Bei ihrer Antwort lief sein Gesicht knallrot an.

»Du wolltest doch, dass ich dir zustimme, wieso also wirst du jetzt rot?«, fragte Bin ihn ungläubig.

»Ich hätte nicht gedacht, dass du es wirklich tun würdest. Es ist mir etwas peinlich …«

»Also bitte. Manchmal benimmst du dich wirklich komisch. Oder sollte ich eher ›liebenswert‹ sagen? Würde dir das besser gefallen?«

»D-das reicht jetzt! Ich habe genug gehört. Wir sollten aufbrechen.«

Blitzschnell drehte sich Eunho um. Bin folgte ihm lächelnd.

Am Fuße des Bergs hatte bereits der Abendmarkt eröffnet. Die Leute schlenderten durch die Straßen und durchstöberten die Stände. Eunho meldete sich zu Wort, als ob ihm plötzlich etwas eingefallen wäre.

»Ach, die Schnur für deine Seelenperlen ist bereits voll. Warum suchst du nicht nach einer hübschen neuen, wenn wir schon mal hier sind?«

Bin blickte auf die Kette an ihrem Gürtel hinab. Selbst für die heutige Ausbeute war nicht mehr genug freier Platz an dem Band. Als hätte er ihre Gedanken gelesen, fuhr Eunho fort.

»Ich möchte dir gern eine schenken.«

Bin zögerte einen Moment, bevor sie antwortete.

»Darf ich dir dann auch ein Geschenk machen?«

»Natürlich! War diese Frage so schwer über die Lippen zu bringen? Dann sehen wir uns die Stände mal genauer an.«

Eunho und Bin schlenderten durch die Menschenmenge.

Die Stimmen der feilschenden Händler, das Lachen der Kinder und der Geruch von Essen, der von irgendwoher herüberwehte.

Bin hatte sich nie träumen lassen, einmal an Eunhos Seite zu stehen und den Anblick eines so gewöhnlichen Markts genießen zu dürfen. Für andere war es ein ganz normaler Tag, für Bin hingegen eine Premiere.

»Ah! Entschuldigung!«

Die Kinder, die an ihnen vorbeirannten, stießen gegen Bin, woraufhin sie in Eunhos Richtung strauchelte. Im nächsten Moment lag sie in seinen Armen. Die Übeltäter kicherten und riefen ihr noch einige Entschuldigungen zu, bevor sie wieder in der Menschenmenge verschwanden.

»Geht es dir gut?«

»Ja, mir ist nichts passiert.«

Eunho ging langsam die Straße hinunter, ohne die Hand von ihr zu nehmen, mit der er sie gerade noch aufgefangen hatte. Für Bin schien das alles zu schön, um wahr zu sein, weshalb auch sie nichts weiter dazu sagte.

»Kostbare Schmuckstücke von jenseits des Meeres! Seht her!«

Die Stimme eines Händlers ließ Bin aufblicken.

Auf dem Tisch vor ihr lagen wahrlich wunderschöne Schmuckstücke ausgebreitet. Eunho ging hinüber und hob eine feste Kordel aus glitzerndem Gold hoch.

»Wie wäre es mit dieser? Mit diesem kunstvollen Knoten am Ende eignet sie sich perfekt zum Auffädeln deiner Perlen.«

»Sie ist wirklich schön.«

Eunho nickte zufrieden.

»Dann wird das hier mein Geschenk an dich.«

»Dann schenke ich dir …«

Bins Augen suchten den Stand ab, als ihr ein Anhänger ins Auge fiel.

Er war so geschnitzt, dass er einem Füllhorn mit Kürbissen darin ähnelte, und würde gewiss hervorragend zu dem Fächer passen, den Eunho immer bei sich trug. Bin nahm ihn in die Hand.

»Passt der hier nicht zu deinem Fächer?«

Eunho holte ihn hervor, woraufhin Bin den Anhänger prüfend hielt.

»Es wird sich wohl kaum etwas finden lassen, das besser dazu passen würde«, sagte Eunho blitzschnell.

»Und das sagst du auch nicht nur, weil es mein Geschenk an dich sein soll?«

»Wovon redest du denn da? Ich meine es ernst, todernst!«

»Dann gehört dieser Anhänger nun dir.«

Bin befestigte ihn an seinem Fächer. Erfreut über ihren Kauf, verbeugte sich der Händler leicht, und Eunho und Bin gingen die Straße weiter hinunter.

»Woher stammt dieser Fächer eigentlich?«

»Ah … es ist ein wenig peinlich, diese Geschichte mit eigenen Worten erzählen zu müssen.«

»Rück schon raus mit der Sprache.«

Als sie Eunhos hilflosen Gesichtsausdruck sah, wurde sie noch neugieriger. Er wandte den Kopf leicht ab und antwortete schließlich.

»Weil die Hofdamen und sogar die neuesten Vasallen sich beim Anblick meines Gesichts von ihrer Arbeit abgelenkt fühlten, gab Seine Majestät mir diesen Fächer scherzeshalber, um mein Gesicht damit zu bedecken.«

»Ein königliches Geschenk für deine Schönheit also, darauf wäre ich nie gekommen. Du bist wirklich bemerkenswert.«

In Bins Stimme schwang ein Lachen mit. Geräuschvoll öffnete Eunho seinen Fächer.

»Wenn du so weitermachst, wirst du nicht mehr in den Genuss meines Gesichts kommen.«

»Das würdest du mir antun? Du bist wirklich grausam!«

»Komm ja nicht auf den Gedanken, dich an einem Geschenk Seiner Majestät selbst zu vergreifen, hörst du?«

Diesmal stichelte Eunho gegen Bin. Kapitulierend ließ sie die Hand sinken. Eunho lächelte sie an, als ihm plötzlich etwas in den Sinn kam.

»Wo wir gerade von Seiner Majestät sprechen.«

»Ja?«

»Ich hatte neulich eine Vision, in der du die Kleidung des Königs trugst.«

Bin hob eine Augenbraue. »Eine Vision?«

»Ja. Du hattest ein königliches Gewand an und sogar eine Krone auf.«

»Wann?«

»Hm, lass mich überlegen. Ah, das war am Tag der Zeremonie, an dem du deinen Namen auf meinen Körper geschrieben hast.«

»Sie ist dir erschienen, als ich meine Kräfte mit dir geteilt habe?«

Irgendetwas stimmte nicht.

Warum war sie in Eunhos Augen so gekleidet gewesen, kaum dass er mit ihren Kräften die Geister und das Jenseits wahrnehmen konnte?

»Bin?«, fragte Eunho, und sie verbarg schnell ihren Gesichtsausdruck.

»Stimmt etwas nicht?«

»N-nein, schon gut.«

Hastig lockerte sie ihre Gesichtszüge. Es war lange her, dass sie nur unter sich gewesen waren, da wollte sie die Zeit nicht mit unnötigen Sorgen verschwenden.

»Da drüben scheint es auch ein paar interessante Dinge zu geben. Sehen wir sie uns an«, schlug Bin vor, und Eunho nickte.

»Sei ehrlich zu mir. Was ist dir Schönes widerfahren, dass du von einem Ohr zum anderen lächelst?«, fragte Jinwoo nachdrücklich, so als hielte er die Neugier nicht länger aus. Er saß Eunho gegenüber und stöberte gerade einige Materialien durch.

Eunho blickte auf.

»Ist es so offensichtlich?«

»Ja, natürlich! Sogar Seine Majestät hat mich neulich dazu befragt!«

Statt zu antworten, räusperte Eunho sich nur.

»Also, was ist jetzt? Seit zwei Tagen schon habe ich mit diesem Berg an Dokumenten zu kämpfen, erzähl mir doch wenigstens, was dir Schönes widerfahren ist!«, drängte Jinwoo erneut.

Eunho schaute sich um und öffnete den Mund.

»Ich werde tatsächlich die Tochter der Seomoon-Familie heiraten.«

»Was?«

Jinwoos Antwort kam ein wenig verspätet. Seine geweiteten Augen verrieten, dass er überrascht war.

»Wirklich? Warte, hast du ihre Tochter jemals getroffen? Ich habe dir doch von den Gerüchten erzählt, dass ihnen ständig Schlimmes widerfährt.«

»Das hast du.«

»Du weißt es also?«

»Ich habe persönlich mit Fräulein Seomoon gesprochen. Es ist insofern nicht weiter wichtig.«

»Oho!«, rief Jinwoo überrascht auf.

»Was ist mit deinen Eltern? Wissen sie davon? Deine Mutter sucht doch überall nach einer neuen Gemahlin für dich!«

»Ich habe es ihnen mitgeteilt. Es war natürlich ein ziemlicher Kampf, aber ich habe ihnen gesagt, dass ich nicht die Absicht hege, die Verlobung zu lösen.«

»Deine Sturheit bezieht sich wahrlich auf die seltsamsten

Dinge. In deiner jetzigen Stellung könntest du eine Frau aus einer weitaus wohlhabenderen Familie heiraten.«

»Eine wohlhabende Familie? Ein solcher Status kann schnell verloren gehen. Meine Liebe wird jedoch nicht schwinden, selbst wenn ich mein Gedächtnis verlieren sollte.«

Jinwoo sah ihn verdutzt an, doch Eunho lächelte nur. In dem Moment ertönte von draußen die Stimme eines Dieners.

»Seine Majestät tritt ein!«

Eunho und Jinwoo standen augenblicklich auf. Hui betrat den Raum und gab ihnen ein Handzeichen.

»Setzt euch ruhig wieder.«

»Seid gegrüßt, Eure Majestät.«

Hui betrachtete den Dokumentenstapel auf dem Tisch und sah anerkennend zu den beiden hinüber.

»Und? Kommt ihr gut voran?«

Auch ohne weitere Worte der Erklärung wussten sie genau, wovon er sprach.

»Ja, Eure Majestät. Dieses Mal könnt Ihr sie alle auf einen Schlag beseitigen.«

»Ich zähle auf euch. Wenn wir alle Anhänger des Premierministers aus dem Weg geschafft haben, dann …«

Huis Blick wanderte zum Palast der Königin.

Chaeryeong, die einzige Tochter des Premierministers und das Herzstück des inneren Palasts, war als Nächste an der Reihe.

»Eure Majestät.«

Sangseon verbeugte sich vor Hui und flüsterte ihm etwas zu. Die Stirn des Königs runzelte sich.

»Ist das wahr?«

»Ja, ich habe bereits alles überprüft.«

Sangseon senkte den Kopf noch tiefer.

»Es ist schwierig zu sagen, ob dies tatsächlich reiner Zufall oder ein direkter Angriff von ihnen ist, der bloß als solcher getarnt wurde«, sagte er mit dunkler Stimme zu Eunho und Jinwoo.

»Was ist geschehen, Eure Majestät?«, fragte Eunho.

»Es heißt, dass Ilhak Lee, der älteste Sohn des Kriegsministers Mansoo Lee, heute Morgen plötzlich verstorben sei.«

»Der Sohn des einzigen Mannes im Kriegsministerium, der sich nicht auf die Seite des Premierministers geschlagen hat und von Seiner Majestät selbst ausgewählt wurde?«

»In der Tat. Es ist bedauerlich, dass so etwas geschehen musste, bevor wir die Fraktion des Premierministers beseitigen konnten.«

Jinwoo, der von der Seite zugehört hatte, meldete sich zu Wort.

»Sein ältester Sohn ist in der Stadt als ziemlicher Lebemann bekannt.«

»Als Lebemann?«, fragte Hui, und Jinwoo nickte.

»Ja. Man sagt, er habe eine ganz andere Persönlichkeit als sein Vater. Aufgrund seiner Vorliebe für seltene Pflanzen und prachtvollen Schmuck sollen sämtliche interessanten Gegenstände, die in die Stadt kommen, wohl zunächst in seine Hände fallen.«

»Verstehe. Mein Diener sagte mir, dass an seinem Tod etwas seltsam sei.«

»Und was genau?«

»Er ist wohl in den Teich seines Anwesens gestürzt, die Todesursache war jedoch Ersticken und nicht Ertrinken.«

Weder Eunho noch Jinwoo verstanden seine Worte.

»Was soll das heißen? Wie kann die Todesursache Ersticken sein, wenn er doch im Wasser ertrunken ist?«

»Nase und Mund des Verstorbenen waren mit Blütenblättern zugeklebt.«

»Blütenblätter? Eure Majestät, ich bezweifle stark, dass dies die Machenschaften eines Menschen waren.«

Mit einem Nicken stimmte Hui Jinwoos Worten zu.

»Denselben Gedanken hatte ich ebenfalls, als ich davon hörte.«

»Wenn der Premierminister damit zu tun hat, wissen wir nicht, was er noch im Schilde führen könnte. Da Mansoo Lee der Einzige im Ministerium ist, der Euch seine Loyalität geschworen hat, dürft Ihr dieses Vergehen nicht ungestraft lassen«, meldete sich Eunho mit ernster Miene zu Wort.

»Du hast recht. Sucht bitte das Anwesen der Familie Lee auf und findet mehr über die Situation heraus.«

»Jawohl, Eure Majestät.«

Kaum hatte Eunho zu Ende gesprochen, ertönte ein lautes Geräusch am Himmel.

Erschrocken blickte Sangseon zum offenen Fenster. Schwarze Wolken füllten den Himmel und verdunkelten das Innere des Palasts.

»Was ist plötzlich …?«

Ein lautes Prasseln ließ ihn verstummen.

Das Geräusch der Regentropfen war ungewöhnlich laut. Eunho hörte, wie Sangseon nach Luft schnappte, und schaute aus dem Fenster, wo ihn ein schockierender Anblick erwartete.

»Eure Majestät, es regnet Schlamm!«

Angst lag in seiner Stimme. Die Regentropfen, die gegen die vordere Palastbrüstung prasselten, hinterließen eine dicke Schlammspur.

Schlammregen.

Der Frühsommer war die Hochsaison der Landwirtschaft. Die bedeutendste Zeit des Jahres für die Ernte.

Wenn in dieser Zeit, in der jeder Regentropfen und jeder

Sonnenstrahl entscheidend waren, Schlammregen auf die Erden niederregnete, war die Ernte des Jahres hin.

»Das ist kein gutes Zeichen!«

Sangseon hatte recht – das konnte in der Tat nichts Gutes bedeuten.

»Was zum Teufel ist hier los?«

Tropfen für Tropfen fiel das Wasser vom Schirm herab, als Jinwoo ihn schüttelte. Eunho, der gleich neben ihm stand, machte ein ernstes Gesicht. Der Regen, der am Morgen plötzlich eingesetzt hatte, wollte nicht nachlassen.

»Das ist gar nicht gut«, murmelte Eunho vor sich hin.

Es war der König, der oberste Herrscher des Reichs, der das Schicksal des Landes in den Händen hielt.

Ganz gleich, wie lange der Regen ausblieb oder die Flüsse über die Ufer traten, die Schuld wurde stets ihm gegeben, der das Land regierte.

Schon damals, als Hui in jungen Jahren den Thron bestiegen hatte, waren viele seltsame Dinge geschehen. Angeblich war eine Kuh mit acht Beinen geboren worden, während sich an einem anderen Ort der liegende Maitreya-Buddha plötzlich erhoben haben und umhergelaufen sein soll. Auch zu dieser Zeit hatten die Menschen bereits etwas Unheilvolles dahinter vermutet, obgleich es niemand wagte, seine Bedenken auszusprechen.

Und jetzt durchzog dieser ominöse Schlammregen den ganzen Himmel.

Es war eindeutig, wer am meisten davon profitieren würde – Giljeon Han.

Was in aller Welt heckte er bloß aus?

»Oh, den Laternen nach zu urteilen, scheint dort drüben das Haus des Ministers zu sein.«

Jinwoo deutete auf die Laternen, die durch den dichten

Regen nur schwach leuchteten. Ihr Licht allein bewachte das Haupttor, an dem ansonsten keine Menschenseele vorbeilief. Das Anwesen von Mansoo Lee schien von einer gänzlich anderen Atmosphäre umgeben zu sein als die übrigen Häuser der Gegend.

»Ich habe kein gutes Gefühl.«

Jinwoos zitternden Schultern nach zu urteilen, schien es ihm ebenso zu gehen.

Eunho fuhr fort. »Da die Familie noch immer trauert, sollten wir zunächst unser Beileid ausrichten.«

»Ja.«

Der Hof hinter dem großen, verlassenen Tor war ebenfalls ruhig.

Ein paar Leute saßen mit finsterer Miene unter einem aufgespannten weißen Tuch in der Ecke des Hofs. Bei den Gästen einer Beerdigung war nicht mit fröhlichen Gesichtern zu rechnen, die versammelten Menschen aber wirkten vielmehr so, als würden sie so schnell wie möglich wieder gehen wollen.

»Das ganze Anwesen versprüht eine dunkle Aura«, flüsterte Jinwoo bei diesem Anblick.

»Das sind wir einer Meinung.«

»Warum schauen wir uns nicht einmal das Haus an, bevor wir uns mit dem Minister treffen?«

Eunho nickte, und die beiden setzten sich in Bewegung. Je weiter sie gingen, desto verlassener und unbewohnter schien das ganze Anwesen zu sein.

Als sie an einer niedrigen Mauer vorbeikamen, fiel ihnen etwas Sonderbares ins Auge.

»W-was ist das alles?«

Jinwoo hob eine Hand und zeigte auf einen großen Teich.

Auf ihm schwammen etliche Blumen und bedeckten die Oberfläche.

Selbst im strömenden Regen waren alle Hortensien so sauber und frisch, als wären sie gerade erst gepflückt worden. Eunho betrachtete die riesigen Blumen, jede so groß wie zwei Handflächen, mit ihren runden Köpfen, die aus dem Wasser ragten, und wie sie ihre leuchtenden Farben zur Schau stellten.

Die Szene vor ihnen erschien geradezu unwirklich.

»Ilhak Lee ist also hier hineingefallen und gestorben?«, fragte Eunho.

Jinwoo nickte als Antwort. »Ja. Seine Nase und sein Mund waren beide von den Blütenblättern bedeckt.«

»Das ist äußerst seltsam. Wer in aller Welt hat die Blumen gepflückt und in diesen Teich geworfen?«

»Wir sollten jemanden fragen, der die Familie gut kennt.«

In diesem Moment erblickte Eunho einen blauen Rock, der sich eilig versteckte, und rannte der Person hinterher.

»Wartet!«

Das blasse Dienstmädchen sah ihn mit ängstlichem Gesicht an. Eunho bemerkte, dass ihr Blick kurz über die Schulter zum Teich huschte.

Dieses Mädchen hatte vor irgendetwas Angst und ging Eunho und Jinwoo bewusst aus dem Weg. Aber wovor könnte sie sich fürchten?

Eunho beschloss, mit seinen Fragen nicht lange zu warten.

»Seid Ihr eine Angestellte des Hauses? Wisst Ihr, warum so viele Blumen in den Teich geworfen wurden?«

Das Gesicht des Dienstmädchens verfinsterte sich.

»Wenn Ihr Trauernde seid, solltet Ihr zum Gästehaus gehen, nicht hier entlang. Wenn Ihr mich nun entschuldigt, ich habe mich noch einigen Aufgaben zu widmen.«

Als sich das Dienstmädchen zum Gehen wandte, sprach Eunho weiter.

»Der älteste Sohn soll im Teich ertrunken sein, nicht wahr? Wirklich bedauerlich.«

Augenblicklich blieb sie stehen.

Sie wusste etwas.

»W-was meint Ihr damit?«

Als Eunho in die Augen des Dienstmädchens sah, erkannte er, dass er die richtige Frage gestellt hatte.

»Stimmt das etwa nicht? Ich kannte ihn nicht persönlich, aber man erzählt sich, er hätte ein Auge für die schönen Dinge des Lebens gehabt. Es ist wirklich eine Schande, dass er dieses prächtigen Anblicks beraubt wurde«, führte er in einem Ton fort, der so klang, als sei es keine große Sache.

»Die schönen Dinge des Lebens? Pah«, entglitt es dem Dienstmädchen in herablassendem Ton.

Erst nachdem die Worte bereits ihren Mund verlassen hatten, schien ihr aufzufallen, was sie da soeben gesagt hatte.

»E-es tut mir leid, mein Herr! Ich habe mich falsch ausgedrückt.«

»Nein, schon gut. Ich weiß nicht viel über den ersten Herrn dieses Hauses, aber in der Stadt habe ich Gerüchte gehört, dass er ein ziemlicher Lebemann gewesen sein soll. Ich nehme an, sie waren somit nicht bloßes Gerede?«, fragte Eunho mit sanfter Stimme.

In ganz Joseon gab es kaum eine Frau, die Eunhos liebevoller Stimme widerstehen konnte. Erleichterung machte sich in ihrem Gesicht breit, und das Dienstmädchen nickte.

»Es ist wahr. Tatsächlich war es der Befehl des ältesten Sohns, den Teich so zu gestalten.«

»Es war sein Befehl?«

Das Dienstmädchen zeigte auf den Teich und die Blumen, die rundherum blühten.

»Ausgefallener Schmuck und seltene Blumen. Das waren

die Dinge, für die sich der Herr am meisten interessierte. Auch diese hier haben wir selbst hergebracht und eine nach der anderen verpflanzt. Wenn wir sie falsch pflegten und auch nur ein Blütenblatt einen Sonnenbrand bekam, wurden wir gescholten.«

Die Augen des Dienstmädchens wanderten zum Teich, ihr Blick war eisig.

»Während der Hortensien-Saison, wenn sie in voller Blüte stehen, pflücken wir sie und legen sie in den Teich. Da sie von Natur aus Wasser lieben, kann man sie lange bewundern, auch wenn sie nur gerade so die Oberfläche berühren. Wir beginnen mit den Ersten, sobald sie blühen, und pflücken sie eine nach der anderen, bis der Teich gefüllt ist. Dann veranstaltet der junge Herr ein Festessen.«

»Das ist ein ziemlich aufwendiger Akt, nur um diese Schönheit zu genießen.«

Eunho nickte auf Jinwoos Worte hin. Ilhaks Verhalten wirkte eindeutig, als wäre er von diesen Blumen besessen gewesen.

»Ursprünglich war das diesjährige Bankett für heute geplant. Er sagte, er müsse einen Tag wählen, an dem gutes Wetter herrscht.«

Das Dienstmädchen blickte zum dunklen Himmel hinauf, aus dem der Regen herabfiel.

»Deshalb läuft wohl nichts so, wie es soll.«

Ein schwaches Lächeln erschien auf ihrem Gesicht.

Erst war sie ängstlich, und diesmal lächelte sie?

»Vielleicht ist es der Groll der Blumen.«

»Wie bitte?«

Ohne auf Eunhos Frage zu antworten, senkte das Mädchen den Kopf. Dann drehte sie sich um und schritt davon, ohne den beiden Männern erneut die Chance zu geben, sie aufzuhalten. Jinwoo und Eunho sahen sich an.

»Der Groll der Blumen.«

»Da Ilhak von den Blütenblättern erstickt wurde, scheint mir diese Theorie gar nicht so weit hergeholt zu sein.«

Eunho nickte.

»Irgendetwas ist seltsam. Wir müssen dem Toten zunächst unseren Respekt zollen, also lass uns nach oben gehen und den Minister …«

Als sie sich umdrehten, um in den Vorgarten zurückzukehren, rief eine laute Stimme vom Tor her.

»Tretet zurück!«

Unter einem großen Schirm erschien eine Sänfte. Ihr Besitzer besaß eine ziemliche Dreistigkeit, sich damit noch bis in den Innenhof hineintragen zu lassen. Jinwoo atmete scharf ein, als er das Gesicht des Mannes sah, der aus ihr hervortrat.

»Der Premierminister?«

Es war niemand anderes als Giljeon Han, der von den Dienern aus der Sänfte geführt wurde. Leer und ohne jegliche Emotion blickte er auf das ruhige Haus des Verstorbenen.

Dann schaute er zu Eunho und Jinwoo hinüber, und sein heimtückischer Blick traf den von Eunho.

»Es sind also bereits Gäste vor mir eingetroffen.«

Eunho neigte den Kopf in Richtung des Premierministers.

»Ich habe nicht erwartet, Euch hier zu sehen, werter Innenminister.«

»Das kann ich nur zurückgeben. Ihr scheint mir jedoch eher für einen Ausflug statt für eine Trauerfeier gekleidet zu sein.«

Giljeon Han lachte über Eunhos stachelige Bemerkung.

»Manchmal fühlt der Tod sich eher an wie ein Geschenk, nicht wahr?«

Eunhos und Jinwoos Mienen verhärteten sich.

Giljeon Han zögerte nicht lange und ging über den schlammigen Hof in die große Halle. Drinnen kündigte ein Diener die Ankunft des Premierministers an. Giljeon schaute ein weiteres Mal zu Eunho und Jinwoo hinüber.

»Es scheint, als hättet Ihr dem Toten ebenfalls noch nicht Euren Respekt gezollt. Schließt Euch mir doch an.«

Somit blieb ihnen nichts anderes übrig, als ihm zu folgen. Die Tür öffnete sich, und aus dem Inneren trat der kraftlose Mansoo Lee hervor. Sein Blick schweifte über Giljeon Han hinweg auf die beiden hinter ihm.

»Tretet ein.«

Die drei betraten das Zimmer, und das Dienstmädchen von vorhin servierte ihnen Tee.

Mansoo Lee sah Giljeon Han an und ergriff das Wort.

»Ich hätte nicht erwartet, dass Ihr hierherkommen würdet, Euer Gnaden.«

Giljeons Lippen kräuselten sich zu einem seltsamen Lächeln.

»Hatte ich es Euch nicht bereits gesagt? Damals wolltet Ihr nicht auf mich hören, wie sieht es nun aus?«

Mansoos Gesichtsausdruck verhärtete sich.

»Auf der Beerdigung meines Sohns möchte ich keinesfalls laut werden. Was in aller Welt wollt Ihr von mir?«

Kalter Zorn lag in seiner Stimme.

»Das habe ich Euch doch bereits gesagt. Es frustriert mich zutiefst, dass Ihr meine Warnung noch immer nicht zu verstehen scheint. Ist es wirklich nötig, dass ich mir all diese Mühen mache?«

Mit einem lauten Knall schlug Mansoo Lee auf den Teetisch, Giljeon Han zuckte jedoch nicht mit der Wimper.

»Seid Ihr nun zufrieden?«

»Was für eine seltsame Frage. Wie könnte ich zufrieden

sein, wenn keiner meiner Wünsche erfüllt wurde?«, antwortete Giljeon mit einem ominösen Lächeln.

»Wie bitte?«

»Ihr dient als Beispiel dafür, was passiert, wenn sich jemand meiner Bitte verweigert.«

Während er sprach, fiel Giljeons Blick auf Eunho. Ein kaltes Lächeln zerrte an den Mundwinkeln des Premierministers.

»Ich hörte, dass Ihr im Gegensatz zu mir, der nur eine Tochter besitzt, gleich mit zwei Söhnen gesegnet wurdet. Anders als Euer erster Sohn, der überall nur als Lebemann bekannt ist, soll der zweite äußerst klug sein.«

Mansoo Lee verstand sofort, was der Premierminister ihm sagen wollte, sprang von seinem Platz auf und schrie laut heraus: »Haltet Ihr mich etwa für einen Narren? Wisst Ihr eigentlich, wovon Ihr da redet?«

»Ihr habt es doch selbst beobachten können. Ich bekomme stets, was ich begehre, egal, was es kostet. Die Entscheidung liegt natürlich bei Euch, aber meint Ihr nicht, Ihr solltet lieber verhindern, dass ein weiteres Kind einer solchen Tragödie zum Opfer fällt?«, antwortete Giljeon in derselben Stimmlage wie zuvor.

»D-das ist unerhört! Nur weil Eure Familie sich in die Königsfamilie eingekauft hat, wagt Ihr es nun, das Leben meines Sohns zu bedrohen?«

»Wenn Ihr doch wisst, dass ich Euch bedrohe, wäre es dann nicht klüger, einzuwilligen? Wieso seid Ihr bloß so stur?«

»Einen Sohn habe ich bereits verloren, wie sollte ich Euch da noch trauen können?«

»Vater.«

Die Stimme ließ Mansoo Lee innehalten. Die Blicke von Eunho und Jinwoo richteten sich nach draußen in den Hof.

Sie erblickten einen Diener, der ein wenig hilflos dastand und einen Regenschirm hielt. Unter dem Schirm stand ein Junge in einem feinen Gewand.

Giljeon Han ergriff als Erster das Wort.

»Aha, du bist wohl der jüngste Sohn. Man kann ihm seinen Intellekt bereits ansehen. Ihn zu verlieren, wäre ein deutlich größerer Verlust als bei seinem Bruder.«

»Ilseo, ich habe dir doch gesagt, du sollst nicht aus dem Zimmer kommen. Warum bist …?«

Noch bevor der Kriegsminister seinen Satz beenden konnte, flatterte das blaue Gewand seines Sohns auch schon wieder auf den verregneten Hof hinaus. Mansoo schrie.

»Ilseo!«

»Junger Herr!«

Der Diener neben ihm fing den ohnmächtigen Jungen auf. Sein Vater sowie auch Eunho und Jinwoo eilten zu ihnen herüber. Der Diener schüttelte ihn.

»Junger Herr! Junger Herr!«

Es war kein gutes Zeichen, wie der Junge nach Luft schnappte. Giljeon Han stellte sich hinter den kauernden Mansoo Lee.

Der Regen prasselte weiter auf sie herab. Der Premierminister sah den blassen Jungen an.

»Das ist alles die Schuld deines Vaters. Wenn Ihr nicht gleich die nächste Beerdigung abhalten wollt, dann …«

Giljeon Han senkte den Kopf und flüsterte Mansoo Lee die letzten Worte zu, der sich daraufhin auf die Lippe biss. Der Premierminister griff in seine Tasche, zog einen Beutel heraus und ließ ihn neben Mansoo fallen.

»Dies ist meine Spende für Euren ersten Sohn. Verwendet es für einen guten Zweck.«

Die Münzen im Beutel klimperten.

Giljeon Han trat über die Rücken der Diener, die sich vor ihm in den Schlamm gelegt hatten, auf seine Sänfte zu und kletterte erneut hinein.

»Ich erwarte den Tag, an dem Euer Weg Euch endlich zu mir führt. Hoffentlich lasst Ihr Euch damit nicht allzu viel Zeit.«

Mansoo Lee starrte den Premierminister an, während er weiterhin im Schlamm hockte. Der blickte von seiner Sänfte aus ebenfalls zu Mansoo und Eunho.

Als sein Blick auf Letzteren fiel, schüttelte er den Kopf. Mit den Worten »Gehen wir« setzte sich die Sänfte in Bewegung.

»Ilseo, Ilseo! Mach doch die Augen auf! Worauf wartest du denn? Ruf sofort einen Arzt!«

»Ja, natürlich, mein Herr!«

Der Diener stürmte mit bleichem Gesicht aus dem Hof. Mansoo packte seinen Sohn, der zu Boden gefallen war, und schüttelte ihn weiter. Doch auch das schien den Jungen nicht zu wecken.

»Wir werden Ihnen helfen, Minister.«

Eunho und Jinwoo traten vor. Sie hielten es für das Beste, ihn in den Raum zu bringen und von einem Arzt untersuchen zu lassen. Eunho hievte den zusammengebrochenen Jungen schnell auf den Rücken.

»Ins Zimmer …«

Eunhos Stimme verstummte.

»Eunho!«, rief Jinwoo ihm von der Seite aus zu.

Sein ganzer Körper erschlaffte plötzlich, und er sackte in sich zusammen.

»Was ist los?«

Eunho verhielt sich genauso wie der bewusstlose Junge neben ihm. Keuchender Atem, schneller Puls.

»Was in aller Welt ist hier nur los?«

»Eunho, Eunho! Wach auf!«

Jinwoos Stimme entfernte sich immer weiter. Eunho sammelte alle Kraft in seinem Körper und sprach zu Jinwoo.

»Bin … ruf bitte Fräulein Seomoon her!«

Mit diesen letzten Worten verlor Eunho vollständig das Bewusstsein.

Regen prasselte auf den Hof und durchnässte den Saum von Eunhos Mantel.

Ihr Herz raste wie verrückt.

Bin rannte hektisch durch den strömenden Regen. Für die Leute in ihren Regenmänteln um sie herum musste sie wie eine Verrückte erscheinen.

Doch dafür hatte Bin nun keinen Kopf. Sie konnte nur noch an das denken, was das fremde Dienstmädchen ihr gesagt hatte.

Innenminister Eunho Hyeon ist plötzlich zusammengebrochen und wurde in die Residenz des Kriegsministers gebracht. Er hat im letzten Moment nach Euch gerufen, bitte kommt schnell.

Die Person, die ihr diese Nachricht in einem persönlichen Brief überbracht hatte, war niemand anderes als Eunhos Freund Jinwoo.

»Eunho ist kollabiert.«

Der Boden schien sich unter ihren Füßen aufzutun, als sie diese Worte vernahm. Sie wusste nicht, was mit Eunho geschehen war, also machte sie sich direkt auf den Weg zum Anwesen. Regen hin oder her, Bin war nicht zu bremsen.

Als sie das Haus des Kriegsministers entdeckt hatte, an dessen Tür die üblichen weißen Laternen einer Trauerfeier hingen, klopfte sie lautstark an.

»Eunho, Eunho!«

Ein Dienstmädchen kam und öffnete die Tür. Bins Rufe hatten ihr bereits verraten, aus welchem Grund sie hier war, und so brachte das Mädchen sie umgehend zu dem Zimmer, in dem sich Eunho befand. Als Bin die Tür öffnete und ihn reglos daliegen sah, fiel sie zu Boden.

Eunhos Zustand und der tiefe, schattenerfüllte Teich hinter ihm.

Bin schnappte vor Schreck laut nach Luft. Die dunkle Oberfläche des Wassers bebte.

Wie schwarzes Wasser füllten die Schatten den Teich bis zum Überlaufen.

»Das sind doch Geister?«

Gänsehaut machte sich auf ihrem ganzen Körper breit. Sie hatte in ihrem Leben als Seelenjägerin schon einiges erlebt, aber so etwas hatte sie noch nie gesehen. Hinter Eunho war ein riesiger Teich, der sich über das gesamte Anwesen erstreckte, und er war randvoll mit Seelen gefüllt.

Die Energie aus dem Teich erfüllte das Haus und umhüllte den bewusstlosen Eunho und den Jungen neben ihm.

»Wie in aller Welt konnte das passieren?«

Wenn sich so etwas auf dem Anwesen befand, musste jemand in diesem Haus etwas Schreckliches getan haben.

»Aber Eunho steht in keinerlei Verbindung zu dieser Familie, warum also ergreift die Energie des Seelenteichs Besitz von ihm?«

»Fräulein Seomoon?«

Eine vertraute Stimme hinter ihr ließ sie den Kopf drehen, und ihre Augen trafen auf die von Jinwoo.

Als Jinwoo Bins Gesicht erblickte, erschrak er einen Moment und fragte dann mit ungläubiger Stimme: »Seid Ihr etwa der nette Herr, der uns bei der Seelenjagd geholfen hat?«

»Ah.«

Ein Ausdruck der Verzweiflung glitt über Bins Gesicht,

aber sie hatte keine andere Wahl. Zeit, die sie an eine Ausrede verschwenden konnte, hatte sie keine. Bin nickte.

»Ja, Ihr habt recht. Wir sind uns bereits begegnet.«

»Ha, wieso habt Ihr …?«

»Das ist gerade nicht weiter wichtig. Was ist Eunho widerfahren, dass er sich in so einem Zustand befindet?«

Jinwoo erzählte Bin daraufhin eine Kurzversion dessen, was auf dem Anwesen des Kriegsministers passiert war. Nachdem sie sich die Geschichte angehört hatte, nickte Bin mit finsterem Gesicht.

»Habt Ihr sie ebenfalls gesehen? Die Schattengeister, die hier herumlungern.«

»Ich war gerade dabei, mich im Haus umzusehen. Ich weiß jedoch nicht, was die Ursache sein könnte.«

»Es ist der Teich, er ist voller Seelen.«

»Wie bitte?«

Jinwoos Augen wurden groß.

»S-seelen, sagt Ihr also? Aber wer zum Teufel würde so etwas tun?«

»Da das ganze Haus betroffen ist, muss es ein Familienmitglied gewesen sein. Ist das hier der Sohn des Ministers?«

Bin sah das junge Kind an, das neben Eunho lag.

»Ja, das ist er.«

In seinem Gesicht sah sie das Spiegelbild ihres eigenen jüngeren Bruders, der bereits früh verstorben war. Sie wusste zwar noch nicht, wer etwas so Grausames verbrochen hatte, dass es den Fluch der Geister auf sich zog, aber es war eindeutig ein unschuldiges Leben, das gerade vor ihr litt.

Jinwoo öffnete den Mund, als ob er sich plötzlich an etwas erinnerte. »Mir fällt gerade ein, dass der Premierminister etwas überaus Seltsames sagte. Und zwar, dass auf den ältesten Sohn auch bald der jüngste folgen würde.«

»Der Premierminister.«

Paryeo war einst in der Familie der Hans untergekommen. In letzter Zeit hatte sie ihn nicht mehr gesehen und machte sich Sorgen, ob ihm etwas passiert sei.

An Paryeos Seite hat der Premierminister womöglich gelernt, wie man Geister beschwört.

Bin blickte auf Eunho hinunter.

Darüber hinaus war er der tragende Reiter gewesen, der die Fraktion des Premierministers besiegt hatte. Wenn Giljeon Han seine Hand im Spiel hatte, war es nur logisch, dass Eunho ebenfalls betroffen war.

»Mit meinen Augen kann ich sowohl das Jenseits als auch Geister sehen. Eunho weiß davon. Sicherlich hat er mich deshalb herrufen lassen.«

Jinwoo nickte auf Bins Worte hin. »Das ist also der Grund, warum Ihr Seelenjägerin geworden seid.«

»Der Teich der Seelen, der dieses Anwesen durchdringt, ist viel zu groß. Ich weiß nicht, wo und wie ich ihn zerstören kann, um herauszukommen.«

In diesem Moment öffnete sich die Tür.

»Tut alles, was in Eurer Macht steht!«

Mansoo Lee stürzte herein und warf sich vor Bin zu Boden. Die sah ihn perplex an.

»Ich bin der Vater dieses Kindes. Ich habe gehört, dass Ihr Augen besitzt, die das Jenseits und die Geister wahrnehmen können. Bitte, ich bin bereit, alles zu tun. Rettet das Leben meines Jungen!«

Auch Bin kniete vor ihm nieder.

»Ich kann die Geister zwar sehen, doch bedauerlicherweise fehlt es mir zurzeit noch an einem Weg, diese Angelegenheit lösen zu können. Ich werde mein Bestes geben, um die Leben aller zu retten.«

Mansoo Lee senkte erneut den Kopf. Bin, die ihm gegenübersaß, fuhr fort.

»Die Erwähnung von Geistern scheint Euch keineswegs zu überraschen. Kann ich davon ausgehen, dass Ihr ebenfalls etwas Seltsames wahrgenommen habt?«

Bei Bins Worten warf auch Jinwoo einen Blick auf den Minister, als hätte er denselben Gedanken gehabt. Ein normaler Mensch, der noch nie zuvor einen Geist gespürt hatte, hätte die Involvierung untoter Wesen bei einem solchen Vorfall gewiss abgestritten. Der Kriegsminister zweifelte jedoch nicht eine Sekunde an Bins Vermutung. Sein Gesicht verfinsterte sich.

»Abgesehen von den Worten des Premierministers waren die Umstände des Todes meines Sohns bereits seltsam genug.«

»Was meint Ihr damit?«

»Er ist ertrunken, doch sein Gesicht war völlig unversehrt. Mein Sohn mochte es sehr, in der Natur zu sein. Wenn das Wetter schön war, blieb er manchmal tagelang draußen. Daher habe ich mir keine großen Sorgen gemacht, als ich ihn einige Zeit lang nicht mehr gesehen hatte.«

Lee fuhr mit düsterer Miene fort.

»Als ich ihn im Wasser vorfand, war er bereits mehrere Tage tot. Aus dem Teich stieg ein seltsamer Gestank auf, und er war umgeben von Insekten, also ließ ich meine Diener das Wasser durchsuchen.«

»Sie haben den Teich durchsucht? Normalerweise schwimmt der Körper eines Toten doch an die Oberfläche. Hatte er etwas Schweres um den Körper gewickelt?«

Auf Bins Frage hin wurde Mansoo Lees Stimme leiser.

»Nein, da war nichts dergleichen. Obwohl rein gar nichts ihn unter Wasser hielt, trieb sein Körper einfach nicht nach oben. Und die Hortensien an der Oberfläche erschwerten es zudem, den Grund zu sehen.«

»Hortensien?«

Auf ihre Frage hin gab Jinwoo ihr eine kurze Erklärung zu den Blumen, die den Teich füllten, und Mansoo Lee nickte.

»Nach all den Mühen haben wir seine Leiche letztendlich gefunden. Da sie so lange im Wasser gelegen hatte, waren alle Körperteile verwest. Nur sein Gesicht nicht, das war noch immer trocken, mit einem Haufen Blütenblätter, die aus Mund und Nase kamen. Wenn das nicht das Werk von Geistern war, was sollte es sonst gewesen sein?«

»Ich verstehe.«

»Mein ältester Sohn ist bereits verstorben. Ich kann nicht zulassen, dass sein Bruder das gleiche Schicksal ereilt.«

Mansoo Lees Schultern zitterten.

»Bei allem Respekt, aber dürfte ich den Raum betreten, in dem die Leiche Ihres ältesten Sohns liegt?«, fragte Bin behutsam.

»Folgt mir.«

Bin und Jinwoo liefen Mansoo Lee hinterher.

Nachdem sie den Korridor durchquert hatten, öffnete Mansoo eine Tür und ermöglichte ihnen freien Blick in einen Raum, gefüllt mit prachtvollen Gegenständen, in dessen Mitte die Leiche von Ilhak Lee lag. Ein Anblick, der so gar nicht in die opulente Umgebung passte. Bin musterte den Raum und erblickte durch das halb geöffnete Fenster einen Teich. Selbst im prasselnden Regen leuchtete das Wasser hell auf.

»Ist es das?«

»Ja, genau. Dort haben wir ihn gefunden.«

»Ist das der Ort, an dem Ihr ältester Sohn gewohnt hat?«

»Ja.«

»Dann gehörten diese Gegenstände sicherlich auch ihm, oder?«

Er nickte. Die blumenförmigen Figuren aus Jade, die goldenen und silbernen Paravents und die juwelenbesetzten Ornamente fielen direkt ins Auge.

»Er hatte eine Vorliebe für prachtvolle Dinge.«

Bin hob vorsichtig das weiße Tuch über dem Gesicht der Leiche an und atmete tief ein. Natürlich leise genug, sodass es der Minister nicht hören konnte.

Die Leiche lag auf dem Grund des Teichs.

Ilhak Lee war in zwei sich überschneidende Teiche gestürzt. In den echten Teich außerhalb des Fensters und in den der Geister, der sich im Anwesen ausgebreitet hatte.

Der Grund, warum seine Leiche nicht nach oben trieb, war, dass die Geister im Seelenteich sie festhielten.

Auch Jinwoo schien dies erkannt zu haben.

»Dieser Teich überschneidet sich doch mit dem Seelenteich, nicht wahr? Ich kann ihn nur spüren, Ihr aber könnt ihn sehen.«

Bin nickte, dann wandte sie sich Mansoo Lee zu.

»Wir werden uns vorerst zurückziehen und überlegen, was wir tun können.«

»Ich verstehe. Bitte rettet meinen Sohn.«

Mansoo verbeugte sich und verließ den Raum. Bin bedeckte das Gesicht des Toten wieder mit dem weißen Tuch und lenkte ihren Blick auf das Fenster.

Das Leuchten des Teichs im fallenden Regen. Die Hortensienblüten, die dicht aneinander an dessen Oberfläche schwammen.

Sie waren so groß wie der Kopf eines Menschen. Es war, als würden die großen Blumen zu ihr herübersehen.

Die Blätter waren glatt, wiesen keine Insektenspuren auf und bildeten eine perfekte Kugel. Dennoch erschien etwas an ihnen sonderbar. Als wären sie gewachsen, indem sie das ganze Leben aus ihrer Umgebung gesaugt hätten.

»Es ist wahrlich seltsam«, meldete sich Jinwoo neben Bin zu Wort.

»Die Menschen in diesem Haus wirken so ausgelaugt und leblos, aber diese Blumen strotzen geradezu vor Lebenskraft.«

»Das ist wahr.«

»Ihr wisst sicherlich, dass es jetzt nur noch einen Ausweg gibt, wenn die Geister des Seelenteiches Eunho und den zweiten Sohn so zugerichtet haben, oder?«

Jinwoos Worte veranlassten Bin dazu, ihn anzusehen.

»Wir müssen eine Austreibung vornehmen. Bei einem gesamten Teich aus Seelen wird ein gewöhnliches Vorgehen jedoch gewiss nicht reichen. Wir werden alle anderen Seelenjäger einberufen und eine große Séance durchführen.«

Plötzlich hörte Bin das plätschernde Geräusch des Wassers. Sie schaute auf und sah, wie sich etwas im Teich bewegte.

Eine der großen Hortensienblüten hob sich langsam in die Höhe.

»Ah.«

Unter ihr war etwas zu sehen.

Ein bleiches, durchnässtes Gesicht starrte sie an.

Das Plätschern setzte sich fort, und mit jedem Geräusch stiegen weitere Gesichter an die Oberfläche, die alle wütend zu Bin blickten.

Wir werden niemals von hier weggehen.
Wir, wir, wir.

Blutige Tränen sickerten aus ihren roten Augen, tropften in den Teich und färbten das Wasser.

»Fräulein Seomoon?«

»Entschuldigt bitte. Ich werde mir den Teich mal genauer ansehen.«

Damit ließ sie Jinwoo zurück und trat hinaus in den Regen. Dort war etwas.

Der Schlammregen.

Die Menschen, die aneinandergereiht in dem Teich standen.

Wortlos starrte Bin auf die Wesen, deren Körper zur Hälfte über die Wasseroberfläche hinausragten. Weiße Gewänder, blaue und violette Röcke, der Haarschmuck in ihren Haaren. Der schlammige Regen prasselte auf ihre blassen Gesichter nieder. Doch etwas, das nicht mehr in dieser Welt existierte, konnte auch nicht beschmutzt werden. Ihre weißen Gesichter schwebten über dem Teich und schauten in ihre Richtung.

Es plätscherte noch einmal. Die Frauen an der Spitze der Gruppe sanken langsam wieder unter Wasser, als ob sie unter die Oberfläche gesaugt werden würden.

Durchsichtige Augen blickten in ihre Richtung, während die Frauen mit noch immer geöffneten Augen im Wasser versanken. Erneut trieben die Hortensienblüten auf ihren Köpfen an der Wasseroberfläche.

»Was zum …?«

»Seht Ihr dort etwas?«

Überrascht drehte Bin sich um, als eine Stimme hinter ihr ertönte. Ein Dienstmädchen stand unter dem Dachvorsprung. Es war dasselbe Mädchen, das sie vorhin ins Haus geführt hatte. Sie durchbohrte sie förmlich mit ihrem Blick.

»Wie bitte?«, fragte Bin, und das Dienstmädchen antwortete mit leiser Stimme.

»Ich habe Euch vorhin gehört. Als Ihr sagtet, Ihr würdet Geister und das Jenseits sehen können. Ich frage mich, ob Ihr in diesem Teich etwas Bestimmtes seht.«

Daraufhin neigte Bin den Kopf leicht zur Seite.

»Das klingt fast so, als ob ich hier etwas sehen sollte.«

»Ich spüre, dass sie noch immer in diesem Anwesen haust.«

»Was meint Ihr damit?«

»Obwohl meine Freundin verschwunden ist, höre ich noch immer das Geräusch von Wasser. Als würde sie die Blumen gießen. Manchmal fallen Wassertropfen wie Tränen auf meinen Nachttisch. Als sie noch bei uns war, sagte sie einmal, sie könne nicht schlafen. Wenn sie einschlief, fühlte sie sich nicht mehr menschlich. Als würde sie sich in etwas anderes verwandeln. Dasselbe Gefühl habe ich in letzter Zeit auch gehabt.«

Ihre verschwundene Freundin und Träume, in der sie zu anderen Wesen wurden.

»Ist jemand in diesem Haus verschwunden?«

Das Dienstmädchen lächelte trocken.

»Ja, viele sogar. Kyeonghwa war die Erste. Sie war für die Nebengebäude des ältesten Sohns zuständig, reinigte sie und kümmerte sich um die Pflanzen.«

Der Blick des Dienstmädchens fiel auf einen Teich voller Hortensien.

»Einschließlich dieser Blumen natürlich.«

Sie schwieg einen Moment und wandte sich dann wieder Bin zu.

»Könnt Ihr etwas sehen? Es ist wirklich wichtig für mich, also sagt mir bitte die Wahrheit.«

Die Aufrichtigkeit in ihren Worten war nicht zu überhören. Bin kannte diese Leute gut. So sahen die Gesichter derer aus, die ihre Familie an Geister verloren und sie zur Austreibung hergerufen hatten.

»In diesem Teich gibt es noch ein weiteres Gewässer. Einen Seelenteich, voll von Geistern. Ihr sagtet, Ihr hättet das Geräusch von Wasser gehört. Das müssen die Geister gewesen sein, die sich bewegen. Auch die Wasserspuren stammen sicherlich von ihnen«, erwiderte Bin.

»Heißt das, meine Freundin ist mir bis ans Bett gefolgt, um mich zu sehen?«

Als würde es die Frage des Dienstmädchens beantworten wollen, ertönte ein weiteres Plätschern. Das Geräusch konnte jedoch nur Bin wahrnehmen.

»Erzählt mir mehr über Eure Freundin, dann kann ich Euch eine eindeutige Antwort geben. Es scheint, als wolltet Ihr ihre Geschichte sowieso mit mir teilen.«

Das Dienstmädchen senkte den Blick. Nach kurzem Zögern entschied sie sich, zu sprechen.

»Letztes Jahr um diese Zeit verschwand sie. Ich habe Euch vorhin bereits erzählt, dass sie nicht gut schlafen konnte. Sie wurde immer magerer und blasser im Gesicht. Da hat sie mir auch von ihren Träumen erzählt.«

»In denen sie sich in ein fremdes Wesen verwandelt, richtig? Was für ein Wesen war das?«

»Die Blume, die sie gepflegt hat.«

»Was?«

Der Blick des Dienstmädchens fiel auf die Pflanze, die seltsam lebendig wirkte.

»Sie sagte, dass sie sich in ihrem Traum in eine Pflanze verwandelte. In einen großen Blumentopf eingepflanzt, spürte sie die Augen von jemandem auf sich. Sie konnte sogar sagen, wo sie platziert wurde. Deshalb schien der Traum auch so lebendig.«

Das Dienstmädchen fuhr langsam fort.

»Dann verschwand sie eines Tages. Die anderen sagten, sie sei mit einem Mann durchgebrannt oder dass sie besessen sei, aber ich habe das nicht geglaubt. Wir standen uns wirklich nah. An dem Tag, an dem sie verschwand, brachte der erste junge Herr eine große Hortensie mit sich und verkündete stolz, er habe eine wertvolle Pflanze erhalten.«

Der Regen, der auf das Dach prasselte, wurde immer stärker, doch die Hortensien blieben unverändert makellos.

»Schließlich pflanzte er sie in einen großen Topf und platzierte sie an genau der Stelle, die Kyeonghwa in ihrem Traum gesehen hatte.«

Bins Gesicht verhärtete sich. Das Dienstmädchen nickte.

»Ein seltsamer Zufall, nicht wahr? Ich schlich mich also in das Zimmer des ersten jungen Herrn, um einen Blick auf die Blume zu werfen, und dort …«

Die Stimme des Dienstmädchens zitterte, als sie an damals zurückdachte. Aber sie fasste sich bald wieder und sprach weiter.

»Dort habe ich das hier gefunden.«

In ihrer Hand hielt sie eine kleine gläserne Gebetsperle.

»Sie war in die Rinde der Blume eingebettet, die der erste Sohn mitgebracht hatte. Das ist die Gebetsperle, die meine Freundin immer bei sich trug. Sie steckte so fest, dass sie unmöglich bloß irgendwo herausgerutscht oder heruntergefallen sein konnte. Es sah so aus, als wäre sie mit der Pflanze seit jeher verwachsen.«

»Wie kann das sein?«

Zwischen den beiden herrschte ein seltsames Schweigen. Sie dachten gerade sicherlich an das Gleiche.

»Tatsächlich soll es schon vor meiner Freundin einige Dienstmädchen gegeben haben, die verschwanden. Seit letztem Jahr ließ der älteste Sohn unter dem Vorwand, sich gemeinsam die Blumen anzusehen, sogar Mädchen von außerhalb herrufen. Und auch anderen Frauen, die sich für Pflanzen interessierten, zeigte er den Garten.«

»Sie sind doch nicht etwa auch …«

Das Dienstmädchen nickte.

»Die anderen wissen vermutlich nichts davon. Nachdem Kyeonghwa verschwunden war, habe ich einige Nachforschungen zu den Menschen angestellt, die in den Garten kamen. Unter ihnen sind weitaus mehr verschwunden, als ich ursprünglich dachte.«

Bin verstummte.

Menschen, die spurlos verschwanden, und ein Teich von Geistern, der plötzlich erschienen war.

»An dem Tag, als ich die Gebetsperle im Hortensienbaum fand, habe ich von ihr geträumt.«

Bins Augen verengten sich zu Schlitzen. Träume waren wie eine Brücke zwischen dem Dies- und dem Jenseits.

»Erinnert Ihr Euch noch an diesen Traum?«

»Ich erinnere mich an nichts, außer dass auf dem Kopf von Kyeonghwa, die zu mir herübersah …«

Das Dienstmädchen sah aus, als würde es gleich weinen, und schaffte es gerade so, ihren Satz weiterzuführen.

»Auf ihrem Kopf befand sich eine riesige Hortensie, die in voller Pracht blühte und in meine Richtung herunterhing. Dieses Bild ist mir bis heute nicht aus dem Kopf gegangen. Es war, als hätte die Blume all ihre Energie aus ihr herausgesogen.«

Die Augen des Dienstmädchens röteten sich.

»Sie war sowieso so sehr damit beschäftigt, die Blume zu versorgen, dass ihr gar keine Zeit blieb, sich um sich selbst zu kümmern. Aber dass sie deshalb sterben würde …«

Das Dienstmädchen biss sich auf die Lippe.

»Als ich hörte, dass der älteste Sohn in diesem Teich ertrunken ist, war ich ehrlich gesagt erfreut. Es gibt also doch noch so etwas wie göttliche Bestrafung, dachte ich mir.«

Das Dienstmädchen blickte auf den jüngeren Sohn, der im Zimmer lag.

»Aber der zweite Sohn des Herren, der jetzt krank ist, hat nichts Unrechtes getan. Und der Mann, der mit ihm ins

Unglück gerissen wurde, bedeutet Euch sicherlich viel. Ich weiß, warum Ihr hier seid. Ihr wollt die Geister an diesem Ort austreiben, denn das ist der einzige Ausweg für die Lebenden.«

Bin sagte nichts.

»Ich werde Euch nicht bitten, Kyeonghwa von ihren Qualen zu erlösen, aber wenn Ihr sie durch Eure Augen seht, würdet Ihr ihr bitte sagen, dass sie in Frieden gehen und nicht an diesen höllischen Ort gebunden sein soll?«

Für die Toten gab es nur ein Ziel, das Jenseits. So sah die natürliche Ordnung es vor. Geistern, die nicht friedlich in die Unterwelt gehen konnten, blieb keine andere Wahl, als im Diesseits zu bleiben, das voller scharfer Klingen und Dornen war.

Aber für die Geister bedeutete das Verbleiben in dieser Welt, dass sie weiterhin schlechtes Karma anhäuften, ohne Zeit dafür zu haben, für ihre Sünden Buße zu tun. Wenn man sich nicht an die Regeln hielt, bekam man unweigerlich eine noch größere Bestrafung. Trotz dieses Wissens im Diesseits zu verweilen bedeutete, dass die Geister von äußerst starken Empfindungen geleitet wurden.

Ganz gleich, was mit den Geistern passiert war und was sie hier festhielt, sie sammelten immer mehr schlechtes Karma an.

»Ich möchte bloß, dass meine Freundin auch nach dem Tod in Frieden ruhen kann, also tut mir bitte diesen Gefallen.«

Das Dienstmädchen senkte den Kopf. Tränen fielen auf ihre Hand. Bin wusste genau, wie sie sich fühlte.

Auch sie hatte ihren jüngeren Bruder verloren. Das Bedauern und die Schuldgefühle, dass sie ihn vielleicht nicht hätte gehen lassen müssen, wenn sie sich mehr um ihn gekümmert hätte, waren überwältigend. Wie schmerzhaft musste es sein, zu wissen, dass die Toten in der Welt umherwanderten und nicht an den Ort gehen konnten, an den sie gehörten?

Ruckartig ergriff Bin die Hand des Dienstmädchens.

»Ich werde mein Bestes tun, das verspreche ich.«

Die junge Frau hob den Kopf. Leichter Unglauben machte sich auf ihrem tränenverschmierten Gesicht breit.

»Noch nie habe ich jemanden versprechen hören, für jemanden wie uns sein Bestes zu geben. Ich hätte nicht erwartet, dass Ihr mir so aufrichtig zuhören würdet.«

»Ich weiß, wie Ihr Euch fühlt. Daher möchte ich Euch helfen, so gut ich kann. Dazu müsst Ihr mir jedoch ebenfalls zur Seite stehen.«

Das Dienstmädchen nickte energisch.

»Was immer ich für Euch tun kann, ich werde helfen.«

»Wenn das so ist, könntet Ihr die Familien und Freunde der anderen finden, die hier in diesem Haus verschwunden sind?«

»Ihr meint Personen, die sich in einer ähnlichen Situation befinden wie ich?«

»Ja, genau.«

»Ich werde sehen, was ich tun kann.«

Die Blicke von Bin und der Frau trafen sich. Das Dienstmädchen verbeugte sich und ging.

Der Regen hörte noch immer nicht auf.

Bin atmete lange aus. So viele Geister im Seelenteich. Wenn sie Eunho, den jüngsten Sohn und all die anderen Seelen retten wollten, müsste sie…

»Es gibt nur diese eine Möglichkeit.«

»Wo seid Ihr gewesen?«

Jinwoo hielt einen Pinsel in der Hand, als er die Frage stellte. Am Fenster des Raums, in dem Eunho und der zweite

Sohn des Kriegsministers lagen, hingen Talismane, die er offenbar geschrieben hatte.

»Uns bleibt nicht viel Zeit. Ihr werdet Euch doch der Austreibung des Seelenteichs anschließen, nicht wahr?«

Der beiläufige Tonfall von Jinwoos Stimme ließ Bin einen Moment lang zögern.

Die Seelenjagd.

Das war etwas, das sie immer getan hatte.

»Wisst Ihr, wie ein solcher Seelenteich entsteht?«

Auf Bins unerwartete Frage legte Jinwoo den Kopf leicht schief.

»Nun ja, ich kenne nicht den genauen Grund, aber ich weiß, dass er entsteht, wenn sich viele Seelen aus demselben Grund an einem Ort überschneiden. Menschliche Geister bleiben teilweise im Diesseits zurück, weil sie noch nicht verstanden haben, dass sie tot sind, oder weil sie sich gegen die natürliche Ordnung sträuben, ins Jenseits zu gehen. Habe ich recht?«

»Das stimmt, deshalb sind die menschlichen Geister am schwierigsten auszutreiben, besonders, wenn es so viele von ihnen gibt.«

»Daher müssen wir uns so schnell wie möglich auf die Austreibung vorbereiten. Je länger wir warten, desto stärker wird der Einfluss der Geister, die Eunho und diesem Kind anhaften. Ihre Leben könnten bald schon in Gefahr sein.«

Bin erinnerte sich an die bleichen Geister, die sie vorhin durch das Fenster gesehen hatte.

Ihre triefenden, blassen Gesichter, ihre Gewänder, Röcke, Haarbänder, ihr Haar, ihre Fingernägel und Augenbrauen.

Ihre ganzen Körper tobten vor Wut. Als hätten sie hier noch etwas zu tun, selbst wenn es bedeutete, die natürliche

Ordnung zu brechen und nicht ins Jenseits zu gehen. Bin erinnerte sich an die Geschichte, die sie von dem Dienstmädchen gehört hatte.

»Der Grund für das plötzliche Auftauchen des Seelenteichs interessiert Euch also nicht?«

Jinwoo hob den Kopf. »Sollte es das denn?«

»Immerhin bedeutet es, dass irgendwo so viele Menschen umgekommen sein müssen, dass sie einen ganzen Teich gebildet haben. Eben ist mir eine Geschichte zu Ohren gekommen, die damit zusammenhängt. Ich bin mir ziemlich sicher, dass Ilhak Lee dafür verantwortlich ist.«

Jinwoo unterbrach sie mit einer Gegenfrage.

»Mein Fräulein, ist Euch bekannt, dass es innerhalb der Hauptstadt kaum ungelöste Fälle gibt?«

»Wie bitte?«

Bin blinzelte über den plötzlichen Themenwechsel.

»Wie Ihr schon sagtet, gab es genug Tode, die das plötzliche Erscheinen eines solchen Seelenteichs erklären könnten. Allerdings haben wir nicht ansatzweise genügend Meldungen erhalten, die an diese Zahl heranreichen würden. Wisst Ihr, was das bedeutet?«

Noch bevor Bin den Mund öffnen konnte, beantwortete Jinwoo bereits seine eigene Frage.

»Ganz recht. Es bedeutet, dass die Verstorbenen weder einen hohen Status noch einen hohen Wert hatten. All jene, nach denen sowieso niemand suchen würde, ganz gleich, wann und wo sie sterben. Und sie sind schließlich bereits tot. Oder genauer gesagt sind sie gestorben und zu Geistern geworden. Sollten wir sie da nicht selbstverständlich austreiben?«

Menschen ohne Status, ohne Wert, die jederzeit und überall sterben konnten, ohne dass es jemanden kümmerte. Diese Worte trafen Bin mitten ins Herz.

Sie erinnerte sich an das tränenüberströmte Gesicht des Dienstmädchens. An ihren überraschten Gesichtsausdruck, als sie ihr sagte, dass sie ihr Bestes geben würde. Vermutlich lag es daran, dass sie einfach überall als »wertlos« behandelt wurde.

»Geister sind und bleiben nun mal Geister. Die Lebenden müssen sich schlichtweg nicht um sie kümmern.«

»Sie sind zu Unrecht durch die Hand dieses Lebemanns gestorben!«

Jinwoos Gesicht blieb ausdruckslos.

»Na und? Verstehe ich es gerade richtig, dass Ihr Euch wirklich auf die Seite dieser Geister schlagt?«

»Das habe ich damit nicht gemeint.«

»Was ist Euch nun wichtiger? Ich sehe ein, dass Ihr womöglich mehr Verständnis für diese Wesen aufbringt als ich, weil Ihr sie tatsächlich sehen könnt, aber Ihr solltet ebenso gut wissen, in was für einer Lage wir uns zurzeit befinden. Oder etwa nicht?«

Jinwoos nächsten Worte verschlugen Bin die Sprache.

»Es geht hier zudem um eine Angelegenheit der Familie des Kriegsministers. Womöglich ist es Euch nicht bewusst, aber er ist innerhalb des Kriegsministeriums der Einzige, der aufseiten Seiner Majestät steht. Was denkt Ihr wohl, was passiert, wenn sich herumspricht, dass sein Haus von unheilvollen Wesen heimgesucht wird?«

»…«

»Es geht hier ebenfalls um das Ansehen Seiner Majestät, und genau deshalb können wir uns auch nicht den kleinsten Fehltritt erlauben. Wir haben im Moment genug damit zu tun, diese Geister hier auszutreiben, das ist also nicht der Moment, sich von irgendwelchen Trauergeschichten ablenken zu lassen.«

»Dann werden wir die Toten …«

»Wir werden sie genauso austreiben wie alle anderen Geister bisher auch. Das ist die einzige Möglichkeit, auch Eunhos Leben zu retten.«

Bei einer Austreibung verschwanden die Geister. Ihre Existenzen verpufften. Ganz gleich, weshalb sie die Menschenwelt nicht verlassen konnten oder was für eine Vergangenheit sie einst erlebt hatten, sie lösten sich schlichtweg auf.

Bin führte schon seit Jahren Austreibungen durch, doch hatte es für sie stets eine Grenze gegeben, die sie nicht überschritt. Sie erinnerte sich an die Worte ihres einstigen Lehrmeisters.

Letztendlich tragen auch Geister ein Herz in der Brust. Alles, was hier im Diesseits stirbt, wandert ins Jenseits, in eine andere Welt. Wir sollten diese beiden Welten nicht in Recht und Unrecht, Licht und Schatten unterteilen. Letztendlich landen die Seelen, die in den Höllen der Unterwelt ihre Strafe erfahren haben, schließlich auch mit neuem Karma wieder hier bei uns.

»Letztendlich tragen auch Geister ein Herz in der Brust …«, murmelte Bin vor sich hin.

Sie blickte Eunho an. Was er wohl sagen würde, wenn er sehen könnte, wie hin- und hergerissen sie gerade war?

Wäre er enttäuscht und würde sie fragen, warum sie zögerte, statt umgehend diese Geister auszutreiben?

Nein, so eine Art Mensch ist er nicht.

In diesem Fall ging es um die Seelen und die Geschichten Verstorbener, die alle dasselbe Schicksal teilten.

Hätte sie nichts von alledem gewusst, wäre diese Austreibung für sie wie jede andere gewesen, da sie es nun aber tat, ging es einfach nicht anders. Sie hatte keine andere Wahl.

»Gebt mir bitte ein wenig Zeit.«

Bins Worte ließen Jinwoo eine Augenbraue hochziehen.

»Was sagt Ihr da?«

»Ich kann diese Geister nicht einfach auf normale Art austreiben. Und es ist mir egal, ob Ihr dies anders seht. Ich muss versuchen, ihren Geschichten zu lauschen.«

»Eunho wurde soeben von ihnen angegriffen, und Ihr wollt …?«

»Jinwoo.«

Eine Stimme neben ihnen ließ den Mann innehalten. Eunho hatte sich gerade so mit den Händen vom Boden aufstützen können.

»Es geht dir gut?«, »Bist du wohlauf, Eunho?«, fragten Jinwoo und Bin gleichzeitig.

Eunho sah noch immer blass aus.

»Ich habe die Geister gehört.«

»Was soll das bedeuten?«, fragte Jinwoo.

»Genau das, was ich gesagt habe. Ich konnte die Geister, die sich an meinen Körper geklammert hatten, hören. Was genau sie gesagt haben, habe ich nicht verstanden, aber … ihr Groll und ihre Wut waren ganz unverkennbar.«

Eunho sah Bin an. »Fahr fort, wie du es für richtig hältst, Bin.«

Jinwoo sprang von seinem Platz auf. »Eunho, hast du den Verstand verloren?«

»Ich bin durchaus noch zurechnungsfähig. Da ich die Geister selbst gehört habe, weiß ich wohl auch am besten, wovon ich hier rede. Und auch die Fähigkeiten von Fräulein Seomoon kann wohl kaum jemand besser einschätzen als ich.«

»Aber das Wichtigste ist jetzt …!«

»Ich vertraue ihr. Und sie beabsichtigt wohl kaum, mich zu töten.«

Ungläubig schüttelte Jinwoo den Kopf.

»Ich vertraue Euch ebenso, mein Fräulein. Tut, was Ihr tun müsst.«

Eunho griff nach Bins Hand.

»Eunho.«

»Sagte ich es nicht bereits? Ich will das, was auch du willst. Ich habe die Geister nur hören können, für dich, die sie aber auch noch sehen kann, muss diese Situation noch weitaus schwieriger zu akzeptieren sein. Entscheide du also, wie du vorgehen möchtest.«

Kaum hatte er zu Ende gesprochen, sackte seine Hand erneut kraftlos zu Boden.

Eine weitere Tür schlug vor ihrer Nase zu. Inzwischen konnte sie nicht einmal mehr sagen, die wievielte es bereits war. Das Dienstmädchen hinter ihr schüttelte den Kopf. Sie waren gemeinsam auf der Suche nach den vermissten Frauen, doch hatten ihre Bemühungen sich als noch erfolgloser entpuppt als gedacht.

»Ich wusste, es würde nicht einfach werden, aber mit einer solchen Herausforderung hatte ich nicht gerechnet.«

Das Dienstmädchen neben ihr lächelte verbittert.

»Ich bin sicher, dass sie sich momentan mehr um ihr eigenes Wohlergehen sorgen als um das jener, die verschwunden sind. Wenn sie nichts weiter zu verlieren hätten, wäre die Situation sicher eine andere, aber bei einem Anwesen wie diesem hier …«

Sie blickte zu dem gekachelten Haus hinauf.

Mehrere der Frauen, denen man nachsagte, durch Ilhak Lee ihr Leben verloren zu haben, stammten selbst aus überaus wohlhabendem Hause.

»Von einer Frau wird erwartet, dass sie bereit ist, ihr Leben für ihre Familie zu opfern, anstatt sich selbst zu verteidigen. Womöglich fühlen sie sich durch unsere Frage nach ihrem Aufenthaltsort eher noch vor den Kopf gestoßen.«

»Sie sind so schamlos, für einen gerüchteumwobenen

Lebemann eine dreitägige Trauerfeier abzuhalten, während sie den Tod dieser Frauen als gewaltiges Tabu behandeln.«

Bin schüttelte den Kopf und wandte sich zum Gehen.

»Entschuldigt«, meldete sich eine leise Stimme hinter ihnen.

Sowohl Bin als auch das Dienstmädchen drehten sich in ihre Richtung. Eine blasse Frau stand vor ihnen.

»Ich hörte, dass Ihr Euch nach Jian erkundigt.«

Hastig trat Bin vor.

»Das stimmt. Wisst Ihr womöglich etwas über sie? Ich bin Seelenjägerin und sammle derzeit Hinweise zu ihrem möglichen Aufenthaltsort.«

»Eine Seelenjägerin. Dann ist Jian also tatsächlich tot?«

Die Stimme der Frau war ruhig, jedoch von Traurigkeit durchzogen. Sie schien bis zu einem gewissen Grad bereits mit ihrem Tod gerechnet zu haben.

»In welcher Beziehung steht Ihr zu Fräulein Jian?«

»Ich bin ihre ältere Schwester.«

Schritt für Schritt erklärte Bin ihr, was geschehen war. Nachdem sie alles gehört hatte, vergrub die Frau das Gesicht in den Händen.

»So war das also.«

»Ich versuche, Menschen zu versammeln, die mir dabei helfen können, ihre Seelen irgendwie zu beruhigen. Würdet Ihr mir dabei zur Seite stehen?«

Die Frau nickte. Bin drückte ihr einen Zettel mit dem Datum und dem Ort, an dem sie sich treffen würden, in die Hand.

Sie nahm das Papier entgegen, schaute sich um und ging dann zurück ins Haus, so als wäre nichts geschehen, während Bin und ihre Begleitung aus der Gasse heraustraten. Das Dienstmädchen warf einen Blick auf die noch übrigen Namen auf der Liste.

»Ich gehe in diese Richtung. Vermutlich wäre es besser, wenn Ihr Euch die wohlhabenderen Häuser vornehmt«, schlug sie Bin vor und trottete bereits von dannen.

Bin blieb allein zurück.

»Haah.«

Ein tiefer Seufzer entglitt ihren Lippen. Nun galt es erst einmal, so viele Menschen wie möglich zu versammeln, die mit den Opfern in Verbindung standen. Nur dann würde ihr Vorhaben Früchte tragen.

Jinwoo hatte ihr drei Tage gegeben.

Sollte sie bis zum Ende von Ilhak Lees Beerdigung noch keine Lösung gefunden haben, würden sie die Geister, wie er es wollte, austreiben.

Bin hatte eingewilligt, da auch sie nicht beabsichtigte, uneingeschränkt ihren Willen durchzusetzen, während Eunho noch immer bewusstlos war.

»Drei Tage.«

Dass der Seelenteich trotz Ilhak Lees Tod noch immer nicht verschwunden war, sprach dafür, dass sein Verscheiden allein nicht ausreichte, um den verbleibenden Groll der Geister gegen ihn auszulöschen. Sie wollten noch mehr. Ihnen ging es nicht allein um den Tod von Ilhak Lee, sondern vielmehr um den seiner gesamten Familie.

Und sie würden nicht ruhen, bis sie endgültig ausradiert war.

Wenn das passieren sollte, wird es für sie jedoch kein nächstes Leben mehr geben.

Ilhak Lees Tod war eine gute Wendung des Schicksals. Mitleid hatte sie mit ihm keineswegs.

Wer ihr leidtat, waren all jene, die zu Geistern geworden waren. Und umso wichtiger war es ihr, all den Seelen Trost zu spenden, um die sich weder im Leben noch im Tod jemand kümmerte.

Je länger sie in dieser Welt blieben, desto höher wurde die Wahrscheinlichkeit, dass sie als böse Geister zurückbleiben würden. Irgendwann würden sie sich nicht mehr daran erinnern können, weshalb genau sie überhaupt im Diesseits verblieben waren, und die Zerstörung anderer Leben nur noch als Mittel zur Bestätigung ihrer Existenz nutzen.

»Dann gäbe es wirklich keine andere Lösung mehr, als sie auszutreiben.«

Und genau deshalb musste Bin sich noch vorher ihre Geschichten anhören und einen Weg finden, sie ins Jenseits zu schicken.

Gelang ihr dies nicht, war ebenso Eunhos Leben in Gefahr, und das konnte sie nicht zulassen.

»Du armes, armes Ding.«

Eine unbekannte Stimme drang an ihre Ohren. Sie gehörte zu einer seltsamen alten Frau am Straßenrand, die Bin anstarrte und dabei Worte vor sich hin murmelte, die nach einem Gebet klangen. Ihr Blick durchbohrte sie wie Nadeln. Bin drehte den Kopf, um zu sehen, ob noch jemand anderes da war, doch sie und die Frau befanden sich allein in der Gasse.

»Viele Leben liegen dir zu Füßen. Wo immer du hingehst, folgt dir der Tod daher zugleich.«

Sie sprach in Rätseln. Die alte Frau schien nicht ganz bei Verstand zu sein, daher wandte Bin sich ab, um eine andere Richtung einzuschlagen.

Ruckartig zog die Frau ihren weißen Kapuzenhut ab. Bin betrachtete zunächst ihr Gesicht, dann fiel ihr Blick auf den mit Glocken besetzten Fächer in ihrer Hand.

Ein Instrument, das allein von Seelenjägern getragen werden konnte. Bin hielt inne.

»Oh, wie überaus bedauerlich. So ein großes Schicksal ruht auf deinen zierlichen Schultern.«

Die alte Frau machte einen Schritt, dann zwei auf Bin zu.

»Willst du sie retten?«

Es war eine kurze Frage, aber Bin wusste sofort, wovon die alte Frau sprach. Ihr Gesichtsausdruck veränderte sich.

»Das will ich.«

Die Lippen der Frau verzogen sich zu einem Lächeln. Ihr schwarzes Zahnfleisch war zwischen den Lippen deutlich sichtbar.

»Du willst also wahrhaftig jene retten, die zu bösen Geistern geworden sind?«

Auf ihre Rückfrage hin hielt Bin einen Moment inne.

»Ganz gleich, wie sie auch gestorben sind, sie sind und bleiben Dämonen, die die Leben anderer Unschuldiger gefährden, und du willst sie dennoch retten?«

»Ich finde nicht, dass ein Wesen wegen einer einzigen falschen Handlung verdammt werden sollte. Sie mögen böse Geister sein, ja, aber ich bin davon überzeugt, dass sie das nie geworden wären, wenn ihnen nur zu Lebzeiten jemand die Hand gereicht hätte. Daher möchte ich ihnen nun meine Hand und mit ihr eine neue Chance anbieten.«

Ausdruckslos starrte die Frau sie an. Dann stellte sie eine weitere Frage.

»Und wie weit bist du bereit, für sie zu gehen?«

»Was meint Ihr mit ›wie weit‹?«

»Würdest du dein Leben für sie lassen?«

»Mein Leben …?«

»Wenn du die Geister ins Jenseits bringen willst, ohne sie zu töten …«

»Ihr wisst, wie das geht?«

»Dazu braucht es keine Austreibung, sondern eine Übergangszeremonie.«

»Ihr meint also …«

»Es geht nicht darum, die Geister einfach zu auszuradieren,

sie müssen selbst ihren Groll hinter sich lassen und ins Jenseits wandern.«

»Und wie kann ich sie davon überzeugen?!«, fragte Bin aufgeregt.

»Weißt du, weshalb Seelenjäger diesen Weg für gewöhnlich nicht einschlagen? Es gibt genau einen Grund dafür.«

Die Augen der alten Frau blitzten auf.

»Weil derjenige, der das Ritual durchführt, sein eigenes Leben für die Geister geben muss. Um einen Geist ins Jenseits zu schicken, muss er nicht nur von seinem Groll befreit werden, sondern ebenfalls einen Wegzoll in die Hand gedrückt bekommen. Das Leben des Seelenjägers entspricht genau diesem Preis.«

Bin war sprachlos.

»Bist du dennoch bereit, es zu tun? Wirst du dein Leben unter all diesen Geistern aufteilen?«

»Mein Leben«, wiederholte Bin.

Sie dachte einen Moment lang nach, dann öffnete sie langsam den Mund.

»Ich habe mein Leben nie als wichtig erachtet. Vielmehr dachte ich stets, ich wäre den Menschen eher eine Hilfe, wenn ich schnell sterben würde. Nun aber mein Leben geben zu können, um diesen Seelen ins Jenseits zu helfen … Was gäbe es Schöneres?«

Abrupt drehten die Augen der alten Frau sich nach hinten. Die Glocken in ihrer Hand erbebten. Ihr Klimpern erfüllte die Luft.

»O weh, o weh. Über die Klinge, über das Feuer hinweg wirst du schreiten.«

Die mageren Finger der alten Frau zeigten auf Bin.

»Aus Mitleid mit diesen Geistern willst du nun dein Leben geben? Es mit einer großen Schere zerschneiden und unter ihnen verteilen?«

Die Stimme schien doppelt und dreifach widerzuhallen. Die Glocken in ihrer Hand zitterten immer heftiger.

»Was soll denn plötzlich …?«

Noch bevor Bin weitersprechen konnte, fiel die alte Frau vor ihr auf die Knie. Dann rief sie mit lauter, dröhnender Stimme.

»Ich verneige mich vor Euch! Untertänig verneige ich mich!«, schrie sie und schlug den Kopf dabei auf den Boden.

Erschrocken versuchte Bin, sie aufzuhalten, doch kam sie gegen die geradezu übernatürlichen Kräfte der Frau nicht an.

»Was soll denn das? Was tut Ihr da?«

»Ihr tragt das bedauernswerteste aller Schicksale in Euch, wie könnte ich mich da nicht vor Euch verneigen?«

Eine grollende Stimme ertönte aus dem höhlenartigen Mund der alten Frau.

»Euer Herz, das selbst Mitleid für diese niederen Geister empfindet, weist Euch den Weg, den Ihr gehen müsst. Als jemand, der sich an denselben Speisen nährt wie all jene Geister, wird der Weg Euch gewiss ein vertrauter sein!«

Die alte Frau lachte.

Das dachte Bin zumindest, bis sie die Tränen bemerkte, die an den hochgezogenen Mundwinkeln der Frau hingen.

»Ich habe nicht die geringste Ahnung, was das bedeuten soll.«

»Ihr wisst es nicht? Ihr wisst es nicht?«

Bins Gesicht verzerrte sich. Die Worte aus dem Mund der alten Frau waren nicht länger menschlich.

»Ihr kehrt dorthin zurück, wo Ihr hingehört! Schicksal und Ordnung könnt auch Ihr Euch nicht widersetzen!«

Reflexartig hielt Bin sich die Ohren zu.

»Ich will es nicht hören! Nein, das will ich nicht!«

Doch die Stimme, die aus dem Mund der alten Frau kam, klammerte sich an ihr fest.

»Ihr seid es. Ihr seid unsere …«

Bin rannte los. Sie wollte kein weiteres Wort mehr hören. Nein, es war eher noch ein Instinkt, der ihr sagte, dass sie der Stimme nicht länger lauschen solle.

Und so rannte sie, bis sie gänzlich außer Atem war.

Tränen rannen ihr über die Wangen. In der Ferne zuckten Blitze am dunklen Himmel.

»Mein bedauernswertes Schicksal«, murmelte Bin die Worte der alten Frau vor sich hin.

Es regnete noch immer in Strömen.

In der Dunkelheit des Regens leuchtete die Laterne an der Türschwelle des Anwesens von Mansoo Lee so schwach, als könnte sie jeden Moment erlöschen. Bin betrachtete das weiße Licht und strich ein letztes Mal über ihre Kleidung. Das hier war das Einzige, was sie tun konnte.

Eine Übergangszeremonie.

Sie durfte keinen Fehler machen. Um der Toten willen, die durch die Hand von Ilhak Lee gestorben waren, und um Eunho und Lees zweiten Sohns willen musste sie ein perfektes Ritual abhalten.

Bin atmete tief durch und betrat das Haus des Kriegsministers.

Das große Anwesen war in Stille gehüllt. Mit Ausnahme der schwach leuchtenden weißen Laternen war nichts und niemand zu sehen. Dies war eine ihrer Bedingungen gewesen. Außer Eunho und Mansoo Lees jüngstem Sohn durfte sich niemand an diesem Ort aufhalten, während sie die Zeremonie durchführte.

Das weiße Laken, das über den Hof gespannt worden war, um die Trauernden zu empfangen, hatte durch den matschigen Regen längst seine ursprüngliche Farbe verloren. Bin trat auf den Holzfußboden der großen Halle.

Alles, was Bin benötigte, lag dort schon bereit. Die kleinen, gut geschärften Messer steckten in ihren Scheiden. Sie nickte vor sich hin, während sie alles prüfte.

Auf dem Boden der großen Halle errichtete sie einen kleinen Altar.

Sie streute Weihrauch hinein, entzündete ein Feuer und stellte eine leere Gedenktafel auf. Dann holte sie eine schwarze Schriftrolle hervor und griff diese an ihrer Oberseite. Das zusammengerollte Dokument fiel nach unten und offenbarte seinen Inhalt.

An der Schriftrolle war ein schwarzes Papier befestigt. Ein leeres, schwarzes Rechteck, das an ein dunkles Tor erinnerte.

Vor sich platzierte sie die Gedenktafel des toten Ilhak Lee.

Sie war bereit. Es fehlte nun nur noch eins.

Bin blickte über den stillen Hof zum Tor. Wann wohl all jene kommen würden, die für den heutigen Tag die Erlaubnis erhalten hatten, jenes Tor zu durchschreiten und das Anwesen zu betreten?

Ungeduldig tickten die Minuten vor sich hin.

Bin hatte ganz zweifellos Zusagen von einigen Angehörigen und Betroffenen erhalten.

Ohne ihre Hilfe konnte sie die Zeremonie nicht beginnen. Es mussten sich unbedingt so viele Menschen wie möglich versammeln, die die ungerechten Tode all dieser Seelen noch nicht vergessen hatten.

Bitte, betete Bin ein weiteres Mal in Gedanken, *lass hier heute wenigstens eine Person erscheinen*.

Begleitet von einem Knarzen schritt jemand aus dem strömenden Regen durch das Tor hindurch ins Trockene. Bin sprang auf.

»Ah.«

Laternen über Laternen schwärmten hinein.

Ohne ein Geräusch schwebten sie durch den Regen. Und hinter jeder Laterne folgte eine Gestalt.

Bin rannte ihnen entgegen. »Willkommen.«

Die Gesichter der versammelten Trauernden waren ausdruckslos. Was heute an diesem Ort stattfinden würde, sollte die traurigste aller Beerdigungen werden.

An der Spitze der Menschenreihe stand das Dienstmädchen, das ihr bei allen Vorbereitungen am meisten geholfen hatte.

Im schummrigen Licht der Laternen zeichneten sich hinter ihr die Gesichter der anderen Frauen ab. Keine von ihnen sprach, aber man konnte spüren, dass sie alle denselben Kummer in ihren Herzen trugen.

Etliche Augenpaare blickten Bin entgegen.

Ihre Blicke schienen zu ihr zu sprechen. Sie waren hier, um Rache zu nehmen. Wohlwollen oder Vergebung würde es hier heute nicht geben.

Die Frauen traten unter das Tuch. Sie blickten einander nicht einmal an. Es war, als hätten sie instinktiv gewusst, was hier heute geschehen würde.

Ihre Mitarbeit bei der Zeremonie konnte die Toten nicht zurückbringen, und vielleicht würden die Ereignisse des Abends für immer wie ein Stein auf ihren Herzen lasten.

Das aber lag alles in der Zukunft. Würden sie hier und heute nicht die Seelen jener Verstorbenen besänftigen, die ihnen einst so wichtig waren, würde auch für sie die Zeit weiterhin stillstehen. Sie würden eines langsamen Todes sterben, noch bevor diese Zukunft überhaupt die Möglichkeit hätte, auf ihnen zu lasten.

Die Frauen betraten den Innenhof.

Bin erinnerte sich an die blassen, durchsichtigen Gesichter der Geister, die im Teich gestanden hatten. Sie hatten einen ähnlichen Anblick abgegeben wie jetzt. Sie sah die versammelten Frauen an.

»Ihr werdet hier heute etwas erleben, von dem Ihr nie jemandem erzählen können werdet. Lasst mich Euch daher im Voraus warnen. Solltet Ihr Euch unsicher sein, besteht jetzt noch die Möglichkeit, zu gehen.«

Bin hielt inne und wartete, aber niemand rührte sich. All diese Frauen hatten bereits ihr eigen Fleisch und Blut, Freunde und geliebte Menschen verloren. Sie standen auf dem Hinterhof ihres Mörders im Regen und sahen aus, als hätten sie das Schlimmste im Leben schon hinter sich.

Bin nickte.

»Wenn ich die Namen der Toten aufrufe, möchte ich, dass Ihr hervortretet.«

Der Reihe nach zählte sie die Namen der Vermissten auf, einen nach dem anderen.

»Mansoo Lees Dienstmädchen, Kyeonghwa Kim.«

Das vorderste Dienstmädchen trat aus der Reihe hervor.

»Bitte streckt Eure Hand aus«, bat Bin sie.

Auf die offene Handfläche der Frau schrieb sie langsam den Namen der Vermissten. Das war ihre erste Aufgabe. Sie musste die Namen auf die Körper schreiben, damit die Geister sie sehen konnten.

Das Dienstmädchen starrte den Schriftzug auf seiner Hand an.

»So sieht dein Name also aus. Ich hatte ihn noch nie zuvor gesehen«, flüsterte sie tränenerfüllt.

In ihre andere Hand legte Bin eines der vielen kleinen Messer, die sie vorbereitet hatte. Ruhig beobachtete sie, wie das Dienstmädchen zurück an seinen Platz trat.

Dies war jedoch kein Moment, um sich der Trauer hinzugeben. Sie musste diese Zeremonie noch vor Tagesende abschließen.

Bin rief die nächsten Namen auf. Ein paar Leute zuckten als Reaktion zusammen oder verzogen das Gesicht.

»Hanyi …«, schluchzte eine grauhaarige Frau und weinte bitterlich vor Bin.

Die meisten Vermisstenfälle lagen bereits weit in der Vergangenheit. Die Frauen schienen gedacht zu haben, längst über all den Schmerz hinweg zu sein, damit hatten sie sich jedoch getäuscht. All die Emotionen, die sie bis dahin verborgen gehalten hatten, kamen nun plötzlich zum Vorschein.

Bin versuchte, ihre Gefühle so gut es ging unter Kontrolle zu halten. Sie durfte sich nicht ablenken lassen.

Nachdem schließlich jeder einen Namen auf der Hand trug, ging Bin langsam los, so als wollte sie die anderen dazu auffordern, ihr zu folgen. Durch den Regen hinweg setzte sich die Prozession der Laternen erneut in Bewegung. Die Stille, die trotz der vielen Anwesenden vorherrschte, verlieh dem Ort eine noch gespenstischere Atmosphäre.

Die lange Schlange bahnte sich ihren Weg zu dem mit Hortensien bepflanzten Teich und dem anschließenden Nebengebäude, in dem Ilhak Lee einst gewohnt hatte. Schritt für Schritt.

Die Blumen im Teich waren trotz des dreitägigen Schlammregens makellos. Es war, als ob nicht einmal der Tod sie beschmutzen könnte.

Das Wasser schwappte hin und her, als die Geister sich beim Anblick der Frauen, die auf den Teich zumarschierten, aufrichteten.

Sie alle trugen jeweils eine riesige Hortensienblüte auf dem Kopf. Wasser tropfte von ihren nassen Gesichtern,

Händen und Haaren. Es sah aus, als ob Tränen über ihre Wangen liefen.

Nachdem sie erkannt hatten, wer sich ihnen näherte, schienen die blassen Gesichter der Geister zum ersten Mal Emotionen zu zeigen.

Als die Frauen an den Teich herantraten, wurde das Wasser zusehends unruhiger. Die Geister rissen ihre Münder weit auf und stießen lautlose Schreie aus.

Immer stärker schwappte das Wasser von links nach rechts, als würde ein Sturm wüten. Die Geister schrien auf.

Warum bist du hier? Warum? Warum? Warum willst du mein Karma auf dich nehmen?

Auch die Frauen mit den Laternen schienen etwas zu spüren. Wie gebannt starrten sie auf den Teich mit den abgeschnittenen Hortensien.

»Kyeonghwa!«

Anstelle der Geisterstimmen durchdrang die Stimme des Dienstmädchens schrill die Luft.

Hektisch drängte sich einer der Geister aus den hinteren Reihen an den anderen vorbei nach vorne. Zweifellos die gesuchte Kyeonghwa.

Die Hand des Geists streckte sich nach dem Dienstmädchen aus, und sie zog ihre Freundin in eine Umarmung.

»Ah.«

Die Buchstaben, die Bin zuvor geschrieben hatte, leuchteten auf, und der Geist wurde in den Körper des Dienstmädchens gesogen.

»Ich bin hier, damit du in Frieden gehen kannst. Mach dir also keine Sorgen und benutze mich einfach«, flüsterte die junge Frau.

Das Rauschen des Wassers wurde abermals lauter. Auch die übrigen Geister bewegten sich nun nach und nach aus dem Teich heraus und auf die Frauen zu, die heute extra für sie hergekommen waren.

Sie streckten ihre Hände aus und ergriffen die kalten Hände der Verstorbenen. Auch sie wurden in die menschlichen Körper vor sich hineingesogen, kaum dass ihre Finger sich berührten.

Gleichzeitig verwelkten die Hortensien, die den Teich füllten, denn sie waren allein durch die Energie der Geister am Leben gehalten worden. Ein weiteres Spektakel, das Ilhak Lees Gier zu verdanken war.

Einige der Frauen taumelten sichtlich, als die Geister von ihnen Besitz ergriffen, sie alle erholten sich jedoch schnell wieder.

Tränen rannen über ihre Gesichter. Die Emotionen der Toten waren zu überwältigend.

»Uns bleibt keine Zeit mehr!«, rief Bin laut.

Die Mienen der Frauen änderten sich augenblicklich. Jetzt lag es an ihnen.

Die Geister wussten ganz genau, welche Art Rache sie nehmen wollten. Mit den Körpern der Frauen trampelten sie auf den Pflanzen herum. Sie waren von Ilhak Lee mit ihrem Blut genährt worden, und er hatte sie mehr geschätzt als all ihre Leben zusammen. Dann rannten sie auf das Nebengebäude zu.

Es spielte keine Rolle, ob ihre Röcke zerrissen oder ihr Haar zerzaust war. Im Nebengebäude angekommen, arbeiteten die Frauen zusammen, um Lees Sarg aus der Mitte des Raums zu ziehen.

Zahlreiche blasse Hände hoben den großen, schwarzen Holzsarg hoch und trugen ihn nach draußen. Die Erschütterungen des Leichnams brachten auch die Frauen zum Wanken, doch ließen sie nicht los. Alleine hatten sie sich nicht wehren können und waren Ilhak Lee zum Opfer gefallen, nun aber war die Situation eine andere.

Sie bemerkten nicht einmal, als der Regen auf sie niederprasselte. Keine von ihnen konnte sagen, ob es Schweiß, Tränen oder doch nur Regentropfen waren, die da an ihnen heruntertropften.

Mit einem lauten Krachen schmissen sie den Sarg auf den Hof.

Aaaah, aaaah!

Jemand schrie. Es klang mehr nach einem wilden Tier als nach einem Menschen. Ein Laut, der aus einer Seele stammen musste, die von Rache und Verzweiflung bereits zerfressen war.

Hektisch bewegten sich die Hände der Frauen.

Die kleinen Messer, die Bin einer jeden von ihnen überreicht hatte, blitzten auf und zogen ihre Bahnen durch die Luft. Ihr glühender Weg endete im schwarzen Sarg von Ilhak Lee.

Der Holzsarg wurde in Windeseile auseinandergerissen. Die Frauen stießen ihre Hände durch das klaffende Loch und zogen erfüllt von gnadenloser Rachsucht den Körper ihres Mörders aus seiner Ruhestätte. Sie wussten genau, was sie zu tun hatten.

Ilhak Lees Leichnam war schwierig zu beschreiben.

Man sah ihm an, dass er der Lieblingssohn einer wohlhabenden Familie gewesen war. Sein Gesicht hatte sich kaum verändert. Genau wie zu Lebzeiten, als man ihn noch einen Lebemann nannte, war sein Gesicht makellos, so als hätte er in seinem Leben nicht ein einziges Mal hart arbeiten müssen.

»Das ist nur deine Schuld!«

So viele Menschen waren seinetwegen umgekommen – um die Gier eines Mannes zu befriedigen, um diese Blumen mit dem bestmöglichen Dünger zu versorgen, zu reinen Unterhaltungszwecken, für Dinge, die niemals hätten wichtiger sein dürfen als ein Menschenleben.

Diesmal zielten die Klingen auf das Gesicht des Toten. Noch lag der Körper ganz makellos da, ein Zeichen seiner kindlichen Pietät.

Doch genau jener Körper musste nun für das bezahlen, was er getan hatte. Die Frauen versammelten sich um ihn herum, und jede setzte ihre ganze Kraft ein, um auf seinen Körper einzustechen, ihn aufzuschlitzen, auszuhöhlen und aufzuschneiden.

Seine einst vom Wasser aufgequollenen, inzwischen aber wieder getrockneten Finger flogen durch den Dreck, und sein abgeschnittenes Haar rieselte in den Schlamm.

Bin hatte vermutet, dass er sich an diesem Punkt zeigen würde. Schließlich war er auch schon im Leben ein Dämon gewesen.

Um vollends ins Jenseits übergehen zu können, musste neunundvierzig Tage lang eine Beerdigungszeremonie abgehalten werden. Erst nach Ablauf dieses Zeitraums verlor die Seele jegliche Verbindungen zum Diesseits und konnte weiterziehen. Umgekehrt waren Seelen vor dem neunundvierzigsten Tag äußerst instabil.

Wie auch die Teich-Geister konnten sie nach ihrem Tod zu Wesen werden, die zwischen den Welten gefangen waren und so erneut in die Menschenwelt geholt werden konnten. Das hier war schlichtweg nötig, um Ilhak Lee heraufzubeschwören.

Komm schon, murmelte Bin stumm. *Zeig dich endlich*.

Vermutlich wollte Ilhak sich selbst nicht eingestehen, dass er allein wegen der hier versammelten Geister gestorben war. Insbesondere nicht nach dem, was sie mit seinem Körper angestellt hatten.

Bin blickte seinen verstümmelten Körper an, als er sich plötzlich regte. Ihre Augen leuchteten.

Uuugh…

Obwohl er zerschnitten, aufgeschlitzt und verstümmelt worden war, bewegte sich der Körper im Sarg. Mit einem Loch an der Stelle, an der sich zuvor noch ein Augapfel befunden hatte, erhob er sich und stieß einen Schrei aus, hinter dem man eher noch ein wildes Ungeheuer erwartet hätte.

Krooaaaah!

Bei einem bestialischen Mann wie ihm war dies jedoch nicht weiter überraschend.

Dennoch ließ das Geräusch die Frauen für einen Moment zurückweichen. Ilhak Lee lächelte zufrieden darüber, dass er selbst im Tod noch eine solche Wirkung auf sie haben konnte.

Das halb abgetrennte Fleisch seiner Wange baumelte herunter, und er knurrte erneut. Seine bereits trüben Pupillen strahlten wie die Augen eines verrottenden Fischs. Voller Selbstbewusstsein blickte Lee die Frauen an, die gerade noch mit Messern auf ihn eingestochen hatten. Er hatte sie alle bereits zu Lebzeiten getötet, und ihm war die Gewissheit anzusehen, dass sie sowieso nie gegen ihn gewinnen könnten, ganz gleich, wie sehr sie sich auch bemühten.

Die Frauen jedoch machten lediglich einen Schritt zurück und blieben stehen. Sie hatten nicht vor, noch weiter wegzulaufen.

Bin trat langsam vorwärts. Nun war sie gefragt.

»Ist dein Name Ilhak Lee?«

Es kam keine menschliche Antwort zurück, aber bei der

Gier, mit der er seine einstigen Opfer anstarrte, konnte es sich nur um ihn handeln.

Sie nahm einen Bogen aus Wasserbüffelhorn in die Hand. Viele konnten ihn nicht einmal hochheben, Bin aber ergriff ihn mit nur einer Hand und packte seine Sehne. Die Pfeile mit ihren fünffarbigen Enden waren aus Gold gefertigt. Sie wurden durch das Einschmelzen von Schamanen-Glocken hergestellt und gehörten zum Handwerkszeug eines jeden Seelenjägers.

Der Bogen knarrte, als er auf seine volle Weite gespannt wurde. Der angelegte Pfeil zitterte in Bins Hand. Kaum dass Ilhak Lees Augen auf die ihren trafen, löste sie ihren Griff.

Wie ein Windhauch zischte der Pfeil durch den fallenden Regen.

Mit einem schneidenden Geräusch traf er den Mann in die Schulter. Er taumelte rückwärts.

Ein weiterer Pfeil sauste durch die Luft und landete diesmal auf der Höhe seiner Taille. Begleitet von einem lauten Krachen schlug die Pfeilspitze in einen Pfeiler des Nebengebäudes hinter dem Mann ein. Der Pfeil hatte Lees Körper an den Holzbalken geklemmt. Er saß fest.

Lee strampelte wild und versuchte, sich zu befreien, doch Bins Pfeile kannten keine Gnade.

Pfeil um Pfeil durchbohrten sie sein Fleisch und seine Knochen. Er konnte sich nicht mehr rühren. Seine milchigen Augen weiteten sich.

»Die Opfergabe ist bereit, beginnen wir also die Übergangszeremonie.«

Bei diesen Worten traten die Frauen vor, die kleinen Messer fest umklammert in ihren Händen. Bin richtete das Wort an sie.

»Was Ihr da in den Händen haltet, sind Messer, die die

Bande zwischen den Welten zerschneiden. Sie erlauben Euch, die Opfergabe, Ilhak Lee, eigenhändig auszutreiben. Seine Seele wird nicht ins Jenseits übergehen. Ihm wird kein Frieden gewährt, er wird einfach aufhören zu existieren und für immer ins Nichts verschwinden.«

Ilhak Lee stieß ein lautes Heulen aus. Eine Stimme drang durch die Reihen der Frauen hindurch.

»Wie lange wollen wir uns das alles noch gefallen lassen?«

Wie Wasser, das allmählich zu kochen begann, wurden ihren Stimmen immer lauter.

»Wenn wir dich diesmal nicht töten, werden wir dies im nächsten Leben nachholen! Oder im Leben danach! Unsere Rache würde kurz sein, aber sich so unendlich lange hinziehen.«

»Also verschwinde von hier! Warum sollten wir unsere Leben nur dafür leben, uns eines Tages an dir rächen zu können? Beenden wir alles hier und jetzt!«

Noch immer an den Pfeiler genagelt, schüttelte Ilhak Lee sich wild und schrie auf, jedoch übertönten die wütenden Stimmen der Frauen ihn.

»Du hast uns umgebracht!«

Alle zusammen stürzten sie sich auf ihn.

Das einzige Geräusch war das wiederholte Stechen ihrer scharfen Klingen in den Körper des Mannes, die mit Präzision zustießen, um seine Existenz auszulöschen.

Lees Widerstand schwand mit jedem beherzten Stoß ein wenig mehr.

Der Regen ließ langsam nach. Die Hände der Frauen kamen zur Ruhe.

Neben Bins Pfeilen wurde Ilhak Lees Körper nun von Dutzenden kleinen Messern durchbohrt. Mit einem Keuchen wichen die Frauen einige Schritte von ihm zurück.

Sein Körper fiel mit einem dumpfen Aufprall zu Boden. Der Wind frischte auf und trug seine Überreste davon wie Sand.

Bin holte die schwarze Schriftrolle, die sie zuvor aufgehängt hatte, und Ilhaks Gedenktafel hervor.

Auf dem leeren schwarzen Papier stand jetzt in goldenen Buchstaben sein Name geschrieben. Sie nahm beide Gegenstände in die Hand und warf sie in den nun leeren Sarg.

Dann drehte sie sich langsam um.

Ihr Blick fiel auf den Teich voller vertrockneter Hortensienblüten, den Garten, der in Schutt und Asche lag, und schließlich auf die Frauen, die jede eine einzelne Hortensie in den Haaren trug.

»Auch Ihr müsst nun das Diesseits verlassen. Seid Ihr dazu bereit?«

Mit diesen Worten fielen die vertrockneten Hortensien wie Schalen von ihren Köpfen. Sie mussten diese schwere Blumenmasse nun nicht mehr mit sich herumtragen.

»Bitte tretet eine nach der anderen vor, legt die Blüten in den Sarg und nehmt von mir Euren Wegzoll für den Übergang ins Jenseits entgegen.«

Bin zog das Gewand aus, das sie trug. Dann zerriss sie es in Stücke.

Wie gewünscht traten die Frauen eine nach der anderen vor, hoben die verwelkten Hortensien auf und legten sie in den Sarg, woraufhin sie von Bin ein Stück ihres Gewands erhielten.

Oberflächlich betrachtet war es nur ein Stück Stoff, in Wahrheit aber enthielt es einen Teil ihres Lebens.

Die Frauen, die die Stofffetzen entgegennahmen, verneigten sich tief vor ihr.

»Danke, vielen Dank.«

Man konnte die Aufrichtigkeit in ihren Stimmen hören.

»Niemand hat sich je um uns gekümmert. Wir sind so glücklich, dass uns zumindest auf unserem letzten Weg ein solcher Abschied vergönnt war.«

Mit diesen Worten senkte auch Bin den Kopf.

Als alle Frauen ihre Blüten abgelegt hatten, zündete sie den Sarg an. Eine große Flamme bauschte sich auf und verschlang Ilhak Lees Gedenktafel und auch den Sarg mitsamt Blütenblättern. Das Feuer erwärmte die blassen Gesichter der Frauen.

Die Augen der Toten wie auch der Lebenden röteten sich. Endlose Tränen, Geschichten und Seufzer lagen wie Nebel über dem Innenhof. Mit einem leisen Geräusch machte Bin auf sich aufmerksam.

»Es ist nun an der Zeit, zu gehen.«

Langsam glitten die Geister aus den Körpern der Frauen, die daraufhin zu Boden sackten. Es war ein Wunder, dass sie die Übernahme ihrer Körper überhaupt so lange durchgestanden hatten. Wortlos verneigten sich die Geister tief vor Bin.

»...«

Einer der Geister trat stumm hervor. Es war die Frau, die einst auf den Namen Kyeonghwa gehört hatte.

Sie hob den Kopf und starrte in die Ferne. Ihr Blick ruhte auf dem Zimmer, in dem Eunho lag. Der Geist machte eine Geste in Richtung Bin, als wollte er ihr sagen, dass sie ihm folgen solle.

Die Tür öffnete sich ohne ein Geräusch. Kyeonghwa blickte starr auf Eunho und bemerkte allein aus dem Augenwinkel, dass Bin eingetreten war.

»Wisst Ihr womöglich, was mit ihm geschehen ist?«, fragte Bin sie.

Kyeonghwa nickte.

Mit ihrer bleichen Hand zog sie etwas aus Eunhos Tasche hervor.

»Das ist …«

Es war der weiße Fächer, den Eunho stets bei sich trug. Die Hand des Geists riss das Ornament ab, das an seinem Ende hing.

»Das war ein Geschenk von mir.«

Es gehörte einst Ilhak. Weil er es bei sich trug, ist unser Fluch auf ihn übergegangen.

Kyeonghwas tiefe Stimme hallte durch den Raum. Gleichzeitig verschwand das kunstvolle Ornament in ihrer weißen Hand in sandigem Rauch.

»Dann bedeutet das …«

Bin blinzelte.

»Wollt Ihr damit sagen, dass Eunho all das hier nur zugestoßen ist, weil ich ihm dieses Ornament geschenkt habe?«

Statt zu antworten, neigte der Geist einmal tief den Kopf. Dann verschwand auch er.

Nur die bewusstlosen Frauen, Bin und Eunho blieben mit dem Ende der Übergangszeremonie zurück.

»Eunho.«

Warum nur hatte sie es nicht gewusst? Es nicht schon früher bemerkt?

Es war ihre Schuld, dass Eunho nun in diesem Zustand war.

Wieder einmal hatte sie ihn beinahe in den Tod geführt. Und das, ohne überhaupt zu wissen, dass ihr Geschenk dafür verantwortlich gewesen war.

»Schon wieder ich.«

Sie wusste, dass sie nicht an Eunhos Seite bleiben durfte,

sonst würde er ihretwegen tatsächlich noch sein Leben verlieren. Niemand anderes als sie selbst hatte ihn geradewegs in sein Verderben getrieben.

Wie vom Blitz getroffen rannte Bin los. Wie hatte sie nur glauben können, erneut Teil seines Lebens werden zu dürfen?

Ruckartig verlor ihr Körper plötzlich alle Kraft. Bin sackte auf dem dreckigen Boden zusammen.

Etwas Heißes glitt ihre Kehle hinauf. Schwarzes Blut spritzte auf die nasse Erde. Die Welt vor ihren Augen drehte sich.

Der Preis für ihre Überfahrt.

Sie erinnerte sich an die Worte der alten Frau. Bin hatte ihr Leben an die Geister verteilt, natürlich hatte dies ihrem Körper zugesetzt. Sie nahm gerade all ihre Kraft zusammen, um sich mit der Hand aufzurichten, als ihre Augen sich plötzlich weiteten.

»... !«

Schwarze Schatten folgten ihrer Hand auf dem Boden. Erschrocken zog Bin sie zu sich, konnte jedoch nicht verhindern, dass die Schatten ihr wie eine zähe Flüssigkeit folgten. Zur selben Zeit verspürte sie in ihren Händen und Armen einen Energiefluss, der heiß wie Feuer war.

»W-was soll denn das?«

Die Steine in direkter Nähe zu ihrer Hand schmolzen unter Bins Berührung. Mit einem brodelnden Geräusch sickerten sie in den Boden und verschwanden. Bin erhob sich, musste sich vor lauter Schwindel jedoch an dem Holzpfeiler festhalten, der daraufhin prompt in Flammen aufging.

»Was zum Teufel geht hier vor sich?«

Was auch immer Bin berührte, wurde von Feuer verschlungen.

»Nein, nein«, murmelte sie und sah auf ihre Hand hinunter. Ein grollendes Geräusch erfüllte ihre Ohren.

Durch die knisternden Flammen hindurch sprangen erneut gesichtslose Schatten aus dem Boden und blickten geradewegs in ihre Richtung.

Sämtliche Farbe wich aus Bins Gesicht.

Kommt, kommt, kommt.

»Ich will nicht.«

Eine tiefe Stimme erklang von den mundlosen Wesen. Zögernd machte Bin einige Schritte zurück. Durch die Gabe, mit der sie geboren worden war, hatte sie bereits unzählige sonderbare Wesen erblickt, hier aber stimmte irgendetwas nicht.

Seltsame Empfindungen am ganzen Körper. Eine Flamme, die in ihrer Hand brannte. Und …

Die Blicke der Schatten, die ihr entgegenstarrten, waren von einer beunruhigenden Emotion erfüllt. Irgendetwas war anders.

Ein roter Mond hing an dem nun regenfreien Himmel.

Ihr Herz pochte. Ein beklemmendes Gefühl stieg von irgendwo aus ihrem Körper hoch.

Etwas, das sie vor langer Zeit in sich verschlossen hatte, bahnte sich einen Weg nach draußen.

»Nein, nicht!«

Was auch immer es war, Bin wusste, dass sie es nicht aus sich herauslassen durfte. Sie spürte, dass dieses Etwas sie voll und ganz verschlingen würde.

Kommt, kommt, kommt.

Doch Bin schüttelte auf die Worte der Schatten hin nur den Kopf.

»Bin?«

Der Klang von Eunhos Stimme ließ sie aufschrecken. Sie blickte in seine Richtung. Er konnte sich gerade so auf den Beinen halten und starrte Bin ausdruckslos aus dem Zimmer entgegen. Bin stolperte rückwärts. Eunho sah verwirrt dabei zu, wie sie sich weiter von ihm entfernte.

»Bin, was tust du denn da? Was in aller Welt ist hier nur passiert?«

Der Hof lag in Schutt und Asche. Das Feuer des Holzpfeilers, den Bin zuvor berührt hatte, hatte inzwischen auf das Nebengebäude übergegriffen, in dem Eunho sich befand.

»Komm da raus, Eunho! Das ist zu gefährlich!«, rief Bin ihm zu, aber nachdem er tagelang von Geistern besessen gewesen war, war sein Körper noch immer wie eingerostet. Neben ihm stand der jüngere Sohn von Mansoo Lee, der mit ihm aufgewacht war.

»W-wo bin ich hier? Ist das nicht unser Anwesen? Aber wieso sieht es hier so aus?«

Man sah, wie sein Gesicht vor lauter Schreck ganz weiß wurde.

»Eunho, das Feuer breitet sich aus! Ihr müsst sofort da raus!«

Doch Eunho befand sich in keiner Verfassung, sich auch noch um den Jungen an seiner Seite zu kümmern.

»Über dir!«

Sie wollte nichts mehr, als zu ihm zu rennen, jedoch ließ sich nicht erahnen, was mit ihm passieren könnte, wenn sie ihn berührte. Und Bin wollte unmöglich zulassen, dass ihre Hände jemandem, den sie liebte, Leid zufügten.

»Bin!«

Unwissend rief Eunho dennoch ihren Namen.

»Wir müssen den Jungen zuerst nach draußen bringen. Komm und hilf …«

Seine Worte stockten.

Bins Gesichtsausdruck war durch die sich langsam ausbreitenden Flammen hindurch voller Verzweiflung.

»Bin! Bin, was geht hier vor sich?«, schrie er ihr entgegen.

Die Bin, die er kannte, würde in einer solchen Situation auf keinen Fall bloß untätig zusehen. Eunho schaffte es gerade so, den Jungen zuerst in den Hof zu bringen, dann schleppte er sich selbst zu Bin hinunter.

»Bin, was ist geschehen? Wieso hast du mich …«

»Komm mir nicht zu nahe!«, brüllte sie, aber Eunho blieb nicht stehen und ging weiterhin mit langsamen Schritten auf sie zu.

»Habe ich irgendetwas falsch gemacht? Oder …«

»Nicht du, ich!«, unterbrach Bin ihn mit schriller Stimme. Heiße Tränen kullerten über ihre Wangen. Jetzt erkannte auch Bin, dass irgendetwas tief in ihr, das ihr all die Zeit über Halt gegeben hatte, zerbrochen war.

Es gab nun kein Zurück mehr. Sie war dabei, sich in etwas anderes zu verwandeln, und was auch immer es war, sie war sicher, dass sie so nicht erneut an Eunhos Seite zurückkehren können würde.

»Ich … ich hätte nie in deiner Nähe bleiben dürfen.«

»Bin!«

Eine unheilvolle Vorahnung überkam Eunho. Er sprang auf und rannte Bin nach.

»Untersteh dich, mir zu folgen!«

Bin wusste, dass sie wegmusste. Wenn sie an Eunhos Seite blieb, würde so etwas wieder passieren. Sie konnte ihm keine Hilfe sein.

»Bin, warum zum Teufel …«

Von einer Sekunde auf die andere war ihr Körper in Feuer gehüllt. Wie die Zunge einer Schlange züngelten die Flammen und klammerten sich erst an den Saum ihres Rocks, dann an ihr Oberteil und ihr Haar.

»Bin! Bin Seomoon!«

Eunho streckte die Hand nach ihr aus. Selbst durch die Flammen hindurch wusste er, dass sie ihn ansah. Gleichzeitig wurde ihm ebenso klar, dass Bin zu etwas geworden war, das nicht mehr in diese Welt gehörte.

Auch inmitten der heißen Flammen flossen Bin Tränen über das Gesicht.

»Bin, nein. Nein!«

Eunho spürte, dass er Bin wohl nie wiedersehen würde, wenn er sie jetzt nicht aufhielt, und doch sah er in ihrem Gesicht eine Art Entschlossenheit aufblitzen. Er schüttelte den Kopf.

»Nein, so geht das nicht. Lass mich nicht so zurück! Ich gehe mit dir, ganz gleich, wohin wir auch gehen!«

Trotz seiner Worte blieb ihr Gesichtsausdruck unverändert.

Noch ein letztes Mal fanden ihre Augen durch die Flammen hindurch ihren Weg zu ihm. Tränen standen in ihnen.

»Eunho, ich bin nicht länger …«

Aber sie wagte es nicht, ihm zu sagen, dass sie kein Mensch mehr war.

Bisher hatte sie stets an dem Glauben festgehalten, eines Tages erneut in ein Leben als normaler Mensch zurückkehren zu können, aber jetzt, da ihr selbst diese Hoffnung genommen worden war, gab es nichts mehr, an das sie sich noch festklammern konnte.

»Ich werde es nur dieses eine Mal sagen.«

Wie die stillen Wellen eines tiefen, weiten Ozeans schien irgendetwas Eunho zu umhüllen.

»Ich habe dich geliebt, Eunho.«

Es war ihre ozeangleiche Liebe, die sich um ihn legte und ihn mit ihren Wellen hinforttrug.

Von Flammen umhüllt, lief Bin verzweifelt umher.

Sie konnte nicht länger sagen, ob sie sich im Dies- oder Jenseits befand, doch spürte sie, wie die Energie der Unterwelt in ihrem gesamten Körper und durch jede ihrer Adern pulsierte.

»Nein, nein.«

Bin biss sich auf die Lippe. Sie wollte ihr menschliches Leben nicht einfach so hinter sich lassen.

Allerdings konnte sie die Energie, die sich bereits in ihrem Körper ausgebreitet hatte, genauso wenig zurückdrängen. Es war, als würden die tiefsten, verborgensten Sinne in ihr danach lechzen, an den Ort zurückzukehren, an den sie ursprünglich gehörten.

»Eunho, Eunho.«

Nur der Name des Mannes, den sie wohl nie wiedersehen würde, kam über ihre Lippen. Ihr Herz sank bei dem Gedanken, nicht mehr an seiner Seite sein zu können.

Bin spürte, wie die Energie aus ihrem Körper wich. Dass sie den Geistern bei der Übergangszeremonie Teile ihres Lebens überreicht hatte, forderte nun seinen Tribut.

Sie wusste, dass sie nicht über die Kraft verfügte, noch länger im Diesseits zu verweilen.

Das endlose Leben nach dem Tod rief nach ihr.

Plötzliches Wasserrauschen ließ Bin aufblicken. Vor ihr befand sich ein breiter Fluss, dessen dunkles Wasser nach ihr rief.

Kommt. Das hier ist der einzige Ort, an dem Ihr je Frieden finden werdet.

Wie von selbst taumelte sie auf den Fluss zu. Es war derselbe, aus dem sie einst Eunho und er vor gar nicht allzu langer Zeit erst sie gerettet hatte.

Entgeistert blickte sie auf das Wasser hinunter, als plötzlich …

»Was ist denn das?«

Tief im Fluss unter ihren Füßen breitete sich das ferne und ach so tiefe Jenseits aus.

Jenseits des Styx, vorbei am Schwefelfeuer, befanden sich die zehn Höllen, die von den Königinnen der Unterwelt regiert wurden.

»Das ist also das Jenseits.«

Unerklärlicherweise trieb der Anblick ihr die Tränen in die Augen. Warum aber rührte er sie nur so sehr? Es war seltsam.

Eine Träne kullerte über Bins ausgetrocknete Wange. Dann erinnerte sie sich an die Worte der alten Frau, die sie für verrückt gehalten hatte.

Oh, wie überaus bedauerlich. So ein großes Schicksal ruht auf deinen zierlichen Schultern.

O weh, o weh. Über die Klinge, über das Feuer hinweg wirst du schreiten.

Bin wiederholte die Worte der alten Frau.

Du trägst das bedauernswerteste aller Schicksale in dir.

Sie starrte auf die Ebenen von Höllen, die sich vor ihr ausbreiteten. Wenn sie selbst hier das bedauernswerteste aller Schicksale erwartete, dann …

… Yeomna! Königin Yeomna!

Kaum, dass die Stimme an ihr Ohr gedrungen war, fiel Bin auf die Knie.

Es war die Stimme eines Geists, jedoch hatte sie noch nie

zuvor einen Geist so verzweifelt und kläglich nach jemandem rufen hören.

Das Jenseits bricht zusammen. Wann, oh, wann nur kommt Ihr endlich zurück?

»Warum …?«

Plötzlich wurde ihr ein farbenfrohes Gewand über den Körper gezogen, ähnlich wie das Königsgewand, von dem Eunho ihr einst erzählt hatte.

Ihr Spiegelbild blitzte ihr im Flusswasser entgegen. Unter ihm lugten unzählige, winzige Geister hervor. Sie klammerten sich am Saum des Gewands fest, baumelten an Bins Händen und Armen und bettelten, während sie selbst sich am Flussufer abstützte.

Bitte werft uns nicht weg! Habt auch Erbarmen mit uns, Königin Yeomna! Wir sind ebenfalls Eure Kinder! Ehrenwerte Yeomna. Unsere strahlende Königin.

Die ganze Welt war erfüllt vom Klang der Geisterstimmen. Bin rappelte sich auf, aber die Geister klammerten sich weiterhin wie ein Ameisenschwarm an ihre Kleidung.

»Nein, nein!«

Doch es war ihr unmöglich, sie abzuschütteln.

Sie hatte Mitleid mit ihnen. Sie einfach zu ignorieren kam somit nicht mehr infrage.

Ihr habt Mitleid mit uns, oder etwa nicht? Bitte lasst uns Eure Güte zuteilwerden.

Alle Augen der Hölle, die gesamte Welt der Toten blickte allein ihr entgegen.

Tränen kullerten über Bins Wangen.

»Nein, ich bin ein Mensch, nur ein gewöhnlicher Mensch. Warum nennt ihr mich bei diesem Namen?«

Bins aufgebrachte Stimme ertönte in alle Richtungen.

Zur gleichen Zeit verstummten die Stimmen der Geister. Sie verstand sofort, wieso. Diese Geister wollten ihr gefallen.

Hier gehört Ihr hin! Bitte geht nicht fort!

Die Stimmen der Geister und ihre klagenden Bewegungen zwangen Bin in die Knie. Die Verzweiflung überschwemmte sie wie eine Flutwelle.

Hier gehört Ihr hin. Genau hier.

Seit ihrer Geburt hatte man über sie gesagt, sie sei von Geistern besessen, woraufhin sogar ihre eigene Familie sie irgendwann im Stich ließ. Eunho, die einzige Person, die sie jemals geliebt hatte, wäre ihretwegen beinahe gestorben.

Und doch hatte sie stets geglaubt, dass sie eines Tages von alledem befreit sein würde. Ihr ganzes Leben hatte sie dem Versuch gewidmet, zu ihrem alten Schicksal zurückzufinden. Alles hatte sie geopfert und sich der Seelenjagd gewidmet, um die benötigten einhundertundacht Seelenperlen zu finden, die aus ihr einen normalen Menschen machen würden.

Nichts als Träume, die sich nun in Luft auflösten.

Königin Yeomna, Königin Yeomna!

Die Geister riefen ihr immer noch zu. Mit jedem Ruf konnte Bin spüren, wie ihr Körper sich in Bewegung setzte.

Ihre Hände, die nicht einmal an Eunho festgehalten hatten, obwohl er sie so sehr brauchte.

»Aaah.«

Ein tiefer Seufzer entglitt Bins Mund. Sie konnte nicht mehr zurück. Ihr Körper hatte sich bereits verändert, wodurch sie nun ins Jenseits und nicht mehr in die Menschenwelt gehörte.

Königin Yeomna, bitte kehrt zu uns zurück!

Lichter schwebten den Fluss hinunter. Unterhalb des Wassers öffnete sich ein Tor zur anderen Welt. Entlang des Wegs standen lauter Geister mit Laternen.

All ihre Augen waren auf Bin gerichtet.

Königin Yeomna, Königin Yeomna, Königin Yeomna.

Ihre Stimmen hallten versetzt durch die Luft.

Ein Schauer, wie sie ihn noch nie zuvor gespürt hatte, lief Bin über den Rücken. Diese scheußlichen Wesen, die Bin stets so verachtet hatte, nannten sie ihre Königin.

»Nein, ganz sicher nicht. Das kann nicht sein!«

Dass sie nach all den Strapazen hier im Jenseits nun ein solch gewaltiges Schicksal erwartete!

Es war alles umsonst gewesen.

Sie hätte nie auf irgendetwas hoffen dürfen. Weder auf die Liebe noch auf einen übergeordneten Sinn oder einen Platz, an den sie gehörte.

Wer hätte gedacht, dass es tatsächlich ihr größtes Glück gewesen wäre, einfach zu sterben und direkt ins Jenseits überzugehen, genau wie ihre Mutter es einst gesagt hatte?

Und doch hatte sie so lange überlebt und sich von den

Gewissensbissen plagen lassen. Sie war sich so sicher gewesen, eines Tages ein normales Leben führen zu können.

Bin bedeckte ihr Gesicht mit den Händen. Die Erkenntnis, wie unbedeutend ihre Träume all die Zeit über gewesen waren, ging ihr durch Mark und Bein.

Eunhos Hand zu halten, ihn zu küssen, ihm eine gemeinsame Zukunft zu versprechen, all das hatte keinerlei Bedeutung.

Das flackernde Licht verblasste.

In der Welt von Bin Seomoon gab es nun kein Licht mehr. Es herrschte nur noch Dunkelheit, so wie es schon immer sein sollte.

»Eunho, von Anfang an schon waren wir …«

Sie waren einer Liebe nachgelaufen, die nie von Dauer sein konnte.

Die Worte kamen ihr nicht über die Lippen. Alles, was sie sich immer gewünscht hatte, war in einem Moment unerreichbar geworden. Es hatte in ihrer Welt gar nicht erst existiert.

Die Tränen stauten sich in ihren Augen.

Sie konnte nicht einmal mehr schreien.

»Ich hätte sterben sollen. Ich hätte mir nie auch nur irgendetwas wünschen, sondern einfach sterben sollen.«

Bitte hört auf zu weinen, Eure Majestät.
Königin Yeomna, Königin Yeomna.

Sie hob den Kopf. Auch die Geister weinten, sie schluchzten geradezu.

»Was tut ihr denn da?«

Noch nie hatte sie Geister so wehmütig weinen sehen. Durch ihre Tränen hindurch antworteten sie ihr.

Ihr seid unsere Welt, unsere Sonne, unser Mond.
Wenn Ihr weint, weinen auch wir.

Der Fluss, gefüllt mit dem Licht des Jenseits, bewegte sich. Bin schloss die Augen und biss sich auf die Lippe.

»Wie kann das nur sein?«

Ihr war nie bewusst gewesen, welch eine große Last stets auf ihren Schultern gelegen hatte.

Verzeiht, bitte verzeiht uns. Weil wir existieren, weil wir hier sind, weint die große Yeomna. Die Königin weint.

Die Geister entschuldigten sich bei ihr.

Sie war es, die all die Zeit über der Seelenjagd nachgegangen und vor ihnen davongelaufen war, und doch entschuldigten sie sich nun bei ihr.

»Ich verstehe es einfach nicht.«

Und doch wusste sie bereits, wofür sie sich entscheiden würde. Es gab keine andere Wahl mehr. Sie konnte sie nicht im Stich lassen. Ihr Mitleid entschied für sie.

Bin erhob sich von ihrem Platz. Die Geister tummelten sich hinter ihr. Hinein in den Fluss, der ins Jenseits führte.

Schritt für Schritt.

Sie ging bis zur Mitte des Flusses hinaus. Sanft umschloss das Wasser ihren Körper.

Die behutsame Berührung ließ sie einsehen, dass sie loslassen konnte. Es gab keinen Platz für sie in dieser Welt. Sie konnte nicht an Eunhos Seite stehen.

Selbst der gewöhnlichste aller Plätze war ihr nicht vergönnt gewesen.

Kommt, kommt, Eure Majestät.

Die Geister flüsterten in ihre Ohren. Die Hände, die sie nach ihr ausstreckten, ergriff sie jedoch nicht.

Bin trat noch tiefer ins Wasser. Erst bedeckte es ihre Schultern, dann ihren Hals, ihr Kinn, ihre Augen und schließlich selbst ihre Stirn.

Alles, was blieb, war das Mondlicht, das auf der Wasseroberfläche glitzerte.

Langsam stieg Bin die ruhigen Wellen hinab. Die Laternen der Geister leuchteten ihr den Weg ins Jenseits.

Kommt, kommt, Eure Majestät.
An jenen tiefen, oh so tiefen Ort.
Dort, wo alle Seelen landen.
Über den Styx hinweg, durch das Tal der Winde und gleich hinter dem Eisfluss.
An den tiefsten aller Orte …

KAPITEL 5

Die finale Jagd

Der Regen hatte endlich aufgehört, doch die Dunkelheit, die sich über den Palast gelegt hatte, blieb weiterhin bestehen.

Eine Reihe von Untersuchungen hatte dazu geführt, dass die Vasallen, die sich auf die Seite des Premierministers geschlagen hatten, ihrer Ämter enthoben wurden.

»Innenminister Hyeon ist noch immer nicht erwacht?«, fragte Hui mit dunkler Stimme, während die Kerze neben ihm heftig flackerte. Jinwoo senkte den Kopf auf den Boden.

»Nein, Eure Majestät. Ich habe bereits überprüft, dass der Seelenteich und die Geister im Anwesen alle verschwunden sind. Da der zweite Sohn des Kriegsministers sofort erwacht ist, vermute ich, dass Eunho aus einem anderen Grund noch nicht die Augen geöffnet hat.«

»Nur dank seiner Mühen ist es uns gelungen, dass wir so weit gekommen sind.«

»Für den Moment bitte ich Euch, Euch mit Leib und Seele Euren Aufgaben zu widmen. Eunho würde das ebenfalls wünschen.«

»Was ist mit dem Seelenjäger an Eunhos Seite?«

Jinwoo zögerte, unfähig, Hui sofort zu antworten. Dass der Seelenjäger eine Frau und zudem noch Eunhos Gemahlin war, war ein Geheimnis, das er den anderen nicht erzählt hatte.

»Ich bedaure, es Euch mitteilen zu müssen, aber er ist kurz nach dem Ritual spurlos verschwunden.«

Jinwoo erinnerte sich an das, was er auf dem Anwesen des Kriegsministers gesehen hatte.

Abgerissene Markisen, Anzeichen eines großen Feuers, verkohlte Gedenktafeln, ein verbrannter Sarg und getrocknete Blütenblätter, die willkürlich auf dem Platz verstreut waren.

Er wusste, dass etwas passiert war, konnte aber nicht genau sagen, was.

Als er Eunho im Hof liegen sah, eilte er umgehend zu ihm und sah nach, ob er noch lebte. Dann trat der zweite Sohn von Mansoo Lee, der mit Eunho in dem Zimmer gelegen hatte, heraus.

Glücklicherweise schien er sich an nichts erinnern zu können.

Jinwoo und die anderen Meister des Ministeriums für Weltkunde inspizierten das Haus und erkundigten sich nach Eunhos Zustand, aber sie konnten lediglich sagen, dass es nichts mit Geistern zu tun hatte.

Wo Fräulein Seomoon wohl hingegangen ist?

Jinwoo entglitt ein Seufzer.

Er fühlte sich schuldig, weil er zugelassen hatte, dass Fräulein Seomoon das Ritual durchführte, um die Seelen ins Jenseits zu führen.

Oberflächlich betrachtet liefen die Dinge im Haus des Ministers gut ab, und da die Geister an Eunhos Seite verschwunden waren, mussten sie lediglich warten, bis er wieder zu Bewusstsein kam.

Ich habe dennoch kein gutes Gefühl.

Es war die Vorahnung des Mitglieds einer Familie, die seit Generationen in der Seelenjagd tätig war.

Sobald Eunho die Augen öffnete, würde er ihn fragen müssen, was in aller Welt während des Rituals geschehen war.

»Es beunruhigt mich zwar, dass der Innenminister noch immer bewusstlos ist, aber wir müssen tun, was getan werden muss.«

Huis Worte rissen Jinwoo aus seinen Gedanken, und er senkte schnell den Kopf.

»Jawohl, Eure Majestät.«

Hui blickte auf den Stapel Dokumente vor ihm.

Diese würden morgen allen vorgelegt werden. Die unaussprechliche Tat, die der Premierminister auf dem Anwesen von Mansoo Lee begangen hatte, diente dazu, seine interne Einheit zu festigen und ein großes Spektakel daraus zu machen.

»Der Premierminister muss ziemlich beunruhigt sein. Andernfalls hätte er nicht einen solchen Fehler begangen und so offen zu seinen Taten gestanden.«

»Dazu hatte er wohl auch allen Grund, nachdem sämtliche Beamten, die ihm treu ergeben waren, einer nach dem anderen aus dem Rat ausgeschlossen wurden.«

»So viel Aufwand zu betreiben, um seinen eigenen Enkel zum Kronprinzen zu ernennen.«

Hui hielt einen Moment inne.

»Nun gut. Du solltest dich zurückziehen und auf morgen vorbereiten. Wenn die Sonne aufgeht, wird sich das Blatt in diesem Palast gewendet haben.«

»Nehmt für diese letzten Schritte nochmals alle Kraft zusammen.«

»Das werde ich. Das muss ich einfach.«

Hui nickte.

»Geh nun.«

»Ja, Eure Majestät.«

Als Jinwoo sich hinausschlich, waren Hui und Sangseon die Einzigen, die noch zurückblieben. Eine erdrückende Atmosphäre umgab sie.

»Es wäre ohnehin so gekommen. Wenn wir es aufschieben, geben wir der Familie Han nur noch mehr Zeit.«

Er hatte der Königinwitwe und Sookbin bereits seine Pläne mitgeteilt.

Die Unterstützung der Königinwitwe, der Reichsältesten, und mit Sookbin auch die Macht der Fraktion des stellvertretenden Premierministers waren ihm sicher, auch wenn Letztere noch schwach war. Des Weiteren blieb ihm die Macht der Aufstrebenden unter Eunhos Führung.

Nach den Ereignissen zu urteilen, war die Fraktion des Premierministers bereits ins Wanken geraten, nun musste man sie nur noch ein für alle Mal ausrotten.

»Ich kann nicht ewig nach der Pfeife des Han-Clans tanzen.«

Hui erhob sich von seinem Platz.

»Ich werde die Königin aufsuchen, ruf die Palastwachen herbei.«

Sangseon nickte.

Der Saum seines roten Drachengewands flatterte mit jedem Schritt.

Anstelle von Hofdamen und Dienern wurden Hui von Palastwachen mit Fackeln in den Händen begleitet. Die Höflinge, die den Palast der Königin bewachten, waren entsetzt, als sie den König und seine Wachen sahen.

»Eure Majestät, Eure Majestät!«

Die Stimme der obersten Hofdame schallte durch den Palast. Die Soldaten in den vordersten Reihen umzingelten den Palast in einem weiten Kreis. Der Kommandant der Palastwache öffnete die Pforte zum Königinnenpalast.

»Unerhört! Wer wagt es, unaufgefordert das Gemach der Königin zu betreten?«, rief Chaeryeong laut, verstummte jedoch, als sie das Gesicht der Gestalt sah, die eintrat.

Es war niemand anderes als der König des Landes, Hui. Hinter ihm reihten sich die Soldaten der königlichen Garde in voller Montur auf. Die gefangenen Höflinge riefen ihr zu.

»Eure Majestät! Eure Majestät!«

»Bitte helft uns, Eure Majestät!«

Chaeryeong richtete sich auf. Die Haarnadel in ihrem seidigen schwarzen Haar bebte, als sie sich erhob.

»Eure Majestät, was um alles in der Welt tut Ihr da? Euch ist bewusst, dass dies der Königinnenpalast ist. Was gibt Euch das Recht, mit all Euren Wachen hier aufzutauchen und mich derart zu demütigen?«

Huis Gesichtsausdruck blieb unverändert, als er Chaeryeong ansah.

»Ihr seid schon lange meine Gemahlin und die Königin dieses Landes. Aber habt Ihr mich jemals als Euren Gatten angesehen?«

»Wie bitte?«

Hui ging langsam auf Chaeryeong zu.

»Ich habe Euch gefragt, ob Ihr mich jemals wirklich als Euren Gatten betrachtet habt. Erinnert Ihr Euch an unsere erste Begegnung, Eure Majestät?«

Es war schwierig zu sagen, ob Hui lachte oder weinte.

»Damals habt Ihr mir gesagt, dass ich für Euch nur eine Leiter sei, die Euch den Titel der Königin verschaffen würde. Letztendlich habe ich Euren Wunsch erfüllt, doch dann habt Ihr mehr begehrt. Euer Vater …«

»Was ist mit meinem Vater passiert?«, schleuderte Chaeryeong ihm entgegen.

Hui lächelte müde.

»Tut Ihr lediglich so, als wüsstet Ihr nicht davon, oder seid Ihr wirklich so ahnungslos?«

»Was hat mein Vater getan?«

Hui blickte auf Chaeryeongs Gesicht hinunter, das sich

nun direkt vor ihm befand, und wandte sich dann an den Kommandanten hinter ihm.

»Schließt die Tür. Ich möchte mit der Königin allein sprechen.«

Auf Huis Worte hin verbeugte sich der Kommandant der königlichen Garde und führte alle anderen aus dem Palast hinaus. Nachdem er die Tür hinter sich geschlossen hatte, waren Hui und Chaeryeong allein im Raum. Hui wandte sich ihr zu.

»Ihr wurdet stets als gutherzige und tugendhafte Königin gelobt. Das Sprichwort ›Der Schüler übertrifft seinen Lehrer‹, kann man wohl auch auf Euch anwenden. Immerhin seid Ihr eine bessere Lügnerin als Euer Vater, und das bis zum bitteren Ende.«

Ein scharfer Knall ertönte, und Hui richtete den Kopf erneut nach vorn.

Chaeryeong starrte ihn mit eisigem Zorn in den Augen an. Der Ring an Chaeryeongs Finger hatte Hui einen Schnitt im Gesicht verpasst. Blut tropfte über seine Wange. Hui wischte mit einem Finger darüber und sah sich das Blut genauer an.

»Ihr scheint wohl den Verstand verloren zu haben, Eure Majestät.«

»Ich soll den Verstand verloren haben? Wie habt Ihr es nur geschafft, Euch die ganze Zeit über so zurückzuhalten?«

»Ich habe mich nicht zurückgehalten, Ihr wart es mir bisher lediglich nicht wert.«

Hui lachte. »Jetzt bin ich das aber? Ich habe mich stets nach Euren Wünschen gerichtet, aber erst jetzt, wo ich Euch die Stirn biete, bin ich plötzlich Eurer Mühen wert.«

»Übermut gehört schließlich umgehend im Keim erstickt, oder etwa nicht?«

Ihre Blicke trafen aufeinander. Unentwegt starrten sie einander an.

»Das war die ganze Zeit Euer Plan, nicht wahr? Dass Ihr mich vom Thron stoßt, sobald ich mich widersetze.«

Chaeryeongs Augen verengten sich. »Ihr habt mich all die Zeit nur benutzt, aber dieses Mal seid Ihr zu weit gegangen.«

»Gab es denn etwas, das ich Euch je verwehrt habe? Ich wusste, dass Ihr meinen Vater nicht besonders gemocht habt. Habe ich jemals die Macht meines Vaters ausgenutzt, um etwas von Euch zu verlangen? Habe ich Euch jemals gebeten, jemanden aus meiner Familie in ein hohes Amt zu erheben? Ihr habt absichtlich gezögert, mein Kind zum Kronprinzen zu ernennen, und dennoch habe ich mich zurückgehalten.«

»Weil es sich in Euren Augen nicht ›gelohnt‹ hat.«

Huis Worte trafen ins Schwarze.

»Ihr seid davon ausgegangen, dass Ihr dieses Land eines Tages allein regieren würdet. Nur deshalb habt Ihr nichts zu meinem Verhalten gesagt.«

»Was hat mein Vater getan?«

»Ihr wisst es also wirklich nicht. Euer Vater, der Premierminister, hat hinterrücks versucht, Euren Sohn zum Kronprinzen zu ernennen, und wurde dabei erwischt. Unter seinen Plänen«, Hui beugte sich leicht in Chaeryeongs Richtung, »fand sich ebenfalls das Vorhaben, den derzeitigen König zu entthronen und stattdessen den Kronprinzen zu krönen. Mein Schwiegervater hatte in der Tat Großes vor. Als Sohn einer niederen Familie drei Königen zu dienen und dann noch zum Staatsoberhaupt aufsteigen zu dürfen, hätte ihm allerdings genügen sollen.«

»Mein Vater?«

Chaeryeongs Gesicht verhärtete sich.

Sie hatte sich zwar mehrmals anhören müssen, dass ihr Sohn so schnell wie möglich zum Kronprinzen ernannt werden sollte, aber sie hatte nicht gewusst, dass ihr Vater einen klaren Plan verfolgte. Vermutlich erkannte er, dass die Macht der Königin ins Wanken geriet und er nicht mehr seinem Willen folgte, und handelte aus Besorgnis.

»Außerdem habt Ihr im Palast offen Magie praktiziert und die Toten beschworen.«

Hui holte etwas aus seiner Kleidung hervor.

Es war einer der Talismane, die Chaeryeong im Palast hergestellt hatte. Eine Fertigkeit, die sie als Kind von Paryeo gelernt hatte.

»Selbst das hier habt Ihr selbst angefertigt.«

»Wo habt Ihr das gefunden?«

»Der Verrat Eures Vaters, Eure Hexerei und Verleumdung und nun auch noch die Narbe in meinem Gesicht.«

Hui deutete auf die Stelle.

»Sind das nicht genug Gründe, um Euch zu stürzen?«

Chaeryeong antwortete nicht, sondern starrte Hui einfach nur an.

»Eure Familie hat wirklich viel von mir erwartet. Deshalb werde ich mich Stück für Stück für all die Demütigungen revanchieren, die ich erleiden musste. Fürs Erste«, Hui flüsterte in ihr Ohr, »nehme ich Euch Euren Titel weg.«

Chaeryeongs runde Augen wurden groß, und ein zufriedenes Lächeln breitete sich auf seinem Gesicht aus.

»Ihr hättet daran denken sollen, dass ich es war, der Euch diesen Titel vermacht hat. Dementsprechend kann ich ihn Euch auch wieder wegnehmen.«

»Ihr wollt mich, Chaeryeong Han, entthronen?«

Ihre Augen waren furchterregend, als sie aufblickte, doch Hui wich nicht zurück.

Er hatte die ganze Zeit darauf gewartet, die Han-Familie zu stürzen. Er wusste, wenn er jetzt einen Rückzieher machte, wäre er derjenige, der fallen würde.

»So ist es.«

»Ihr wollt mir das Amt nehmen? Mich vom Thron stoßen, hm?!«

Chaeryeong brach in Gelächter aus. Hui sah sie an, als wäre sie verrückt geworden.

Nachdem sie eine Weile gelacht hatte, hörte sie plötzlich auf.

»Und ich habe den Worten von Königin Jeollyoon keinen Glauben schenken wollen. Ihr seid wirklich persönlich hierhergekommen, um mir von Euren Plänen zu berichten. Ich sollte Euch danken.«

»Jeollyoon?«

Hui hob eine Augenbraue, als er den ihm unbekannten Namen vernahm. Chaeryeong jedoch schien wenig Interesse daran zu haben, ihm zu antworten.

»Als ich das erste Mal mit der Krone den Palast betrat, waren die Leute außer sich vor Freude und wünschten mir nur das Beste. So wurde ich zur Königin und ehrwürdigsten Person dieses Reichs.«

Chaeryeong schaute Hui an.

»Ihr habt meine Gegenwart jedoch gemieden. Natürlich habt Ihr mich wie Eure Königin behandelt, aber hinter Eurer Zuvorkommenheit und Sorgfalt verbarg sich eine unausgesprochene Warnung, die Grenze nicht zu überschreiten. Ich konnte Eure Furcht vor mir und meiner Familie allerdings deutlich spüren. Es war sehr amüsant.«

Sie ging langsam auf ihn zu.

»Ihr habt mir auf den Thron geholfen? Und deshalb denkt Ihr, Ihr könntet mir den Titel wieder nehmen?«

Ihre runden Augen funkelten düster.

Hui spürte, dass etwas nicht stimmte. Er musste umgehend seine Wachen von draußen rufen, aber seine Lippen bewegten sich kein Stück. Es war, als wäre er zu Stein geworden.

»Nein, dieser Platz gehört mir. Ich habe ihn mir mit meiner eigenen Kraft erarbeitet.«

Chaeryeong flüsterte. »Meine Geduld ist vorbei. Seid Ihr es nicht eher, der lediglich gekrönt wurde, weil Ihr noch ein Kind wart? Ohne die Macht meiner Familie wärt Ihr niemals König geworden.«

Hui versuchte mit aller Kraft zu schreien, aber es kam lediglich ein leises Krächzen aus seinem Hals.

Chaeryeong schmunzelte.

»W-was … habt Ihr … getan …?«, brachte Hui mit großen Mühen hervor.

»Nun, ich gebe dir lediglich, was du verdienst. Jetzt, wo ich drüber nachdenke, habe ich mich stets auf andere verlassen. Meinen Vater, meinen Gatten und selbst meinen Sohn«, murmelte Chaeryeong.

»Von nun an werde ich mein Leben nicht mehr in die Hände meiner Familie legen. Allein ich kann über mein Leben bestimmen, also werde ich das höchste Amt einnehmen.«

»Wovon redet Ihr da?«

»Da Ihr vorhattet, mich zu entthronen, werde ich dasselbe mit Euch tun. Ich nehme Euch Euren Königstitel.«

Chaeryeong nahm ihm die Königskrone ab.

»Wozu ist so eine Krone schon gut?«

Sie ließ sie auf den Boden fallen und stampfte mit dem Fuß darauf.

»Du wagst es …!«

Mehr Worte kamen nicht aus Huis Mund. Eine leichte Handbewegung von Chaeryeong ließ seinen Körper in der Luft schweben.

»Ich trage die Macht Königin Jeollyoons in mir. Ich bin Königin des Diesseits und werde schon bald auch Königin des Jenseits sein.«

Mit Leichtigkeit konnte Chaeryeong die Kräfte Jeollyoons anwenden, die in ihrem Körper verankert waren.

»Hierzu wurde ich geboren!«

»Das ist eine Rebellion. Verrat!«

Chaeryeong lachte bloß. »Rebellion? Verrat?«, fragte sie und deutete auf Hui. »Ich hole mir lediglich zurück, was mir zusteht.«

Hui starrte mit verschwommener Sicht zu ihr. Ihr Blick schien, als wäre sie von den Toten auferstanden.

Bewusstlos fiel Hui zu Boden. Chaeryeong sah ihn kurz an, dann drehte sie den Kopf leicht, um sich umzusehen.

Wie ein Paravent breitete sich im selben Moment hinter ihr eine lange Reihe von Holzpuppen in Militäruniformen aus. Dicht aneinandergereiht füllten die unzähligen Puppen die Wände und die Decke. Eine nach der anderen wurden sie mithilfe von Jeollyoons Kraft von Geistern bewohnt. Angetrieben von der Macht der Unterwelt, waren sie wie eine Armee Unsterblicher.

Der Anblick ließ Chaeryeongs Augen dunkel aufleuchten.

»Gut, dann gehen wir es jetzt an.«

Nun, da Hui die Entthronung zur Sprache gebracht hatte, gab es kein Zurück mehr. Ihr einziger Weg führte nach vorne.

Die frühe Morgensonne schien auf die Pflastersteine vor der großen Halle.

Ihr Irimoya-Dach war so schön wie ein Phönix, der seine Flügel ausbreitete, und die Berge dahinter umgaben den Palast wie ein Paravent.

So wie es der König befohlen hatte, versammelten sich die Beamten im Hof.

»Was ist nun schon wieder? Wieso hat er uns alle hierher berufen?«

»Das frage ich mich auch. Es ist weder Neujahr noch Vollmond. Was könnte es sein, das er uns allen mitteilen muss?«

Leute aus allen Gesellschaftsschichten versammelten sich und plauderten miteinander.

»Habt Ihr davon gehört? Eine riesige Schlange soll aus dem Anwesen des Premierministers gekommen sein.«

»Der Schlangengott muss ihn wohl verlassen haben.«

»Schlangengott?«

»Man sagt, jedes Haus besäße einen Schlangengott, der es beschützt. Er soll die Form einer Schlange haben, daher der Name. Wenn die Familie dem Untergang geweiht ist, verlässt diese Schlange wohl das Haus. Der Premierminister war nur dank seines Schutzgottes so erfolgreich. Jetzt, wo er weg ist, ist es wohl ein Zeichen für den Untergang der Han-Familie.«

Jinwoo ging schweigend und mit gesenktem Kopf an ihnen vorbei. Er erinnerte sich an das, was Hui gestern gesagt hatte. Heute würde eine neue Ära beginnen.

Die Ära des Han-Clans, geleitet von dem Premierminister und der Königin, würde ein Ende nehmen und die des echten Königs beginnen.

Heute würde er vor aller Augen seinen einzigen Enkel zum Kronprinzen ernennen, Giljeon Han des Verrats anklagen und Chaeryeong ihren Titel entziehen.

Aber wieso ist mir so unwohl ums Herz?

Die Sternkonstellationen, die er gestern Abend auf dem Rückweg nach dem Gespräch mit Hui gesehen hatte, waren beunruhigend. Der Stern, der den König verkörperte, war aufgeblitzt. Jedoch war es unmöglich, dem König jetzt noch zu sagen, er solle die Revolution verschieben. Es gab ausreichend Verdacht wie auch Beweise und Zeugen, um den Premierminister anzuklagen. Und auch mit Chaeryeong würde er längst gesprochen haben.

Den Fortschritt jetzt aufzuhalten, würde dem Han-Clan nur Zeit geben, seine Kräfte neu zu sammeln. Der Weg des Menschen musste nun mal von ihm selbst gegangen werden. Der Himmel stand lediglich unterstützend zur Seite.

Eure Majestät …

Jinwoo stand inmitten der Abgeordneten und blickte auf den Königssitz unter dem wolkengemusterten Baldachin.

Hui war nirgends zu sehen. Jinwoo hob den Saum seines Gewands und überprüfte die Jagdwerkzeuge unter seiner Kleidung. Da die Aura des Palasts nicht gut war, hatte er seinen gesamten Körper mit Talismanen versehen, bevor er herkam. Auch wenn nicht sicher war, was passieren würde, konnte es nicht schaden, behutsam zu sein. Gerade wenn es um den Premierminister ging.

Außerdem war Eunho noch immer bewusstlos. Da er dieser wichtigen Zeremonie heute nicht beiwohnen konnte, musste Jinwoo mit für ihn einspringen

Aber wo in aller Welt bleibt Seine Majestät nur?

Jinwoo streckte den Hals, um nachzusehen, aber es gab keine Anzeichen für die Ankunft des Königs. Allmählich machten sich auch die anderen Minister Sorgen, ob etwas passiert sei, und schauten sich gegenseitig an.

Dennoch blieb der Thron des Königs leer. Die Anwesenden verstummten nach und nach. Im Palast herrschte eine bedrückende Atmosphäre. Trotz der versammelten Menschenmenge war der Palast vollkommen ruhig.

Irgendwas stimmt hier nicht, dachte er. Als sich die Minister verwirrt umsahen, öffnete sich die Tür zum Hof.

»Was ist das?«

Mit dem Klirren von schwerem Eisen stürmten Rebellen und Beamte des Kriegsministeriums mit Schwertern und Bögen bewaffnet hinein. Ohne auch nur einen Moment zu zögern, umzingelten sie den königlichen Hof, fast wie Hunde auf der Jagd, die ihre Beute in die Enge trieben.

»W-was zum Teufel soll das?«, rief jemand aus der vorderen Reihe.

Doch die Soldaten standen reglos da und antworteten nicht. Die Waffen in ihren Händen blitzten im Sonnenlicht auf.

Oh?

Etwas Ungewöhnliches fiel Jinwoo ins Auge. Die Gesichter im Schatten ihrer Hüte, die Hände um ihre Waffen. Ihre Haut war obszön verzogen, als würden sie lediglich einen Fleischanzug tragen. Ruckartig hob er den Kopf.

Zur gleichen Zeit ertönte eine laute Stimme.

»Ihre Majestät die Königin tritt ein!«

Die Versammelten blickten noch verwirrter drein. Inmitten der bewaffneten Soldaten, die in den Palast eingedrungen waren und die Minister umzingelt hatten, erschien nicht der König, sondern die Königin.

»Ein Unheil kommt wohl wirklich selten allein!«, rief jemand.

Die äußeren Hoftore wurden aufgestoßen, und alle Augen richteten sich auf sie.

Der mit einem Drachen verzierte Pfad des Königs.

Doch auf ihm lief niemand anderes als Chaeryeong Han.

»E-eure Majestät!«

Gekleidet in farbenfrohe Festgewänder und mit ihrer Krone auf dem Kopf, kam sie immer näher. Sie verströmte eine Aura, die einem sich anbahnenden Sturm glich.

»Was ist hier los, Eure Majestät? Was haben die bewaffneten Soldaten hier zu suchen?«, riefen die Minister ihr zu.

»Wo ist Seine Majestät, dass er Euch, eine Frau, in den königlichen Hof lässt?«

Die Worte ließen sie innehalten.

»Darf eine Frau etwa nicht in den königlichen Hof eintreten?«

»A-aber Eure Majestät …«

»Obgleich Ihr Bestechungen angenommen, Euch in Euer Amt eingekauft, andere getötet, verleumdet, Geld gestohlen oder Frauen Gewalt zugefügt habt. Ihr alle steht hier aufrecht vor mir, und doch soll ich nicht hingehören, nur weil ich eine Frau bin?«

Irgendetwas musste passiert sein, aber keiner konnte ahnen, was.

Chaeryeong hob den Kopf und sah die versammelten Männer an. Sie waren allesamt Nichtsnutze. Sie hatte es satt.

Sie trat zurück auf den Pfad des Königs, und niemand konnte sich ihr in den Weg stellen.

Jeder von ihnen erkannte instinktiv, dass man mit seinem Leben dafür bezahlen würde, wenn man nun versuchte, sie aufzuhalten.

Im Beisein aller Minister stieg Chaeryeong auf den höchsten Platz, den Drachenthron.

Auf dem Thron Platz genommen, setzte sie ihre schwere Königinnenkrone ab. Niemand wusste, was sie vorhatte. Auf einem Seidenkissen trug eine Hofdame die Krone des Königs herbei.

Chaeryeong nahm sie in die Hand – die Krone, die nur für den König bestimmt war – und setzte sie sich langsam auf den Kopf. Man hörte einige der Anwesenden entsetzt nach Luft schnappen.

»Von diesem Tag an bin ich, Chaeryeong Han, der König Joseons.«

Nachdem sie diese Worte gehört hatten, schrien die Minister laut auf.

»Wovon in aller Welt redet Ihr da, Eure Majestät?«

»Wie könnt Ihr es wagen, den Drachenthron zu besteigen? Das ist Hochverrat!«

Chaeryeong lachte nur. Sie hob das Jadezepter auf, das ihr die oberste Hofdame gebracht hatte.

»Wer von uns hat einen entfernten Verwandten der königlichen Blutslinie, der nicht einmal im Palast geboren wurde, auf den Thron gesetzt, hm? Glaubt hier etwa irgendwer, es wäre der Wille des verstorbenen Königs gewesen? Sagt es mir!«

Bei den eisigen Worten von Chaeryeong traten die Minister für einen Moment zurück.

Es war eine undenkbare Situation. Eine Frau hatte den König verraten und den Thron an sich gerissen.

»Seht, ich, Chaeryeong Han, bin nun der König dieses Landes!«

In dem Moment, als sie das Zepter hob, erschienen plötzlich Schatten aus dem Boden.

Die aufsteigenden Schatten verschlangen die versammelten Minister. Ihre Körper zitterten, als sie von den Geistern eingenommen wurden, die Chaeryeong gerufen hatte. Dies hielt jedoch nur für einen kurzen Moment an, dann richteten sich die Minister wieder auf.

»Lang lebe unsere neue Königin!«, riefen sie und erhoben ihre Hände in Chaeryeongs Richtung.

Die anderen Beamten folgten ihrem Ruf. Chaeryeong sah mit einem zufriedenen Lächeln dabei zu, wie die Augen der Besessenen aufleuchteten.

Jinwoo, der inmitten der Minister stand, beobachtete die

Szene erschrocken. Das war keinesfalls das Werk eines Menschen. Er blickte zum Drachenthron hinauf. Es war unmöglich, dass ein Mensch solche Geister beschwören konnte.

Ein kalter Schauer überkam seinen Körper. Dieses Reich war soeben in die Hände der Geister gefallen.

Jinwoo bewegte sich behutsam durch die jubelnde Menge. Er war der Einzige an diesem Ort, der noch einen klaren Kopf besaß.

Was wäre nur passiert, wenn ich die Talismane nicht bei mir gehabt hätte!

Aber es gab nichts, was er jetzt noch tun konnte, nicht einmal als Beamter des Ministeriums für Weltkunde. Hui war vermutlich irgendwo im Palast gefangen.

Die Königin nutzt die Macht der Geister, um König zu werden.

Er musste Eunho davon erzählen. Nun war es vielmehr beruhigend, dass Eunho krank war und heute nicht hatte kommen können. Er war derjenige, der die Initiative ergriffen hatte, gegen den Han-Clan vorzugehen. Wenn Chaeryeongs Macht weiter wuchs, wäre sein Leben in Gefahr.

Im Moment war es das Wichtigste, von hier wegzukommen.

Bin öffnete langsam die Augen. Es war still.

Sie merkte schnell, dass sie sich nicht im Diesseits befand. Die Stimmen der Geister waren verstummt, und alles, was sie sehen konnte, war ein sehr alter Palast.

So wie es bei herrenlosen Dingen oft der Fall war, sammelten sich auch im lange verlassenen Palast Staubschichten an. Bin schritt langsam durch den Palast.

Massive Säulen waren im Korridor aneinandergereiht, und die einzelnen Schichten des Palastdachs waren zu sehen.

Es war eine ungewohnte Szenerie, aber ihr Körper bewegte sich wie von selbst durch die Gänge. Als ob er genau wüsste, wohin er gehen würde.

Yeomna.

Zwischen all den Erinnerungen, die stückweise zurückkamen, erklang eine Stimme. Sie kannte sie irgendwoher. Vor langer, langer Zeit war sie einst ihr treuer Begleiter gewesen.

Mein Leben gehört Euch, Yeomna.

Ihr seid meine …

Mit jeder Säule, an der sie im Korridor vorbeikam, kehrten weitere Erinnerungen zurück. Ihr Leben in der Unterwelt, die unzähligen Seelen, über die sie geurteilt hatte, die Geister, die ihr Volk ausmachten.

Nun wurde Bin klar, wieso sie so viel Mitleid empfand, als sie die Hortensien-Geister ins Jenseits führte. Es war eine grundlegende Einstellung, die jemand, der über das Jenseits und die Geister herrschte, haben sollte.

Am Ende des Gangs stieß Bin eine alte Tür auf. Auf beiden Seiten des dunklen Raums waren riesige Porträts der Königinnen der Unterwelt zu sehen.

»Aaah …«

Als sie ihre Gesichter sah, erinnerte sie sich ganz genau daran, wer sie waren.

»Jingwang, Chogang, Songje.«

Die Königinnen, die gemeinsam mit ihr in dieser Hölle lebten. Bin schritt langsam vorwärts. Das größte Porträt befand sich im hintersten Bereich des Raums.

Ein Gesicht, nach unten gerichtet und so groß, dass man es selbst mit erhobenem Kopf nicht mit einem Blick erfassen konnte. Sie sah sich selbst, gekleidet wie ein König, so wie Eunho es einmal gesagt hatte.

Unter dem Gemälde lag ein kümmerliches Lebewesen, das treu auf sie gewartet hatte. Bin näherte sich ihm.

»Paryeo.«

Noch ohne zu sehen, wer es war, kam ihr der Name wie selbstverständlich über die Lippen.

Paryeos Kopf schnellte hoch, als er ihre Stimme hörte. Doch in seinen Augen war keinerlei Reflexion zu sehen. Als Bin feststellte, dass jemand seine Augen zerstört hatte, eilte sie schnell zu ihm. Dann streckte sie die Hand aus und strich über seine Augenlider.

»Paryeo«, rief sie erneut.

Diesmal blitzten Überraschung und Freude, Entzücken und Verzweiflung, Reue und Kummer in Paryeos glasigen Augen auf.

»Ihr wart also Yeomna?«

Er hatte überall nach ihr gesucht, und sie war direkt vor seiner Nase gewesen. Paryeo gab ein ironisches Lachen von sich.

»Ich habe so lange nach Euch gesucht und hatte letztendlich keinen blassen Schimmer.«

Er fragte sie nicht, wie oder wann Bin Seomoon bemerkt hatte, dass sie Yeomna war. Das war nicht weiter von Bedeutung.

Bin streckte ihre Hand nach Paryeo aus.

»So bedankst du dich also dafür, dass ich dir einen Namen gegeben habe?«

»Ich sagte es doch bereits. Da Ihr es wart, die mir ein neues Leben und auch einen Namen gab, gehört alles, was ich bin, Euch.«

Er hob den Kopf und blickte in ihr Gesicht.

Nie hätte er vermutet, dass sich alles zwischen ihm und der damals noch jungen Bin Seomoon, die ihn weinend angefleht hatte, einem Jungen das Leben zu retten, so entwickeln würde.

»Als wir uns wiedersahen, war mein Herz ungewöhnlich aufgewühlt. Wer aber hätte gedacht, dass Ihr es sein würdet? Mein Herz ist wahrlich dafür bestimmt, allein für Euch zu schlagen. Ob ich Euch nun erkenne oder nicht.«

»Meine Schlange, meine Macht.«

Bins Hand strich über Paryeos kalte Wange.

»Ich fühle mich, als könnte ich nun endlich wieder frei atmen.«

»Wie einsam du gewesen sein musst.«

»Das war ich nicht. Schließlich habe ich stets daran geglaubt, dass Ihr eines Tages zurückkehren würdet. All die Zeit, all die Wege, die ich zurückgelegt habe, führten zu Euch, wie könnte ich da nicht glücklich gewesen sein?«

Sie hatten sich wiedergesehen, und das allein reichte Paryeo bereits, um das Gefühl zu bekommen, alles erreicht zu haben. Natürlich hätte er sich gefreut, noch ein wenig mehr Zeit mit ihr gehabt zu haben, doch war das wohl schlichtweg ein Wunsch zu viel gewesen.

»Eure Majestät, ich werde mich nun auflösen.«

Bins Augen wurden groß.

»Dich auflösen? Aber wieso denn das?«

Sie blickte zu Boden. Aus Paryeos Körper hatte sich eine Pfütze von schwarzem Blut gebildet.

»Ich habe diesen Körper den ganzen Weg hierhergeschleppt, um Euch zumindest noch in Eurem Porträt zu spüren. Was ist es das doch wert gewesen!«

»Paryeo, nein!«

Bin hatte sich gerade erst an seine Existenz erinnert, sie konnte sie unmöglich gleich wieder gehen lassen.

»Du hast mich so unheimlich lange in der Menschenwelt gesucht! Da kannst du doch nicht einfach so verschwinden!«

»Mein Ende war bereits vorherbestimmt. Bitte weint also nicht.«

Paryeo hob die Hand und wischte Bins Tränen weg.

»Da ist noch etwas, das es für Euch zu tun gilt, Eure Majestät.«

Fragend blickte sie ihn an. Paryeo atmete scharf ein.

»Jeollyoon ist auf dem Weg in die Menschenwelt.«

Bins Gesicht verhärtete sich.

Jeollyoon, Königin der zehnten Hölle.

»Sie war es, die Eure Seele damals in Stücke gerissen hat. Es war ihr Plan, Euren leeren Platz einzunehmen und das Dies- wie auch das Jenseits in ihre Gewalt zu bringen!«

»Jeollyoon?«

»Auch die übrigen Königinnen kamen nicht gegen ihre Stärke an und haben sich daher auf ihre Seite geschlagen. Ihr seid die Einzige, die sie nun noch aufhalten kann.«

Paryeo blickte sie an. Dann sprach er langsam weiter.

»Um Euren Thron einzunehmen, muss man wenigstens ein einziges Mal als Mensch gelebt haben. Jeollyoon hat sich stattdessen jedoch dazu entschieden, jemand anderem das Leben zu stehlen.«

»Sie will es stehlen? Aber wie hat sie das vor?«

»Mithilfe der Tochter des Premierministers, Chaeryeong. Sie ist die derzeitige Königin und das Mädchen, das ich wie mein eigenes Kind großzog. Aus diesem Grund ist ihr Körper auch stark genug, Jeollyoon als Brücke in die Menschenwelt zu dienen. Sobald sie ihren Plan erst mal vollendet hat, wird sie ihre Seele in sich aufnehmen und Chaeryeongs Leben somit zu ihrem eigenen machen.«

»Wie kann eine Königin der Unterwelt nur so etwas tun?«

»Jetzt, wo das, was sie will, zum Greifen nahe ist, scheut sie vor nichts mehr zurück. Ihr müsst sie aufhalten. Außer Euch kann es niemand.«

Bins Fingerspitzen zitterten.

Ihre Erinnerungen als Yeomna mochten zu ihr zurückgekehrt sein, aber sie war trotzdem noch nicht vollständig.

»Ich muss die Welten retten?«

»Sämtliche Ordnung wird zusammenbrechen, wenn Jeollyoon nicht gestoppt wird. Es würde jemand, der Eures Throns nicht würdig ist, auf ihm Platz nehmen, und die beiden Welten, die nicht miteinander vermischt gehören, verschmelzen. Dies wird unweigerlich Zerstörung und Chaos mit sich bringen. Bitte denkt an all die unschuldigen Seelen und Leben.«

Unschuldige Seelen und Leben.

Auch das Leben von Eunho würde sicherlich dazugehören. Paryeo konnte Bin ansehen, an wen sie dachte, und sprach mit leiser Stimme weiter.

»Er trägt eines Euer Seelenfragmente in sich.«

»Was?«

»Ein weiterer schlechter Scherz, den sich das Schicksal erlaubt hat. Die Person, um dessen Rettung Ihr einst mich unter Tränen batet, enthält einen Teil von Euch.«

»Eunho besitzt ein Stück von mir?«

»Ich habe es mit eigenen Augen gesehen. Da Ihr selbst Euch nicht als Königin Yeomna erkannt habt, schien das Fragment bloß inaktiv in seinem Körper zu ruhen.«

»Was passiert mit ihm, wenn es ihm genommen wird?«

Sie ahnte es bereits, kam jedoch nicht umhin, ihm diese Frage zu stellen.

»Sein Schicksal hätte eigentlich längst besiegelt sein müssen. Er hatte lediglich das Glück, dank Eures Fragments so lange zu überleben. Solltet Ihr das Fragment zurückfordern, wird es kaum möglich sein, sein Leben zu retten.«

Bin schloss die Augen.

»Ohne dieses letzte Teil wird es Euch jedoch nicht möglich sein, erneut als Euer wahres Ich zu erwachen. Und in diesem Fall würde Euch vermutlich die Kraft fehlen, es mit Jeollyoon aufzunehmen.«

Nach seinem letzten Wort atmete Paryeo schwer aus.

»Das hier scheint für mich das Ende dieses Lebens zu sein. Bitte vergebt mir, dass ich Euch nicht schon ein klein wenig früher gefunden habe.«

»Ich bin es doch, die dich um Vergebung bitten sollte. Ich kann dich noch nicht gehen lassen, Paryeo.«

»Ihr habt bereits Tränen für mich vergossen. Das allein genügt mir schon.«

Langsam hob Paryeo die Hand. »Ich wäre sowieso gestorben. Es war lediglich mein letzter Wunsch, Euch noch einmal dienen zu dürfen. Bitte nehmt meine letzte Kraft an Euch.«

Bin schüttelte den Kopf. »Das kann ich nicht. Wie könnte ich dir selbst in deinen letzten Momenten …«

»Ich möchte es so. Ihr seid der einzige Grund, weshalb mir dieses Leben vergönnt war. Nehmt es also nun wieder an Euch.«

»Paryeo!«

Er blickte sie ein letztes Mal an.

Wenigstens endete dieses Leben Aug in Aug und in den Armen jener Frau, die er so sehr geliebt hatte.

Wenn es für mich ein nächstes Leben geben sollte, dann wünsche ich mir ein wenig mehr Zeit mit ihr.

Mit Paryeos letztem Atemzug verblasste die menschliche Gestalt, die Yeomna ihm einst gegeben hatte, und zurück blieb seine wahre Gestalt – eine gläserne Schlange mit glitzernden Schuppen.

Ich gebe dir den Namen Paryeo, nach einem der sieben Schätze, denn deine Schuppen gleichen Kristallen.

Bin erinnerte sich daran, wie sie ihm dies vor langer Zeit gesagt hatte.

»Paryeo.«

Vorsichtig hob sie eine seiner Schuppen hoch. Sie durfte nicht zulassen, dass sein Tod umsonst gewesen war.

Kurz darauf schmolz die Schuppe in ihrer Hand. Sie hatte Paryeos Kraft absorbiert.

»Ah.«

Die Gesamtheit von Paryeos Gefühlen und Erinnerungen stürmte auf sie ein.

Seine Emotionen, als er Yeomna erblickte, während er im Sterben lag. Das erste Mal, dass seine Existenz in dieser Welt akzeptiert wurde. Wie er geschworen hatte, ihr sein Leben zu widmen, und wie er selbst nach seinem Aufstieg in die Menschenwelt Tag für Tag allein an sie gedacht hatte.

Seine Gefühle waren enorm und reichten weit zurück. Die Geschichte des karmischen Gotts Paryeo, der gläsernen Schlange.

Bin sackte schließlich an Ort und Stelle zusammen und brach in Tränen aus.

»Für dich werde ich erneut die Kraft finden, mich zu erheben, Paryeo«, sprach sie nach langem Schluchzen.

Es gab nun nur noch einen Ort, den Yeomna und Bin ansteuern mussten. Er rief förmlich nach ihr.

»Jeollyoon.«

Bins Augen blitzten auf.

»Argh! Bitte, bitte verschont uns!«

»Wir sind unschuldig, mein Herr! Unschuldig!«

Die Schreie der Menschen kamen aus jedem Haus, doch auch ihr Flehen half ihnen nicht. Gnadenlos zerrten die Wachen sie hinaus.

»Wir handeln auf Befehl Seiner Majestät. Wagst du es etwa, dich ihm zu widersetzen?«

»N-natürlich nicht, mein Herr, aber ... argh!«

Der Mann, der gerade das Wort ergriffen hatte, wurde vom Fuß der Wache zu Boden getreten. Eine junge Frau von weiter hinten eilte an seine Seite.

»Befehl des Königs hin oder her, er steht noch lange nicht über dem Leben eines Menschen! Dass ihr euch nicht schämt, ihr …«

Die Frau stockte.

Blut tropfte vom gezogenen Schwert der Wache. Mit einem dumpfen Geräusch kippte der Körper des Mannes auf dem Boden zur Seite. Weinend eilten Kinder herbei, wurden jedoch prompt von der Frau gestoppt.

»Rein mit euch! Geht sofort zurück ins Haus!«

»Willst du, dass ich das Haus mit ihnen niederbrenne?«, fragte die Wache, während sie die Haare der Frau packte.

»B-bitte verschont die Kinder! Ich werde mitkommen! Das werde ich!«

Noch immer zeigten die Männer keine Reaktion auf die flehende Frau, sondern nickten nur kurz. Sie fesselten sie und übergaben sie dann einer weiteren Wache.

»So, habt ihr das gesehen? Einer pro Haus. Uns ist egal, wer, meldet euch also ruhig freiwillig. Andernfalls erwartet euch dasselbe Schicksal wie ihn hier.«

Die Wache trat gegen den Leichnam des Mannes.

Blut strömte aus dem Mund des Toten und ließ alle, die die Szene beobachteten, vor Angst erzittern.

»Es hat keinen Sinn, anderswohin zu fliehen oder sich gar zu verstecken. Die Stadt ist umzingelt. Niemand kommt hier rein oder raus. Leistet also dem Befehl des Königs Folge!«

Die Menschen waren wie gelähmt.

Es war nun vier Tage her, dass der grausame Befehl gegeben worden war. Aus jedem Haus in der Stadt sollte eine Person in den Palast geschickt werden.

Ohne zu wissen, was genau dahintersteckte, taten alle zunächst, wie ihnen geheißen, doch bereits am nächsten Tag hatte sich herumgesprochen, was tatsächlich im Palast vorgefallen war.

»Wie kann der König bloß Menschen seines eigenen Volks das Leben nehmen? Wir haben nichts Unrechtes getan!«

Ein älterer Mann mit einem Gehstock trat nach draußen.

Die Wachen warfen sich Blicke zu, dann packten sie den schreienden alten Mann und fesselten auch ihn.

»Ich habe ohnehin nur noch wenige Tage zu leben. Wenn ich heute sterben sollte, verlasse ich diese Welt ohne Reue! Wie aber gedenkt Seine Majestät, für diese Verbrechen Buße zu tun?«, zeterte er weiter.

Alle Anwesenden kämpften bei seinen Worten mit den Tränen und schluchzten.

Wohin man auch sah, wurden Menschen verschleppt, dicht gefolgt von ihren Familien, die ihnen weinend nachrannten.

Zwei Gestalten, deren Gesichter von ihren Hüten verdeckt waren, schlüpften aus der Gasse hervor. Es waren Eunho und Jinwoo.

»Der Palast stinkt bis zum Himmel nach Blut.«

Jinwoo wandte sich Eunho zu, der mit bleichem Gesicht neben ihm stand.

»Sämtliche Minister des Rats sind von Geistern besessen worden. Deshalb hält auch niemand die Königin davon ab, sich für eine solche Tat hier des Namens Seiner Majestät zu bemächtigen.« Er deutete auf die Wachen. »Sie sind ebenso wenig menschlich. Ich habe sie schon im Palast gesehen. Meine Vermutung ist, dass es den Geistern eine Art Magie ermöglicht, von Puppen Besitz zu ergreifen.«

»Wann in aller Welt hat die Königin diese Dinge gelernt?«

»Das spielt jetzt keine Rolle. Wenn sie all diese unschuldigen Menschen in den Palast verschleppen, wird es auch irgendjemanden geben, der sie verlangt hat.«

»Und zwar?«

»Vermutlich das Wesen, das der Königin diesen Zauber hier beigebracht hat. Ihre Majestät mag sich gegen den König gewandt haben, aber sie würde niemals grundlos mit solcher Grausamkeit vorgehen. Würde sie tatsächlich nach dem Thron lechzen, hätte sie stattdessen auf wahrhaftige Politik zurückgegriffen.«

»Ihr Handeln ähnelt viel eher dem von Geistern«, merkte Eunho mit finsterer Miene an.

Geister, das Jenseits.

Eine Welt, mit der auch Bin verbunden war. Sollte womöglich auch dort etwas passiert sein …

»Bin«, murmelte er leise ihren Namen.

Der Anblick ihres Gesichts, als sie ihr wahres Schicksal erfasst hatte, war ihm noch immer ins Gedächtnis gebrannt. Verzweiflung, tiefes Bedauern und eine resignierte Traurigkeit hatten sie umfangen.

Das letzte Mal, als ich dein Gesicht sah.

Als er mit einem Schreck aufgewacht war, war Bin bereits fort, und noch bevor er auch nur nach ihr suchen konnte, hatte sich bereits ein neuer Vorfall ereignet.

Wo Bin jetzt wohl steckte? Dieser Gedanke bereitete Eunho Sorgen.

»S-seht nur …!«

Beim Klang der Stimme hoben Eunho und Jinwoo die Köpfe und blickten gen Himmel. Bedrohlich schwarze Wolken zogen auf, fast so, als wollten sie die Welt in sich verschlingen.

»Sie steuert auf den Palast zu!«, rief Jinwoo.

Der Wind trug eine tödliche Aura an sie heran.

Eunho blickte zum Königspalast. Irgendetwas Furchtbares ging dort vonstatten.

»Jinwoo, als Seelenjäger kennst du dich doch sicher ein wenig aus. Wie viele Geister gibt es, die hier in der Menschenwelt ein solches Spektakel veranstalten könnten?«

Jinwoos Gesicht verfinsterte sich bei der Frage.

Ein Wesen, das sich mit niemand anderem als der Königin zusammenschließen, so viele unzählige Geister befehligen und all diese unschuldigen Menschen töten könnte?

»Nicht viele.«

Eunho nickte.

»Ich werde zum Palast gehen.«

»Was? Hast du etwa vor, zu sterben?«

»Bleibe ich hier und tue nichts, werde ich das sowieso! Momentan berauben sie bereits die Bürger ihrer Leben, was aber denkst du, wird als Nächstes kommen? Diese bösen Geister belassen es ganz sicher nicht dabei.«

Auch Jinwoo hatte keine Antwort auf diese Frage.

»Wenn ich schon sterbe, dann wähle ich wenigstens einen bedeutungsvollen Tod.«

»W-was ist mit Fräulein Seomoon?«

Eunho lächelte traurig.

»Sie würde meine Meinung wohl teilen. Und jetzt gib mir alle Instrumente für die Seelenjagd, die du bei dir trägst! Schnell!«

»Lieber begleite ich dich!«

Doch Eunho schüttelte bloß den Kopf.

»Wenn ich versage, muss es doch jemanden geben, der für mich einspringen kann. Ich zähle auf dich.«

»Eunho!«, protestierte Jinwoo, doch sein Entschluss war bereits gefallen.

»Es ist richtig, dass ich gehe. Ich glaube, dass diese Angelegenheit womöglich etwas mit Fräulein Seomoon zu tun haben könnte.«

»Mit dem Fräulein?«

Eunho erinnerte sich an das letzte Mal zurück, als er Bin gesehen hatte.

Sie hatte sich in etwas anderes als einen bloßen Menschen verwandelt. In ein Wesen des Jenseits, ein Wesen der Geister.

Sollte auch die Existenz, die gerade dabei war, das Reich zu zerstören, eine ihr ähnliche Form besitzen, dann könnte das alles auch genauso gut mit ihr in Verbindung stehen.

»Ja. Und genau deshalb muss ich einfach gehen.«

Resigniert übergab Jinwoo ihm seine Instrumente zur Seelenjagd.

Eunho steckte die Talismane ein und ergriff Säbel und Bogen.

»All diese Dinge sind nur gut genug, um sich damit gegen gewöhnliche Geister zu verteidigen. Bitte pass gut auf dich auf, hörst du?«

»Ich danke dir, mein Freund.«

»Sag mir das gern noch mal, wenn du zurück bist.«

Eunho lächelte. Dann drehte er sich um und rannte in Richtung Palast los, ohne sich noch ein weiteres Mal umzudrehen.

Es spielte für ihn keine Rolle, ob er geradewegs seinem Tod entgegenlief.

Mir ist alles recht, solange ich dich so nur noch einmal sehen kann, Bin.

»E-eure Majestät, sollte der König nicht …«

Die Stimme des Bediensteten zitterte. Chaeryeong unterbrach die Hofdamen, die ihr Haar flochten, und drehte sich zu ihm um.

»Der König? Hast du noch nicht mitbekommen, dass inzwischen ich hier das Sagen habe?«

»V-verzeiht, Eure Majestät! Ich w-wollte nicht ...!«

Der Bedienstete fiel zu Boden. Er bibberte so sehr, dass man seine Kleidung rascheln hörte.

»A-aber Eure Majestät, auch wenn Ihr nun die Herrin über den Thron sein mögt, muss ich dennoch bitten, diesem grausamen Verhalten Einhalt zu gebieten!«

Der Ausdruck in ihrem Gesicht veränderte sich.

»Was sagst du da?«

»Es gehört sich nicht für einen Herrscher, unschuldige Menschen in den Palast einzuladen und hier zu töten.«

Chaeryeong brach in Gelächter aus.

»Ist dem so? Wie bedauerlich. Eine andere Art des Herrschens kenne ich leider nicht.«

»W-wie meint Ihr das?«

Fragend starrte der Bedienstete Chaeryeong an. Sie aber summte nur ein Lied.

»Im Jenseits ist es der größte Segen, in Frieden sterben zu dürfen.«

»I-im Jenseits? Ich verstehe nicht ganz.«

Chaeryeong blickte in den Spiegel, der sich gleich vor ihr befand. Er zeigte keine Reflexion. Allein der leere Platz, auf dem sie saß, spiegelte sich in der Stille.

»Da ich nicht mal mehr ein Spiegelbild besitze, scheint dieser Körper bereits vollständig dem Jenseits zu gehören.«

»Eure Majestät, ich weiß nicht, wovon Ihr da ...!«

Seine Worte verstummten.

Chaeryeong hatte mit einer Hand den Kopf des Bediensteten gepackt und stieß ihn mit Leichtigkeit von sich.

Mit einem lauten Poltern stürzte er kraftlos zu Boden. Als wäre nichts gewesen, nahm sie erneut Platz und betrachtete die üppigen Haar-Ornamente vor sich.

Die übrigen Hofdamen schlossen die Augen und senkten die Köpfe. Ihnen war durchaus bewusst, dass es sich bei der Frau vor ihnen nicht um ihre eigentliche Herrin handelte. Zumindest tötete die Königin Chaeryeong, die sie kannten, ihre Bediensteten nicht auf diese Weise.

Irgendetwas hatte zweifellos von ihrem Körper Besitz ergriffen, als sie den Thron bestieg.

»Es ist wirklich überaus amüsant, nach so langer Zeit erneut hier im Diesseits zu sein. Wer hätte gedacht, dass die Schreie der Lebenden so unterhaltend wären?«

Jeollyoon, die inzwischen vollständig von Chaeryeongs Körper Besitz ergriffen hatte, summte ein Lied. Paryeo hatte wirklich ganze Arbeit mit diesem Menschen geleistet – sie war zufrieden. Da sie seine eigentliche Besitzerin nicht vollständig getötet hatte, verfügte sie selbstverständlich nicht über sämtliche ihrer Kräfte, aber sie reichten dennoch aus, um diese Welt zu ihrer zu machen.

War erst mal die Zeit gekommen, in der sie Yeomnas Thron endgültig besteigen konnte, hatte sie immer noch die Möglichkeit, Chaeryeong zu töten.

»Öffnet die Tore! Lasst mich das Chaos sehen, für das ich gesorgt habe!«

Die Hofdamen zitterten wie Espenlaub, als sie ihrem Befehl Folge leisteten. Draußen hatte sich eine stetig wachsende Schlange von Menschen gebildet. Die Luft war von ihren anhaltenden Schreien und Wehklagen erfüllt.

Für Jeollyoons Ohren glich das alles jedoch vielmehr einem lauten Horn, das nach Yeomna blies.

Wo bist du nur? Du siehst genau, was hier passiert, und trotzdem willst du dich nicht zeigen?

Jeollyoon blickte in den Himmel. Pechschwarze Wolken, wohin das Auge reichte.

Jetzt musste sie nur noch Yeomna aus ihrem Versteck

hervorlocken, sie ein für alle Mal vernichten und das Diesseits wie auch das Jenseits in eine gewaltige Hölle verwandeln, der sie als Herrscherin dienen würde. Sämtliche Welten, sämtliche Leben.

»Sie alle werden mein sein.«

Jeollyoon trat hinaus.

»Aaahh!«

Erneut erklang der Schrei eines unschuldigen Lebens, das in die Tiefen des Meeres stürzte. Gefolgt von noch einem und noch einem. Sie war dabei, eine Unzahl schwächlicher Leben zu sammeln, die kaum mehr als einen Schwertschlag aushielten, und aus ihnen ein Meer zu formen. Dies war auch der Grund für die Gefangennahme der Menschen. Sie mussten für ihr Meer herhalten – ein Ozean aus Leben.

Mit zufriedenem Gesicht betrachtete Jeollyoon die Szene vor sich. Ein einst kleiner Teich aus bemitleidenswerten Seelen war erst zu einem Fluss und inzwischen schließlich zu einem Meer herangewachsen.

Ein solches Gewässer wurde auch »Abyssos-Meer« genannt. Seine schweren Fluten setzten sich aus den miserabelsten Gefühlen zusammen, die ein Mensch empfinden konnte – Bitterkeit, Wut, Trauer und Frustration.

Jedes Wesen, das hineinfiel, wurde auf der Stelle ausgelöscht. Ganz gleich, wer oder was es war. Es wurde von den unzähligen Seelen gefasst, zerfetzt, gebrochen und zerquetscht, bis es schließlich einer von ihnen war.

Sie hatte Chaeryeong zu ihrem Gefäß gemacht, weil sie stark genug war, ihre Kraft zu empfangen, aber ebenso, weil sie in der Menschenwelt über die Art von Macht verfügte, die es Jeollyoon möglich machen würde, ein solches Abyssos-Meer zu erschaffen.

Dies war ein Weg, eine Existenz von Yeomnas Kaliber auszulöschen, ohne sich dabei selbst die Hände schmutzig machen zu müssen. Ein gewaltiges Meer aus unschuldigen Seelen, in das man die einstige Königin nur noch hineinstoßen müsste.

Jeollyoon verengte die Augen zu Schlitzen und blickte nach vorn.

»Ein Meer aus Schichten und noch mehr Schichten von Seelen.«

Angetrieben von dem Leben in ihnen schwappten die Wellen hin und her.

»Wunderschön.«

Sie nickte. Es war endlich alles vorbereitet.

Wo auch immer Yeomna stecken mochte, dieses Meer würde sie spüren können.

»Wo bist du nur, meine Teuerste? Wenn du dich nicht zeigst, werden nur noch mehr kostbare Seelen ihr Leben verlieren.«

Wie als Antwort öffnete sich das große Tor am Fuße des Ratssaals.

Augenblicklich wandte Jeollyoon den Kopf.

Draußen vor dem Tor blickten ihr zwei Augen entgegen. Anerkennend wanderten Jeollyoons Mundwinkel nach oben.

»Worauf wartet ihr noch? Empfangt meine gute Freundin!«

Ihre Stimme triefte vor Spott.

Auf ihre Worte hin marschierten die fahnentragenden Soldaten lautlos vorwärts. Die fünffarbigen Fahnen wehten majestätisch im Wind. Hinter ihnen folgten riesige mit Papierblumen und Quasten geschmückte Trommeln, tanzende Mädchen, gekleidet in Gelb und Rot, Musikanten, die Instrumente spielten. Doch das war noch nicht alles.

Auf den Stufen hatten sich sämtliche einstigen Könige, die seit jeher über das Wohlergehen des Landes gewacht hatten, eingefunden. Die Geister der toten Monarchen, die allesamt Göttertafeln in den Händen hielten, verneigten sich vor der baldigen Alleinherrscherin über die Unterwelt und huldigten ihr.

Mit der Ehrerbietung der Könige schritt Jeollyoon in Chaeryeongs Körper die Stufen hinab.

Am Ende der Reihen von Geistern stand Bin Seomoon, die nun das Schicksal von Yeomna in sich trug. In der Ferne trafen sich die Blicke der beiden Frauen.

Im Vergleich zur farbenprächtigen Blumenkrone auf Jeollyoons Kopf konnte man Bin ansehen, was sie durchgemacht hatte. In ihren Augen, die durch ihr Haar hindurch hervorblitzten, brannte jedoch ein Feuer.

»Yeomna.«

Jeollyoon lächelte und richtete das Wort an sie.

»Wie lange ich dich schon nicht mehr meinen Namen habe sagen hören, Jeollyoon.«

»Du bist tatsächlich zurückgekommen. Es war schon immer dein Wunsch, als Mensch zu leben, wie also hat es dir gefallen? Du magst es nie ausgesprochen haben, aber insgeheim hast du dich doch immer nach der Menschenwelt verzehrt, nicht wahr? Nur deshalb hast du dich auch dazu entschieden, ganze drei Leben dort zu verbringen, obwohl ein einziges völlig ausreichend gewesen wäre.«

Mit einem Grinsen im Gesicht fuhr sie fort.

»Genau deshalb hielt ich es auch nur für passend, dass du nach einem Leben hier oben ebenfalls als Mensch sterben solltest.«

»Was hast du hier angestellt?«

»Na, was schon? Das alles ist nur deinetwegen passiert. Hättest du dich damals, als ich deine Seele gespalten habe, einfach brav aufgelöst, wäre es nie so weit gekommen.«

Jeollyoon schnalzte mit der Zunge.

»Was erhoffst du dir davon, herzukommen, nachdem du doch schon das Glück hattest, zu überleben?«

Bin packte das Heft des Tigersäbels an ihrem Taillengürtel.

Kaum dass sie hinaus in die Menschenwelt getreten war, konnte sie bereits den Geruch des Todes wahrnehmen, der sich über das gesamte Reich gelegt hatte. Eine Botschaft von Jeollyoon an sie selbst – »Zeig dich endlich!«

Wenn es Yeomnas Thron war, nach dem Jeollyoon sich verzehrte, wären sie früher oder später sowieso aufeinandergetroffen.

Sie wollte diesen Weg nicht gehen. Wollte nicht akzeptieren müssen, dass sie selbst Yeomna, ein Wesen des Jenseits, war. Sie hätte alles getan, um all diese Tatsachen nur irgendwie zu meiden, jedoch wäre ihr der heutige Tag dann für immer reuevoll im Gedächtnis geblieben. Wie Paryeo es schon gesagt hatte, stand das Schicksal aller Welten auf dem Spiel.

Ob nun Yeomna oder Bin, sie konnte all diese Menschen, all die Geister und auch Eunho nicht wissentlich im Stich lassen.

Also machte sie sich auf den Weg, auch wenn sie wusste, dass er von Dornen gespickt sein würde. Sie zog ihren Säbel.

»Ich bin hergekommen, um dich zu bestrafen.«

Jeollyoon grinste. »Tatsächlich? Das wollen wir mal sehen.«

Blitze regneten auf die Erde herab.

Durch sie hindurch sprangen immer mehr schemenhafte Gestalten aus der großen Halle hervor.

Von irgendwoher ertönte wieder und wieder ein lauter Gong, der von den Klängen weiterer Instrumente begleitet wurde. Die Geräuschkulisse war ohrenbetäubend. Wild durcheinander hallten die Töne ohne Anfang und Ende durch den Palast. Wie ein Donnerschlag erklangen Stimmen.

Lauscht dem Befehl zum Marsch!

Vier Mal ertönte der Gong, woraufhin die Marschmusik, die die Ankunft des Königs ankündigte, einsetzte. Gleichzeitig begann auch der Boden zu beben und riss weit auf.

Das Tor zur Unterwelt hatte sich geöffnet, Rauch und Feuer erfüllten die Luft. Eine enorme Anzahl von Geistern umkreisten die große Halle und kamen wie Wellen aus allen Richtungen.

»Wie ist das möglich?«

Genau wie die Sandkörner im Ozean war auch die Zahl der versammelten Geister schlichtweg unzählbar.

Mit einem lauten Knall fielen von Feuer begleitet die Sterne vom verdunkelten Himmel. Überall, wo sie hinabstürzten, erhoben sich gewaltige Schatten.

O Soldaten der Unterwelt, o General des Jenseits, möget
Ihr erscheinen!

Bin umklammerte ihren Säbel. Die Schatten, die sich aus den gefallenen Sternen erhoben hatte, standen nun in der Mitte des Rates.

Sie alle waren in zerschlissene Militäruniformen gehüllt.

Blitze schlugen auf die Krummsäbel in ihren Händen ein und ließen ihn aufleuchten. Von ihren Gesichtern waren nichts als Knochen übrig geblieben, die nun vor sich hin klapperten. Zum ersten Mal war eine Armee des Jenseits in die Menschenwelt aufgestiegen.

Bin und der Geister-General blickten sich von gegenüberliegenden Enden des Schlachtfelds aus an. Begleitet von lautem Knacken wandte sein Kopf sich nach hinten, sodass er Bin nun seinen Hinterkopf präsentierte, auf dem ein weiteres Gesicht zum Vorschein kam.

Ein modriger Geruch zog durch die Luft. Wie mit einem Schürhaken wedelte der Geist mit seinem Krummsäbel umher. Die Geister, die bislang im Innenhof gestanden hatten, stiegen nun zum Palast hinauf. Ihre Körper klapperten. Sie kletterten die Säulen hoch, erklommen das Dach, stiegen aus dem Boden hinauf oder fielen vom Himmel herab.

Der Geister-General lachte bei Bins Anblick.

Hier hast du törichtes Mädchen also gesteckt. Für dich gibt es nun keinen Platz mehr, an den du zurückkönntest.

Er rannte geradewegs auf sie zu, doch selbst als sie ihm mit ihrem Säbel den Kopf von den Schultern schlug, lachte dieser nur lauthals weiter.

Die Königin kommt! Die Königin kommt!

Ein lautes Knacken ertönte, gefolgt von einem gewaltigen Beben unter ihren Füßen.

Unter enormem Gepolter brachen die massiven Säulen, die den Palast bislang gestützt hatten, in sich zusammen, das Fundament bebte. Der von der Decke hängende Drache fiel zu Boden und zerbrach in Stücke, und auch der Jadethron zersprang mit einem Knall in zwei Teile.

Jeollyoon lachte nur. Bin biss sich auf die Lippe. Mit ihrer jetzigen Kraft würde es nicht leicht werden, mit all diesen Geistern fertigzuwerden.

»Jeollyoon.«

Die Geister des Generals und der ehemaligen Könige reihten sich vor ihr auf.

Sie schlugen mit ihren Waffen auf den Boden und erzeugten so einen gleichmäßigen Rhythmus. Die gesamte Umgebung war erfüllt vom Schatten des Todes.

»Ich bin die Königin der Unterwelt. Die große Jeollyoon, Herrscherin über die Finsternis.« Ihr Blick wandte sich Bin zu. »Und ich bin diejenige, die bald schon den Thron von Yeomna besteigen wird«, lachte sie spöttisch.

Bin blickte Jeollyoon an.

»Und? Ist dir inzwischen klar geworden, dass du ein Nichts bist?«

Der Schrei einer sterbenden Seele hallte durch die Luft.

Dunklen Wolken zogen auf. Ein Schatten fiel über Jeollyoons Gesicht. In der Dunkelheit sah man Chaeryeongs runde Augen aufblitzen.

Jeollyoon setzte sich mit großen Schritten in Bewegung. Jeder von ihnen brachte die Erde zum Beben. Bin verlor das Gleichgewicht und stürzte zu Boden. Jeollyoon beugte sich zu ihr hinunter und blickte ihr in die Augen. »Dein Thron gehört nun mir. Und das werde ich dir auch gleich schon beweisen, Yeomna.«

Ihre Stimme klang entspannt, fast so, als sei sie sich ihres Siegs bereits sicher.

»Schließlich bist du inzwischen weder du selbst noch ein Mensch oder sonst irgendetwas dazwischen.«

Ihre Worte versetzten Bin einen Stich.

Als Yeomna war sie noch immer nicht vollständig, ein gewöhnlicher Mensch war sie jedoch auch nicht länger. Was auch immer sie versuchte, es war eindeutig, dass sie gegen Jeollyoon nur verlieren konnte.

Bin griff nach ihrem Säbel, doch die Geisterkönigin trat prompt darauf. Bins Hände zitterten.

»Du bist ein Nichts«, flüsterte Jeollyoon. »Nicht mal ein Haar wirst du mir heute krümmen.«

Jeollyoon stand direkt vor ihr, und doch war Bin nicht in der Lage, auch nur einen Finger zu bewegen. Ihre mächtige Aura erdrückte sie geradezu.

»Sag, wie fühlt es sich an, so mickrig zu sein?«

Die Spitze der Phönix-Haarnadel in Jeollyoons Hand schlug in Bins Schulter ein. Die schmückenden Edelsteine an seinem Ende klackerten. Ein leises Stöhnen entglitt aus Bins Mund.

Zusammen mit einigen Blutstropfen drangen auch Paryeos gläserne Schuppen aus der Wunde. Er hatte versucht, Bin zu schützen, war gegen Jeollyoons reine Stärke jedoch nicht angekommen.

»Paryeo!«

Jeollyoon lachte.

»Die Liebe einer verrückten Schlange, selbst im Tod bei ihrer Herrin sein zu wollen. Mir kommen ja fast die Tränen!«

Sie übte noch mehr Druck auf die Haarnadel aus, bis Paryeos Schuppen ihr nicht länger standhalten konnten und schließlich auseinanderbrachen. Bin kochte vor Wut.

»Paryeo, nein!«

»Wenn du nicht einmal deine eigenen Leute beschützen kannst, wie willst du dann über die Unterwelt regieren?«, merkte Jeollyoon kühl an.

Bin versuchte, sich zu bewegen, doch zitterte ihr Körper so sehr, dass sie sich nicht auf den Beinen halten konnte.

»Verstehst du es jetzt? Es gibt nichts, was du in meiner Welt beschützen könntest.«

Ein Gefühl von Hoffnungslosigkeit überkam Bin.

Sie konnte nichts tun, ihr waren die Hände gebunden.

»Aber weißt du, ich bin überaus gnädig«, flüsterte Jeollyoon ihr zu. »Ich will dir noch eine letzte Chance geben, was sagst du also?«

»Wovon redest du da?«

Jeollyoon hob die Hand.

»Siehst du das da?«

Vor ihr erstreckte sich ein gewaltiges Meer – ein Abyssos-Meer von unschuldigen Seelen.

»Dieses Schicksal mussten sie nur deinetwegen erleiden.«

»Meinetwegen?«

»Hättest du dich damals schon einfach aufgelöst, hätte ich all das hier nie tun müssen. Du hast zu verantworten, was mit ihren Seelen geschehen ist.«

Die Geister der Toten stiegen aus dem Meer auf und blickten in ihre Richtung.

Durch die Wellen hindurch blickten ihr Augen entgegen.

»Wenn du freiwillig in das Abyssos-Meer hinabsteigst, werde ich all die anderen Seelen erneut zum Leben erwecken.«

Bin sah zu Jeollyoon hoch. Nickend lächelte diese ihr entgegen.

»Das ist die einzige Option, die dir noch bleibt. Was also willst du tun? Willst du sie allesamt verdammen? Oder opferst du dein eigenes Leben, um sie zu retten?«

Wenn das ihre einzigen Auswahlmöglichkeiten waren, gab es für Bin nur einen richtigen Weg.

»Ohne deine fehlenden Teile wirst du sowieso nie als dein wahres Ich erwachen können. Und das bedeutet, dass du mich auch nie besiegen können wirst. Willst du dennoch diesen sinnlosen Kampf weiterführen oder …«

Königin Yeomna, Königin Yeomna, Königin Yeomna.

Anstelle des Rauschens der Wellen war das Meer von den Rufen der Geister erfüllt.

Helft uns! Bitte helft uns!

Die Schreie der Unschuldigen nahmen kein Ende. Langsam öffnete Bin den Mund.

»Das ist alles, was du willst, Jeollyoon? Dass ich in diesem Abyssos-Meer ein für alle Mal ausgelöscht werde?«

»Ja.«

Bin schloss kurz die Augen und öffnete sie dann wieder.

»Nun gut. Du hast mir einen Weg aufgezeigt, den ich unmöglich ablehnen kann, also werde ich ihn auch gehen.«

Ein Ausdruck der Freude machte sich auf Jeollyoons Gesicht breit.

»Hahaha! Endlich werde ich deinen Thron einnehmen können! Worauf wartet ihr? Bereitet meiner teuren Freundin auf ihrem letzten Weg einen gebührenden Abgang!«

Auf ihren Befehl hin begannen die Geister, ihre Instrumente zu spielen und lauthals zu singen.

Bin lachte.

»Wer hätte gedacht, dass mein Todestag mit einem solchen Fest enden würde?«

Ein Schritt.

Dann noch einer.

Mit einem zufriedenen Lächeln sah Jeollyoon dabei zu, wie Bin nach und nach auf das Abyssos-Meer zuging.

»Diese Welt wird nun für immer mein sein.«

Bins Zehen berührten das Wasser. Eine Welle schwappte bis über ihre Fußrücken und zog sich dann erneut zurück.

»Es tut mir leid«, flüsterte Bin den unzähligen Seelen im

Wasser zu. »Wenn es ein nächstes Leben gibt, hoffe ich, dass ich zumindest dann …«

Ihr letztes Gebet wurde von einer Windböe verweht.

Der Wind heulte, während er über das Meer raste. Bin schloss die Augen und trat ins Wasser.

Dies war der ewige Tod. Die Auslöschung ihrer Existenz ins Nichts. Sie tauchte unter.

Das Wasser des Abyssos-Meers empfing Bin und zog sie prompt nach unten.

Sie schlug mit den Händen um sich, doch fanden sie nirgends Halt. Um sie herum gab es nichts als Salzwasser. Nur Dunkelheit lag unter ihr. Der klaffende Schlund des ewigen Todes hieß sie willkommen.

Bins Haare und die Säume ihrer Kleidung trieben in den Wellen umher. Der Weg in den Tod, der nun vor ihr lag, war überaus lang.

Immer tiefer sank sie den Abgrund hinab.

In dem Moment, in dem man endgültig einsehen musste, dass niemand zur Rettung kommen würde, starb auch die Sehnsucht nach einer Zeit, in die man nie mehr zurückkehren könnte, bis man schließlich selbst vergaß, wer man war, und das Leben aufgab.

Dies war das Ende, das Jeollyoon ihr geschenkt hatte.

Sie hatte es ihr vergönnt, statt durch die Hand eines anderen einen schier endlos langen freiwilligen Tod zu sterben.

Das kalte Wasser umarmte Bins Körper.

Angefangen mit ihren Fingerspitzen wurden ihre Glieder immer steifer.

Sie konnte nicht mehr blinzeln, und selbst ihr Atem schien tief in sie hineingepresst zu werden.

Bin fand sich in einer Welt des Nichts wieder. In einer Welt der Leere.

Sie erinnerte sich daran, wie sie irgendwann mal in einen Fluss gestürzt war. Das alles schien bereits eine halbe Ewigkeit her zu sein. Der Moment, in dem die Geister sie gepackt und immer tiefer in den Fluss gezogen hatten – damals war sie sicher gewesen, dass sie sterben würde.

Und dann tauchte plötzlich Eunho auf. Eine rettende Hand, die sie erneut zurück ins Diesseits holen konnte.

Jetzt aber gab es keinen Eunho. Ihr Leben war so riskant gewesen wie ein Drahtseilakt. Als wäre sie tagein, tagaus auf scharfen Klingen balanciert, hatte sie stets gelitten und war nie zur Ruhe gekommen. Und am Ende dieser Reise wartete nun dieser unendlich lange Tod auf sie.

Wie Schneeflocken flogen die Überbleibsel von Bins zerbrochener Liebe an ihr vorbei, während sie immer weiter abwärtstrieb.

Ihr kurzes Leben, ihre Hoffnungen, ihre Träume. Sie alle verschwanden lautlos in den Scherben.

Meine Gefühle für dich werde ich jedoch so tief in mir tragen, wie es mir nur möglich ist.

Dies war das Einzige, das sie sich selbst im Abyssos-Meer nicht nehmen lassen wollte.

Ausdruckslos starrte Bin in Richtung Wasseroberfläche, von wo aus ihr noch einige wenige Lichtstrahlen entgegenblitzten.

Sie konzentrierte sich auf ihr Funkeln, während ihr allmählich die Augen zufielen.

Bin!

In diesem Moment ertönte plötzlich eine vertraute Stimme in ihren Ohren. Die Augen öffnete Bin jedoch trotzdem nicht. Die Stimme war lediglich eine Halluzination. Ein letztes Trugbild ihres Körpers in seinem verzweifelten Versuch, dem Tod zu trotzen.

Bin wollte bloß gemeinsam mit ihrer Verzweiflung ins Nichts sinken.

Bin! Bin!

Warum aber klang die Stimme nur so kläglich?

Ihr Schicksal war bereits besiegelt, und doch klammerte sie sich an ihr fest und löste in ihr noch einmal den Wunsch aus, umzukehren.

»Bin!«

Eine echte Stimme drang an ihre Ohren. Diesmal war sie keine Halluzination. Entgeistert starrte sie ihn an. Wie selbstverständlich trieb Eunho vor ihr. Als wäre dies der einzige Ort, an dem er hätte sein sollen.

Wie kannst du inmitten all dieser Verzweiflung so hell strahlen?

Wie kannst du mich selbst in den Tiefen des Abyssos-Meers noch so anlächeln?

Warum bist du …?

»Warum …?«

Tränen füllten ihre Augen. Mit aller Kraft streckte Bin ihre Hand in seine Richtung. Und er griff nach ihr, genau wie er es auch damals im Fluss getan hatte.

Eine unerschütterliche Liebe strömte zwischen ihren verschränkten Händen hindurch.

Eunhos Gesicht war von Zuneigung erfüllt. Eine Zuneigung, die er unmöglich verbergen konnte.

Nachdem er ohne anzuhalten zum Palast gerannt war, hatte er die Geister, die sich ihm in den Weg stellten, vernichtet und war ins Innere vorgedrungen. Er sah die unzähligen Geister, die sich dort aneinanderreihten, und ebenso Bins Gestalt zwischen ihnen hervorblitzen.

Der Wind hatte ihre Stimme an sein Ohr getragen.

Ohne dass überhaupt jemand begreifen konnte, was vor sich ging, hatte er sich bereits Bin hinterher ins Meer gestürzt. Um sich ein anderes Vorgehen zu überlegen, war ihm schlichtweg nicht genügend Zeit geblieben.

»Ich liebe dich, Bin. Das wollte ich dir noch unbedingt sagen.«

Ungläubig starrte Bin ihn an.

»Wie konntest du das nur tun? Wozu habe ich mich denn dann überhaupt für den Tod entschieden?«

Sie waren umgeben von einem Meer aus Tod, Verzweiflung und unendlicher Leere, und doch sprach Eunho Hyeon von der Liebe.

»Bin, ich mag mir kaum vorstellen können, wie schwer dein Schicksal und das Gewicht dieser Welt auf deinen Schultern lasten. Aber wenn meine Seite zu verlassen, um mich zu beschützen, deine Art war, mich zu lieben, dann ist meine Art, dir dennoch nicht von der Seite zu weichen.«

Eunho lachte.

»Das Leben, das ich dir verdanke, will ich nun erneut in deine Hände legen.«

Selbst am tiefsten Punkt des Abyssos-Meers trafen sich noch ihre Blicke.

Eunho spürte, wie sich Yeomnas schlafendes Fragment, von dem Paryeo ihm damals erzählt hatte, zu regen begann.

»Ich verstehe nun, dass ich letztendlich alles allein dir zu verdanken habe. Ohne dein Opfer wäre ich heute nicht einmal mehr am Leben. Ich bin froh, dir wenigstens auf diese Weise hier dienen zu können.«

Bin schüttelte den Kopf.

Wie konnte er sich nur selbst opfern?

Wieder und wieder war er ihr zur Hilfe geeilt.

»Ich liebe dich, Bin, und zwar so sehr, dass nicht einmal der Tod uns trennen kann.«

Eunhos ausgestreckte Hand zog sie zu sich. Ihre Gestalten überlappten sich.

Heißer Atem erfüllte Eunho und Bin. Im Meer der Verzweiflung verteilten sich ihre Tränen der Liebe.

»Mein Licht, mein Atem, meine Liebe, meine Bin«, flüsterte Eunho.

Bins Augen weiteten sich. Sie versuchte, den Kopf zu schütteln, aber Eunho hielt ihn fest. Er wollte dies tun.

»Wenn es mir möglich gewesen wäre, deine Last auf meine Schultern zu laden, dann hätte ich dies getan. Selbst jetzt wünschte ich, es wäre mir möglich. Aber das hier ist alles, was ich für dich tun kann. Zum Dank dafür, als Mensch geboren worden zu sein und von dir geliebt zu werden.«

Eunhos Stimme wurde immer leiser. Seine blutgetränkte Hand schlang sich um Bins und drückte sie.

In ihrer Hand hielt sie das fehlende Stück. Das Fragment von Yeomna, das Eunho sich aus dem eigenen Herzen gerissen hatte.

Er lächelte schwach. Bin schüttelte den Kopf, doch er flüsterte ihr etwas zu.

»Ich habe keine Angst, denn deine Liebe ist das Meer. Ich brauche nur noch in ihr zu ertrinken.«

Nachdem er ihr das Fragment überreicht hatte, sank er immer tiefer nach unten. Gemeinsam mit den zerbrochenen Überbleibseln ihrer Liebe.

Nachdem Jeollyoon dabei zugesehen hatte, wie nicht nur Bin, sondern auch noch ein weiterer Mensch geradewegs in das Abyssos-Meer gesprungen waren, wandte sie sich siegessicher vom Wasser ab, als ein lautes Platschen sie innehalten ließ.

Ungläubigkeit machte sich auf ihrem Gesicht breit. Dann aber hörte sie das Geräusch nasser Schritte hinter sich. Etwas klimperte.

Langsam wandte Jeollyoon den Kopf. Vor ihr stand Bin mit einer Art Fragment in einer ihrer Hände.

Sie war aus dem Abyssos-Meer zurückgekehrt.

Auf dem Kopf eine Krone mit dreizehn herabhängenden Perlenreihen und gehüllt in ein königliches Gewand mit feinsten Juwelen-Dekorationen.

Ihr langes Haar reichte bis an den Boden und wehte im Wind.

Die dreizehn nassen Perlenreihen glitzerten.

Bin war noch ein wenig wackelig auf den Beinen, hob aber langsam den Kopf. Jeollyoons Augen wurden groß.

»Das kann nicht sein. Wie bist du aus dem Abyssos-Meer entkommen?«

Bin hob das Fragment in ihrer Hand.

Es war das letzte fehlende Stück ihrer Seele, das Eunho ihr überreicht hatte. Das erkannte selbst Jeollyoon.

»Dieser verdammte Mensch!«

Laut schreiend stürzte Jeollyoon auf Bin zu, diese aber war schneller und schob sich das Fragment in den Mund.

Mit einem lauten Knall schoss ein Lichtstrahl aus Bins Körper. Die Geisterkönigin taumelte.

»Trotzdem bist du meiner Stärke nicht gewachsen!«, spuckte sie Bin entgegen.

Aus den Schatten zog sie ein schwarzes Schwert, von dem ein düsteres Leuchten ausging. Es war aus nichts anderem geschmiedet als den dunkelsten Schatten der tiefsten Hölle der Unterwelt.

»Du bist längst am Ende deiner Kräfte, und dennoch willst du gegen mich antreten?«

Bins Tigersäbel und Jeollyoons Schwert klirrten laut, als

sie aufeinanderprallten. Die Perlen an Bins Krone flogen klappernd hin und her. Vor ihnen blickten ihr die feurigen Augen von Jeollyoon entgegen.

»Jeollyoon.«

»Dann muss ich dich eben selbst umbringen! Soll mich doch die schlimmste aller Strafen ereilen, ich nehme sie gern auf mich, solange ich dich nur vernichten kann!«

Ihre wilde Klinge ließ Bin einige Schritte zurückweichen. Während ihrer Zeit in der Menschenwelt hatte Jeollyoon bereits eine durchaus ansehnliche Menge ihrer Kraft aufgebaut, während Bin noch nicht dazu in der Lage war, auf ihre vollständige Macht zurückzugreifen.

Erneut prallten ihre Schwerter mit einem Klirren aufeinander.

Ein Lächeln zog sich über Jeollyoons Gesicht.

»Du wirst es noch bereuen, dich nicht für den Tod im Abyssos-Meer entschieden zu haben!«

Prompt flog Bin der Tigersäbel aus der Hand. Er hatte Jeollyoons Angriffen nicht länger standhalten können und war in kleine Teile zerbrochen. Bin wich zurück. Ohne Waffe war es ihr nun unmöglich, sich gegen Jeollyoons Angriffe zu verteidigen.

Jeollyoon lachte nur.

»Ganz gleich, wie sehr du dich auch anstrengst, du sitzt in der Falle.«

Langsam ging sie auf Bin zu.

»Chaeryeong Han!«, schrie Bin ihr entgegen.

Jeollyoon neigte den Kopf.

»Du kennst ihren Namen also. Aber was nützt es dir, ihn zu rufen? Ihr Körper gehört inzwischen mir. Sobald ich dich erst mal vernichtet habe, werde ich ihr Leben verzehren, um so die letzte Bedingung zu erfüllen und deinen Thron zu besteigen.«

Doch Bin hörte nicht auf.

»Chaeryeong Han! Hast du überhaupt eine Ahnung, was du da getan hast? Du wirst einfach alles an diese Königin der Unterwelt verlieren!«

Wenn Paryeo sie eigenhändig großgezogen hatte, würde sie zweifellos noch über ausreichend Energie verfügen, Bins Stimme wahrzunehmen. Unabhängig davon, wer ihren Körper als Gefäß nutzte, gehörte er letztendlich immer noch ihr, womit sie es auch war, die Jeollyoon zumindest ein wenig Einhalt gebieten könnte.

»Wolltest du wirklich Königin werden, nur um so viele unschuldige Menschen in den Tod zu reißen und die Hölle über dein eigenes Reich zu bringen? Hör mir zu! Wenn du wahrhaftig eine Königin bist, dann zeige mir, welche Kraft in dir steckt!«

»Wirst du wohl Ruhe geben?«

Jeollyoons Schrei ertönte wie ein Grollen des Himmels. Sie holte erneut zum Schlag gegen Bin aus.

Das Schattenschwert streifte ihre Wange. Rotes Blut tropfte aus dem Schnitt. Als Bin nach hinten taumelte, schwang Jeollyoon ihre Klinge erneut.

Diesmal traf sie sie am Arm, dann an der Taille. Wieder und wieder schlug sie zu.

Blut sprudelte aus jedem von Bins Gliedern, und doch gab sie nicht auf. Ein Keuchen entwich ihrem Mund, aber sie starrte Jeollyoon unentwegt an. Sie würde bis zu ihrem letzten Atemzug kämpfen.

»Du wagst es …!«

Schreiend rannte Jeollyoon auf sie zu. Bin war sich sicher, dass dies ihr Todesurteil sein würde.

Sie packte ihren zerbrochenen Säbel.

Eine plötzliche Windböe zog über den Platz hinweg.

Bin blickte in die Richtung des Windes. Er trug eine Art Flüstern an ihr Ohr.

Königin Yeomna, Königin Yeomna, Königin Yeomna.
Nun wollen wir Euch zur Seite stehen.

Der flüsternde Wind wirbelte um ihren zerbrochenen Säbel umher und schmiedete aus seinen zerbrochenen Einzelteilen eine neue Klinge.

Es war ein Schwert, das dem Wasser des Abyssos-Meers glich, gefertigt aus den darin enthaltenen Seelen.

Sie parierte Jeollyoons Angriff mit ihrer neuen Waffe.

»Was in aller Welt?«

Die Augen der Geisterkönigin weiteten sich. Noch bevor sie etwas sagen konnte, strömten die Seelen wie eine Welle aus Bins Klinge heraus und umhüllten das Schattenschwert.

»Ihr mickrigen Wesen! Verschwindet!«

Die Seelen, die Jeollyoon so beiläufig getötet hatte, halfen Bin nun so gut sie konnten dabei, die Geisterkönigin zu verletzen. Dies blieb auch Jeollyoon nicht verborgen. Sie versuchte noch, ihr Schwert frei zu ziehen, doch war ihre Hand wie erstarrt.

»W-was soll das?«

Eines ihrer tiefschwarzen Augen hatte sich erneut in eine menschliche Pupille verwandelt. Ihre Augen kreisten wild umher.

»Du, du, du!«

»Ich bin die Königin! Ich!«

Zwei Stimmen kamen zur selben Zeit aus Chaeryeongs Mund.

Jeollyoon blickte auf ihren regungslosen Körper hinab. Der Geist seiner ursprünglichen Besitzerin, Chaeryeong, leistete gerade seinen letzten Widerstand.

»Nein, niemals!«, schrie Jeollyoon mit lauter Stimme.

Die Erde bebte. Bin ließ sich diese Chance nicht entgehen und schwang ihr Schwert in einer großen Bewegung.

»Ah.«

Als wären sie aus Stein, erstarrten sämtliche Geister in der Umgebung. Das Dies- wie auch das Jenseits verstummte.

Jeollyoon fiel auf die Knie.

Bins Tigersäbel mit der Kraft des Abyssos-Meers hatte geradewegs ihr Herz durchbohrt.

Sie hustete, und karmesinrotes Blut tropfte aus ihrem Mund. Langsam wandte sie den Blick nach oben. Dort, in der tiefsten Dunkelheit und inmitten der Ewigkeit nach dem Tod stand sie. Die wahre Wiedergeburt Yeomnas.

Nachdem sie auch das letzte Fragment von Eunho in sich aufgenommen hatte, war aus Bin nun endgültig die vollständige Königin der Unterwelt geworden.

Auch Bin hob langsam den Kopf.

»Du … du hast mich getötet!! Die Strafe, deine Strafe …!«

»Diese Strafe gebührt allein dir«, erwiderte Bin mit emotionsloser Stimme.

»Nein, nein, nein!«

Bin betrachtete die schluchzende Jeollyoon vor sich.

»Verschwinde. Du hast die ewige Vernichtung verdient.«

Yeomnas Urteil war gefallen.

Ein jedes Wesen würde sich wenigstens einmal während seiner Existenz vor Yeomnas Gericht stehen sehen. Kaum ausgesprochen, verschwand Jeollyoons Präsenz auch schon aus Chaeryeongs Körper.

»Auf Nimmerwiedersehen«, flüsterte Bin ein letztes Mal. Chaeryeongs leere Hülle sackte zu Boden.

O Königin Yeomna!

Einer der Geister in der Ferne war in Jubelschreie ausgebrochen. Bin blickte auf.

Alle hatten gesehen, wie sie in voller Gestalt, in ihr Gewand gehüllt, die Krone hoch auf dem Haupt, zurückgekehrt war.

Die Königin ist zurück! Sie ist zurück!

Einer der Soldaten erkannte sie und erhob die Stimme.

Hoch lebe die Königin!

Eine alte Frau stimmte mit ein. Aus allen Richtungen waren die Rufe von Geistern zu hören.

Möge sie über uns herrschen!

Noch einmal meldete der Soldat sich zu Wort.

Für immer!
Und ewig!

Eine blutbefleckte Flagge flatterte im Wind. Die Königin hatte erneut ihren Thron eingenommen.

Die unzähligen Geister, wie Sandkörner im Meer, verneigten sich vor ihrer zurückgekehrten Herrscherin.

Man konnte Bin ihre Müdigkeit ansehen, doch es gab noch etwas zu tun. Sie musste sich bei Paryeo und Eunho, die ihre Leben für sie gelassen hatten, wie auch bei den Seelen des Abyssos-Meers bedanken.

»Alle Schatten der Unterwelt, die im Diesseits erschienen sind, mögen dorthin zurückkehren, wo sie hingehören! So will es die mächtige Yeomna!«

Bins Stimme spaltete die Welt wie ein Blitz, und die Geister stürzten auf den Befehl ihrer Herrin hin zurück ins Jenseits.

Yeomnas Macht erstrahlte von Neuem.

Himmel und Erde bebten abermals. Die zwei Reiche, die Jeollyoon nach Belieben miteinander verwoben hatte, wurden erneut voneinander getrennt. Auch die Dinge, auf die die Wesen des Jenseits Einfluss genommen hatten, verschwanden. Chaeryeongs beschworene Holzpuppen verschwanden, und die Geister kehrten dorthin zurück, wo sie herkamen.

Zu guter Letzt warf Bin einen Blick auf das ruhige Gewässer des Abyssos-Meers. Langsam schritt sie darauf zu. Und es gab ihr, was sie wollte.

Mit leiser Stimme wandte sie sich an das Meer.

»All ihr Seelen, die ihr eines ungerechten Todes gestorben seid, kehrt zurück, wo ihr hingehört. Dies ist mein Befehl.«

Das Wasser wogte hin und her, wich immer weiter zurück und verschwand schließlich. An seiner Stelle lag nun Eunho dort.

Seine Augen waren geschlossen, sein Herz herausgerissen.

Bin legte ihre Hand an seine Wange. Er war in Yeomnas Gewand gehüllt. Sie schloss seinen toten Körper in ihre Arme und senkte den Kopf.

Ihre Tränen tropften über sein Gesicht.

»Ich … ich bin nun zu Yeomna geworden, Eunho.«

Nun aber lebte sie in einer Welt ohne das, was sie stets am meisten wollte.

Nach all der Zeit, nach allem, was sie geschafft hatten, gab es ihre Welt nun nicht mehr.

Mit leerem Gesicht murmelte sie vor sich hin.

»Das hier ist das Schicksal, das mir vergönnt war.«

Das traurige Schicksal, das Eunho ihr ermöglicht hatte.

Deshalb konnte sie sich auch nicht weigern, es als das ihre anzunehmen.

»Da du es mir geschenkt hast, werde ich dieses Schicksal akzeptieren und bis zum Ende durchstehen.«

Eine tiefe Traurigkeit und Trauer, die nie jemand verstehen können würde, strich über Bins Gesicht. Ihre Verbindung war mit seinem Tod bereits gekappt worden. Und niemand konnte sie je wiederherstellen.

»Als Herrscherin über den Tod kann ich dir jedoch das Leben zurückgeben.«

Nur würde der wiedererweckte Eunho nicht mehr derselbe Eunho sein wie zuvor.

Er würde alles vergessen haben und ein neues Leben von vorne beginnen.

»Ein Leben, in dem dir der Name Bin Seomoon ein fremder ist.«

Er würde sich in jemand anderen verlieben.

»Ein Leben, in dem du nicht weißt, dass ich zu Yeomna geworden bin.«

Dieses Leben würde er in vollen Zügen genießen können.

»So soll es sein.«

Bin holte das Fragment hervor, das sie von Eunho erhalten hatte. Dann hob sie mit der Macht Yeomnas seinen Tod auf.

Sie beugte sich zu dem bewusstlosen Mann in ihren Armen hinunter. Erneut glitt das Fragment über Eunhos Lippen in seinen Körper. Nach und nach bildete sich sein herausgerissenes Herz von Neuem und begann zu schlagen. Bin lächelte traurig.

»Du hast mir dieses Schicksal geschenkt, und nun bin ich an der Reihe, dich für eine lange, lange Zeit zu lieben.«

In der Ferne brach bereits die Morgendämmerung an und mit ihr der erste Tag einer neuen Welt, die von der Königin über die Unterwelt und die Toten wieder zum Leben erweckt worden war.

Der Himmel hatte sich nach einem kurzen Schauer aufgeklärt. Die regennassen Blätter glitzerten im Sonnenlicht. Es war bereits einige Tage her, seit Hunderte unwissende Bürger sich plötzlich im Palast wiedergefunden hatten und inzwischen wieder nach Hause geschickt worden waren.

»Irgendetwas muss im Palast doch vorgefallen sein.«

»Bestimmt, allerdings kann sich einfach niemand an irgendetwas erinnern.«

Aus dem Innenhof hörte man, wie sich Menschen unterhielten.

»Ach, es wird schon nichts Besonderes geschehen sein. Was brauchen wir mehr als eine gute Ernte dieses Jahr?«

»Das stimmt schon. Und das Wetter ist wirklich hervorragend, sogar der Regen kommt stets genau zur rechten Zeit. Ich denke, die Zeichen stehen wahrlich gut.«

»Himmel und Erde sind uns wohlgesonnen.«

Ein Lachen drang von draußen herein.

Der Mann im Inneren des Tempels verbeugte sich ein letztes Mal und stand auf. Sein blaues Gewand erinnerte an das Meer.

»Oh, Eunho. Du bist heute ja schon wieder hier.«

Jinwoo öffnete die Tür und setzte sich auf die Holzveranda. Mit einem Nicken trat Eunho Hyeon zu ihm heraus.

»Dieser Ort beruhigt mich einfach, wann immer ich mich durcheinander fühle.«

»Haha! Die Leute wären sicher überrascht, wenn sie erführen, dass der begehrteste Junggeselle Joseons am häufigsten in einem Bergtempel wie diesem hier zu finden ist.«

Eunho konnte über Jinwoos neckischen Kommentar nur lachen.

Die Zeit lief ganz offensichtlich, wie sie sollte. Nach dem Frühling kam der Sommer, gefolgt von Herbst und

Winter. Hui, der bereits in jungen Jahren zum König gekrönt worden war, arbeitete hart daran, sich einen Namen zu machen, und es hieß, dass er bald schon eine bürgerliche Beamtentochter zu seiner Königin machen würde.

Alles war friedlich.

Seltsamerweise überkam Eunho jedoch manchmal das Gefühl, etwas vergessen zu haben.

Jedes Mal, wenn er eine weiße Kamelie sah, jedes Mal, wenn er einen plätschernden Fluss erblickte, jedes Mal, wenn eine Stimme, die er noch nie zuvor gehört hatte, seinen Namen zu rufen schien.

»Du solltest dir ebenfalls bald eine Frau suchen.«

Er schmunzelte über Jinwoos Worte.

»Nur weil es bei dir bald so weit ist, muss ich also gleich nachziehen?«

»Das solltest du. Weißt du, wie oft ich gefragt werde, warum du immer noch nicht verheiratet bist oder ob du eine Freundin hast?«

»Das sollen sie mal meine Sache sein lassen.«

Jinwoo schnalzte mit der Zunge.

»Du verhältst dich ja beinahe so, als würde deine Zukünftige sich irgendwo da draußen heimlich verstecken.«

Eunho stand auf und ließ Jinwoo zurück.

Er sah eine Gruppe von Kindern, die sich an einer Seite des Tempelhofs versammelt hatten. Als er hinüberging, fiel ihm die neue Wandmalerei auf.

»Seht nur! Das ist ja total gruselig!«

»Sind das da unten böse Geister?«

»Die Person hier trägt ganz schwarze Kleidung. Ob das der Sensenmann ist?«

Die Kinder begutachteten die Malerei und unterhielten sich aufgeregt darüber. Eunho, der hinter ihnen stand, ergriff ebenfalls das Wort.

»Das ist nicht der Sensenmann, sondern Yeomna, die Königin der Unterwelt, die nach ihrem Tod über die Menschen richtet.«

»Die Königin der Unterwelt? Wie unheimlich!«, sagte eines der kleineren Kinder und hielt sich die Augen zu. Auf der Malerei war Königin Yeomna von Kopf bis Fuß in Schwarz gekleidet dargestellt, wie sie über jene richtete, die Unrecht getan hatten. Die Geister zu ihren Füßen schienen zu schreien. Eunho lachte.

»Sie mag furchterregend aussehen, aber das ist sie nicht.«

Die Kinder starrten ihn an.

»Wirklich nicht?«

»Nun, ihr obliegt die schwerste Aufgabe der ganzen Unterwelt. Sie ist es, die diese Welt hier beschützt, weil sie uns alle so sehr liebt.«

Die Kinder neigten die Köpfe.

»Auf ihren Schultern lastet das größte aller Schicksale, die größte aller Verantwortungen. Sie ist ein gutes Wesen.«

Man sah den Kindern an, dass sie nicht ganz folgen konnten, dennoch riefen sie aber plötzlich los.

»Dann finde ich Königin Yeomna toll!«

»Ja, ich auch!«

Schallendes Lachen erfüllte den Hof.

Eunho lächelte und beobachtete die Szene. Er konnte sehen, wie jemand aus dem hinteren Teil des Tempels heraustrat. Als er sich gerade zu Jinwoo umdrehen wollte, vernahm er die Stimmen zweier Menschen, die sich grüßten.

»Oh! Ich habe Euch hier schon lange nicht mehr gesehen, mein Fräulein.«

»Wie ist es Euch ergangen?«

Wie angewurzelt blieb Eunho stehen. Diese Stimme hatte er irgendwo schon mal gehört.

Eunho, Eunho.

Langsam drehte er den Kopf. Durch die Schatten der Blumen hindurch konnte er den Saum eines Rocks erkennen. Am Ende des Anhängers, der sich über den Stoff erstreckte, hing ein Jade-Ornament in der Form eines Pfirsichs und funkelte.

Eunhos Blick traf auf den der Gestalt, die hinter den Blumen hervortrat.

NACHWORT

Autorin

Das hier ist bereits mein zweiter Titel, den ich gemeinsam mit Safehouse herausgebracht habe.

Nachdem die Geschichte einst mit den Worten »Die Kunst der Seelenjagd« begonnen hatte, haben wir inzwischen eine Reise durch das Dies- wie auch das Jenseits gemacht und sind schließlich hier gelandet. Ich hoffe sehr, dass sie allen Leserinnen und Lesern viel Vergnügen bereitet hat.

Ich habe mir viel Mühe gegeben, in dieser Erzählung mehr Geschichten von Frauen einzubeziehen.

Es ist immer spannend, Frauen mit unterschiedlichen Wünschen und Zielen zu porträtieren.

Eine Geschichte mit einem Hintergrund zu kreieren, mit dem ich mich beim Schreiben bislang noch nie auseinandergesetzt hatte, war zwar nicht leicht, aber das hat es für mich umso aufregender gemacht.

Vielen Dank an alle, die dieses Buch gelesen haben. Ich möchte mich auch bei meiner Familie und meinen Freunden bedanken, die immer an meiner Seite stehen und mich mehr unterstützen als jeder andere. Ebenso gilt mein Dank allen, die mit mir gemeinsam an der Welt der Seelenjäger gearbeitet haben: meine Story-Produzenten Ban Sohyeon, Kim Bohee und Lee Sooin.

Ich werde bald schon mit einer neuen spannenden Geschichte zu euch zurückkommen.

Oktober 2023
Esther Park

PRODUZENTIN

Jetzt, da wir kurz vor der Veröffentlichung des Buchs stehen, habe ich das Gefühl, am Ende einer langen Reise angekommen zu sein. Vielleicht liegt das daran, dass ich durch *The Legend of Lady Byeoksa* so unheimlich viel über das Dies- und das Jenseits gelernt habe. Es war eine wirklich besondere Reise. Eine Welt, die ich nie zuvor selbst gesehen, gehört oder in irgendeiner Weise erlebt habe, und doch war sie so klar und real für mich. Ich bin wirklich neugierig, wie ihr Leserinnen und Leser diese Reise empfunden habt.

In *The Legend of Lady Byeoksa* geht es um die Geschichte von Bin Seomoon, einer Seelenjägerin, die sich als Mann verkleidet, um ihren Liebsten zu schützen. Sie glaubt fest daran, dass sie endlich in ein Leben als normaler Mensch zurückfinden und ihre Liebe wahr werden lassen kann, sobald sie erst einmal 108 Seelenperlen gesammelt hat.

Der Roman umfasst eine Vielzahl von Genres. Es ist eine Fantasy-Romanze, die in der Joseon-Dynastie spielt, ein spektakulärer Okkultismus-Thriller und eine Coming-of-Age-Geschichte für eine Vielzahl von Figuren! Auch starke Figuren wie Bin Seomoon, Eunho Hyeon, Paryeo, Chaeryeong und Jeollyoon lernen wir kennen. Leserinnen und Leser, die historische Titel mögen, werden dieses Buch in die Hand nehmen und mit dem Abschluss des letzten Kapitels das Gefühl bekommen, ein noch nie da gewesenes K-Drama gelesen zu haben. Ich bin mir sicher, dass ihr alle beim Lesen ein unheimlich weites Spektrum an Emotionen durchlaufen haben werdet, und hoffe sehr, dass ihr die Reise genossen habt.

Ich möchte der Story-Produzentin Ban Sohyeon dafür danken, dass sie mir dieses tolle Projekt vorgestellt hat, und

Lee Sooin dafür, dass sie mit mir gemeinsam den Sprung in die wunderbare Welt der Legende der Seelenjägerin gewagt hat. Vor allem aber möchte ich Esther Park dafür danken, dass sie diese fantastische Welt mit all ihren wunderbaren Figuren überhaupt erst geschaffen hat.

Alle Leserinnen und Leser, die sich für dieses Buch entschieden haben, können bereits auf Esther Parks nächstes Werk gespannt sein!

Oktober 2023
Safehouse, Story-Produzentin
Kim Bohee

Star-Crossed Lovers in einer Welt voller blutdürstiger Vampire, Magie, Geheimnisse und Verrat!

Chloe C. Peñaranda

The Stars are Dying

Der hellste Stern strahlt
in der dunkelsten Nacht

In Astraeas Welt durchstreifen Vampire die Nacht auf der Jagd nach Blut und Seelen, und ein grausamer Herrscher regiert die fünf Reiche der Menschen mit eisernem Griff. Astraeas eigene Vergangenheit ist in Dunkelheit gehüllt, nur bruchstückhafte Erinnerungen an fünf Jahre sind ihr geblieben. Auf der Suche nach Antworten begegnet Astraea dem geheimnisvollen Nyte, der ihr seine Hilfe anbietet. Sie weiß, dass sie ihm nicht trauen kann – und wird doch immer stärker von seinem düsteren Charme angezogen. Zerrissen zwischen ihrem Pakt mit Nyte und ihren eigenen Geheimnissen, muss Astraea schließlich entscheiden, wofür sie ihr Leben riskieren will: Für 100 Jahre Sicherheit für ihr Königreich vor den Vampiren – oder für die Antworten, die sie so dringend sucht?